Contentwarnung:

Da »Don´t Break Me Again « reale und schwierige Inhalte aufgreift, findet ihr auf der letzten Seite des Buches eine Liste der Themen, die euch in dieser Geschichte erwarten. Jede Thematik kann negative Empfindungen und Erinnerungen hervorrufen. Bitte seid euch dieser Verantwortung bewusst.

IMPRESSUM

2. Auflage

(Anita Schmidt, Weserstraße 1, 14513 Teltow)
ISBN: 978-3-9859576-4-4

Lektorat & Korrektorat: Lisa Kanigowski ,Theresa Solderits – Kismetbooks –
– www.Kismetbooks.de –
Cover: Katie Weber – Kreationswunder – www.kreationswunder.de
und Kismetbooks
Buchsatz: Kismetbooks
Druck & Bindung: buchdruckerei.de – Berlin

Bestellung & Vertrieb: Nova MD GmbH, Vachendorf

ANITA
NOVA

DON'T break ME again

Für meine Eltern,

die mir von Anfang an das Gefühl gegeben haben,
alles erreichen zu können und immer an mich
geglaubt haben.

Playlist

1 Leave me in the dark - Alexander Stewart
2 Never knew a heart can break like this - Zach Hood
3 Never be the same - Jessica Mauboy
4 Who am I - Kode
5 Shapeshifting - Taylor Acorn
6 Silhouette - Caleb Hearn
7 Come back to me - Nico Santos
8 Deep End - Stripped - I Prevail
9 under the weather - Jillian Rossi, Caleb Hearn
10 I don't wanna lose again - Munn
11 Break my heart again - FINNEAS
12 Schon okay - Tom Twers
13 Happy - NF
14 Know me yet - Etham
15 Better off without me - Kyle Hume

Ein Kind vor dir verheimlicht, gehütet im Schein.
Zeugenschutzprogramm, Schutz und Schatten vereint.
Die Namen verschleiert;
ein Leben im Geheimen verweilt.
Kimberly
Mandy

Prolog

(Mandys POV)

Tropfendes Blut vermischt mit einem Schrei.

Einem letzten hilflosen Atemzug, der nach bittersüßer Hoffnung klang. Hoffnung, die mit jedem Flehen, jedem Schrei mehr gewichen war. Hoffnung, die gebrochen wurde. Einfach so. Zerschmettert. Ein Schrei, der das noch in mir fließende Blut gefror. Dann ließ er sie los und sie fiel leblos auf den Boden. Ihre leeren Augen blickten in meine noch lebenden, welche sich vor Angst weiteten. Sie war tot. Verdammt. Nochmal. Tot. Alles Leben war aus ihr gewichen. *Und sollte er mich in dem Versteck finden, würde es mir ergehen wie ihr.* Dabei wollten wir doch einfach nur einen Kaffee trinken und über unser Leben reden. »Liora Green«, hatte er immer wieder gerufen. *Ich kannte keine Liora Green.* Aber dieses fremde Mädchen schien der neue Grundstein für mein Leid zu sein. Der Grund, wieso er in Annies Haus eingebrochen war. Der Grund, wieso sie tot vor mir auf dem Boden lag. Und der

Grund, wieso er, nachdem er mich gefunden hatte, mir hasserfüllt die Luft abschnürte. Liora Green. Die verdammte Ursache, weshalb mein Leben jetzt auf dem Kopf stand.

Eine Handbewegung riss mich aus den düsteren Gedanken und ich blickte in Jasons funkelnde, aber dennoch besorgte blaue Augen. Ich versuchte die Panik, die durch Gedanken der Vergangenheit ausgelöst wurde, mit einem Lächeln zu überspielen; mich auf das Hier und Jetzt zu konzentrieren. Seine nächsten Worte holten mich endgültig in die Realität zurück. »Ich liebe dich«, flüsterte er mit einem zögerlichen Lächeln und drückte mir einen sanften Kuss auf die Lippen, während ich versuchte, diesen schwach zu erwidern, und die tausend Gedanken, die sich ausbreiteten, zu ignorieren. Jetzt gerade war nicht die Zeit für Liora Green oder Annie. Es ging um Jason. Und mich, die noch am Leben war. Mich, die Jason heute das letzte Mal sehen würde. Der leichte Wind des kühlen Herbstabends ließ meine gewellten braunen Haare aufwirbeln, während er an den rot-gelben Blättern spielte, die sich langsam vom Baum lösten und auf den Boden fielen. Am Himmel bildeten die Wolken ein farbenfrohes Lichterfest zwischen Rot, Orange und einem leichten Pink, welches diesen Moment besonders machte.

Wann hatte ich das letzte Mal so eine Farbenpracht am Himmel gesehen? Ich blickte erneut zu Jason und wollte versuchen, ihn in meine Gedanken einzubrennen, um mich später an jedes kleinste Detail erinnern zu können. An sein strahlendes Lächeln, seine funkelnden blauen Augen, seinen Geruch; einfach alles. Aber dazu war ich nicht imstande. Seit Tagen konnte ich an nichts anderes denken als Liora Green, Annie und das, was ich gesehen hatte. Annie. Meine beste Freundin. Die nun nicht mehr da war. Und es gab nichts, was ich gegen diese Leere in mir ausrichten konnte.

Sie nährte sich mit jedem Tag und wuchs zu einer Angst heran, die mich von innen heraus vollständig lähmte. »Ich liebe dich auch«, flüsterte ich und versuchte, mich selbst zu beruhigen, indem ich langsam einatmete. Ich schloss die Augen und begann, in Gedanken zu zählen. Eins. Zwei. Drei. Dann atmete ich ruhig wieder aus. Auf keinen Fall durfte mein Verhalten auffallen. Jason durfte nichts wissen - nicht einmal etwas erahnen. Das hatte mir Nathanael Henrikson mehr als nur einmal deutlich gemacht. Es ging um Jasons Sicherheit. Ich durfte ihm nichts sagen, mir nichts von meinem eigentlichen Zustand anmerken lassen. Weder von dem, was ich gesehen hatte, noch von der Angst, die ich in den letzten Tagen verspürt hatte, wenn ich allein im Zimmer auf dem Bett lag - nicht einschlafen konnte, während ich bei jedem kleinsten Geräusch panisch zusammenzuckte. Die Panik übernahm mich so sehr, dass ich mich seit Tagen ins Zimmer meines Bruders Connor schlich. Denn dort fühlte ich mich sicher. Als könnten die Gedanken sich hier vor den leblosen Augen meiner Freundin verstecken, die mich Nacht für Nacht heimsuchten.

»Es tut mir leid wegen Annie«, flüsterte Jason und schloss mich in seine starken Arme, welche mir mehr als nur einmal Halt gegeben hatten. Allein bei dem Klang ihres Namens zuckte ich zusammen und konnte die Tränen nicht zurückhalten. Er drückte mir einen Kuss auf den Scheitel. Ich presste mich enger an ihn heran. Zum einen, um die Tränen zu verbergen, und zum anderen, um diesen letzten Moment mit ihm zu genießen. »Sicher, dass es dir gut geht?«, fragte er zögerlich. Ob es mir gut ging? Ich war nichts als ein Haufen Elend. Noch nie ging es mir schlechter. Doch auch das durfte er niemals erfahren.

Also atmete ich aus und nickte, während ich innerlich kurz vor einem erneuten Nervenzusammenbruch stand. »Ja, es geht mir den Umständen entsprechend gut«, log ich wissend, dass er den Worten keinen Glauben schenken würde. Ich erkannte es an der Art, wie er seine Augenbrauen hochzog und mich kritisch musterte. Mittlerweile kannte er mich zu gut, als dass er der Lüge Glauben schenken würde.

»Wieso glaube ich dir das nicht?«, fragte er daraufhin und legte seine Hand zärtlich an meine Wange. Schon immer konnte er mich lesen, wie ein offenes Buch. »Mandy, Annie war deine beste Freundin. Du kannst mir nicht erzählen, dass es dir gut geht. Ich möchte dir helfen. Das kann ich aber nicht tun, wenn du nicht mit mir redest. Du weißt doch, dass du mir alles sagen kannst und den Frust nicht in dir tragen musst. Es wird dich zerstören.« Sein Daumen strich sanft über meine bereits tränenverschmierte Wange. Es war mir nicht mehr möglich gewesen, die Tränen zurückzuhalten.

»Jason, ich möchte nicht darüber reden.« Zitternd sprach ich diese Worte aus. Mein Körper bebte leicht und meine Knie begannen zu schlottern, während mir weitere Tränen die Wange hinunterliefen. Nur daran zu denken, ließ mich diesen Tag erneut durchleben, was mir jedes Mal wieder die Luft zum Atmen nahm. Ich wollte gar nicht erst wissen, was passieren würde, wenn ich all das aussprechen würde. Wenn ich auch nur versuchen würde, den schlimmsten Tag meines Lebens in Worte zu fassen. Auch wenn es vielleicht helfen würde. Aber ich war mir nicht sicher, ob ich aus diesem Loch wieder rausfinden würde. Zudem durfte ich nicht darüber reden. Zumindest nicht mit ihm. Egal, wie sehr mein Herz auch danach verlangte. Der Schmerz und die Gefahr, von Malcolm gefunden zu werden, waren einfach zu groß. Dabei wollte ich nichts lieber tun, als mich Jason anzuvertrauen und in seinen Armen zu liegen, während er mir sagte, dass alles gut werden würde. Aber das würde es nicht. Nichts würde gut werden. Er seufzte leise auf und nickte zögerlich. Ein Hauch von Enttäuschung machte sich in seinen Augen breit und brach mein Herz ein kleines Stückchen mehr. Ich hatte ihm immer alles anvertraut. Alle Sorgen und Probleme, die mich plagten.

Fest schlang ich die Arme um ihn und drückte mich enger an seinen warmen Körper. Es war besser, ihn zu spüren, als in seine enttäuschten Augen zu blicken. »Versprich mir einfach bitte, dass du zeitnah mit jemandem redest. Egal mit wem.« Er löste sich, um mir in die Augen zu sehen. Ich nickte zögerlich, während die Teile meines Herzens weiter splitterten. Wenn das so weiterging, würde es bald nur aus einzelnen zerbrochenen Stücken bestehen und ich wusste nicht, ob ich es jemals wieder reparieren könnte. Es war ein Versprechen, das ich nicht halten konnte. Doch das würde er ohnehin nicht herausfinden, weil ich ihn nie wieder sehen würde. Nicht durfte.

Ein letztes Mal atmete ich seinen holzartigen mit Minze und Zitrone unterlegten Duft ein und zog ihn enger an mich, während die Tränen erneut unkontrolliert meine Wange hinunterliefen. Ich wollte ihn nicht mehr loslassen, da dies die letzte Berührung war. Wollte den Moment einfrieren und für immer so verweilen, denn ich hasste, dass er nicht wusste, dass dies unser letzter Augenblick war. Dass er morgen aufwachen und mich nie wieder sehen würde. Er würde mich suchen und vor einem leeren Haus in Houghton stehen. Er würde mich nicht erreichen können, egal, wie sehr er es versuchen würde.

Ich krallte mich in seinen Rücken, da dieser Gedanke mehr schmerzte als alles andere. Er würde denken, ich hätte ihn ohne Grund verlassen. Und er würde mich hassen. Für den Rest seines Lebens. Allein dieser Gedanke war ein Anstoß, mich ihm anzuvertrauen. Ihm zu sagen, wieso ich gehen musste. Aber das durfte ich nicht. Nates Worte spielten sich wieder und wieder in meinem Kopf ab. »*Du darfst niemandem was erzählen. Niemandem.*« Je weniger Jason wusste, umso sicherer war er. Das hatte mir der FBI-Agent mehr als einmal klar gemacht. Ich würde noch weniger damit leben können, ihn in Gefahr zu wissen, nur, weil ich nicht in der Lage gewesen war, Stillschweigen zu bewahren. Mir wäre es lieber, er würde mich hassen – nur um ihn vor demselben Leid zu bewahren, das Annie widerfahren war. Das würde ich nicht verkraften. Ich war jetzt bereits ein Wrack.

Er erwiderte den Griff, zog mich näher an sich heran und streichelte mir über den Hinterkopf. Ich wollte für immer in diesem Moment bleiben. In diesem und keinem anderen. In seinen Armen. Doch die Zeit ließ sich nicht einfrieren. Sie lief weiter und weiter und ich hatte das Gefühl, dass mit jeder Sekunde ein Teil von mir verloren ging. Mich gab es nicht mehr. Zumindest nicht mehr so, wie mich jeder kannte. Ich war ein neuer Mensch. Und das nicht im positiven Sinne. Nein, ich war ein gebrochener, verletzter und zerbrechlicher Mensch. Und ich konnte gar nicht erst beschreiben, wie sehr ich diese Version von mir hasste. Ich wollte *mich* wieder. Ich wollte Gefühle wie Hoffnung, Liebe und Vertrauen verspüren. Aber dazu war mein neues Ich nicht mehr in der Lage.

Alles, was ich nun spürte, waren Leere, Angst, Hoffnungslosigkeit; und ich wusste nicht, ob es sich je wieder anders anfühlen würde.

Jason löste sich von mir und sah mich mit seinem unfassbar charmanten Lächeln an. Dieses Lächeln, welches meine Knie weich werden und mich lebendig fühlen ließ. Normalerweise. »Wir sehen uns dann morgen?«, fragte er und mein Herz stoppte einen kurzen Moment. Ich nickte, da ich mir sicher war, dass ich keine Worte rausbringen würde, ohne vollends weinend zusammenzubrechen. Bevor er ging, drehte er sich noch einmal zu mir um.

Sein Lächeln leuchtete bis in seine blauen Augen, die so hell strahlten, dass sie die Dunkelheit aus meinem Inneren ein letztes Mal vertrieben. »Jason«, flehte ich und ging auf ihn zu. Er blickte mich mit einer hochgezogenen Augenbraue verwirrt an. Als ich jedoch meine Lippen auf seine weichen legte, grinste er in den Kuss hinein. »Ich liebe dich«, sagte ich nun und versuchte, mit aller Kraft weitere Tränen zu verhindern. »Vergiss das niemals. Danke für alles.«

Erneut betrachte er mich kritisch. »Babe, sicher, dass alles in Ordnung ist?« Ich schniefte leicht auf.

»Es geht schon«, log ich erneut. »Ich bin einfach nur dankbar, dass es dich gibt, und wollte es dir noch einmal sagen.« *Bevor ich dich nie wieder sehe*. Er lächelte mich breit an. Dieses Lächeln. Diese blauen Augen. All das, was ich in den nächsten Wochen, Monaten, ja, vielleicht sogar Jahren, jede Sekunde vermissen würde.

»Ich liebe dich auch. Bis morgen«, flüsterte er mir ins Ohr, bevor er sich umdrehte und ging. Und somit endgültig aus meinem Leben verschwand. Eine Weile blieb ich auf der Stelle stehen, während die Tränen unaufhörlich meine Wange herunterliefen. Schweren Herzens drehte ich mich um und ging ins Haus. Als ich die Tür öffnete, stand meine Mutter im Türrahmen, ebenfalls mit Tränen in den Augen.

Wortlos ging ich auf sie zu und warf mich in ihre Arme. »Mama, ich kann das nicht. Ich will ihn nicht verlieren«, schluchzte ich laut auf.

»Mandy, Liebling. Wir haben keine andere Wahl«, versuchte sie, mich zu beruhigen.

»Wieso darf ich es ihm nicht sagen? Ich möchte, dass er mitkommt«, rief ich verzweifelt aus.

»Du erwartest von ihm, dass er sein ganzes Leben aufgibt? Seine Familie, seine Freunde? Alles? Ist es nicht schon genug, dass wir in dieser Situation stecken? Es ist für alle Beteiligten das Beste. Auch wenn es schmerzhaft ist«, sagte sie und ich wusste, dass sie recht hatte. Denn das war es. Schmerzhaft. Und das Beste für alle. Ihn zu verlassen, zerbrach auch den letzten, noch heilen Teil meines Herzens. Still und heimlich hatte ich gehofft, ich könnte ihn anflehen, mit mir zu kommen. Und so sehr ich es mir auch wünschen würde, konnte ich nicht von ihm erwarten, mitzukommen, und ihn dieser unbeschreiblichen Gefahr aussetzen. Ich schloss die Augen und alles, was ich sehen konnte, waren die wütenden, hasserfüllten Augen von Malcom Lightwood und die Morddrohungen, die er mir entgegenwarf, während Annie blutend und leblos in der Ecke lag. Erneut schwirrte mir der Name Liora Green durch den Kopf. Ich hatte meine Mutter nach diesem Namen gefragt. Jedoch behauptete sie, diesen nie gehört zu haben. Die unermessliche Panik in ihren Augen hatte jedoch andere Worte gesprochen. Sie hatte mich angelogen und mir bewusst etwas verschwiegen. Aus irgendeinem Grund schien sie nicht bereit, mit mir darüber zu reden. Auch wenn mich dies innerlich beunruhigte, so war dies in diesem Moment nur zweitrangig. Denn alles, was zählte, war jetzt hier.

Zaghaft legte ich die Hand auf den Bauch. Denn Jason zu verlassen, war nicht das Einzige, was mein Herz von innen zerriss. »Mum«, sagte ich zögerlich. Sie sah mich mit einem liebevollen Ausdruck an. Anhand ihrer traurigen, braunen Augen merkte ich, dass auch sie darum kämpfte, stark zu sein. Doch dass sie sich hektisch durch die schulterlangen Haare fuhr, zeigte eindeutig, wie gestresst sie war. Ich lächelte schwach und schluckte schwer, bevor ich die nächsten Worte aussprach.

»Ich bin schwanger.«

Kapitel 1

(Mandys POV) – 8 Jahre später

»Ist wirklich alles in Ordnung?«, fragte ich meine siebenjährige Tochter Cassie besorgt, während ich ihr dabei zusah, wie sie sich die Schuhe zuband. Wehmütig lächelte ich bei der Erinnerung, dass das vor ein paar Jahren noch meine Aufgabe gewesen war. Noch immer konnte ich nicht begreifen, dass sie bereits so groß war. Es kam mir vor, als wäre es gestern gewesen, als ich im Krankenhaus lag und sie das allererste Mal halten durfte. Wie ich ihren kleinen warmen Körper auf meinem spürte, während ich ihrem Herzschlag gelauscht hatte. Eine leichte Gänsehaut überzog mich bei der Erinnerung. Cassie war mein Ein und Alles.

»Ja, Mama, alles in Ordnung«, sagte sie augenrollend und riss mich somit aus den Erinnerungen. Als sie vor ein paar Minuten die Treppe runtergestürmt kam, war sie gestolpert, wodurch ihre Knie nun voller Schürfwunden waren. »Hör auf, dir so viele Sorgen zu machen. Das sind nur ein paar Kratzer.«

»Ich habe dir schon öfter gesagt, dass du die Treppe nicht so runterrennen sollst. Siehst du, was passieren kann?«

»Ja, dann hättest du mich nicht so hetzen sollen«, gab sie grimmig zurück.

Ich seufzte leise auf. »Ist ja gut, wir sind spät dran. Oma wartet schon.«

»Du tust so, als wäre das was Neues. Wir wissen beide ganz genau, dass Oma dir 14 Uhr gesagt hat, damit wir dann pünktlich um 15 Uhr da sind. Und du musst auch nicht so tun, als wäre es meine Schuld, dass wir spät dran sind. Du brauchst mal wieder viel zu lange, um dich fertig zu machen«, sagte sie, dieses Mal mit einem schelmischen Lächeln. Mein Mund öffnete sich vor Empörung, schloss sich dann jedoch wieder, da ich wusste, dass sie recht hatte. Ich konnte einfach nie pünktlich sein. Eine Eigenschaft von mir, an der ich bereits seit einigen Jahren arbeitete.

»Ist ja gut. Du hast recht. Jetzt beeil dich. Aber deinem Knie geht es gut?«

Sie rollte erneut mit den Augen. »Ja, Mama, es geht mir gut. Ich muss eben nur noch schnell was von oben holen.« Sie eilte die Treppen hoch.

»Sei vorsichtig beim Runtergehen«, rief ich ihr noch hinterher und ging in die Küche, um mir eine Wasserflasche zu holen. Ich öffnete diese, nahm einen Schluck und atmete tief aus, um mich zu beruhigen. Cassie sollte mich so nicht sehen. Es war nur eine Frage der Zeit, bis sie wissen wollen würde, wo Brandon blieb. Und ich wusste bis jetzt nicht, was ich ihr sagen sollte. 'Bei einer anderen Frau im Bett' wäre wohl kaum akzeptabel angesichts der Tatsache, dass er für sie wie ein Vater war. Wie konnte er mir das nur antun? Nach zwei Jahren. Nach zwei verdammten Jahren! Vor ein paar Tagen hatte ich ihn mit ihr erwischt. Mit niemand anderem als meiner Freundin Lara. Es stellte sich heraus, dass die beiden seit über einem Jahr eine Affäre hatten. Bis vor einer Woche zählte Lara noch zu meinen engsten Freundinnen. Anscheinend war sie lange Zeit in Brandon verliebt gewesen, bevor ich ihn überhaupt kennengelernt hatte, und war der Annahme, dass ich ihn ihr weggenommen hatte. Meine Hand ballte sich zu einer Faust, während ich versuchte, mich nicht den Gefühlen hinzugeben. All die Gespräche, die wir geführt hatten. Wie hätte ich auch bemerken sollen, dass sie mich so abgrundtief verachtete?

Du hast mir Brandon weggenommen. Und dafür hasse ich dich. Von der ersten Sekunde an, als ich dich gesehen hatte, wollte ich, dass du leidest. Laras Worte schwirrten mir durch den Kopf und eine Träne kullerte mir die Wange hinunter. Ich hatte bereits mehr als genug gelitten. Wieso kam jetzt noch mehr hinzu? Gerade jetzt, wo alles anfing, sich zu stabilisieren. Ich hatte eine eigene Wohnung, eine Handvoll Menschen, die mich nicht völlig vereinsamen ließen, sowie Cassie und Brandon. Wir waren wie eine Familie, hatten Ausflüge geplant und gemeinsame Abende verbracht. Es hatte sich so … normal angefühlt – etwas, das ich mir seit Jahren gewünscht hatte. Bis Brandon sich für Lara entschied. Vor lauter Trauer dachte ich an meine Freundin Annie. Sie hätte mir so etwas nie angetan. Acht Jahre war dieser schicksalhafte Tag, der alles verändert hatte, bereits her. Acht Jahre, in denen ich mich nach Normalität im Leben gesehnt hatte; ohne Angst und Panik bei jedem unerwarteten Geräusch. Einer Normalität, bei der ich nicht jedes Jahr den

Wohnort und Identität wechseln musste, damit Malcolm mich nicht fand.

Nate trichterte mir ein, dass, wenn in einigen Jahren etwas Gras über die Sache gewachsen war, wir länger an einem Ort bleiben konnten - ich jedoch weiterhin auf der Hut sein musste. Aus diesem Grund hatte ich die ersten Jahre keinen einzigen Menschen an mich herangelassen. Wozu auch, wenn ich diese nach kurzer Zeit wieder verlassen musste? So war nun mal das Leben, seitdem wir dem Zeugenschutzprogramm beigetreten waren.

Mein Leben wurde einsam. Mehr als nur einmal hatte ich mich in den Schlaf geweint, da ich nicht wusste, wohin mit mir und meinen Gefühlen. Keiner verstand mich - wie denn auch, wenn ich mit niemandem sprechen konnte? Nein - mit niemandem sprechen *durfte*. Ich war allein, fiel immer tiefer in das Loch voll Trauer und Einsamkeit. Selbst wenn ich mich jemanden anvertraut hätte, so klang meine Geschichte doch so unglaubhaft, dass ich mir nicht einmal sicher war, ob man mir glauben schenken würde. Das Zeugenschutzprogramm kannte man sonst nur aus Actionfilmen, die jedoch nicht annähernd die Realität dieses Lebens einfingen. Keiner sprach von dem Schmerz, glückliche und unbefangene Menschen zu sehen. Wie sich Freundinnen alles erzählten, während man immer nur stumm dasaß und nichts sagte, um ja nichts Falsches zu sagen, woraufhin man als schüchtern und introvertiert abgestempelt wurde. Das Einzige, was mich bei Sinnen hielt, war Cassie und seit einiger Zeit meine Arbeit als Grundschullehrerin.

Dass ich einen Abschluss hatte und studieren konnte, war ein großes Wunder. Jedes Jahr hatte ich mein vorheriges Semester von der neuen Universität anerkennen lassen müssen, was nicht überall möglich gewesen war. Vermutlich hatte Nate, als FBI-Agent seine Finger im Spiel gehabt, und ich war ihm unglaublich dankbar dafür, dass er sich die Mühe gab, mir ein einigermaßen normales Leben zu ermöglichen.

Dennoch hatte ich auch dort keine Menschen an mich herangelassen; aus Angst, Malcolm würde mich finden und diese dann verletzen. Doch in den letzten drei Jahren hier in Fresno hatte sich einiges verändert. Nach einem langen intensiven Gespräch mit Nate war er der Meinung gewesen, dass wir vorerst hier in Fresno bleiben konnten. Ich hatte Brandon kennengelernt und war das erste Mal seit langer Zeit wieder glücklich. Brandon hatte mich fühlen lassen; mir das Gefühl der Normalität gegeben, nach dem ich mich schon so lange sehnte. Er brachte mich zum Lachen, führte mich auf Dates aus, beschenkte mich mit Blumen; ließ mich fühlen. Seine Hand hatte sich nach mir in diesem schwarzen Loch, in welchem ich mich befunden hatte, ausgestreckt, und ich hatte sie dankend angenommen. Gerade als ich geglaubt hatte, dass diese Normalität sich stabilisieren würde, schlug das Leben erneut zu und nahm mir den Boden unter den Füßen.

Aber war das nicht immer so? Nach guten Tagen folgten schlechte? Dieser Gedanke stimmte mich unglaublich traurig. Es fiel mir schon immer schwer, irgendwas im Leben zu genießen. Denn insgeheim wartete ich immer auf den nächsten Sturm, der sicherlich kommen würde.

Kopfschüttelnd versuchte ich, die Bilder von Brandon und Lara aus dem Kopf zu verbannen, ehe ich tief durchatmete und nach Cassie rief. Mittlerweile waren wir bereits eine volle Stunde zu spät. »Beweg deinen Hintern hier runter. Ich will mir nicht mehr als nötig von Omas Gemecker anhören.«

»Ich komme ja schon«, rief sie und kam die Treppe runtergerannt.

»Jetzt hör doch mal auf, die Treppe runter zu rennen«, schimpfte ich, da ich nicht wollte, dass sie sich wieder verletzte.

»Dann hetz mich nicht so«, murmelte sie empört. Sie stand mit ihrem Teddybären, den ich ihr vor Jahren gekauft hatte, vor mir und sah mich mit ihren blauen Augen an. Diese blauen Augen, die mich so sehr an Jason erinnerten, die im Vergleich zu meinen dunklen braunen Augen, heller strahlten als der Himmel. Nur die braun gewellten Haare hatte sie von mir geerbt.

Ein trauriges Lächeln legte sich auf meine Lippen und ich war froh, dass ihre Stimme meine Gedanken unterbrach. Nach all dem Drama mit Brandon wollte ich die Gedanken an Jason so weit wie möglich fortschieben. Das wäre mehr Kummer, als ich momentan ertragen konnte. Auch wenn es mittlerweile deutlich weniger schmerzhaft war, an ihn zu denken, als noch vor einigen Jahren, musste das heute nicht unbedingt sein.

»Ich bin fertig«, rief sie lächelnd und rannte hinaus. Schnell schloss ich die Haustüre ab und lief ihr hinterher, bis auch ich das Auto erreichte. Wir setzten uns rein und ich startete den Motor.

»Denkst du, Oma wird sehr genervt sein?«, fragte ich meine Tochter, woraufhin sie kicherte.

»Natürlich wird sie das. Aber vermutlich nur für ein paar Minuten. Danach wird sie uns beide mit Essen vollstopfen. Ich freue mich schon. Dann gibt es wenigstens mal was anderes zu Essen als Tiefkühlpizza oder Spiegeleier.« Sie grinste frech.

»Hey, willst du damit etwa andeuten, dass mein Essen nicht schmeckt?«, spielte ich empört.

Sie zuckte mit den Schultern. »Das nicht. Immerhin kann man mit Tiefkühlpizza nicht viel falsch machen …« Ihr Grinsen wurde breiter und ich wusste, was sie jetzt sagen würde.

»Wenn man denn auf die Zeit achtet und die Pizza nicht verbrennen lässt.«

Ich schüttelte belustigt den Kopf. Ich liebte es, wie schlagfertig sie manchmal war.

»Junges Fräulein, ich habe mich um deine Läuse in deinem Haar gekümmert, die du dir sonst wo eingefangen hast.«

»Ich habe nicht gesagt, dass du keinen guten Grund hattest. Stell dir einfach nächstes Mal einen Timer oder so. Das Essen, was wir bestellt haben, war auch ganz gut. Aber es kommt nicht an Omas Essen ran.« Da musste ich ihr leider recht geben. Meine Mutter war eine professionelle Köchin und dementsprechend schmeckte auch ihr Essen; absolut unvergleichbar mit dem, was ich zustande brachte. Gene, die ich leider nicht geerbt hatte.

»Übrigens hat Brandon mir versprochen, dass er mit mir in den Tierpark geht. Können wir das bald machen? Ich möchte so gerne einen echten Pandabären sehen«, rief sie freudig aus und mein Herz stockte für einen kurzen Moment. Ich war noch nicht bereit, mit ihr darüber zu reden, dass Brandon nicht mehr wiederkommen würde. Es würde ihr kleines Herz brechen. Dabei hatte ich mir selbst versprochen, alles dafür zu tun, um sie vor diesem Schmerz zu bewahren. Und nun war ich daran schuld, weil ich Brandon, diesen Idioten, in unser Leben gelassen hatte. Nur weil ich mich nach Anerkennung und Liebe gesehnt hatte und Cassie einen Vater geben wollte - den sie nun verlieren würde. Meine Finger krallten sich ans Lenkrad, während ich langsam durch den Mund ausatmete. *Alles wird gut werden.*

»Wir können gerne, wenn du wieder von Oma zurück bist, in den Tierpark gehen«, schlug ich vor. Mir war bewusst, dass ich es nicht ewig vor mir herschieben konnte. Aber ich war noch nicht so weit. Ich hatte das Gefühl, dass, wenn ich es

Cassie erzählen würde, die ganze Geschichte real werden würde. Noch fühlte sich alles wie ein schlechter Albtraum an, aus dem ich noch nicht bereit war aufzuwachen. Deshalb schickte ich Cassie für ein Wochenende zu ihren Großeltern. Brandon wollte vorbeikommen, um seine Sachen aus der Wohnung zu räumen. Eine Situation, die ich meiner Tochter ersparen wollte. Nachdem Brandon endgültig aus meinem Leben verschwunden war, würde ich ein Gespräch mit ihr führen, um ihr schonend beizubringen, dass Brandon nicht wieder kommen würde; wenn ich mich selbst emotional darauf vorbereitet hätte. An unserem Ziel angekommen, lief Cassie sofort zur Haustür und klingelte. Jonny, mein Neffe, öffnete ihr freudig die Tür und ließ eine ebenso freudestrahlende Cassie ins Haus.

Meine Mutter stand mit verschränkten Armen im Flur und musterte mich mit einem genervten Blick, sobald ich die Wohnung betrat. »Junge Dame! Ich habe dir extra gesagt, du sollst eine Stunde eher hier sein und du kommst trotzdem eine Stunde zu spät.«

»Tut mir leid, Mama«, sagte ich schief lächelnd und fuhr mir durch die Haare. Ich wusste, dass sie mir nicht lange böse sein würde.

»Jetzt ist das ganze Essen kalt geworden«, schimpfte sie, nahm mich dennoch liebevoll in den Arm.

»Deswegen besitzt du doch eine Mikrowelle, nur wegen unserer Kimmy, die immer zu spät kommt«, sagte mein Bruder und kam lachend aus der Küche mit einem Handtuch in der Hand heraus.

»Connor«, rief ich freudig und lief auf meinen drei Jahre älteren Bruder zu, um ihn zu umarmen und ignorierte, dass er mich Kimmy genannt hatte. Ich hasste es, so genannt zu werden. Kimberly Wilson – Der Name, den ich im Zeugenschutzprogramm erhalten hatte.

»Hey, nicht so stürmisch«, lachte er.

»Was machst du hier?«, fragte ich verwirrt. Dass Jonny hier war, war mir bewusst, Connor hatte ich jedoch nicht erwartet.

»Naomi und ich haben spontan entschlossen, mit Jonny in den Urlaub zu fahren, weshalb ich ihn bereits heute abhole.«

»Ist Naomi auch hier?«, fragte ich hoffnungsvoll.

»Nein leider nicht, sie musste heute noch arbeiten. Aber ich soll dir schöne Grüße ausrichten. Ruf sie doch bald mal an, dass ihr beide etwas zusammen unternehmt.«

»Das werde ich bestimmt in den nächsten Tagen machen«, nahm ich mir fest vor. Naomi war eine Freundin von mir, die ich mit Connor verkuppelt hatte. Sie passte viel besser zu ihm als Johanna, seine Ex. Wenn man mich fragte, war Johanna unglaublich toxisch. Drei Jahre war sie mit Connor zusammen gewesen, bis er all seinen Mut zusammengenommen und ihr von seiner Vergangenheit erzählt hatte. Meiner Meinung nach war dies total dämlich von ihm gewesen. Nicht, dass er ihr es erzählt hatte, sondern, dass er so lange damit gewartet hatte. Wenn er es ihr erzählen wollte, dann direkt am Anfang oder gar nicht. Beispielsweise hatte ich beschlossen, Brandon nichts von meiner Vergangenheit zu erzählen. Selbst nach acht Jahren war ich immer noch nicht bereit, darüber zu reden. Meine Mutter und auch Connor hatten mich zu einem Therapeuten geschleppt. Mein Bruder war auch in Behandlung und meinte, es hätte ihm sehr geholfen. Mir hatte dies jedoch nichts gebracht. Alles, was ich tun konnte, war stumm in dem Raum zu sitzen und einen Fremden anzuschweigen, welcher mir Fragen über Fragen stellte. Fragen, auf die ich keine Antworten hatte. Bis heute nicht. Mir war klar, dass ich mich öffnen sollte. Aber das bedeutete, dass ich all diesen emotionalen Schmerz noch einmal erleben musste. Mir war es lieber, ihn in die hinterste Ecke meines Gedächtnisses zu verbannen und nie wieder auszugraben.

Connor hingegen blühte danach wieder vollends auf. Jedoch war er in einer etwas anderen Situation als ich. Connor kannte nicht einmal die ganze Geschichte. Er hatte nicht gesehen, was ich gesehen hatte. Er hatte nie in Malcom Lightwoods hasserfüllte Augen sehen müssen; hatte nicht Annies Schreie hören müssen, während sie ihn anflehte, aufzuhören. Sein höhnisches Lachen, während er Annie quälte, nur um dann irgendwann einen Schuss zu hören, mit der Erkenntnis, dass ich meine beste Freundin nie wieder sehen würde. Obwohl er dies alles nicht erlebt hatte, war die ganze Situation für ihn ebenfalls dramatisch. Connor hatte alles aufgeben müssen. Seine Freunde. Sein Leben. Und dann auch noch Johanna, die - wie auch nicht anders zu erwarten - das gar nicht toll fand und abgehauen war.

Sie hatte mitten in der Nacht ihre Koffer gepackt und war auf und davon. Jonny, der damals ein Jahr alt gewesen war, hatte sie bei Connor gelassen, da sie, wie sie in ihrem Brief schrieb, *nicht in der Lage wäre, sich allein um ein Kind zu kümmern.* Nach diesem Vorfall hatte ich einen heftigen Streit mit Connor, da ich nicht verstehen konnte, wie er ihr all unsere Geheimnisse anvertrauen konnte. Denn je mehr Menschen davon wussten, umso größer wurde die Gefahr, an einem Ort zu bleiben. Connor war nicht in der zwingenden Situation, dass er den Wohnort wechseln musste, jedoch war er immer mit uns mitgekommen - bis er Naomi vor zwei Jahren kennengelernt hatte und mit ihr nach Sacramento gezogen war.

Naomi passte so viel besser zu ihm. Sie kam super mit Jonny klar, der mittlerweile sechs Jahre alt war. In Jonny hatte Cassie immer einen Spielkameraden gefunden, ganz egal, wohin wir zogen. Auch wenn er in Sacramento lebte, waren zwei Stunden Entfernung nicht zu weit, sodass wir Connor und Jonny oft genug sehen konnten. Mein Bruder kam manchmal an Wochenenden vorbei und ließ Jonny bei unseren Eltern oder bei mir. Seit Cassie geboren wurde, waren wir mittlerweile viermal ans andere Ende des Landes gezogen. Ich hoffte inständig, dass wir hier etwas bleiben konnten, damit Cassie für einen längeren Zeitraum in dieselbe Schule gehen konnte.

»Nun setzt dich in die Küche«, unterbrach meine Mutter die Gedanken und schob mich in ihre neu tapezierte Küche. »Ich habe Kartoffelauflauf gekocht und Brownies gebacken. Möchtest du welche?«

Grinsend nippte ich an dem Kaffee, der mir bereits auf den Platz gestellt worden war.

»Wenn du sie dieses Mal selbst gemacht hast und nicht an einem dubiosen Stand am Straßenrand gekauft hast«, sagte ich lachend und spielte auf ein Ereignis von vor einigen Monaten an, als meine Mutter unabsichtlich Hasch Brownies gekauft hatte.

Sie lachte und verdrehte die Augen.

»Du kannst nicht abstreiten, dass du Spaß hattest, mir und deinem Vater zuzusehen.« Das hatte ich tatsächlich.

»Ich kann immer noch nicht glauben, dass ihr mir damals nichts übriggelassen habt.«

»Und ich bin jeden Tag dankbar, dass dein Vater und ich alle aufgegessen haben, statt dir etwas anzubieten.« Bei dem Gedanken daran, meine Eltern völlig zugedröhnt und verwirrt im Wohnzimmer zu sehen, schüttelte ich belustigt den Kopf.

»Ich hätte auch super gerne was von den Brownies abbekommen«, mischte sich Connor in unser Gespräch ein. »Wo genau hast du die nochmal gekauft?«

»Wag es ja nicht. Lasst bloß die Finger von dem Zeug«, sagte meine Mutter mit gespielt strenger Miene und warf ein Handtuch nach ihrem Sohn.

»Ich habe letztens irgendwo gelesen, dass es sogar ganz gesund sein soll«, sagte ich, worauf ich ebenfalls mit einem Handtuch beworfen wurde.

»Mir egal. Lasst bloß die Finger davon.« Sie stellte mir einen Teller von ihren selbstgebackenen Brownies vor die Nase, von welchen ich mir ein Stück in den Mund schob. Genüsslich seufzte ich auf. Ich hatte ganz vergessen, wie gut es bei Mama immer schmeckte.

»Wann kommt Brandon, um seine Sachen abzuholen?«, fragte mein Vater mit einem ersten Ton. Er zog seine linke Augenbraue in die Höhe, woraufhin sich dünne Falten auf seiner Stirn bildeten. Das mittlerweile grau gesträhnte Haar hatte er sich nach hinten gegelt. Er musterte mich eindringlich, was mich tiefer in den Stuhl sinken ließ. Er hatte Brandon nie wirklich leiden können. Keiner aus meiner Familie konnte das. Mittlerweile wünschte ich mir, ich hätte damals auf sie gehört. Aber nein, ich wusste es ja besser und hatte eine rosarote Brille auf, welche mir nun mit voller Wucht runtergerissen wurde.

»Endlich bist du den Kerl los«, bestätigte Connor meine Gedanken und schob sich ebenfalls ein Brownie-Stück in den Mund. »Ich konnte ihn nie leiden.«

»Er kommt morgen, um seine Sachen zu holen. Danke, dass Cassie für ein paar Tage hierbleiben kann. Ich habe noch nicht ganz überdacht, wie ich ihr das beibringen soll. Sie hängt sehr an Brandon.« Er war wie ein Vater für sie und es würde ihr das Herz brechen. »Außerdem brauche ich Zeit für mich, um das zu verarbeiten. Und das kann ich nicht, wenn Cassie jeden Tag nach Brandon fragt.«

Meine Mutter lächelte schwach. Sie legte mir liebevoll die Hand auf die Schulter und sah mich mitleidig an. »Mach dir um Cassie keine Sorgen. Sie ist hier gut aufgehoben. Vielleicht kann dein Vater mit ihr in ein Jumphouse gehen?« Sie warf ihrem Mann einen belustigten Blick zu, der sich gerade ein Stück Brownie in den Mund schaufelte. »Etwas Sport würde ihm nicht schaden.«

Mein Vater hob gespielt empört eine Augenbraue in die Höhe, ehe er auflachte. »Hey, du hast gesagt, du magst mich so, wie ich bin. Wie war das noch gleich? Mein Bauch ist so kuschelig wie ein Kissen?«

»Ja ja, vermutlich war ich da immer noch high von den Brownies«, konterte seine Ehefrau.

»Du hast mir das erst vor ein paar Tagen gesagt. Hast du etwa neue gekauft und dann ohne mich gegessen?« Meine Mutter schüttelte belustigt den Kopf, während sie aufstand, um neues Wasser für den Tee aufzukochen. Amüsiert sah ich zwischen den beiden hin und her. Von der angespannten Stimmung, die das Thema Brandon über diese Küche gelegt hatte, war nichts mehr zu erkennen. Der Anblick meiner Eltern, die nach so vielen Jahren noch so verspielt und gelassen miteinander umgingen, ließ mich leise aufseufzen. Wieso schien das bei ihnen so einfach, während bei mir alles so kompliziert war?

Kapitel 2

(Nates POV)

Das nervtötende Klingeln des Weckers schrillte in meinen Ohren und ließ mich genervt aufstöhnen. Wie ich dieses Geräusch hasste. Es bedeutete, dass wieder ein stressiger Arbeitstag bevorstand. Gähnend streckte ich mich und nahm das Handy in die Hand, wo mir direkt Nachrichten von meiner Assistentin Nicole ins Auge sprangen.

Augenrollend beschloss ich, sie diesen Morgen zu ignorieren. Auf dem Weg zur Arbeit würde ich bei Starbucks vorbeifahren und ihr einen Kaffee mitbringen. Dies schien sie jedes Mal aufs Neue umzustimmen, wenn ich ihr keine Beachtung schenkte.

In den letzten Jahren waren Menschen gekommen und gegangen, nur Nicole war ständiger Bestandteil geblieben und dafür war ich ihr mehr als dankbar. Ich mochte Nicole super gerne, dennoch ging sie mir manchmal mit ihrer kontrollierenden Art auf die Nerven. Oft behandelte sie mich wie ein kleines Kind, welches nicht in der Lage war, sich um sich selbst zu kümmern. Und seit dem Tod meiner Frau Pamela war es immer schlimmer geworden. Nicole kam ohne Ankündigung vorbei, kochte mir was zu essen, wusch die Wäsche und half mir im Haushalt. Zu Beginn war dies vermutlich nötig gewesen. Mein Gesicht verzog sich bei dem Gedanken an all die schmutzige Wäsche und das Geschirr, das sich am Waschbecken getürmt hatte. Es hatte einige Monate gedauert, bis ich Pamelas Tod irgendwie verarbeitet hatte. Ein Unfall. Unvorhersehbar. Sie war einfach zur falschen Zeit am falschen Ort gewesen. Zu dieser Zeit war mir nicht nach Haushalt oder kochen – es lagen mehr Pizzakartons auf dem Boden, als ich zählen konnte. Ohne Nicole wäre ich nicht da, wo ich jetzt war. Aber mittlerweile hatte ich mich wieder gefangen und war sehr wohl in der Lage, den Haushalt zu schmeißen.

Müde stand ich auf und putze mir die Zähne, bevor ich eine einfache Jeans und ein schwarzes T-Shirt anzog. Wenn ich so unterwegs war, reichte mein Abzeichen, wenn nötig. Die Uniform zog ich nur an, sobald es zu einem Tatort ging.

Die Arbeitskleidung wanderte in den Kofferraum und ich machte mich auf den Weg zur Arbeit. Vorher fuhr ich bei Starbucks vorbei, um Nicole und mir einen Kaffee zu holen. Einen schwarzen Kaffee für mich und für Nicole wie immer einen Latte macchiato mit Hafermilch, Karamellsirup und Zimt. Verstehe einer die Menschen, die sich so ein aufwendiges Getränk bestellten; ein einfacher Kaffee mit Milch tat es doch sicher auch. Am Hauptquartier angekommen, meldete ich mich an der Rezeption zum Dienst.

»Nathanael Henrikson«, hörte ich da auch schon Nicoles Stimme, als ich mich gerade auf den Weg zum Fahrstuhl machte. Sie kam mit klappernden Absätzen auf mich zu. Ihre rotblonden Haare hatte sie wie immer in einen ordentlichen Dutt gesteckt, während sie sich heute dafür entschieden hatte, einen schwarzen Rock mit einer weißen Bluse zu kombinieren. Ihr Blick musterte mich finster, als sie bei mir ankam, während sie eine Augenbraue in die Höhe hob. »Du scheinst ja doch noch am Leben zu sein«, kommentierte sie und ihr durchdringender Blick zeigte mir, dass sie genervt von mir war. »Hast du die Nachrichten heute Morgen ignoriert?«, fragte sie augenrollend und schlug mir leicht gegen die Schulter.

Spielerisch hielt ich mir meine Schulter. »Au, schlag mich doch nicht gleich. Ich habe dir Kaffee als Wiedergutmachung mitgebracht.« Versöhnlich hielt ich ihr den Becher vor die Nase.

»Mit Hafermilch, Karamellsirup und Zimt?«, fragte sie skeptisch und hob eine Braue.

»Ja, wie immer«, antwortete ich und mein Plan schien aufzugehen. Sie nahm ihr Getränk und stieg mit mir in den Fahrstuhl, der in diesem Moment ankam.

»Denk bloß nicht, dass du mich immer ignorieren kannst und mit einem Kaffee alles wieder gut ist«, sagte sie und nippte genüsslich an ihrem warmen Pappbecher, während wir uns in die vierte Etage begaben, wo sich die Büroräume befanden. Zufrieden grinste ich vor mich hin. Es funktionierte jedes Mal.

»Gibt es irgendwas Neues über den Stroller-Fall?«, fragte ich nach einem kleinen Schluck vom Kaffee, um das Thema auf die Arbeit zu lenken.

»Agent Anderson und Peters waren vor Ort und fanden nichts. Keine Spur. Der Typ ist wie ein Geist. Ich kann mir immer noch nicht erklären, wie er aus dem Zimmer rausgekommen sein soll. Das macht absolut keinen Sinn. Sind wir sicher, dass ein Selbstmord ausgeschlossen werden kann?«

»Ausschließen sollte man es nie, aber die Zeichen deuten alle auf Stroller hin, weshalb uns die Polizei mit diesem Fall beauftragt hat. Das Opfer besaß keinen Grund zum Selbstmord und zudem gehen Anderson und Peters, wenn ich richtig informiert bin, davon aus, dass das Opfer versuchte, eine Nachricht mit dem eigenen Blut zu hinterlassen. Die Buchstaben NPL wurden vor dem Opfer auf dem Boden gefunden. Gibt es in dieser Hinsicht einen Fortschritt?«

Nicole blätterte in ihren Unterlagen, während wir bereits im Büro angekommen waren. »Anderson geht davon aus, dass die Nachricht auf ihren Ex-Ehemann Nolan Roland Easton hindeuten könnte. Das Blut der Buchstaben wurde untersucht und es handelt sich um das des Opfers. Ihr Ex-Mann kam ihretwegen ins Gefängnis. Er wurde vor drei Monaten entlassen. Da hätten wir auch ein Motiv. Aus einem NPL kann man ganz leicht ein NRE machen. Vielleicht handelt es sich einfach nur um einen normalen Mordfall und hat nichts mit Stroller zu tun?«

Ich setzte mich auf meinen Stuhl und fuhr den Laptop hoch. »Kann natürlich auch sein. Dennoch besitzt dieser Fall viel zu viele Gemeinsamkeiten mit der Stroller Akte.« Es gab keine Hinweise auf den Täter und die Art des Mordes glich der des Serienmörders Strollers. Im Gesicht fand man Spuren von Mescalin, einer Droge, die Stroller seinen Opfern verabreichte. Zudem fand man an beiden Handgelenken ein X in die Haut eingeritzt, was wir so sonst nirgendwo anders gesehen hatten. Doch bisher hatten wir keinen Zusammenhang zwischen den Geschädigten finden können, und tappten im Dunkeln. Es wirkte, als würde er seine Opfer wahllos auswählen und auf brutalste Art ermorden, indem er sie zuerst unter Drogen setzte, Male an der Haut hinterließ und dann quälend langsam die Kehle durchtrennte. Sein Ziel schien allein die Mordlust. Der Tod war sein Ziel, als hätte er Spaß daran, den Menschen Leid zuzufügen. Die Behavioral Analysis Unit, auch BAU genannt, war bereits dabei, ein Täterprofil herzustellen, stieß jedoch noch auf einige Ungereimtheiten. Das Klingeln meines Handys riss mich aus den Gedanken. Ich zog es aus der Hosentasche, während Nicole kurz nickte und sich auf den Weg in ihr Büro machte.

»Agent Henrikson.« Blind drückte ich auf die Annahmetaste, ohne darauf zu achten, welcher Anruf mich erwartete.

»Warum denn so formell?«, konnte ich eine mir bekannte Stimme spaßen hören. Als ich begriff, wer am anderen Ende des Hörers war, bildete sich ein Grinsen auf meinem Gesicht. Jake war vor einigen Jahren mein bester Praktikant gewesen und hatte mittlerweile einen Job in Chicago erhalten. Gemeinsam hatten wir erfolgreich einige Fälle gelöst.

»Schön mal wieder von dir zu hören, Jakey. Was gibt es? Ist dir in Chicago langweilig geworden?«

»Ganz im Gegenteil. Es gibt super viel zu tun hier. Der Grund für den Anruf ist ein Fall, an dem ich gerade dran bin«, kam er direkt zum Punkt. »Eine Schießerei in einem Restaurant. Zwei Tote, drei Verletzte. Totales Chaos. Zu Anfang habe ich mir nichts dabei gedacht. Doch hör zu: Neben den beiden Opfern wurde weiß gefärbtes Padouk-Holz gefunden.«

Ich hielt kurz den Atem an. »Was hast du gesagt? Padouk-Holz?« Wenn es das hieß, was ich dachte, dann war das nicht gut. Ganz und gar nicht gut.

»Ja … Nate. Ich glaube, er ist wieder da.«

Ein eiskalter Schauer lief mir über den Rücken. »Was, wenn es sich nur um einen Nachahmer handelt?«, fragte ich, da ich nicht wahrhaben wollte, dass er wieder auf der Bildfläche erschienen sein sollte.

»Nate … Neben einem der Opfer wurde ein Zettel gefunden, auf dem stand: Es wird Zeit. Ich werde dich finden. Meine Rache wartet auf dich. Darunter waren die Initialen M.L. zu sehen, mit einer aufgemalten Sonne. Das wurde niemals veröffentlicht. Und vielleicht lehne ich mich jetzt etwas weit aus dem Fenster: aber der Name eines der Opfer der Schießerei war Liora. Könnte natürlich auch Zufall sein, oder aber er ist wieder da.«

»Ich mache mich sofort auf den Weg«, war das Einzige, was ich noch sagen konnte, bevor ich auflegte. Seit vier Jahren hatten wir nichts mehr von ihm gehört. Und jetzt sollte er wieder da sein? In dem Moment, als ich eine neue Nummer wählen wollte, ertönte erneut das Klingeln eines Anrufs.

»Nate?« Allein bei dem Klang ihrer Stimme kroch Panik in mir hoch. Hatte er sie gefunden? War es bereits zu spät?

»Was ist passiert?«, fragte ich so ruhig wie nur möglich. Meine Panik würde sie nur mehr in Schrecken versetzen.

»Ich … Er … Sie …«, stammelte Mandy vor sich hin und es war mehr als eindeutig, dass etwas passiert war.

»Nun beruhige dich erstmal und erzähl mir, was passiert ist.«

»Sie ist weg«, schluchzte sie. »Einfach verschwunden. Was … was, wenn er uns gefunden hat? Ich kann das alles nicht mehr. Sie ist weg. Bitte hilf mir.«

Kapitel 3

(Mandys POV) – Ein paar Tage zuvor

Müde schlürfte ich in die Küche und griff nach der Kaffeekanne, woraufhin ich feststellte, dass sie leer war. Genervt trat ich gegen die Küchenzeile, was dazu führte, dass ein Glas, welches zu nah am Rand stand, runterfiel und in tausend Scherben zerbrach. Ich atmete einmal tief ein und aus. Toll. Der Tag fing ja schon super an. Angespannt holte ich Besen und Handfeger, um den Scherbenhaufen zu beseitigen. Fehlte nur noch, dass ich mich an einer der Scherben schnitt. Das würde super zu dem heutigen Tag passen. Nachdem ich die letzten Reste der Tasse in den Müll geschmissen hatte, wandte ich mich wieder der leeren Kaffeekanne zu. Brandon hatte jeden Morgen den Kaffee gekocht. Da er nun weg war, füllte sich die Kanne nicht mehr magisch mit heißem Kaffee auf.

Um schnellstmöglich der Müdigkeit zu entfliehen, setzte ich einen Kaffee auf und wartete an die Küchenzeile gelehnt sehnsüchtig darauf, dass die Tropfen meines persönlichen Lebenselixiers sich in der Kanne sammelten. Der Geruch des flüssigen Golds erfüllte den Raum und linderte die Anspannung auf das bevorstehende Treffen. Ein Blick auf die Küchenuhr verriet mir, dass Brandon in weniger als zwei Stunden vorbeikommen würde, um seine Sachen aus der Wohnung abzuholen. Seine Habseligkeiten hatte ich bereits in Kartons verpackt und sie ihm in den Flur gestellt – in der Hoffnung, er würde sie einfach nehmen und ohne Drama aus meinem Leben verschwinden. Für immer. Nachdem ich ihn auf frischer Tat mit Lara ertappt hatte, hatte ich ihn nur einmal gesehen; und es war alles andere als gut verlaufen. Deshalb machte mir die heutige Begegnung Angst. Ich wollte ihn weder sehen noch von ihm hören müssen.

Der Dank, den ich für die vergangenen zwei Jahre bekam, hatte mir schon ausgereicht. Ich hätte es wissen müssen. Schmerzen gehörten zu meinem Leben – wie hätte es auch anders kommen sollen? Aber so, wie es aussah, hatte ich aus den Fehlern mit Jason nichts gelernt. Über drei Jahre hatte ich ihm noch nachgetrauert.

Jeden Abend spielte ich mit dem Gedanken, ihn anzurufen, aber die Angst vor dem Ungewissen war einfach zu groß gewesen. Auch wenn es mittlerweile acht Jahre her war, so hatte er die Messlatte für alle zukünftigen Beziehungen sehr hoch gesetzt und wenn ich ehrlich war, war Brandon nie an ihn herangekommen. Aber er hatte mich wieder fühlen und leben lassen; und zu sehr hatte ich mir für Cassie gewünscht, dass es funktionieren würde. Dass meine Tochter eine Vaterfigur in ihrem Leben haben würde. Seufzend wurde mir bewusst, dass ich den schlimmsten Teil noch hinter mich bringen musste.

Cassie zu sagen, dass er nicht wiederkommen würde. Dass er gegangen war, ohne sich von ihr zu verabschieden.

Wieso musste das Leben auch so schwer sein? Hatte ich nicht mit aller Macht versucht, Cassie von Schmerz zu beschützen? Und jetzt musste sie mit dem Leid leben, eine wichtige Person in ihrem Leben verloren zu haben. Bevor ich Cassie diese Nachricht überbringen konnte, würde ich mich jedoch Brandon stellen müssen. Ich goss mir eine Tasse Kaffee ein, nahm einen Schluck und seufzte zufrieden, als sich der Geschmack in meinem Mund verteilte. Daraufhin setzte ich mich vor den Fernseher und schaltete *Friends* ein; meine absolute Lieblingsserie. Auch in den schwierigsten Situationen brachte sie mich stets zum Grinsen. Dies war eine der wenigen Serien, die ich mir ansah. Viel lieber vertiefte ich mich in ein gutes Buch, statt stundenlang vor dem Fernseher zu sitzen. Aber das war mir gerade zu anstrengend. Eine Folge *Friends* und eine Tasse Kaffee später beschloss ich kurzerhand, unter die Dusche zu springen. Wenn Brandon hier auftauchte, musste er nicht unbedingt mitbekommen, was für ein Wrack ich gerade war. Ich wollte ihm zeigen, dass ich ihn nicht brauchte; dass ich auch ohne ihn klarkommen würde. Und dass er etwas Wertvolles verloren hatte.

Entschlossen putzte ich noch in rekordverdächtiger Geschwindigkeit die Wohnung, bevor ich mich wieder ins Badezimmer begab, um mir eine Leggings und ein enganliegendes Top anzuziehen. Ein Lächeln bildete sich auf meinen Lippen, als ich daran dachte, wie sehr Brandon dieses schlichte Outfit gefiel. Es war nichts Außergewöhnliches, dennoch hatte er selten die Finger bei sich behalten können. Gerade als ich meine Haare zu einem hohen Pferdeschwanz band, klingelte es an der Tür. Zögerlich ging ich zur Haustür. Atmete durch. Stand zwei Sekunden vor der geschlossenen

Haustür - bevor ich die Klinke runterdrückte, in der Hoffnung, alles schnell hinter mich zu bringen. Was ich dort vor mir sah, brachte mich jedoch total aus dem Konzept. Brandon stand mit einem Strauß Blumen in der Hand vor mir.

»Können wir reden?«, fragte er zögerlich, was mich zur Weißglut brachte. Reden? Er wollte reden? Wütend starrte ich ihn an und war kurz davor, ihm die Tür vor der Nase zuzuschlagen. »Bitte?«, fragte er erneut und am liebsten hätte ich ihm sein charmantes Grinsen aus dem Gesicht geprügelt.

»Du kannst deine Sachen abholen, die im Flur stehen, und dann kannst du auch wieder gehen. Ich habe dir nichts zu sagen«, zischte ich und öffnete die Tür, damit er eintreten konnte. Er ging an mir vorbei und der Geruch seines Parfüms, das ich so gerne mochte, streifte meine Nase, machte das alles noch viel schwieriger.

Ich schloss die Tür hinter mir und drehte mich zu ihm um. Er stand im Flur mit den Blumen in der einen Hand, während er sich mit der anderen seine Mütze vom Kopf zog, sie auf die Kommode legte und sich durch seine sanften braunen Haare fuhr. Fassungslos sah ich zuerst auf die Mütze, dann zu ihm. »Ich weiß echt nicht, warum du deine Mütze da jetzt hingelegt hast. Keine Ahnung, was du erwartest, aber du brauchst es dir hier gar nicht bequem zu machen.«

Ein leises Seufzen entwich seinen Lippen. Lippen, die Bekanntschaft mit Laras gemacht hatten. »Ich möchte doch nur mit dir reden. Mehr nicht.«

»Ich habe dir aber nichts zu sagen.« Meine Haltung blieb eiskalt. Konnte er bitte einfach seine Sachen nehmen und verschwinden?

»Hast du vielleicht auch nur eine Sekunde daran gedacht, dass ich dir was zu sagen habe? Gott, warum musst du auch immer so selbstbezogen und stur sein?« Fassungslos öffnete ich den Mund. Was hatte er gerade gesagt? Selbstbezogen? Ich? Er schien zu merken, dass er mit seinem Kommentar zu weit gegangen war, da er die Blumen neben die Mütze legte und langsam auf mich zu kam. Vorsichtshalber wich ich ein paar Schritte zurück und schaffte Abstand zwischen uns, sodass ich gar nicht erst in Versuchung kam, seine Nähe zu wollen. Er hatte schon immer gewusst, wie er mich rumkriegen konnte, begriff genau, wie er seinen Charme bei mir einsetzen musste. Aber nicht heute! Ich würde nicht nachgeben.

»Es ist mir gerade scheiß egal, was du mir zu sagen hast«, rief ich frustriert aus. »Du hast mich betrogen!«

»Es tut mir ja leid«, sagte er und es schien, als konnte ich tatsächlich Reue in den Schatten seiner grünen Augen erkennen. *Nein. Lass dich nicht beeinflussen. Es ist vorbei.*

»Das freut mich, dass es dir leidtut. Aber das macht es nicht wieder gut.«

»Dann sag mir, was es wieder gut machen wird. Egal was. Ich tue alles, bitte. Ich brauche dich«, flüsterte er und kam noch einen Schritt näher. Mittlerweile war er so nah, dass mir der Duft seines Parfüms immer mehr in die Nase stieg. *Bleib stark.*

»Da gibt es nichts zum Wiedergutmachen. Es ist vorbei«, sagte ich mit zittriger Stimme, in der Hoffnung, dass er es sein lassen würde. Sein Anblick vor mir verwirrte mich. Ich merkte mehr und mehr, wie ich ihm in den Arm fallen wollte, obwohl ich doch wütend auf ihn sein sollte.

Er seufzte genervt auf. »Kim, jetzt stell dich doch nicht so an.« Es war der Name, welcher mich wieder klar denken ließ und mich auf Hochtour brachte. Ich hasste diesen Namen! Das war verdammt nochmal nicht mein Name! Aber das wusste er ja nicht.

»Ich schwöre, Brandon, du nimmst jetzt deine Sachen und verschwindest von hier. Ich will dich nie wieder sehen.« Er schien zu merken, dass ich es dieses Mal ernst meinte, denn seine Miene verdüsterte sich.

»Das war's also? Du wirfst uns einfach so weg? All die Momente, die wir gemeinsam hatten? Waren sie dir denn nichts wert?«

»Der einzige Moment, den ich gerade mit dir verbinde, ist, wie ich dich mit Lara im Bett erwischt habe.«

»Komm schon, Babe. Das ist doch nichts, worüber man nicht reden kann. Das hat doch alles nichts bedeutet.« Ich fragte mich, wie er um alles in der Welt denken konnte, dass diese Worte irgendwas verändern würden.

»Du kannst mich mal. Nichts bedeutet? Ein Jahr. Ein fucking Jahr ging das. Du kannst mir doch nicht erzählen, dass das nur ein Ausrutscher war«, rief ich. »Nimm deine Sachen und verschwinde.«

Er lachte höhnisch auf. »Hätte ich mir denken können. Nichts verstehst du. Es geht immer nur um dich. Du kümmerst dich einen Dreck um andere. Dir war unsere Beziehung doch sowieso egal. Und ständig diese Geheimniskrämerei. Erzähl mir doch nicht, dass du keinen anderen hattest.«

Sein abfälliger Blick traf mich hart.

Hatte ich mich verhört? Warf er mir wirklich eine Affäre vor? »Was redest du da? Du warst mir überhaupt nicht egal!«

Er schnaubte. »Ist klar. Dann erklär mir doch mal, wer Nate Henrikson ist?« Sein wütender Blick vermischte sich mit Ablehnung und alles in mir versteifte sich.

»Woher kennst du diesen Namen?« Panik wuchs in mir und mein Herz hämmerte gegen meine Brust. Was wusste er? Woher kannte er diesen Namen? Er sollte diesen Namen nicht kennen!

»Woher? Aus deinem Handy natürlich!« Er zog sein Handy aus seiner Hosentasche, tippte darauf herum und hielt mir ein

Foto vor die Augen. Ein Screenshot von meinem und Nates Chatverlauf sprang mir entgegen. Wie um alles in der Welt war er an das Bild herangekommen? Hatte er allen Ernstes mein Handy durchsucht? Was gab ihm das Recht, dies zu tun? »Hast du Schwierigkeiten, den Text zu lesen?« Spott schwang in seiner Stimme mit, als er weitersprach: »Ich kann ihn dir gerne vorlesen: *Also sind wir sicher? Er wird es nicht herausfinden?* Wer wird was nicht herausfinden, Kim?« Schweigend starrte ich ihn an; unfähig, Worte zu finden, die meine Wut zusammenfassen konnten. »Ich kann gerne weiterlesen: *Vorerst ja. Denk daran, dass es keiner erfahren darf. Ich bin demnächst in der Stadt, dann können wir uns treffen und die Lage analysieren.*« Das stimmte. Vor etwa zwei Monaten hatte ich mich mit Nate getroffen, um unsere nächsten Schritte zu planen. Dort hatte er mir versichert, dass wir hier für den jetzigen Moment sicher waren. Dass wir nicht im nächsten Jahr erneut umziehen mussten. In acht Jahren hatte ich eine gute Beziehung zu Nate aufgebaut. Er war einer der wenigen, die mich verstehen konnten. Der wusste, was ich durchmachte, und mir helfen konnte. »Hast du dich mit diesem Nate getroffen?«, fragte Brandon wütend, während ich noch immer perplex dastand, unfähig der Wut, die sich in mir sammelte, freien Lauf zu lassen.

»Ja«, gab ich zu.

»Ja?«, wiederholte er, während seine Stimme einen tieferen dunkleren Ton annahm, der verdeutlichte, wie gereizt er war. Die Kombination mit seinem finsteren Blick, der sich in mich bohrte, ließ mich auf schnauben. Wie waren wir an den Punkt gelangt, dass er wütend auf mich war? »Und wann hattest du vor, mir davon zu erzählen?«

»Gar nicht. Das geht dich nämlich nichts an. Du hast weder das Recht, meine Nachrichten zu lesen noch zu bestimmen, mit wem ich mich treffe und mit wem nicht! Nimm jetzt deine

Sachen und verschwinde von hier, bevor ich noch komplett ausraste. Ich will dich nie wieder sehen. Hast du verstanden? Nie wieder.« Meine Stimme war ruhig und bestimmt, während ich innerlich am Kochen war. Ihn anzuschreien, würde keinem von uns helfen. Ich wollte ihn einfach nur so schnell wie möglich loswerden.

»War ja klar, dass du nicht anders bist als alle anderen. Du hast keine Ahnung, was du dir entgehen lässt. Dieser Nate wird dich fallen lassen, nachdem er bemerkt, was für eine verlogene Bitch du eigentlich bist«, rief er aus. Das war's. Kurzerhand nahm ich die Box mit seinen Sachen, öffnete die Tür und schmiss sie hochkant vor die Haustüre. Ein klirrendes Geräusch deutete an, dass etwas darin zerbrach und ich hoffte inständig, dass es sich um etwas Wertvolles handelte.

»Verpiss dich!«, schrie ich nun. Langsam bewegte er sich zur Tür.

»Wir wissen doch beide, dass du in den nächsten Tagen wieder bei mir angekrochen kommst«, sagte er und sammelte einige Gegenstände auf, die sich draußen verteilt hatten.

»Hoff mal nicht«, schrie ich, schlug die Tür hinter ihm zu und sackte dann weinend an der Wand zusammen.

Kapitel 4

(Mandys POV)

»Du siehst absolut scheiße aus«, begrüßte mich Marie, nachdem ich ihr die Tür öffnete.

»Lass mich«, grummelte ich und machte ihr Platz. In der einen Hand hielt sie eine Flasche Wein und in der anderen eine Tüte, auf der das Chick-fil-A Logo abgebildet war. Alkohol und ungesundes Essen konnten jetzt sicher nicht schaden. »Ich habe dir doch gesagt, dass du nicht vorbeikommen brauchst«, murmelte ich, war bei dem Geruch, der aus der Tüte kam, jedoch dankbar, dass sie meine Bitte ignoriert hatte. Wann hatte ich das letzte Mal was gegessen?

»Ja ja, wir wussten beide, dass mir das egal sein wird.« Sie musterte mich erneut von oben bis unten. »Und so wie du aussiehst, hast du dies mehr als nötig.« Mein Spiegelbild, das sich im Flur abzeichnete, machte deutlich, wovon sie sprach. Meine braunen Haare waren verwuschelt, als wäre ich gerade erst aufgewacht, dunkle Augenringe und ein alter zerfallener

Pyjama um 17 Uhr verhießen auch nichts Gutes. Marie begab sich in die Küche und hielt mir kurz darauf ein volles Glas Wein entgegen. »Hier, das sollte helfen.« Schulterzuckend nahm ich es entgegen. Vermutlich würde es das. »Also erzähl. Deinem Aussehen nach zu urteilen, lief es nicht besonders gut?«

Laut schnaubend setzte ich das Glas an und trank einen Schluck. Der süßliche Geschmack des Weines hinterließ ein angenehmes Brennen in meiner Kehle, was ich willkommen hieß. »Er ist total ausgeflippt. Er. Kannst du dir das vorstellen?«

»Brandon? Der, der dich betrogen hat? Ich habe dir doch von Anfang an gesagt, dass er toxische Züge an sich hat.«

»Erst hat er versucht, mir zu erklären, dass das alles doch ein Fehler war …«

Nun lachte Marie laut auf. »Ja, ist klar. Ein Jahr lang. Passiert ja auch mal einfach so.« Fassungslos schüttelte sie den Kopf.

»Und dann hat er versucht, die Schuld bei mir zu suchen, und hat mir vorgeworfen, ihm fremdgegangen zu sein. Er hat mein Handy durchsucht und mir Nachrichten an den Kopf geworfen.«

»Hat er was gefunden?«, fragte Marie mit einem schelmischen Grinsen.

»Marie!«

»Was? Du erzählst nicht sehr viel über dich und seien wir mal ehrlich … Brandon? Da hättest du dir aber was Besseres angeln können.« Ein trauriges Lächeln umspielte meine Lippen, als ich das Glas erneut ansetzte. Das hatte ich gehabt. Meine Freundin legte den Kopf schief und betrachtete mich interessiert. »Was war das?«

»Was war was?«, fragte ich verwirrt.

»Du hast gelächelt! Kimberly Wilson, was verschweigst du mir?«

Vieles. Zum Beispiel, dass mein Name nicht Kimberly Wilson war. Wie sehr ich es auch versuchte, so konnte ich mich nur schwer an diesen Namen gewöhnen.

Marie war einer der wenigen Personen, der ich in irgendeiner Art und Weise vertrauen konnte. So weit, wie es meine Bindungs- und Vertrauensängste momentan zuließen. Sie wusste nicht viel - eigentlich gar nichts - über mein Leben, dennoch mehr als die meisten Menschen, die ich bisher kennengelernt hatte. Sie stellte oft Fragen zu meinem Leben in Houghton, doch ich wimmelte sie ab oder antwortete nur sehr knapp. Je weniger Menschen über mein früheres Leben Bescheid wussten, umso besser. Marie kannte ich noch aus der Uni. Wie es der Zufall wollte, fingen wir beide zur selben Zeit an der gleichen Schule an zu arbeiten und waren somit Kolleginnen. Und irgendwie hatte sie es trotz der Vertrauensängste geschafft, dass wir gemeinsam Zeit verbrachten. Damit war sie in dem letzten halben Jahr zu einem der engsten Menschen in meinem Leben geworden; neben Brandon, den ich jetzt jedoch zum Mond schießen wollte.

Erneut nahm ich einen Schluck aus dem Weinglas, in der stillen Hoffnung, so ihrer Frage zu entgehen. »Gar nichts verschweige ich dir.« Das war mehr als gelogen. Aber alles war nun mal so sehr verstrickt, dass man mir gar nicht erst glauben würde, sollte ich die Wahrheit erzählen.

»Weißt du … Du hast mir noch nie von Cassies Vater erzählt. Wie war er so?« Da war es wieder. Das Thema, was ich mit aller Kraft vermeiden wollte. Brandon hatte mich auch mehr als einmal darauf angesprochen.

»Ich rede ungern über ihn«, gab ich von mir und hoffte, dass sie das Thema somit fallen lassen würde, auch wenn die Aussage gelogen war. Zu gerne würde ich über ihn reden. Noch immer erinnerte ich mich an den letzten Moment mit ihm; an den letzten Kuss. Auch wenn sein Bild mehr und mehr verschwamm und er vermutlich heute ganz anders aussah, so dachte ich dennoch gerne an die Zeit mit ihm zurück.

»Sagte sie lächelnd«, kommentierte Marie meine angehobenen Mundwinkel, die ich selbst nicht bemerkt hatte.

»Es … es ist kompliziert«, gab ich von mir. Seltsamerweise verspürte ich zum ersten Mal den Drang, jemandem von ihm zu erzählen. Hieß es nicht, dass es einem besser ging, wenn man sich jemandem anvertraute? Vielleicht würde es mir mehr helfen, mit Marie darüber zu sprechen, als in dem Büro eines fremden Therapeuten. Was hatte ich jetzt noch zu verlieren? Erneut nahm ich einen großen Schluck Wein und lehnte mich gegen die Küchentheke. Langsam fing der Alkohol an, sich bemerkbar zu machen, weshalb ich vermutlich die nächsten Worte aussprach. »Wir waren 17 …«, fing ich an und erneut legte sich ein Lächeln auf mein Gesicht. »Und na ja … wir waren jung, verliebt und es hat am Ende einfach nicht funktioniert.« Weil ich weglaufen musste. Vor Jason und meinem gesamten Leben. Niemals hätte ich ihn verlassen. Niemals hätte ich ihm unsere gemeinsame Tochter verschwiegen. Niemals. Wir wären heute noch zusammen, wenn ich damals nicht in Annies Zimmer gegangen wäre; mein Leben würde jetzt ganz anders aussehen. Über ein Jahr hatte ich versucht, mehr über Liora Green in Erfahrung zu bringen, ohne Erfolg. Noch immer wusste ich nicht, wer sie war, oder was der Grund dafür war, dass Malcolm Lightwood sich in Annies Haus aufgehalten hatte. Als ich Nate zum wiederholten Mal auf das Thema angesprochen hatte, hatte er sich angespannt und war meinen Fragen aus dem Weg gegangen. Es lag in der Luft, dass er mir etwas verschwieg, und das machte mich wahnsinnig. Warum wollte keiner mit mir reden? Aber nach Jahren, in denen ich absolut keine Information fand, hatte ich es aufgegeben. Liora Green blieb ein Mysterium. Der Grund, wieso ich die Liebe meines Lebens verlassen musste, hatte zwar einen Namen, aber keine Gestalt. Und dies plagte mich bis heute. Jason wäre sicher ein guter Vater gewesen. Wer weiß, vielleicht hätten wir geheiratet und noch ein Kind bekommen? Der Gedanke an all das, was hätte sein können, schmerzte. Stattdessen hatte ich Brandon vertraut, welcher nichts Besseres zu tun hatte, als mich zu betrügen.

»Und dann?«, fragte Marie aufgeregt.

»Mehr gibt es da nicht zu erzählen«, log ich. Es gab noch einiges zu erzählen, aber ich hatte Nate versprochen, all diese Angelegenheiten nur mit ihm oder mit einem Therapeuten zu besprechen. Mit niemand anderem. Das Risiko wäre zu groß, entdeckt zu werden; wobei seit vier Jahren kein Verdacht mehr aufkam, dass Malcom hinter mir her war. Aber wer wusste schon, wie lange dies noch der Fall sein würde?

»Du bist ja langweilig. Das klingt alles ganz und gar nicht kompliziert. Ich war auch mal jung und naiv«, kicherte sie vor sich hin. »Übrigens: Es gibt heute Abend bei mir eine Hausparty. Du bist dabei«, sagte sie mit einem Tonfall, welcher keine Widerrede zuließ. Dankbar für den Themenwechsel lehnte ich dennoch ab. Wenn ich eins hasste, dann waren es Partys, bei denen sich alle betranken.

»Ich habe heute schon was vor.«

»Gar nichts hast du vor. Du wirst doch nur im Bett gammeln und heulen. Klingt eine Party da nicht tausendmal besser? Es wird auch Essen geben«, versuchte sie, mich zu überreden. Ich seufzte auf. Vielleicht wäre das tatsächlich keine so schlechte Idee. Seit ich dem Zeugenschutzprogramm beitreten musste, war ich immer dieses unscheinbare, liebe Mädchen. Vorher war ich das Partygirl schlechthin. Es war wohl mal wieder an der Zeit, dass ich etwas Spaß im Leben hatte. Der erste Schritt wäre es, zu dieser Party zu gehen und einen vergessenen Teil meiner Selbst wieder neu zu entdecken.

Kapitel 5

(Mandys POV)

Ein lautes Krachen; daraufhin ertönte ein Fluchen, als ich einige Stunden später vor Maries Haus stand und klingelte. Die Tür wurde weit aufgerissen und eine pitschnasse Gastgeberin stand vor mir. »Was ist denn mit dir passiert?« Lachend trat ich in Maries Flur.

»Das Klingeln hat mich erschreckt. Ich habe Wasser über mich gekippt.« Schulterzuckend schloss sie die Tür hinter sich.

»Wie trinkst du denn Wasser?« Meine Schuhe landeten auf der Kommode, während Marie in der Küche verschwand.

»Du glaubst nicht, wie laut und schrill das Klingeln ist. Selbst wenn ich jemanden erwarte, erschrecke ich mich jedes Mal. Wein oder doch lieber einen Cocktail?«, fragte sie, ihr nasses T-Shirt ignorierend.

»Ich glaube, heute mal lieber einen Cocktail. Ich brauche das harte Zeug.«

Maries Grinsen wurde breiter. »Heißt das, du trinkst Shots mit?« Bei dem Gedanken an die ekligen alkoholischen Getränke, die mir pur die Kehle runterflossen, verzog ich das Gesicht. Nachdem Marie gegangen war, hatte ich jedoch den Entschluss gefasst, am heutigen Abend auf der Party alles vergessen zu wollen. Ich hasste Shots. Aber es war vermutlich der einfachste Weg, um betrunken zu werden. Da dies heute mein Ziel war, würde ich da wohl durchmüssen.

»Ja, von mir aus. Heute ist ein Tag, an dem ich es nötig habe.«

»Yeah«, freute sich Marie. Manchmal machte ich mir Sorgen, dass sie zur Alkoholikerin wurde. Wenn es irgendwo was zu trinken gab, dann bei Marie. Sie besaß jede Art von Alkohol und ich hatte nie das Gefühl, dass es weniger wurde. Ganz im Gegenteil. Jedes Mal hatte sie eine neue Variation da, die ich unbedingt probieren musste. Wie auch jetzt, als sie mir eine Flasche unter die Nase hielt. »Riech mal. Das ist Kiwi Likör. Schmeckt total super. Habe ich letztens entdeckt.«

Lachend schüttelte ich den Kopf und roch an der offenen Flasche, woraufhin ich überrascht eine Augenbraue in die Höhe zog. »Das riecht ja gar nicht nach Alkohol.«

»Ich weiß, schmeckt auch kaum danach. Brennt nur ein bisschen.« Zwei Shotgläser füllte sie randvoll - eines davon reichte sie mir. Als ich es entgegennahm, blickte ich einer zufriedenen Marie ins Gesicht.

Noch nie war mir ein Mensch begegnet, der so einfach glücklich zu stellen war. Marie war total einfach gestrickt. Immer zufrieden, superfreundlich und so gut wie nie schlecht gelaunt. Vermutlich war der anhaltende Pegel ihres Alkoholkonsums dafür verantwortlich. »Darauf, dass Brandon, der Arsch, bekommt, was er verdient, und Kim ihr Happy End findet.« Ich stieß mit ihr an - und hoffte, dass irgendeine Kim ihr Glück bekommen würde. Denn mein Name war Mandy; nicht Kim. Ein Geheimnis, das ich nicht lüften durfte. Jedes Mal, wenn mich jemand Kim nannte, wollte ich schreien: *Das ist nicht mein Name. Hört auf, mich so zu nennen.* Aber das war nun mal ich. Meine neue Identität. *Kimberly Wilson*. Aber besser als manch andere Namen, die ich bereits besaß. In Seattle kannte man mich unter Celeste Baker. In einer Kleinstadt in Arkansas wurde mir der Name Karen Park gegeben und in Denver war ich bekannt unter Chandelier White. Wer auch immer mir diesen Namen gegeben hatte, hatte vorher eindeutig was geraucht. Chandelier White. War ja nicht so, als wäre es das Ziel, nicht aufzufallen. Der Name war in dieser Hinsicht absolut keine Hilfe. Dagegen war Kimberly Wilson schwer in Ordnung, auch wenn er lange nicht so schön war, wie mein wahrer Name. Doch Kimberly brachte mir wohl Glück, mittlerweile lebte ich seit vier Jahren mit dieser Identität. Ein neuer Rekord. Hoffentlich würde das noch lange so bleiben. Auch wenn ich es nicht leiden konnte, nicht ich selbst zu sein. Aber ich hatte einfach keine Kraft mehr, alles erneut zu verändern. Alles hinter mir zu lassen.

»Auf ein Happy End«, sagte ich und kippte mir den Shot die Kehle hinunter, welcher erstaunlich gut schmeckte. »Bist du sicher, dass dort Alkohol drin ist?«, fragte ich verwirrt.

»Wann würde ich denn bitte einen Shot ohne Alkohol trinken? So gut solltest du mich mittlerweile doch kennen«, entgegnete sie lachend.

Mein Glas auf die Theke abstellend, begann Marie bereits damit, mir einen Cocktail zu mixen. Man wusste nie genau, was für Zutaten ihre Drinks enthielten. Wenn man sie fragte, was genau drin war, hatte sie keine Ahnung und nur sehr selten war sie in der Lage, dasselbe Getränk noch einmal zu mixen. Mehrere Male hatte ich ihr den Rat gegeben, sich die

Zutaten aufschreiben, jedoch bezweifelte ich, dass sie sich den Vorschlag zu Herzen genommen hatte.

»Brandon und Lara also?«, fing Marie das Gespräch an und versuchte, auf unsere Unterhaltung bei mir zu Hause zurückzukommen. Seltsamerweise hatten wir dort nur über Brandon geredet und nicht über Lara. Stöhnend legte ich den Kopf in den Nacken, konnte jedoch ein Lächeln nicht verhindern. Trashtalk über Lara war genau das, was ich jetzt brauchte.

»Ja, kannst du das glauben? Lara?«

Sie zuckte mit den Schultern. »Ich konnte Lara nie leiden.«

Verwirrt sah ich sie an. »Du? Ich dachte, du kannst jeden Menschen leiden. Du bist immer so nett und kommst mit jedem klar. Ich kann mir nicht vorstellen, dass du jemanden nicht magst.« Dankend nahm ich den Cocktail an, den sie mir reichte, und nahm einen Schluck. »Wow, der schmeckt super. Was ist drin?«

»Ähm, ich glaube Bacardi Razz, Pink Gin, Kiwi Likör, Dos Mas, Wild Berry Tonic, Orangensaft und Kokossirup. Denke ich; kann sein, dass ich was vergessen habe«, lachte sie.

»Also so gut wie nur Alkohol?«

»Du wolltest was Starkes. Aber schmeckt man doch kaum, oder?« Erneut setzte ich das Glas an die Lippen und war mal wieder über ihre Kunst, Alkohol nicht nach Alkohol schmecken zu lassen, überrascht.

»Du konntest Lara nie leiden?«, fragte ich sie, um unser vorheriges Gesprächsthema beizubehalten.

Erneut zuckte sie mit den Schultern. »Ich komme mit ihr klar, wenn es sein muss. Aber so richtig gemocht habe ich sie nie wirklich. Sie strahlt so eine negative und leicht nervige Aura aus. Echt keine Ahnung, was Brandon an ihr findet.« Ihr mitleidiger Blick legte sich auf mich. »Wir können sehr gerne in den Wald gehen. Zum Schreien. Tut supergut. Oder irgendwas kaputtschlagen gehen. Es gibt in LA einen Rage Room. Einen Raum extra, um Sachen zu zertrümmern. Wir könnten einen Mädelstrip machen. Vielleicht will noch jemand mit.« Marie hatte aus irgendeinem Grund die Gabe, jedes Problem kleiner erscheinen zu lassen. »Ein Mädelstrip klingt gar nicht mal schlecht. Vielleicht möchte Naomi auch mit.«

Seufzend wurde mir meine Lage wieder bewusst. Stupid Brandon. »Ich bin einfach nicht für die Liebe geschaffen. Das Universum ist, wie es aussieht, gegen mich. Keine Ahnung, was ich getan habe; das Glück in der Liebe ist einfach gegen mich«, seufzte ich und nahm einen erneuten Schluck von dem Cocktail.

Auch wenn Brandon Jason nicht ersetzen konnte, so waren meine Gefühle, die ich für ihn entwickelt hatte, irgendwann nicht mehr zu leugnen gewesen. Gefühle, auf denen Brandon herumgetrampelt hatte, als wären sie nichts wert. Und meine erste große Liebe, an die ich immer noch dachte, war der Annahme, dass ich ihn einfach ohne Grund verlassen hatte. Bis heute schmerzte der Gedanke, ihn gehen gelassen zu haben, unwissend über seine wunderbare Tochter, von der er niemals erfahren würde. Was würde ich dafür geben, ihm sagen zu dürfen, dass wir gemeinsam etwas unglaublich Tolles wie Cassie erschaffen hatten. Dass sie seine strahlend blauen Augen und sein verschmitztes Lächeln hatte, welches mich tagtäglich an ihn erinnerte. Er würde sie lieben, so wie er mich geliebt hatte. Mehr als nur einmal in den letzten acht Jahren, war ich kurz davor, ihn anzurufen. Auch wenn ich eine neue Nummer und jeglichen Kontakt zu meinen damaligen Freunden und allen Menschen, die ich kannte, abgebrochen hatte, so kannte ich seine Nummer auswendig und hatte sie nie aus dem Kopf bekommen. Doch sobald ich kurz davor war, seine Nummer zu wählen, kamen erneut Bilder von Annie hoch und ich hatte panisch das Handy weggeworfen. Wie sie regungslos in ihrem Zimmer auf dem Boden lag, während Malcolm weiter im Haus nach mir suchte. Wie ich panisch die Luft anhielt, um ja nicht von ihm entdeckt zu werden. Wie ich Annies kalten leblosen Körper vor mir sah, als er mich schlussendlich doch gefunden hatte, am Hals packte, um mich ebenfalls zu ermorden. Seine kalten, hasserfüllten Augen, welche mich durchbohrten. Sein schelmisches Grinsen, als hätte er sein ganzes Leben nur auf diesen Moment gewartet. Ich schüttelte den Kopf, um diese Erinnerung nicht weiter auszudehnen. Dies war eine Erfahrung, die ich nicht einmal meinem schlimmsten Feind wünschte.

Schon gar nicht jemandem, der mir alles bedeutete. Aus diesem Grund durfte ich ihn nicht anrufen. Seitdem wir aus Houghton weggezogen waren, konnte ich wieder normal schlafen, ohne panisch im Bett zu liegen und bei jedem Geräusch zusammenzuzucken. Die letzten Tage in Houghton waren von Panikattacken durchzogen gewesen, was mich dazu veranlasst hatte, die Nächte in Connors Bett zu verbringen, in der Hoffnung, dort einzuschlafen, ohne die ganze Nacht an Jason zu denken. Dabei war es, während ich weinte, nicht gerade hilfreich, dass ich mir zum Schlafen öfter mal ein T-Shirt von ihm anzog, welches ich ihm damals geklaut hatte. Eher gesagt: Er hatte es mir gegeben und es bis heute auch nicht zurückverlangt. Wie denn auch? Er wusste ja nicht wie. Schnell verdrängte ich die Gedanken an Jason. Allein nur daran zu denken, brachte Tränen in mir hervor, welche ich gerade nicht gebrauchen konnte. Brandon hatte mir damals geholfen, über ihn hinweg zu kommen.

Mehr oder weniger.

Er hatte alles getan, um mich abzulenken. Erinnerungen an die schönen Momente mit Brandon machten sich in meinen Gedanken breit. Wie wir zusammen gekocht und gelacht hatten. Gemeinsam wandern waren, um uns den Sonnenuntergang anzusehen, und vieles mehr. Das Chaos herrschte in meinem Kopf. Es war, als wollten sowohl Jason als auch Brandon sich darin einnisten und mich um den Verstand bringen. Marie, die gerade dabei war, den ganzen Mädelstrip zu planen, riss mich aus den Gedanken.

»Übrigens kommen gleich noch Jannik, Matty und ein paar andere vorbei. Hoffe, das ist in Ordnung?« Nickend bestätigte ich. Umso mehr Menschen desto besser. Ich brauchte irgendwas, um Ruhe in meine Gedanken zu bringen. Momentan war einfach viel zu viel los in meinem Kopf, was dort überhaupt nicht hingehörte.

»Gut, dass ich genug Alkohol habe. Ich hoffe, du hast vor, noch einiges mitzutrinken?«, lächelte Marie schelmisch und legte fragend den Kopf schief. Seitdem ich im Zeugenschutzprogramm war, mied ich Alkohol. Ab und zu trank ich ein Glas Wein, aber nie wirklich viel. Zu groß war die Angst, etwas Dummes anzustellen. Doch in dem Augenblick war mir das egal. Im Moment wollte ich alles vergessen. Jason, Brandon. Einfach alles. Einfach nichts mehr fühlen. Also nickte ich. Heute würde ich mich nicht zurückhalten.

Kapitel 6

(Mandys POV)

»Hat dir schon einmal jemand gesagt, wie heiß du eigentlich bist?«, flüsterte ich dem fremden Typen zu, der neben mir saß. Ich glaubte, sein Name war Todd, oder war es doch Peter? Ach, wen interessiere es. Er sah verdammt gut aus. Seine blonden leicht lockigen Haare in Kombination mit diesen giftgrünen Augen … und seine Oberarme erst.

Schief grinsend fuhr er sich durch seinen Wuschelkopf, bevor er seine Bierflasche ansetzte und einen Schluck trank. »Ja, das höre ich öfter.« Sein Blick schweifte über meinen Körper, woraufhin sein Lächeln breiter wurde. »Du bist auch nicht von schlechten Eltern.«

»Ich weiß«, antwortete ich selbstbewusst und mit einem Grinsen im Gesicht. Langsam stand ich auf, um mir ein neues

Bier zu holen. Hatte ich nicht vor ein paar Minuten erst ein neues geholt? Wo war das wieder so schnell hin verschwunden? Mittlerweile war ich mir gar nicht mehr sicher, wie viele Flaschen Bier, Cocktails und Shots ich bereits getrunken hatte. Nach dem vierten Getränk hatte ich aufgehört, zu zählen. Die Retourkutsche erhielt ich sofort, als ich aufstand und dem Typen direkt in den Schoß fiel. Wirklich bereuen konnte ich es nicht; er sah verdammt gut aus. Seine Hände schlossen sich um meine Taille und ein noch breiteres Grinsen bildete sich auf seinem Gesicht, wodurch Grübchen hervortraten.

»Hey«, flüsterte ich und wuschelte ihm durch seine weichen Haare. Nüchtern würde mich diese Nähe vermutlich stören. Aber momentan empfand ich diese Berührung mehr als angenehm. »Matty«, rief ich und erschrak mich vor meiner eigenen Stimme, was mich zum Kichern brachte. Wer erschrak sich schon vor seiner eigenen Stimme? Matty setzte sich neben uns und sah mich belustig an.

»Kannst du mir noch ein Bier holen?«, bat ich ihn und schob die Unterlippe vor. Ungern wollte ich aus der jetzigen Position aufstehen. Bei meinem letzten Versuch war ich immerhin auf dem Schoß dieses Sahneschnittchens gelandet.

Matty nahm ein Schluck von seinem Bier und schüttelte den Kopf. »Kimmy, hast du nicht schon genug für heute?«, fragte er lachend mit einem Hauch von Besorgnis in der Stimme.

»Nein. Ich fühle mich gerade super.« Es war die Wahrheit. Ich fühlte mich frei. Vermutlich würde sich das am nächsten Morgen noch ändern, aber das war mir in diesem Moment egal. Es war eine Weile her, dass ich mich so gelassen und entspannt gefühlt hatte.

Ein flehender Blick zu Matty, der aufseufzte, ließ ihn nachgeben. »Wehe, du beschwerst dich beim nächsten Mal bei mir. Ich hole dir eins, aber auf deine eigene Verantwortung.«

Ein großes Grinsen bildete sich auf meinem Gesicht. »Ja, keine Sorge. Ich kann Verantwortung für mich übernehmen.« Kopfschüttelnd machte er sich auf den Weg. Währenddessen holte ich mein Handy aus der Hosentasche, wollte es gerade entsperren, als es mir aus der Hand gerissen wurde.

»Hey, was soll das?« Empört blickte ich zu Marie, die dafür verantwortlich war.

»Das behalte ich für heute Abend bei mir. Morgen kannst du es wieder haben.«

»Was soll das? Du kannst mir doch nicht einfach das Handy wegnehmen!« Frustriert warf ich die Hände nach oben.

»Das habe ich gerade getan. Du bekommst es morgen wieder. Damit du nichts Dummes anstellst.«

»Was soll ich denn bitte Dummes anstellen?«, fragte ich patzig, vergaß jedoch das Handy, als Matty mit einem Bier in der Hand auftauchte. Freudig nahm ich es entgegen und trank einen großen Schluck, der seltsam bitterschmeckenden Flüssigkeit. Meine Aufmerksamkeit richtete sich wieder auf den Typen, auf dessen Schoß ich immer noch saß. Seinem verklärten Blick nach zu urteilen, hatte er vermutlich ebenfalls einiges intus. Grinsend lehnte ich mich gegen seine Schulter. Mit einer Hand fuhr ich sacht über seine Brust und spielte mit dem Saum des T-Shirts. Währenddessen konnte ich seine Hand an meinem Oberarm spüren, die sanft auf und ab fuhr, und mir eine Gänsehaut verabreichte. Ich genoss diese Berührung - diesen Augenblick - viel zu sehr. Fühlte mich frei. Schwerelos. In diesem Moment konnte ich tatsächlich wieder nachvollziehen, wieso man sich betrank, um seine Probleme loszuwerden. Früher hatte ich dies oft getan. In der High

School. Mit Jason. Als noch alles einfach gewesen war und der einzige Grund zum Trinken, aus Gruppenzwang bestanden hatte. Nicht, um die Schwere des Lebens auszublenden. Tatsächlich wunderte es mich, dass ich in den letzten Jahren nicht öfter zur Flasche gegriffen hatte.

Matty, der uns skeptisch beobachtet hatte, lachte auf und riss mich aus den Gedanken. »Was du Dummes anstellen sollst? Du stellst ja nüchtern beinahe nur dumme Sachen an. Manchmal denke ich, dass Cassie erwachsener ist als du.« Sein Lachen ließ mich ihm einen grimmigen Blick zuwerfen. »Ich habe immer noch das Foto von dir in der Mülltonne, in die du reingefallen bist«, fügte er lachend hinzu. Der Typ, auf dessen Schoß ich saß, lachte auf und mein Blick Matty gegenüber verfinsterte sich. Musste er das jetzt erzählen?

»Kann ich doch nichts dafür, wenn die so groß sind und ich was darin verloren hatte«, versuchte ich, mich augenrollend zu rechtfertigen. Dieser Tag war in der Tat peinlich gewesen, da ich nicht aus der Mülltonne rausgekommen war und Marie angerufen hatte, die zusammen mit Matty ankam, der diesen Moment natürlich für die Ewigkeit auf seinem Handy hatte festhalten müssen.

»Oh, shit«, rief Matty mit einem Mal und blickte zu Marie. »Wo kann ich mich hier verstecken?« Verwirrt sahen wir ihn an. »Candra ist hier«, flüsterte er und ich musste laut auflachen. Kurz darauf hielt ich mir die Hand vor den Mund, da mir auffiel, wie unsensibel es von mir gewesen war. Er warf mir einen genervten Blick zu.

»Das ist nicht lustig. Ich habe jetzt echt keinen Nerv auf die. Die ist verrückt. Wortwörtlich. Woher weiß die, dass ich hier bin?« Panisch versteckte er sich hinter Marie.

Diese nahm einen Schluck aus ihrem Cocktail und sah ihn belustigt an. »Ein paar Leute haben gepostet, dass hier was steigt. Es sind sehr viel mehr Leute hier als geplant. Die Hälfte kenne ich gar nicht. Eigentlich sollte es eine gemütliche kleine Runde werden.« Sie zuckte mit den Schultern. »Hab schon fünf neue Leute kennengelernt.«

Auch wenn Marie nicht mehr in die Uni ging, hatte sie noch viele Freunde dort und war noch häufig auf Hauspartys aufzufinden.

»Okay. Kannst du mir jetzt bitte zeigen, wo ich mich verstecken kann?«, fragte Matty verzweifelt.

»Das kommt davon, wenn man jemand Fremden aus dem Internet datet«, warf ich lachend ein. Candra schien zu Beginn ganz nett. Von Anfang an hatte ich Matty aber gesagt, dass sie diese *Crazy Eyes* hatte. Eine Theorie aus *How I met your mother*, der ich ausnahmsweise zustimmte.

Sie war eifersüchtig, hatte ihn nie mit seinen Freunden ausgehen lassen und nachdem Matty Schluss machte, begann sie, ihn zu stalken. Matty erzählte, dass sie sogar einmal nachts bei ihm eingebrochen und in sein Bett gekrabbelt war. Momentan war er bereits dabei, sich eine neue Wohnung zu suchen, da es ihm zu viel wurde. Hätte er doch nur auf mich gehört, als ich ihm sagte, dass sie verrückt sei.

»Meinetwegen kannst du dich im Schlafzimmer einsperren. Aber allein. Ich will nicht, dass es jemand betritt.« Sie stand auf und sah auffordernd zu Matty. Sein Blick war auf Candra gerichtet, die gerade in der Küche verschwand. Zu seinem Glück war die Musik laut und das Licht gedämmt, sodass es schwerer war, jemanden direkt zu entdecken. Nachdem Matty erkannt hatte, dass Candra sich nicht mehr im Wohnzimmer aufhielt, stand er schnell auf und folgte Marie die Treppe hinauf.

»Jetzt sind wir endlich mal allein.« Ein Wispern drang mir ins Ohr und ich widmete mich wieder dem Typen, auf dessen

Schoß ich noch immer saß. Die ganze Situation war ziemlich untypisch für mich. One-Night-Stands waren meinem Empfinden nach dämlich. Mit Beziehungen konnte ich mehr anfangen. Aber wohin hatten mich die Beziehungen gebracht? Genau hier hin. Sie hatten so viel Schmerz verursacht, dass ich nun hier saß. Betrunken, auf dem Schoß eines Fremden, um ja nichts zu fühlen. Sollte Brandon doch tun, was er wollte. Ich hatte diesen blonden Leckerbissen. Ein dickes Grinsen breitete sich auf meinem Gesicht aus. Was hatte ich schon zu verlieren? Genau: nichts.

»Ich dachte schon, die würden uns nie allein lassen.« Sein Blick fuhr über meine Augen, runter zu den Lippen und verharrte dort für einen Moment. Zärtlich strich er mir mit dem Daumen über die Wange und beugte sich zu mir hinunter. Ehe ich etwas sagen konnte, hatte er bereits seine Lippen auf meine gelegt und begann, mich zu küssen. Sanft. Er schien wohl ein Gentleman zu sein. Leicht perplex erwiderte ich den Kuss. Ich verspürte weder Schmetterlinge noch ein Kribbeln, wie ich es bei Jason oder Brandon erlebt hatte. Schlecht fühlte es sich trotzdem nicht an. Einfach ungewohnt.

Seine Hand fuhr langsam unter mein T-Shirt. Als ich seine Finger auf der Haut spürte, machte sich mit einem Mal Übelkeit in mir breit. Das war so nicht geplant gewesen. Was genau tat ich hier eigentlich? Die Übelkeit, die mich aus dem nichts überrannte, führte dazu, dass ich mich von dem Kuss löste. Fragend sah er mich an, während ich weiterhin mit dem Brechreiz zu kämpfen hatte. »Ich glaube, ich muss einmal kurz an die frische Luft«, murmelte ich.

»Ist alles in Ordnung?«, fragte er besorgt. Sah ich so aus, als würde es mir gut gehen?

»Mir ist übel. Können wir bitte nach draußen gehen?« Er nickte verständnisvoll und ich stand von seinem Schoß auf.

Kaum war ich auf den Beinen, fing alles an, sich zu drehen, und mir wurde noch schlechter. Mit größter Mühe ging ich einen Schritt nach vorne, verlor dabei das Gleichgewicht und sank zurück auf das Sofa. Erneut stand ich auf und wagte einen weiteren Schritt. Vergeblich. Dieses Mal fiel ich gegen Todd – oder wie er auch hieß. Alles, was ich wollte, war, nach draußen zu gehen, um frische Luft zu schnappen. Wieso bewegte sich dabei die Oberfläche? Das war nicht fair. Was hatte ich dem Boden getan, dass er mich nicht nach draußen lassen wollte? Mein Blick suchte verzweifelt nach Todd. »Kannst du mir helfen? Alles dreht sich, wenn ich versuche aufzustehen …«

»Hast du wohl doch etwas zu viel getrunken?«, neckte er mich.

»Ich will doch einfach nur nach draußen«, murmelte ich beinahe unter Tränen. Es fühlte sich an, als würde mir jemand die Luft zuschnüren.

»Natürlich, ich helfe dir«, sagte Todd und kurz darauf spürte ich seine starken Arme unter meiner Kniekehle, die mich hochhoben. Meiner Übelkeit tat dies nicht besonders gut, aber der Gedanke, dass ich gleich draußen sein würde, ließ mich den Mageninhalt drin behalten. Verzweifelt klammerte ich mich fest. Wie konnte es mir nur von einem Moment auf den anderen so scheiße gehen? Wobei, das war eine dumme Frage. Ich kannte das nur zu gut. In einem Moment ging es mir super und dann passierte etwas, das mir den Boden unter den Füßen entriss. So wie jetzt. Der kühle Luftzug verdeutlichte mir, dass wir draußen waren. Frischer Wind wehte mir durchs Haar und ich nahm einen tiefen Atemzug, der die Übelkeit nicht verdrängen konnte - jedoch dabei half, dass ich mich nicht mehr eingeengt und hilflos fühlte. Todd stellte mich ab, hielt mich jedoch immer noch an der Hüfte fest; vermutlich aus

Sorge, dass ich umfallen würde. Mit jedem weiteren Atemzug beruhigte sich mein rasender Herzschlag, auch wenn die Übelkeit immer noch da war. Nach ein paar Minuten löste ich mich von Todd, der mir beruhigend über den Rücken gestrichen hatte, und versuchte, einen Schritt zu gehen. Doch sobald mein Fuß den Boden berührte, drehte sich wieder alles und ich wankte. Er packte mich am Arm und zog mich sanft zu sich. Seine Nähe hinterließ eine angenehme Wärme auf meiner Haut und ich lehnte den Kopf gegen seine Brust. Mir ging es einfach nur elend. Am liebsten würde ich mich ins Bett legen, aber sobald ich die Augen schloss, wurde mir nur noch übler.

»Danke«, flüsterte ich und sah zu ihm hoch in seine grünen Augen. Seine Lippen formten sich zu einem schrägen Lächeln, während er mir mit seiner rechten Hand sanft eine Strähne hinter das Ohr strich.

»Ich hoffe, dir ist übel wegen des Alkohols. Nicht wegen des Kusses«, murmelte er und beugte sich zu mir hinunter. Meine Augen schlossen sich in Erwartung, seine Lippen erneut zu spüren. Doch ehe er dieser Erwartung Folge leisten konnte, wurde ich von ihm weggerissen und eine Faust landete direkt in seinem Gesicht. Todd taumelte nach hinten und wischte sich verwirrt über die blutende Nase. »Jackson, du elender Bastard«, schrie die Person, die für all das Blut verantwortlich war. Der Klang der Stimme ließ mich erstarren. Es war alles viel zu schnell gegangen, als das ich hätte reagieren können. Aber diese Stimme würde ich überall wiedererkennen. Nicht das noch.

»Brandon?« Was machte er hier? Nach dem, was er bei mir zu Hause abgezogen hatte, wollte ich ihn nicht mehr wiedersehen.

Brandon drehte sich zu mir und sah mich mit besorgten Augen an. Wieso sah er mich so an? Alles um mich herum war so vernebelt, dass ich keinen klaren Gedanken fassen konnte. Außerdem übernahm die Übelkeit die volle Kontrolle über meinen Körper.

»Geht es dir gut?«, fragte er mich besorgt und kurz darauf spürte ich seine raue Hand auf der Wange, welche ich instinktiv wegschlug. Er wollte wissen, ob es mir gut ging? Scheiße ging es mir!

»Brandon, was machst du hier?«

Der wütende Blick, den ich ihm zuwarf, schien ihn unvorbereitet zu treffen, als er verwirrt antwortete: »JP hat mich eingeladen. Die Frage ist ja wohl eher, was du hier machst? Mit mir wolltest du nie auf eine Studentenparty gehen.« Der Tonfall seiner Stimme ließ deutlich anerkennen, dass er angefressen war.

»Studentenparty?«, fragte ich verwirrt. Das war wohl wirklich ziemlich außer Kontrolle geraten. »Das ist Maries Wohnung. Sie hat mich eingeladen …« Brandon schnaubte und ich beschloss, ihn zu ignorieren. Es gab keinen Grund, mich vor ihm zu rechtfertigen. Stattdessen wandte ich meine Aufmerksamkeit Todd zu, der sich immer noch vor Schmerz die blutende Nase hielt. Vorsichtig ging ich zu ihm rüber. Meine Übelkeit war noch genauso präsent wie der Schwindel, aber scheinbar tat die frische Luft mir gut.

»Alles in Ordnung?«, fragte ich fürsorglich, woraufhin er benebelt nickte. Ob von dem Alkohol oder Brandons Faustschlag, war mir nicht ganz klar. Brandon hatte ihn ordentlich erwischt. In meiner Hosentasche fand ich ein Taschentuch, welches ich Todd reichte, der es direkt an seine Nase hielt. Innerhalb von Sekunden färbte sich das Taschentuch rot, was verdeutlichte, wie viel Wucht in Brandons Schlag gelegen hatte.

Der Anblick des blutdurchtränkten Taschentuchs machte mich unglaublich wütend auf Brandon. Mit geballten Fäusten drehte ich mich zu ihm um. »Was fällt dir ein, auf ihn loszugehen?«, schrie ich. Er hatte kein Recht dazu.

»Ich dachte, dass er dich belästigt.« Sein finsterer Blick war auf Todd gerichtet. Mich belästigt?

»Sah ich so aus, als würde ich mich belästigt fühlen?« Meine Wut nahm immer mehr zu.

»Du hast also freiwillig mit Jackson rumgemacht?« Sein Blick lag abfällig und schockiert auf mir. Jackson. Das war also sein Name. Nicht Todd. Gut zu wissen.

»Was geht dich das an, mit wem ich rummache?«

»Es sind erst ein paar Tage, seit wir Schluss gemacht haben. Verdammt, Kim, was soll der Scheiß?« Er fuhr sich durch die Haare und sein Blick hatte etwas Verzweifeltes an sich. Was hatte er erwartet? Dass ich, nachdem er bei mir aufgetaucht war, wieder zu ihm zurückkriechen würde? Nachdem er die Schuld bei mir gesucht hatte? Ganz sicher nicht.

»Was das soll? *Was das soll?* Es ist eine Woche her, seitdem ich dich mit Lara erwischt habe. In unserem Bett! Du hast kein Recht, mir zu sagen, mit wem ich rummachen darf. Du hast mir gar nichts zu sagen!«

»Kim. Ich wollte nie was von Lara. Es war nie etwas Ernstes. Das habe ich doch schon versucht, dir zu erklären. Ich will dich. Bitte, lass uns darüber reden.« Er kam einen Schritt näher, was mich ungläubig auflachen ließ. Hatte er bereits vergessen, wie das letzte Gespräch ausgegangen war?

»Einen Scheiß können wir.« Wütend drehte ich mich um, da ich ihm nicht mehr in die Augen sehen konnte.

»Kim, jetzt lass uns doch vernünftig reden.«

»Alles, was ich will, ist, dass du mich in Ruhe lässt«, murmelte ich. Doch Brandon schien sich einen Dreck um diesen Wunsch zu scheren, denn ein paar Sekunden später konnte ich seine Hand an meinem linken Handgelenk spüren, die mich zu ihm umdrehte. Ohne zu zögern, holte ich aus und verpasste ihm eine Ohrfeige. »Ich habe dir nichts mehr zu sagen und will dich nie wieder sehen. Was muss ich noch tun, dass das in deinem Hirn ankommt?«

Brandon hielt sich seine Wange, die noch vor ein paar Sekunden Bekanntschaft mit meiner Hand gemacht hatte, und schaute mies drein. »Das habe ich wohl verdient«, murmelte er vor sich hin, was mich die Augen verdrehen ließ. Das fiel ihm aber schnell auf. Doch alle Hoffnung, dass er es endlich verstanden hatte und mich in Ruhe lassen würde, löste sich in Luft auf, als er mit einem reuevollen Blick sagte: »Du kannst doch nicht einfach zwei Jahre wegwerfen.«

»Ich? Ich werfe sie weg? Hörst du dir überhaupt zu? Du hast alles weggeworfen. In dem Moment, als du was mit Lara angefangen hast, hast du es weggeworfen! Ich war dir immer treu. Und jetzt kommst du hier an, verprügelst den armen Kerl und wirfst mir vor, ich sei schuld? Was ist los mit dir?«

»Du hast mir immer noch nicht erzählt, wer Nate ist. Du kannst mir nicht erzählen, dass du nichts mit ihm hattest. Die Nachrichten waren eindeutig. Gib es doch einfach zu.« Ich holte tief Luft, um ihn anzuschreien, aber er kam mir zuvor. »Jedoch bin ich bereit, darüber hinwegzusehen, wenn du es auch bist. Hör zu, ich weiß, dass ich es vermasselt habe. Aber es gibt immer zwei Menschen in einer Beziehung. Gib uns noch eine Chance. Wir haben beide Mist gebaut. Wieso können wir nicht darüber reden und uns wieder vertragen?« Er sah mich mit flehenden Augen an. Wie konnte er es wagen, mir immer noch vorzuwerfen, dass ich ihn betrogen hatte? Er biss sich auf seine Unterlippe. »Kimmy … bitte.«

»Nenn mich nicht so«, fuhr ich ihn an, während meine Gedanken verrückt spielten. Was passierte hier gerade?

»Bitte«, flüsterte er und nahm meine Hand in seine. Er sah mich mit seinen vertrauten grünen Augen an. Dieser Blick, diese Berührung, waren so vertraut, dass für einen kurzen Augenblick die Wut in mir erlosch. Was, wenn er sich ändern würde? Ich schloss die Augen. Aber alles, was ich sehen konnte, war er: halbnackt in unserem Bett, neben einer halbnackten Lara. Auch wenn ich Wut verspüren wollte, so wurde dieses Gefühl, durch das Empfinden der Trauer übertrumpft. Eine Träne löste sich aus dem Augenwinkel und hinterließ eine Spur auf meiner Wange. Sie bahnte sich den Weg bis zum Kinn, von wo sie auf den Boden tropfte. Unter Alkoholeinfluss spielten anscheinend auch Gefühle verrückt.

»Brandon. War ich dir nicht gut genug?« Zum ersten Mal sprach ich die Frage aus, welche seit einer Weile ein Zuhause in meinen Gedanken gefunden hatte. Wieso hatte er mich betrogen? War ich ihm nicht gut genug? Hatte ich etwas falsch gemacht? Seit wann war Brandon unglücklich in der Beziehung gewesen? Er hatte immer den Anschein gewahrt, als wäre er glücklich. Aber anscheinend hatte ich ihm nicht gereicht. »Hey, hey … sag das nicht …«

Er versuchte, mich an sich heranzuziehen, aber ich wand mich aus seinem Griff. »Was? Das ich nicht gut genug war? Aber das war es doch. Wieso du mich betrogen hast! Warum denn sonst? Sag mir, was habe ich falsch gemacht? Was? Denn ich habe dich nie betrogen! Nie.«

Er fuhr sich durch das Haar. »Es lag nicht an dir-«

»Ach, sei doch leise. Es lag nicht an dir«, äffte ich ihn nach. »Natürlich lag es an mir. Sonst hättest du Lara nie in Betracht gezogen.«

»Mann, es war ein Fehler«, rief er verzweifelt aus. Wie oft wollte er mir das noch weismachen?

»Ein Fehler? Dein Fehler ging über ein Jahr! Ein verdammtes Jahr. Du hast mich nicht nur einmal betrogen. Du hast mich - was weiß ich wie oft - betrogen!«

»Kimmy-«

»Ich habe dir bereits gesagt, dass du mich nicht so nennen sollst!«, rief ich wütend und drehte mich um. Ich sah nach Jackson, den ich auf der Bank vor Maries Haus, mit einem Kühlpack im Gesicht vorfand. Leicht wackelig ging ich, Brandons Rufe ignorierend, zu ihm rüber und setzte mich neben ihn auf die Bank. »Es tut mir leid«, flüsterte ich. Aus dem Augenwinkel sah ich, wie Brandon auf uns zukommen wollte, jedoch von Marie aufgehalten wurde. Sie redete auf ihn ein und kurz darauf verschwand er aufgebracht in ihrer Wohnung, aus der noch immer laute Musik dröhnte. Erleichtert atmete ich aus. Das hatte mir gerade noch gefehlt.

»Schon in Ordnung«, sagte Jackson und lächelte zögerlich. »Mir hätte bewusst sein sollen, dass eine Schönheit wie du bereits vergeben ist«, flirtete er mit mir. Er schien mir nicht allzu böse zu sein.

»Ich bin nicht vergeben … das war mein Ex, der mich vor ein paar Tagen mit einer Freundin betrogen hat. Oder eher gesagt, was ich erst vor ein paar Tagen rausgefunden habe. Betrogen hat er mich ein ganzes Jahr lang.«

»Oh … that sucks«, murmelte er. Vermutlich hatte er das bei meinem und Brandons Geschrei bereits mitbekommen.

»Deswegen tut es mir leid … Ich hätte dich nicht auf dumme Gedanken bringen sollen«, nuschelte ich. »Mir ging es einfach nur scheiße und naja, du warst halt - ich meine das jetzt nicht böse - leicht zu haben.«

Er lachte leise und verzog kurz darauf sein Gesicht. »Bring mich doch nicht zum Lachen. Das tut weh«, sagte er und hielt sich das Kühlpack an den Kopf. »Ich bin halt ein Kerl und du siehst gut aus.« Er scannte mich von oben bis unten mit einem breiten Grinsen, was mich nur den Kopf schütteln ließ. »Aber ist schon in Ordnung. Ich weiß, wie es ist, eine Trennung durchzugehen. Ist nicht leicht. Ich hoffe, du findest jemanden, der dich wirklich schätzt … Wenn du irgendwann soweit bist, kannst du mich gerne anrufen.« Er holte einen Stift aus der Jackentasche, nahm meine Hand und schrieb seine Nummer darauf.

»Ich werde mich an dich erinnern. Tut mir leid wegen deiner Nase.«

»Ach«, winkte er ab. »Ich werde es überleben. Der Gedanke an deinen Anruf wird mich am Leben erhalten«, sagte er zwinkernd.

Kapitel 7

(Mandys POV)

Nach dem Gespräch mit Jackson war ich wieder zu Marie in die Wohnung gegangen, um meine Handtasche zu holen. Eigentlich war der Plan gewesen, bei Marie zu übernachten. Doch nun, wo ich hier am Rand der Toilette saß, wollte ich nur noch nach Hause und ins weiche Bett fallen. Meine Sicht war so getrübt und unscharf, dass ich mir nicht mal sicher war, welche Farbe die Fliesen hatten. War es ein Blau? Oder doch eher ein Grün? Immer mehr wurde mir bewusst, wieso ich nicht mehr so viel trank. Ich fühlte mich elend, konnte keinen klaren Gedanken fassen, und das nervte mich. Mir war es lieber, die Kontrolle über meine Gedanken zu haben. Da es zu Fuß mehr als 30 Minuten zu mir nach Hause gewesen wären, wollte ich einen Uber rufen, verwarf dies jedoch, als ich kurz darauf in Maries Wohnzimmer stand.

Die Luft war in einen Gestank von Zigaretten und Erbrochenem getaucht, was dazu führte, dass ich nun hier saß und mich übergab. Wie war ich nur auf den Gedanken gekommen, dass so viel Alkohol eine gute Idee sein würde?

Das war alles Brandons Schuld! Erneut spürte ich das mittlerweile vertraute Gefühl von Tränen, welche sich den Weg über die Wange bahnten und einen salzigen Geschmack auf den Lippen hinterließen. Wieso war das Leben so brutal? Womit hatte ich all dies verdient? Wieso ich? Bis zu meinem siebzehnten Lebensjahr lief das Leben toll. Beliebt in der Schule und einen tollen Freund. Ein leises Seufzen verließ meine Lippen, als ich die Gedanken zu Jason schweifen ließ. Schmerzhaft wurde mir bewusst, wie sehr ich ihn immer noch vermisste. Im Gegensatz zu Brandon hätte er mich niemals betrogen. Wie es ihm wohl ging? Ob er verheiratet war? Vielleicht sogar Kinder hatte? Die Vorstellung hinterließ einen weiteren Riss in meinem Herzen, was nicht sehr hilfreich für den Tränenüberfluss war, der aus mir strömte. Aus dem Augenwinkel erblickte ich verschwommen ein Handy, welches auf einem Regal in Maries Badezimmer lag. Ohne nachzudenken, stand ich auf und hob es auf. Kurz darauf wurde mir jedoch wieder übel und erneut lehnte ich über der Toilette; erbrach allen möglichen Alkohol, der sich in mir drin befand. Stöhnend ließ ich den Kopf gegen die Wand fallen, fixierte das Handy und bemerkte nach ein paar Sekunden, dass es Brandons gehörte. Sein Hintergrundbild brach sich durch meinen vernebelten Verstand, was mich genervt schnauben ließ. Breit lächelnd umarmte er mich von hinten, als hätte er mich nicht bereits betrogen. Ohne lange zu überlegen, gab ich meinen Geburtstag in die Nummern ein, welche ein Passwort verlangten und siehe da - ich war drin. Was für ein Vollidiot. Ich starrte auf das Handy und dann tat ich etwas, was ich bereits mehrere Jahre hatte machen wollen, jedoch nie den Mut für aufbringen konnte.

Wie von selbst fanden meine Finger den grünen Hörer und kurz darauf, war die Zahlenfolge zu erkennen, die sich seit acht Jahren in mein Gehirn eingebrannt hatte. Seine Nummer. Diese Zahlen waren so sehr in mein Unterbewusstsein verankert, dass es nichts gab, was ich hätte tun können, um sie zu entfernen. Unsicher, was mich erwarten würde, drücke ich auf Anrufen und wartete. Das Piepen dröhnte mir in den Ohren und vermutlich würde mir gleich eine roboterartige Stimme sagen, dass diese Nummer nicht mehr existierte. Immerhin war es bereits acht Jahre her.

Womit ich jedoch nicht gerechnet hatte, war, dass jemand den Hörer auf der anderen Leitung abnahm.

»Hallo?«, ertönte eine verschlafene Stimme, was mich zusammenzucken ließ. Allein an diesem kleinen Wort konnte ich erkennen, dass er es war. Er hatte noch immer dieselbe Telefonnummer. Scheiße. Dieses Wissen würde mir nicht guttun.

»Hallo«, gab ich leicht zitternd von mir. Ich sollte auflegen. Aber alles an mir war wie gelähmt. Der gesunde Verstand sagte mir, dass ich das Handy weglegen sollte. Es war das einzig Richtige. Stattdessen war mein Urteilsvermögen so vernebelt, dass ich gerade gar nicht begriff, was ich hier tat. Alles, was ich wusste, war, dass der Ton seiner Stimme eine Gänsehaut verursachte, welche ich vermisst hatte.

»Wer ist da? Toby? Bist du das? Wie oft habe ich dir schon gesagt, dass du mich nicht mehr mitten in der Nacht anrufen sollst? Es ist 4 Uhr.« Mein Mund öffnete sich, um etwas zu sagen, schloss sich dann jedoch wieder, als ich nicht wusste was. Was sagte man in so einer Situation als Erstes? -2017842395 *Tut mir leid, dass ich dein Herz gebrochen habe? Ich vermisse dich? Du hast übrigens eine wunderbare Tochter?* Nach so langer Zeit, seine Stimme zu hören, löste unglaublich viele Emotionen in mir aus, die mir alle verwirrt durch den Kopf wuselten. »Jason?«, gab ich zittrig von mir. Es gab so viel, was ich ihm sagen wollte.

»Ja?« Seine Verwirrung war ihm anhand seiner Stimme deutlich anzuerkennen. »Wer ist da?« Mein Atem verschnellerte sich. Ob vor Panik oder Aufregung war mir noch nicht ganz klar. Ich sprach gerade mit Jason. Hörte das erste Mal nach langer Zeit die Stimme, die mein Fels, *meine Brandung* gewesen war. Der Tag, an dem wir uns zum letzten Mal gesehen hatten, tauchte in den verschleierten Gedanken auf, was mich leise aufschluchzen ließ.

»Es tut mir leid. Es tut mir alles so leid«, brach ich unter Tränen hervor. Wenn er gleich auflegen würde, wollte ich ihn wenigstens wissen lassen, dass es mich mindestens genauso gebrochen hatte wie ihn.

Für ein paar Sekunden herrschte eine unglaubliche Stille. Auch wenn keiner von uns ein Wort sagte, schwirrten Tausende von Worten in der Luft, bis er diese durchbrach. »Mandy?«, hörte ich ihn ungläubig flüstern. Es war nur ein Name. Aber es war *mein* Name. Gott, tat es gut, diesen aus seinem Mund zu hören. »Mandy, bist du das?«, fragte er nun etwas lauter.

»Ja«, gab ich leise von mir. Jason schwieg, was ich ihm nicht verübeln konnte. Wäre ich an seiner Stelle, hätte ich mit Sicherheit bereits aufgelegt. Bevor er dies jedoch tun konnte, nahm ich allen Mut zusammen und flüsterte mit zittriger Stimme: »Ich … es tut mir leid. Ich wollte das alles nie. Ich … es tut mir einfach nur leid«, sagte ich und brach zum wiederholten Mal in Tränen aus.

»Acht Jahre …«, hörte ich ihn murmeln. »Acht verdammte Jahre ist es her, seitdem du einfach verschwunden bist …« Der Schmerz, der in seiner Stimme mitschwang, drang direkt in mein Herz und hinterließ ein weites Loch.

»Ich weiß-«

»Ach, du weißt das? Wusstest du das damals auch? Wie wäre es gewesen, mich vorzuwarnen? Oder mit mir Schluss zu machen? Weißt du, wie lange es gebraucht hat, um über dich hinwegzukommen? Über die Tatsache, dass du einfach ohne ein Wort verschwunden bist?« Seine Worte, drückten das Messer immer tiefer und ließen alte Wunden aufplatzen, die nur spärlich mit einem Pflaster verdeckt waren.

»Denkst du, ich wollte das?«, rief ich. »Ich wollte nicht, dass dir was passiert. Ich hatte keine andere Wahl ...«, flüsterte ich.

»Was redest du denn da? Das Einzige, was passiert ist, ist, dass du mir mein Herz gebrochen hast. Und erzähl mir nicht, dass du keine Wahl hattest. Man hat immer eine Wahl.«

»Ich ... ich ...«, stammelte ich und zuckte zusammen, als mit einem Mal die Badezimmertür aufgerissen wurde und Marie vor mir stand.

Sie musterte mich von oben bis unten und schüttelte den Kopf. »Gott, siehst du schlimm aus«, gab sie von sich und setzte sich mit einem Weinglas und einer vollen Flasche Wein neben mir auf den Boden. »Warum sind Typen solche Arschlöcher?«, fragte sie und schenkte sich etwas Alkohol ein, wovon mir direkt wieder übel wurde.

Sie schien komplett zu ignorieren, dass ich gerade am Telefonieren war. »Warum verstehen die einfach gar nichts? Erst macht Jannik mir Hoffnungen und dann hat er nur Augen für Janina, sobald sie den Raum betritt.« Sie nahm ein Schluck von ihrem Wein und seufzte laut auf. »Sie sind doch auch alle gleich.« Kurz hielt sie inne, als sie auf das Handy in meiner Hand starrte. »Wessen Handy ist das?«, fragte sie und sah mich eindringlich an.

»Meins«, gab ich kleinlaut von mir, wusste aber, dass sie mir nicht glaubte.

»Kim … wessen Handy ist das? Ich habe dir deins weggenommen, damit du keinen Unsinn anstellst.«

»Kim?«, meldete sich nun Jasons verwirrte Stimme zu Wort.

Shit. Ich hatte ganz vergessen, dass er noch am Hörer war. Marie sah mich mit offenem Mund an. »Gib mir das Handy.«

Ich schüttelte den Kopf. Zu sehr wollte ich Jasons Stimme hören. Sie versuchte, nach dem Handy zu greifen, aber ich hielt es so gut von ihr weg, wie es ging. »Ich weiß nicht, wer dran ist, aber Kim ist gerade sehr betrunken. Was auch immer sie gesagt hat, bitte nicht erst nehmen«, rief sie und wandte sich dann mit einem grimmigen Gesicht an mich. »Ich hoffe für dich, dass das nicht Brandon war. Das wirst du morgen so sehr bereuen. Und jetzt gib mir das Handy!« Widerwillig gab ich nach und reichte es ihr. »Alles muss ich für dich machen«, seufzte sie. »Hallo?«, sagte sie in den Hörer. »Es tut mir sehr leid. Ich habe Kim das Handy abgenommen, um einen Drunk Call zu vermeiden. Aber sie scheint dieses Handy gefunden zu haben.« Sie lauschte Jasons Worte, die ich nicht verstehen konnte. Ich sollte was sagen, aber der Geruch von Maries Wein stieg mir in die Nase, was dazu führte, dass ich wieder über der Kloschüssel hing und mich übergab. »Kimberly Wilson … Wer ist denn dran?«, fragte Marie mit hochgezogener Augenbraue. »Jason Taylor?« Alle waren nun verwirrt.

Na toll. »Mandy? Ich kenne keine Mandy. Da muss sich Kim wohl verwählt haben … Tut mir sehr leid für die Störung«, sagte Marie und legte auf. Erschöpft lehnte ich neben der Toilette und schloss die Augen. Was war gerade passiert? War es nicht genau das, was ich versucht hatte, all die Jahre zu vermeiden? Oder war es genau das, was ich all die Jahre gebraucht hatte?

Kapitel 8

(Jasons POV)

Mehr als verwirrt starrte ich auf das Handy. Immer noch nicht in der Lage zu verstehen, was gerade passiert war. Vermutlich hatte ich einfach nur einen schlechten Traum gehabt. Wieso um alles in der Welt sollte sie mich sonst um vier Uhr in der Nacht anrufen? Und das nach acht Jahren? Wütend und verletzt starrte ich die olivgrüne Wand im Schlafzimmer an, welche dringend mal einen neuen Anstrich benötigte. Jahrelang hatte ich ihr hinterher getrauert - unwissend, wieso sie einfach verschwunden war. Anfangs hatte ich mir Sorgen gemacht, aber nach einer Weile, nachdem mir bewusst geworden war, dass sie einfach, ohne ein Wort zu sagen, verschwunden war, nahm die Wut überhand.

Unsere letzte Begegnung spielte sich zum wiederholten Mal vor meinem inneren Auge ab. Wie sie mit tränenverschmiertem Gesicht vor mir gestanden hatte und mir sagte, dass sie mich liebte. Wie ihre Lippen meine noch ein letztes Mal berührt hatten. Nur um dann zu verschwinden.

Was jedoch mindestens genauso schmerzte, war, dass dies meine letzte Erinnerung an sie war. Hilflos und gebrochen.

Schrecklich, was damals passiert war. Nicht annähernd konnte ich mir vorstellen, wie sie sich gefühlt hatte, auch wenn ich das Gefühl von Verlust kannte, so war es nichts im Vergleich zu dem, was Mandy durchmachen musste. Vor einem Jahr hatte ich meine ältere Schwester, Elaine, bei einem Autounfall verloren. Der Verlust schmerzte immer noch sehr, doch bei dem Gedanken, mitanzusehen, wie sie litt und starb, wurde mir übel. Denn das war es, was Mandy hatte durchmachen müssen. Sie hatte mitansehen müssen, wie ihre beste Freundin vor ihren Augen ermordet wurde. Natürlich war diese Erfahrung traumatisch gewesen und ich wollte ihr Zeit und Abstand gewähren, jedoch war dies kein Grund, einfach zu verschwinden und sich von mir abzuwenden. Mir war bewusst, dass die Monate für sie - sowie für mich - nicht einfach gewesen wären, aber ich wäre mit ihr durch diese Zeit gegangen. Nachdem sie verschwunden war, hatten sich die schlimmsten Szenarien in meinem Kopf abgespielt. Am Ende war es jedoch tatsächlich die größte Angst gewesen, die sich bewahrheitet hatte: dass sie einfach verschwunden und mich verlassen hatte. Acht verdammte Jahre hatte ich nichts mehr von ihr gehört.

Wie gebannt starrte ich nun auf die Nummer, die mich angerufen hatte. Sie konnte doch nicht einfach anrufen, sagen, dass es ihr leidtat, nur um dann wieder aufzulegen. Und wer zum Geier war Kimberly Wilson? Der Wunsch, mehr rauszufinden, machte sich in mir breit. Für den jetzigen Moment war ich jedoch noch zu verwirrt, um dem nachzugehen. Müde starrte ich auf den Wecker, der vom Nachttisch aufleuchtete, und stellte fest, dass es bereits fünf

Uhr am Morgen war. Seufzend fuhr ich mir durch die Haare. Was für ein Start in den Tag.

Nach fünf Minuten stieg ich aus dem Bett und ging ins Badezimmer, um mich frisch zu machen. Schlafen konnte ich jetzt nicht mehr, und Riley und Tommy müssten sowieso bald aufwachen, um sich für die Schule fertig zu machen. Die kalte Dusche fühlte sich gut und erfrischend auf der Haut an. Nachdem ich die Zähne geputzt hatte, zog ich mir eine Jogginghose sowie einen Hoodie über. Müde schlürfte ich in die Küche und setzte einen Kaffee auf. Während ich wartete, wanderten meine Gedanken unausweichlich zu Mandy. Auch wenn ich wütend war, so hatte mich ihre Stimme wieder mit einer Freude erfüllt, welche ich schon lange nicht mehr gespürt hatte. Schmerzlich wurde mir bewusst, wie sehr ich sie noch immer vermisste.

Es hieß zwar *Zeit heilt alle Wunden,* aber hier war ich mir nicht so sicher. Ihr Lächeln und ihre braunen Augen, wenn sie bei jeder kleinen Gesten zu strahlen begannen, spielten sich wie ein Gedankenfilm ab. Es hatte nicht viel gebraucht, um ein Lächeln auf ihr Gesicht zu zaubern. Ob es eine simple Berührung oder ein paar liebe Worte waren: Sie war immer am Lächeln - bis zu dem Tag, an dem Annie gestorben war. Bei unserer letzten Begegnung war sie wie ausgewechselt, hatte mit den Tränen gekämpft und kein Anzeichen eines Lächelns war auf ihrem hübschen Gesicht zu erkennen gewesen und …

Meine Gedanken wurden durch eine verschlafene Riley unterbrochen, die in die Küche trat und mich mit großen grauen Augen ansah. Ihr Kuscheltier wippte leicht auf und ab, als sie auf mich zu getapst kam und vor mir stehen blieb. Ihre kleinen Arme schlangen sich um den Elefanten, bevor sie mich von unten herab ansah. »Ich … habe schlecht geträumt«, murmelte sie und schniefte kurz auf. Ohne lange nachzudenken, beugte ich mich zu ihr hinunter und nahm sie auf den Arm, woraufhin sie die Arme um meinen Hals schlang und sich an mich schmiegte, was mir ein Lächeln auf die Lippen zauberte. Gott, wie sehr ich sie liebte.

»Ich vermisse Mama«, schluchzte sie auf, als ich ihr beruhigend über den Rücken streichelte. Meine Arme schlossen sich enger um Riley, als ich an ihre Mutter dachte.

Ihr ansteckendes Lachen, während ihr Milch aus der Nase schoss, da sie es nicht hatte lassen können, mich dazu herauszufordern, wer von uns beiden am meisten und schnellsten Milch trinken konnte, während Nael uns Witze aus einem Buch vorlas.

»Ich vermisse sie auch«, flüsterte ich und am liebsten würde ich Riley den Schmerz nehmen, damit sie nicht leiden musste und eine glückliche Kindheit erleben konnte. All den Schmerz, der bei den Gedanken an ihre Mutter durch meine Venen floss, war vermutlich nichts im Vergleich zu dem, was sich in ihrem Inneren abspielte, wenn sie an ihre Mutter dachte. Tief einatmend setzte ich ein gespieltes Lächeln auf. Direkt so früh am Morgen an zwei Menschen, die kein Teil meines Lebens mehr waren, erinnert zu werden, nahm mich mehr mit, als ich zugeben würde.

»Wie sieht es aus? Hast du Lust, auf eine heiße Schokolade und ein leckeres Frühstück?«, fragte ich Riley, um mich - und sie - auf andere Gedanken zu bringen. Bei dem Vorschlag leuchteten ihre grauen Augen auf.

»Kannst du Pfannkuchen machen? Wenn ja, machst du auch welche für Kitty?«, fragte sie aufgeregt und hielt mir ihren Elefanten vor die Nase.

»Nur, wenn du und Kitty auch etwas Gesundes dazu esst«, gab ich gespielt streng von mir und versuchte, nicht darüber zu lachen, dass sie ihren Elefanten Kitty genannt hatte.

Riley hielt kurz inne und dachte nach. »Kitty isst gerne Äpfel und ich will Erdbeeren zu den Pfannkuchen, oh, und Bananen. Oder will ich Heidelbeeren?« Ihr nachdenkliches Gesicht brachte mich nun doch zum Lachen. Sie legte den Kopf schief und ihre Mundwinkel hoben sich etwas. »Ich mag es, wenn du lachst«, kommentierte sie und umfasste mein Gesicht mit ihren kleinen Händen. Ihre weiche Haut auf der Wange ließ mich breiter grinsen. Jeden Tag war ich unglaublich dankbar für sie und Tommy in meinem Leben, auch wenn deren Mutter nicht mehr da war, so waren die beiden ein Segen, den ich nicht missen wollte.

»Wie wäre es, wenn ich einfach ganz viel Obst auf den Tisch stelle und du und Kitty könnt euch dann nehmen, was ihr wollt?« Sie nickte wild, als ich sie auf dem Boden abstellte und Händewaschen schickte.

Während ich an der Milch roch, um zu überprüfen, ob diese noch gut war, kam ein verschlafener Tommy in die Küche. Verwundert sah ich ihn an. Seit wann wachte er von selbst auf und musste nicht aus dem Bett gezerrt werden? Und das noch an einem Schultag?

Meine Verwunderung ignorierend wandte ich mich an Tommy. »Guten Morgen. Pfannkuchen?«, fragte ich ihn, der nur brummend zustimmte und sich gähnend auf einen Stuhl setzte. Seit dem Tod seiner Mutter war er nicht mehr derselbe. Er verschloss sich immer mehr und ich wusste nicht, wie ich mit ihm umgehen sollte. Auf meinen Wunsch hin, ging er einmal in der Woche zu einem Therapeuten, doch ich war mir nicht sicher, ob dies erfolgversprechend war.

Mit einem schwachen Lächeln nahm Tommy die heiße Schokolade entgegen, die ich vor ihm auf den Tisch stellte. Dann holte ich ein paar Eier aus dem Kühlschrank und begann, den Teig für die Pfannkuchen vorzubereiten. »Seit wann machst du die Pfannkuchen?«, fragte Tommy belustigt, woraufhin ich mit den Augen rollte. Aber er hatte recht. Normalerweise machte Vivienne den Kindern Frühstück. Meine Pfannkuchen waren nichts im Vergleich zu ihren French Toasts, aber da sie bis heute Abend in Denver war, musste eben das genügen, was ich auf den Tisch brachte.

»Was willst du mir damit sagen?«, zog ich gespielt streng eine Augenbraue in die Höhe.

»Dass ich mich noch sehr gut daran erinnere, als du mal mit Mama gekocht hast und alles verbrannt hast«, sagte er lachend, verstummte jedoch direkt danach und eine traurige Aura legte sich um ihn. Würden wir jemals an den Punkt kommen, wo die Erwähnung von Tommys und Rileys Mutter nicht die Stimmung umschlagen würde? Das hätte sie nie gewollt. Aber nach nur einem Jahr waren die Wunden noch zu frisch.

»Hey, das ist Jahre her. Mittlerweile kann ich super kochen«, versuchte ich, die Stimmung etwas zu lockern. Das war nur die halbe Wahrheit. Meine Kochkünste waren grauenvoll. Alles, was ich hinbekam, waren Pfannkuchen und Spiegeleier. Ohne Vivienne würden wir vermutlich jeden Tag Essen bestellen müssen. Tatsächlich lachte Tommy belustigt auf, was mir ein schwaches Lächeln auf die Lippen zauberte.

Während ich den fertigen Teig in die Pfanne gab, nippte Tommy schweigend an seiner heißen Schokolade. Die angenehme Stille wurde von Riley unterbrochen, die in die Küche gerannt kam. »Was wollt ihr heute für die Schule als Snack?«, fragte ich an die beiden gewandt.

»Schokolade«, rief Riley aus, woraufhin ich eine Augenbraue hochzog.

»Riley«, sagte ich mit einer ermahnenden Stimme. Von Rileys Lehrerin Miss Koley wusste ich ganz genau, dass sie einen Wert auf gesunde Ernährung legte.

Riley seufzte auf. »Na gut, dann Gemüse, Brot mit Käse und ... ganz viel Obst. Das kann ich dann für meine Five-a-day aufschreiben«, sagte sie aufgeregt. »Ich bekomme heute dann Silber«, stellte sie fest.

»Five-a-*was*?«, fragte ich und mir wurde bewusst, dass ich beinahe nichts davon wusste, was die Kinder in der Schule taten. Vielleicht sollte ich mich doch etwas mehr informieren und involvieren. Aber bis jetzt gab es noch keine Beschwerden von Rileys Lehrern in der zweiten Klasse. Tommy hingegen schien ein etwas schwierigerer Fall bei einigen Lehrern zu sein. Seine Noten ließen zu wünschen übrig und ich wurde bereits zu einem Gespräch gebeten, in welchem mir bewusst gemacht wurde, dass Tommy eine schwere Zeit hatte. Seitdem schaute ich mich nach einer Nachhilfe für Tommy um, damit er mithalten konnte.

»Five-a-day«, wiederholte Riley. »Jeden Tag können wir fünf gesunde Sachen aufmalen, die wir gegessen haben, und dann bekommen wir einen Punkt. Bei fünf Punkten bekommen wir Zertifikate. Ich habe schon Bronze. Heute bekomme ich dann Silber«, sagte sie aufgeregt und nahm einen großen Schluck von ihrer heißen Schokolade. Ich hatte mir bei der Wahl der Schule sehr schwergetan. Nach langem Überlegen hatte ich beschlossen, beide an einer privaten internationalen Schule anzumelden. Der Berkeley International School. Bis jetzt hatte ich dies noch nicht bereut. Riley schien sich super in der zweiten Klasse einzufinden und Tommy hatte, soweit ich wusste, auch ein oder zwei Freunde in der vierten Klasse gefunden. Auch wenn ihm der Inhalt einige Probleme bereitete, so hatte ich das Gefühl, dass er von den Lehrern weitestgehend unterstützt wurde.

Da der Musikerberuf dafür sorgte, dass ich nicht ganz unbekannt war, wollte ich die beiden nicht an eine öffentliche

Schule schicken. Geld stellte für mich keine Hürde dar, also hatte ich beschlossen, den beiden die beste Bildung zu geben, die ich finden konnte.

Nachdem zwei Songs auf TikTok viral gegangen waren, kam ich ziemlich gut über die Runden. Eine regelmäßige Präsenz in den Sozialen Medien sorgte dafür, dass ich tatsächlich einige Male auf offener Straße erkannt wurde. Glücklicherweise hielt sich dies noch in Grenzen, war jedoch gleichzeitig ein wahrgewordener Traum. Ich konnte Musik machen, Menschen hörten und liebten sie, verdiente einen guten Lebensunterhalt und musste mich nicht um das ganze Drama mit den Medien kümmern. Online war zwar einiges los und ich musste aufpassen, was ich postete oder sagte, aber alles in allem war ich sehr zufrieden mit meiner Karriere. Die Konzerte, die ich gab, waren natürlich nichts im Vergleich zu Taylor Swift, aber wenn ich auftrat, war es dennoch gut besucht. Neben den Auftritten gab ich Interviews in unabhängigen Podcasts und hatte in zwei Filmen eine Nebenrolle gespielt, wo meine Musik der Soundtrack zum Film war. Aber seitdem ich das Sorgerecht für Riley und Tommy besaß, war ich etwas kürzergetreten und konzentrierte mich auf Songs, welche ich auf TikTok postete und auf Spotify veröffentlichte. Dies gab mir genug Zeit, um für Riley und Tommy da zu sein. Auch wenn ich das Leben vor ein paar Jahren in LA geliebt hatte, bereute ich die Entscheidung, nach Berkeley gezogen zu sein, für keine Sekunde. Meine Eltern hatten die Entscheidung, wieder näher zu ziehen, ebenfalls für gut empfunden. Sie waren mehr als glücklich, dass ich wieder nach Hause kam und mehr Zeit mit der Familie verbrachte.

Ein Blick auf die Uhr verriet mir, dass es bald an der Zeit war, die beiden für die Schule fertig zu machen. »Tommy, Vivienne ist heute nicht da. Oma holt euch beide heute von der

Schule ab, weil ich noch ins Studio muss«, sagte ich, woraufhin Riley begeistert die Hände in die Luft warf.

»Wirklich? Opa hat mir versprochen, das nächste Mal das Vogelhaus mit mir fertig zu bauen.«

Auch auf Tommys Lippen bildete sich ein zufriedenes Grinsen. »Find ich gut. Nael wollte mir zeigen, wie man in Minecraft Küken züchten kann.« Die Reaktion der beiden bestätigte mir abermals, dass es richtig gewesen war, nach Berkeley zu ziehen und etwas Abstand von LA zu nehmen. »Vergiss aber nicht, Ms. Koley eine Nachricht zu schreiben. Sonst lassen sie Riley nicht gehen, wie beim letzten Mal«, sagte Tommy mit vollem Mund und ich war dankbar, dass Tommy mich daran erinnert hatte. Selbstständig hätte ich da nicht mehr dran gedacht.

»Ja, mache ich. Und jetzt esst eure Pfannkuchen und dann macht euch fertig für die Schule.« Ich konnte jetzt schon spüren, dass dies ein anstrengender Tag werden würde.

Kapitel 9

(Mandys POV)

Panisch schreckte ich auf, als ein lautes Geräusch durch die Luft schallte. Kurz darauf bereute ich diese schnelle Bewegung und hielt mir den brummenden Kopf. Was war passiert? Zusätzlich zu den Kopfschmerzen machte sich eine altbekannte Übelkeit in mir breit. Unruhig drehte ich mich im Bett. Mich beschlich das ungute Gefühl, dass ich etwas Wichtiges vergaß, das gestern Abend passiert war. Der größte Teil des Abends war verschwommen und einzelne Puzzleteile schwirrten mir durch den Kopf, die ich jedoch nicht ganz zuordnen konnte. Zum Beispiel, wie ich nach Hause gelangt war. Erneut zuckte ich zusammen, als das polternde Geräusch lauter erklang. War noch jemand im Haus? Soweit ich mich erinnerte, war Cassie bei meinen Eltern. Vorsichtig stand ich auf und bewegte mich in Richtung Küche. Die Angespanntheit löste sich, als ich Marie darin entdeckte. Lachend lehnte ich mich an die Küchentür und betrachtete sie, wie sie mit den

Pfannen kämpfte. Zwei lagen bereits auf dem Boden. Das war dann wohl das Geräusch, welches mich geweckt hatte.

»Was soll das denn werden?«, fragte ich belustigt und fing mir einen finsteren Blick von ihr ein.

»Ich hatte Hunger. Und du hast scheiß Pfannen.«

Mein Blick wanderte zu den Küchenutensilien und ich sah sie verständnislos an. »Sind die etwa vor dir weggeflogen?«

»So in etwa«, murmelte sie und wandte sich der dritten Pfanne auf dem Herd zu. »Seit wann kochst du überhaupt? Ich habe dich noch nie kochen sehen. Und was machst du hier bei mir? Wie sind wir hierhergekommen? Ich habe so viele Fragen«, sprach ich all die wirren Gedanken aus und setzte mich an den Tisch.

Marie lachte und reichte mir eine Tasse Kaffee, welche ich dankend annahm. »Du hast echt dummes Geschirr. Eine Tasse ist mir auch schon beinahe auf den Boden gefallen. Und hat dir denn niemand beigebracht, nicht auf beschichteten Pfannen herum zu kratzen?« Empört hielt sie besagtes Utensil, welches vor einer Sekunde noch auf dem Boden lag, hoch und wedelte mit ihm herum. »Meine Mutter würde mich umbringen, wenn die Pfannen so aussehen würden wie deine.« Ich zuckte mit den Schultern. Mama hatte tatsächlich immer mit mir geschimpft, wenn ich das getan hatte. Aber seitdem ich allein wohnte, meckerte zum Glück niemand mehr. Ich nahm einen Schluck des Kaffees und stellte erstaunt fest, dass er ziemlich gut schmeckte. Hatte sie die Kaffeemaschine hier in der Küche dafür benutzt? Bevor ich sie darauf ansprechen konnte, fing Marie an, mir meine wirren Fragen zu beantworten.

»Meine Mutter hat mir damals das Kochen beigebracht, nur bisher habe ich noch nichts für dich zubereitet. Ich koche zwar ganz gerne, bin dann aber meistens doch zu faul dafür und bestelle mir was beim Lieferdienst. Ich habe hier auf der Couch geschlafen. Hoffe, das geht in Ordnung. Meine Wohnung sah aus, als wäre eine Bombe eingeschlagen. Außerdem bin ich mir sicher, dass es dort immer noch nach Erbrochenem stinkt. Nicht nur du hast gestern zu viel getrunken. Bin ich froh, dass ich das Schlafzimmer abgeschlossen habe. Aber nachdem ich gestern alle rausgeworfen und dich hierherbrachte, hatte ich keine Lust mehr, nach Hause zu gehen, also bin ich einfach hiergeblieben.« Das erklärte zumindest die Frage, wie ich nach Hause gekommen war.

Jedoch hatte ich immer noch eine sehr blasse Erinnerung an den gestrigen Abend. »Was ist gestern passiert?«, fragte ich in der Hoffnung, etwas mehr Gewissheit zu erhalten. Ich mochte es nicht, wenn ich nicht wusste, was geschehen war.

»Du erinnerst dich nicht?«, fragte sie erstaunt, woraufhin ich den Kopf schüttelte und an dem köstlichen Kaffee nippte. Verwirrt zog sie eine Augenbraue in die Höhe. »So viel hast du jetzt aber auch nicht getrunken ... Wobei, dein Körper ist den Alkohol vermutlich nicht so gewohnt wie meiner«, sagte sie lachend und drehte einen Pancake um, der in der Pfanne brutzelte, die ihr nicht davongeflogen war.

»Nun, gestern ist einiges passiert«, fing sie an. »Brandon kam vorbei, sah dich mit Jackson und hat ihm ordentlich eine verpasst. Der arme Kerl«, sagte sie kopfschüttelnd. Die verschwommene Gestalt von einem blonden Typen tauchte vor meinem inneren Auge auf und die Puzzleteile begannen sich zusammenzufügen. Nur zu gut konnte ich mir vorstellen, wie ich mit hochrotem Kopf dasaß, als die Bilder von Jackson und mir auftauchten. Seine Hand auf der Hüfte und meine Lippen auf seinen. Gott, wie peinlich. Das war so gar nicht meine Art, einfach mit irgendwelchen Typen herumzumachen.

»Brandon hat dann noch Theater gemacht, während er dich gesucht hat. Habe ihn dann irgendwann rausgeschmissen.

Dich habe ich dann kotzend im Badezimmer gefunden, wo du mit jemandem telefoniert hast.« Mit einem Mal wurde mir noch übler. Jasons Stimme hallte in meinen Gedanken wider und Panik breitete sich in mir aus, als mir bewusste wurde, was ich gestern getan hatte.

Ich klammerte mich an die Kaffeetasse, während Marie mich fragend ansah. Ihr Blick musterte mich von oben bis unten, als sie schließlich fragte: »Wer ist Jason Taylor?« Seine verletzte Stimme wurde immer deutlicher in den Erinnerungen; ließ mich hektischer atmen. Bevor ich Marie antworten konnte, holte ich einmal tief Luft.

»Niemand«, nuschelte ich und versuchte, weiterhin meinen Herzschlag durch regelmäßiges Atmen unter Kontrolle zu kriegen.

»Das klang gestern aber nicht wie *niemand*.« Sie hielt kurz inne. Dann kreischte sie auf, woraufhin ich mir stöhnend den Kopf hielt.

»Hey, hab mal bisschen Mitleid. Es kann nicht jeder so abgehärtet sein wie du.«

Warum war sie denn so aufgeregt? »Sag mir nicht, es war *der* Jason Taylor?« Ich verzog das Gesicht. Dies war kein Name, den ich aus ihrem Mund hören sollte. Sie tippte etwas auf ihrem Handy, während ich sie weiterhin fragend ansah.

»Ich wusste doch, dass mir der Name und die Stimme bekannt vorkamen … Wobei, er hat etwas von einer Mandy geredet. Hast du etwa random eine Nummer eingegeben und dann ihn angerufen?« Scheiße. Den Namen Mandy sollte ich noch weniger aus ihrem Mund hören. Das war nicht gut. Gar nicht gut. Sie hielt mir ihr Handy vor die Nase und ich starrte auf einen lächelnden Jason, der auf einer Bühne stand. Was zum …? Wie in Trance nahm ich ihr das Handy aus der Hand und starrte perplex auf den Bildschirm. Er sah etwas älter aus, hatte einen kurzen Bart, der sein Gesicht umrandete, aber diese Augen und dieses Lächeln würde ich nie vergessen. Es hatte mich jahrelang in den Träumen besucht. Aber woher kannte Marie ihn … und was tat er auf einer Bühne?

Mit einem Mal traf es mich wie ein Blitz. Hatte er es geschafft? Es war immer sein Traum gewesen, Musiker zu werden. Bei dem Anblick des Fotos bildete sich ein sehnsüchtiges Lächeln auf meinen Lippen. Wärme und Sehnsucht durchfluteten mich, als ich an unsere gemeinsamen Momente dachte. Wie er mich mit seiner lockeren Art zum Lächeln gebracht hatte, mir schüchtern gestand, dass er dabei war, sich in mich zu verlieben. Die Wärme verwandelte sich immer mehr in Trauer. Trauer, dass all die Momente in der Vergangenheit lagen. Meine Finger machten sich selbstständig und scrollten über die Google-Ergebnisse zu Jasons Namen. Tausende Bilder von Cassies Vater kamen zum Vorschein und brachten Tränen an die Oberfläche.

Er hatte es geschafft. Wieso wusste ich das nicht? Gut, ich war jetzt nicht auf die Idee gekommen, seinen Namen zu googeln und Instagram sowie TikTok hatte Nate mir strengstens verboten, woran ich mich auch gehalten hatte. Laut dem Artikel, den ich gerade las, war er ziemlich erfolgreich mit seiner Musik auf TikTok.

»Das war er, oder? Es ist mir erst jetzt aufgefallen, da ich ihn normal unter seinem Künstlernamen kenne. Seine Musik ist super.«

»Wie ist denn sein Künstlername?«, fragte ich mit trockenem Hals. So viel wie in den letzten Tagen, hatte ich schon lange nicht mehr an ihn gedacht.

»Jace Tulip.« Erneut blieb mir die Luft weg. Jace Tulip. »Er erzählte mal in einem Interview, dass Tulpen die Lieblingsblumen seiner ersten Liebe waren. Auch, wenn es nicht gut endete, so meinte er, dass sie immer seine erste Liebe bleiben würde. Total niedlich, oder?«, schwärmte Marie, während ich mir auf die Unterlippe biss. Tulpen waren meine absoluten Lieblingsblumen. Er hatte seinen Künstlernamen nach mir benannt? Ein Feuerwerk der Gefühle entfachte in meinem Körper. Einerseits war ich unglaublich stolz auf ihn, dass er es tatsächlich geschafft hatte, und zum anderen erfüllte mich eine Trauer, die kaum auszuhalten war.

Ich war nicht dabei gewesen. Hatte nicht miterlebt, wie er seinen Traum verwirklichte. Wir hatten damals immer darüber gesprochen, dass er Musiker werden würde und ich an seiner Seite stehen würde. Dass ich ihn zu neuen Hits inspirieren und wir uns ein großes Haus an einem abgelegenen Ort kaufen würden. Vielleicht sogar nach Europa auswandern würden. Paris oder Madrid standen ganz oben auf unserer Liste, denn diese Orte klangen magisch. Und jetzt lebte er seinen Traum. Wie hypnotisiert ruhte mein Blick auf dem Artikel, den ich auf Maries Handy geöffnet hatte, der von seiner Karriere berichtete; die er seit einem Jahr an die Seite geschoben hatte, um sich um zwei Kinder zu kümmern. Kinder. Das Wort hallte mir durch den Kopf. Er hatte Kinder?

Eifersucht durchflutete mich. Wer war die Frau, die ihm diese geschenkt hatte? Mir war immer bewusst, dass Jason ein guter Vater werden würde. Cassie hätte ihn geliebt.

Ich konnte nicht ganz einschätzen, ob ich traurig war, es nicht mit ihm zu erleben, eifersüchtig auf die fremde Frau war, die Jasons Herz gestohlen hatte, oder doch einfach nur wütend auf Malcom Lightwood war, der mir all dies geraubt hatte. Die Gefühle waren einfach zu viel. Überwältigung und Verwirrung überfluteten mich; ich wusste nicht, wohin mit mir. Tränen flossen mir die Wange hinunter und ich konnte sie nicht aufhalten. Seltsamerweise hatte ich auch nicht das Verlangen, sie zu unterdrücken, wie es sonst immer der Fall war.

»Hey, was ist denn los?«, fragte Marie vorsichtig und hielt in ihrer Bewegung inne. Sie wirkte unsicher, als wüsste sie nicht, wie sie mit der Situation umgehen sollte. Kein Wunder. Ich wusste es ja selber nicht. Alles, was ich wollte, war mein Leben von vor acht Jahren zurück. Oder besser gesagt: Ich wollte den Tag rückgängig machen, an dem ich in Annies Zimmer gegangen war. Der Tag, an dem sie ermordet wurde. Der Tag, der alles verändert hatte. Aus dem Augenwinkel bemerkte ich mit verschleiertem Blick, wie Marie den Herd ausschaltete und sich zögerlich vor mich kniete. Mit dem Ärmel des Pullovers wischte ich mir über die feuchte Wange. Was jedoch keinen Sinn hatte, da sich direkt neue Tränen dorthin verirrten. »Willst du drüber reden?«, fragte sie und ich schüttelte zögerlich den Kopf. Eigentlich wollte ich nichts lieber tun, als mit jemandem zu reden. Jemandem, mit einer neuen Perspektive. Der meine Situation nicht kannte. Aber zu groß war die Angst, mich einem Fremden anzuvertrauen.

»Ich kann nicht«, brachte ich flüsternd hervor.

Marie lächelte schwach. »Ich bin nicht Lara«, sagte sie, als wüsste sie, in welche Richtung meine Gedanken gerade wanderten. Denn sie hatte einen wunden Punkt getroffen: Die Angst, mich zu öffnen und verletzlich zu machen, war zu tief in mir verankert. »Ich weiß, dass du Schwierigkeiten hast, dich jemanden anzuvertrauen. Und Laras Vertrauensbruch hat dem vermutlich nicht geholfen. Aber manchmal kann es verdammt guttun, über bestimmte Sachen zu reden.«

Ich schniefte auf. »Du verstehst mich nicht. Ich würde nichts lieber tun, als mich jemandem anzuvertrauen … Aber ich habe Angst.«

»Angst wovor?«

»Dass dir etwas passiert«, brach ich panisch hervor und sprach eine meiner weiteren Ängste aus. Denn wenn ich jemanden an mich ranließ, dann ließ ich Emotionen gegenüber der Person zu. Emotionen, die mich fühlen und zerbrechlich machen würden. »Ich könnte es einfach nicht ertragen, noch jemanden zu verlieren …«, flüsterte ich und erneut tauchten Bilder von Annie auf, welche ich mit so viel Mühe in die hinterste Ecke des Gehirns verbannt hatte. Ihre Schreie, ihr Flehen, ihr panischer Blick. Während ich zitternd unter dem Bett lag, mit einer Angst, die meinen ganzen Körper lähmte.

Ohne Nate und sein Team, die gerade rechtzeitig den Raum betreten hatten, hätte man mich vermutlich ebenfalls leblos neben Annie gefunden.

Bis heute wusste ich nicht, wieso Malcolm es auf meine Freundin abgesehen hatte. Mir wurde nichts erzählt. Angeblich, um mich zu schützen. Alles, was ich wusste, war, dass Nate bei uns auftauchte, ich eine Woche lang in Panik lebte, nur um dann im Zeugenschutzprogramm ein neues Leben anzufangen. Ein sicheres Leben. Denn Malcolm Lightwood war entkommen und laut Nates Angaben würde er alles tun, um an mich heranzukommen.

Nur die große Frage war: Wieso? Was hatte ich ihm getan? Allen war bewusst, dass er für Annies Tod verantwortlich war. Man kannte seinen Namen, wusste, wer er war. Wieso hatte er es dann, laut Nates Aussagen, auf mich abgesehen? Die ganze Zeit über hatte ich das Gefühl, dass er es wusste. Es mir aber absichtlich verheimlichte. Obwohl ich geschwiegen und alles über mich hatte ergehen lassen, was man mir sagte. Hatte mich unauffällig verhalten; niemandem etwas erzählt und meine Freiheit aufgegeben. Ihn aufgegeben.

»Wen hast du denn verloren?«, fragte Marie sanft und zum ersten Mal wollte ich darüber reden. Über Annie. Jahre lang hatte ich sie totgeschwiegen. Als wäre nichts passiert. Als wäre sie nie ein Teil meines Lebens gewesen. Aber das war sie.

»Annie«, flüsterte ich leise. Allein, dass ich ihren Namen vor jemand anderem aussprach, ließ eine Last von mir abfallen. »Meine beste Freundin«, schniefte ich und immer mehr Tränen bahnten sich den Weg über die Wange, von wo sie auf der Hose landeten, und feuchte Flecken hinterließen. Bilder tauchten auf, die ich längst verdrängt hatte. Wie Annie mich im Unterricht mehr als einmal zum Lachen gebracht hatte, woraufhin ich rausgeschmissen wurde, damit ich mich von dem Lachanfall erholen konnte. Wie wir gemeinsam auf einer Parkbank saßen und so viel Eis aßen, dass wir beide einen Hirnfrost erlitten. Mit ihr teilte ich die meisten positiven Erinnerungen. Zusammen hatten wir Pläne für unsere Zukunft geschmiedet, die sich niemals erfüllen würden. Ihr Traum war es gewesen, einen eigenen Friseursalon zu eröffnen, während ich mit Jason um die Welt reisen würde.

An dem Tag war ich zu ihr gegangen, um ihr zu erzählen, dass ich schwanger war. Von Emotionen überwältigt, hatte ich mir erhofft, dass Annie mir Mut zusprechen konnte. Niemals hatte ich gedacht, wie verhängnisvoll dieser eine Tag werden würde. Dass sich alles verändern würde.

Mittlerweile hatte sich Marie einen Stuhl genommen und sich neben mich gesetzt. Ihre Arme legten sich um mich, und streichelten beruhigend meinen Hinterkopf. Sie stellte keine Fragen, sondern wartete, bis ich bereit war, weiter zu erzählen. »Sie wurde ermordet«, sagte ich mit zittriger Stimme. Gänsehaut durchfuhr mich, als ich feststellte, dass ich diese Worte noch nie laut ausgesprochen hatte. Es war, als ließ dieser Satz eine Mauer um mich herum einstürzen. Annie war weg. Seit acht Jahren. Genau wie er. Ich hatte so viele Menschen verloren, die mir wichtig waren. »Ich … ich vermisse sie«, sagte ich und zog Marie enger an mich heran. Diese Worte ließen mich realisieren, wie sehr sie mir fehlte. Ihr Lachen, wenn sie sich über meine dummen Witze lustig machte, das schelmische Grinsen, wann immer ich ihr von Jason erzählt hatte.

Ich wünschte mir so sehr, dass sie Cassie kennengelernt hätte. Sie hätte sie so sehr geliebt. Das Geräusch meines Handys schreckte mich auf. Zitternd griff ich danach und der Name meiner Mutter leuchtete auf. Vermutlich wollte sie wissen, wann ich Cassie abholen würde. »Mandy?« Allein, dass sie diesen Namen benutzte, verabreichte mir eine Gänsehaut und ließ mir einen Schauer über den Rücken laufen.

»Komm bitte sofort her …«

»Was … was ist passiert?«, fragte ich alarmiert. Ihre Stimme klang panisch und verzweifelt. Nach einer Stille, die eine Ewigkeit dauerte, sprach sie Worte aus, die mein Leben auf den Kopf stellen würden. Schon wieder.

»Cassie ist verschwunden.«

Kapitel 10

(Nates POV)

Müde stieg ich aus dem Flugzeug und rieb mir den steifen Nacken. So kurzfristig gab es keinen Flug in der ersten Klasse mehr, weshalb wir uns mit der Economy-Class zufriedengeben mussten. Wer reiste freiwillig so? Meine Ohren würden sich vermutlich in den nächsten Wochen noch von dem Geschrei der vielen Kinder erholen müssen.

Während ich so schnell wie möglich den Flughafen verlassen wollte, ließen sich Jake und Nicole alle Zeit der Welt. Nicole schien ebenfalls genervt von dem Flug, während Jake einen neuen Freund gefunden hatte. Eines der Kinder, das nicht aufhören konnte zu schreien. Nachdem Jake jedoch eine seiner SpongeBob-Imitationen zum Besten gegeben hatte, hatte der Junge ein breites Grinsen auf dem Gesicht und saß glücklich auf Jakes Schultern, während die Mutter des Kindes erleichtert neben den beiden herging. Das Kichern des Jungen brachte mich wieder auf den Boden der Tatsachen zurück und ein schlechtes Gewissen überrollte mich.

Wer war ich, um zu urteilen, dass die Mutter einen schlechten Job machte, nur weil das Kind in einem Flugzeug schrie? Was wusste ich schon, was der Kleine und die Mutter gerade durchmachten? War das denn nicht auch ein Grund, weshalb wir jetzt hier in Fresno waren? Um Cassie zu finden? Das schlechte Gewissen fraß sich weiter in meine Gedanken. Wieso hatte ich nachgegeben? Mandy und Cassie hätten jedes Jahr umziehen und es sich nicht für vier Jahre an einem Ort gemütlich machen sollen. Dann wären wir vielleicht gar nicht in dieser Situation. Aber Mandy hatte mich mit ihrem flehenden Blick rumbekommen. Ich war schwach geworden. Dieser Ausdruck in ihrem Gesicht, voller Schmerz und Leid, hatte mich weichgekocht.

Verdammt - nichts war mir ferner, als ihr ein ruhiges Leben zu vergönnen. Mandy war zu einem liebenswerten Menschen herangewachsen und es brach mir das Herz, dass sie all dies durchmachen musste. Denn uns allen war bewusst, dass Mandy kein normales Leben hätte führen können. Allen außer Mandy selbst. Nicht solange Malcolm Lightwood noch am Leben war. Mandy hatte keine Ahnung, wie tief sie in die ganze Geschichte verwickelt war. Ich war der Meinung, dass wir ihr die Wahrheit sagen mussten. Doch mit dieser Einstellung vertrat ich die deutliche Minderheit.

Aber ich war froh, dass wir ihr wenigstens 17 Jahre lang ein einfaches Leben hatten schenken können. Auf Kosten von einigen Leben, die wir hinnehmen mussten; darunter auch Annie. Der Gedanke, was dieser Bastard mit ihr angestellt hatte, ließ mich die Hände zu Fäusten ballen. Von Anfang an hatte ich gesagt, dass wir Annie aus der ganzen Geschichte raushalten mussten. Aber weder Annie noch irgendwer anders hatte auf mich gehört. Mal wieder. Konnten die nicht sehen, wie oft ich im Recht war? Wie viel wir bereits hätten verhindern können, wenn man auf mich gehört hätte? Dann wären wir gar nicht erst hier in Fresno, und Cassie würde es gut gehen.

Ein Kinderlachen riss mich aus den Gedanken. Jake spielte immer noch mit seinem neuen Freund, während Nicole mit jemandem telefonierte. Klang, als würde sie uns ein Taxi rufen. Nach Mandys Anruf hatten wir direkt alles stehen und liegen gelassen und waren von Washington D.C nach Fresno geflogen. Mandy und ihrer Familie hatte ich den Befehl gegeben, in ihrem Haus zu bleiben, während Pablo, ein Officer Freund von mir in Fresno, vor dem Haus von Mandys Eltern Wache hielt. Ich hatte einige Menschen grob eingeweiht für genauso eine Situation.

Da die letzten Jahre im Fall von Malcolm ruhiger geworden waren, hielt ich es nicht für nötig, bei Mandy zu bleiben. Seit vier Jahren hatten wir nichts von ihm gehört. Es herrschte eine beunruhigende Funkstille in seinem Fall. Die Ruhe vor dem Sturm. Es war, als hätte er nur auf den richtigen Augenblick gewartet. Dieser Moment schien jetzt zu sein. Die Schießerei in Chicago und nun Cassies Verschwinden konnten kein Zufall sein. Er war eindeutig wieder auf der Bildfläche erschienen, und wir konnten nur ahnen, wie groß seine Rache werden würde.

Erleichtert nahm ich meinen Koffer vom Band und wandte mich an Jake und Nicole, die noch auf ihr Gepäck warteten. Jake verabschiedete sich von seinem neuen kleinen Freund, während Nicole ihr Bordgepäck ausfindig machte und vom Band hob. »Ich habe bereits ein Taxi gerufen«, teilte sie uns mit, während Jake den letzten unserer Koffer anhob. Kurz darauf machten wir uns auf den Weg zu der Adresse von Mandys Eltern.

Alles, woran ich denken konnte, war Mandys verängstigter Blick, als wir vor acht Jahren in Annies Wohnung gestürmt waren. Damals, als wir gerade noch rechtzeitig gekommen waren, um sie zu retten; für Annie jedoch jede Hilfe zu spät kam. »Was geht dir durch den Kopf?«, fragte Jake, während Nicole wild auf ihrem Laptop tippte.

»Dass wir hoffentlich nicht zu spät sind«, wiederholte ich die Gedanken. Das Bild spielte sich immer wieder vor meinem inneren Auge ab. Mandy in den Händen von Malcom, der die Hand an ihrer Kehle hatte, während Annie bereits leblos neben den beiden lag.

Ein trauriger Schleier legte sich um mich, als ich an Annie dachte. Sie wäre vor ein paar Wochen 28 geworden. Noch immer gab ich mir die Schuld dafür, dass Annie in die ganze Situation hineingeraten war. Sie war nicht bereit für so eine Aufgabe gewesen. Ich hatte ihr davon abgeraten, eine besondere Beziehung zu Mandy zu entwickeln. Doch sie war der Ansicht gewesen, Mandy so besser beschützen zu können. Dabei war das doch gar nicht ihr Job gewesen! Es war unserer. Ihr Auftrag war einzig und allein uns anzurufen, sobald sie irgendwas Verdächtiges entdeckte. Ein simpler Auftrag, der sie das Leben gekostet hatte.

Das Taxi fuhr um die Ecke und das Haus von Mandys Eltern tauchte in unserem Blickfeld auf. Bereits von weitem konnte ich Pablo erkennen, der es sich auf der Veranda gemütlich gemacht hatte. Sein Gähnen deutete ich als gutes Zeichen. Sobald das Taxi zum Stehen kam, riss ich die Tür auf und rannte zu Pablo, welcher grüßend die Hand hob.

»Wie sieht die Lage aus?«, fragte ich und versuchte, nach außen hin, Ruhe zu bewahren. Während ich in dem Flugzeug innerlich bereits angespannt war, so wurde die Unruhe in mir größer, je näher wir Mandy kamen. Was würde mich in dem Haus erwarten?

»Mir ist nichts Besonderes aufgefallen«, sagte Pablo ruhig, was meinen Herzschlag etwas besänftigte. Hoffentlich hatte er nichts übersehen.

Kapitel 11

(Mandys POV)

Seit einer Stunde saß ich auf dem Dachboden im Haus meiner Eltern und hielt ein Fotoalbum in der Hand. Ich hatte mich noch nicht dazu durchringen können, es zu öffnen, da ich wusste, dass es danach kein Zurück mehr geben würde. Zu groß war die Angst, mich in den Gedanken um Cassie zu verlieren. Jede Richtung, die meine Gedanken einschlugen, drehten sich nur um die Ungewissheit, ob ich meine Tochter jemals wiedersehen würde. Also saß ich auf dem Dachboden, starrte an die weiße Wand mir gegenüber und krallte mich an das Fotoalbum, welches voller Erinnerungen steckte. Auch wenn ich die Gedanken an Cassie verdrängen wollte, so schlich sich ihr Lächeln immer wieder in den Vordergrund.

Zittrig öffnete ich das Fotoalbum in dem Wissen, dass ich es bereuen würde. Aber der Drang, meine Tochter zu sehen, war größer als die Konsequenz. Sanft fuhr ich mit den Fingerspitzen über das erste Bild, welches Cassie in meinen

Armen eine Woche nach der Geburt zeigte. Ein Lächeln legte sich um meine Lippen, je weiter ich mich in dem Fotoalbum verlor. Cassie mit einer Barbie, die sie sich so lange gewünscht hatte. Ein weiteres zeigte sie auf einer Rutsche, mit einem Eis in der Hand. Zu gut erinnerte ich mich daran, wie sie das Eis einige Sekunden nach dem Foto in den Sand hatte fallen lassen, und dann in einen Heulkrampf ausgebrochen war. Erst, als ich ihr ein neues gekauft hatte, konnte sie sich beruhigen.

Cassie war ein ruhiges Kind gewesen. Die perfekte Tochter. Natürlich hatte sie ihre Augenblicke, wie jedes Kind, aber ich würde keinen der Momente missen wollen. Ein Bild von ihr in einem pinkfarbenen Prinzessinnenkleid mit glitzernder Krone ließ mich aufschluchzen. Brandon hatte sie an dem Tag zu einem Vater-Tochter-Tanz mitgenommen, der in ihrem Kindergarten stattgefunden hatte. Cassie hatte übers ganze Gesicht gestrahlt, nachdem Brandon ihr offenbart hatte, dass er mit ihr hingehen würde.

Eine Träne rollte mir über die Wange, hinterließ einen salzigen Geschmack auf den Lippen und tropfte vom Kinn runter auf das Fotoalbum. Auch wenn ich Brandon dankbar gewesen war, war das alles nicht richtig. Nicht Brandon hätte sie begleiten sollen - sondern Jason. Ihr Vater.

Wie hätte unser Leben aussehen können, wenn ich nicht ins Zeugenschutzprogramm gemusst hätte? Wären Jason und ich immer noch zusammen? Hätten wir Cassie gemeinsam großgezogen? Wäre Jason dennoch erfolgreich mit seiner Musik geworden? Gedanken an Cassie und Jason verwandelten sich in ein Gefühlschaos, welches immer mehr Tränen auf dem Fotoalbum hinterließ. Was, wenn ich Cassie nie wieder sehen würde? Was, wenn Jason seine Tochter nie kennenlernen würde? Scheiße. Ich wollte das nicht mehr allein durchmachen. Jason war ein Teil von Cassie. Ohne ihn würde es sie nicht geben. Er hatte ein Recht darauf, sie kennenzulernen. Der Drang, seine Stimme zu hören, wurde immer größer und bevor ich nachdenken konnte, starrte ich auf das Handy, welches vor mir auf dem Boden lag. Konnte ich es wagen? Was sollte ich ihm denn sagen? *Übrigens: Unsere Tochter, die ich vor dir geheim gehalten habe, ist verschwunden. Hilf mir, mich besser zu fühlen.* Das war doch lächerlich.

Nervös biss ich mir auf die Unterlippe. Alles, was ich wollte, war, seine Stimme zu hören. In seinen Armen liegen, und hören, dass alles gut werden würde. Nur ein Knopfdruck trennte mich von diesen Wünschen. Die Zahlen, welche ich bereits zögerlich auf das Handy eingegeben hatte, brannten sich in mein Blickfeld, ließen mich einmal tief einatmen, bevor ich einen Schluck von dem Rotwein trank, den ich in der Küche gefunden hatte.

Nach dem Anruf meiner Mutter fuhr ich direkt zu ihr und legte mich in ihre Arme. Ihre Augen waren verquollen und unterstrichen die Ernsthaftigkeit der Lage. Dieser Anblick war mir nach einer Weile zu viel gewesen. Also hatte ich mir eine Flasche Wein aus der Küche geholt und weinte mir seitdem im Dachboden, die Seele aus dem Leib, während ich versuchte, die Gefühle mithilfe von Alkohol zu dämpfen. Erfolglos. Mein Finger schwebte über dem grünen Anruf Button. Das Verlangen, in der Situation nicht allein zu sein, nahm überhand und ließ alle Vernunft weichen.

Ich wollte, nein, ich *musste* mit ihm reden. Meine Lippen wanderten zu der Flasche Wein, um mir etwas Mut anzutrinken, bevor das Piepen eines Anrufs ertönte. Mit jedem Klingeln wurde mein Herzschlag schneller und ich fühlte mich, als würde ich mich gleich übergeben.

»Hallo?«, meldete er sich und beim Klang seiner Stimme überzog mich eine Gänsehaut. Schmerzhaft wurde mir bewusst, wie sehr ich ihn vermisste.

»Jason?«, fragte ich mit zittriger Stimme. Das andere Ende der Leitung war so still, dass ich dachte, er habe aufgelegt.

»Mandy?« Seine Stimme klang verwirrt, was ich ihm nicht übelnehmen konnte.

»Leg bitte nicht direkt auf«, flehte ich. »Ich weiß, du hasst mich vermutlich und ich habe dich verletzt … aber ich brauche dich gerade.« Flüsternd sprach ich die nächsten Worte aus: »Es tut mir leid, dass ich dich letztens angerufen habe. Ich war betrunken und … Es tut mir leid.« Sein verächtliches Lachen am anderen Ende der Leitung ließ mich aufzucken. Es war wie ein weiterer Stich mitten ins Herz. Was hatte ich auch anderes erwartet?

»Also wolltest du mich gar nicht anrufen? Was ist mit jetzt? Bist du wieder betrunken?« Mein Blick wanderte zu der halbleeren Flasche Wein vor mir. Betrunken würde ich mich aber noch nicht bezeichnen. Leicht angetrunken vielleicht.

»Jason, ich wollte nichts mehr als das. Ich habe mich nur nicht getraut. Und als ich so betrunken war, schien es mir ziemlich egal zu sein …«

»Was ist mit jetzt? Ist es dir jetzt egal?«

»Nein«, sagte ich fest entschlossen. Denn es war mir nicht egal.

»Und was ist mit den acht Jahren davor? Wieso meldest du dich nach acht Jahren wieder bei mir?«

»Ich … scheiße. Ich weiß, wie das alles aussieht … Aber ich … wollte einfach deine Stimme hören.«

Eine weitere Träne löste sich aus dem Augenwinkel, während ich das Fotoalbum fest in der Hand umklammert hielt. »Acht Jahre sind eine lange Zeit.« Seine Stimme wurde leiser, als er fragte: »Wieso? Wieso bist du gegangen?« Mein Herzschlag beschleunigte sich. Was sollte ich darauf antworten? Die Wahrheit konnte ich ihm nicht sagen und alles andere würde ihn nur noch mehr verletzen.

Ein Schluchzer entwich mir, als Cassie erneut vor meinen Augen auftauchte. »Was ist passiert? Geht es dir gut?«, fragte er, was nur noch mehr Tränen hervorrief.

»Nein«, antwortete ich ehrlich, woraufhin er schwieg.

»Wie kann ich helfen?« Mit diesem Satz wurde mir bewusst, was ich verloren hatte. Er schrie mich nicht an, legte nicht auf, sondern bot mir seine Hilfe an. Als ich mit einer Antwort ansetzen wollte, ertönte ein Kinderlachen auf seiner Seite der Leitung und mein Herz zog sich zusammen.

Der Artikel, den ich bei Marie gelesen hatte, kam mir wieder in den Sinn. Er hatte seine Musik vernachlässigt, um sich um zwei Kinder zu kümmern. Seine Kinder? Das Lachen wurde lauter und schmiss mich in ein tieferes Loch. Was kümmerte sich Jason um mich oder Cassie, wenn er doch sein eigenes Leben ohne uns aufgebaut hatte? Während ich in der Vergangenheit lebte, war er weitergezogen. Es schien ihm gut zu gehen. Wenn ich jetzt wieder in sein Leben stolpern würde, war all dies, was er sich aufgebaut hatte, in Gefahr. Auch wenn ich ihn brauchte, so war mir sein Glück nicht egal.

»Mandy?« Die Realität, dass Jason Teil der Vergangenheit war, und auch bleiben würde, holte mich ein und ließ mich zum wiederholten Male laut aufschluchzen.

»Leb wohl, Jason. Tut mir leid, dass ich dich angerufen habe.« Dann legte ich auf. Leere durchflutete mich, während das Fotoalbum in den Händen immer mehr Tränen aufnahm. Das Papier war bereits aufgequollen, und um es nicht noch mehr zu beschädigen, schloss ich es.

Meine Arme um die angewinkelten Beine umklammert, nahm ich nichts mehr um mich herum wahr. Alles, was ich vor mir sehen konnte, war Cassie. Cassies Lachen vermischte sich mit den Schreien der Vergangenheit, die ich Annie zuordnen konnte. Doch dieses Mal kamen diese Schreie aus Cassies Mund. Cassie. Cassie. Mein ganzer Körper zitterte und zuckte zusammen, als mich jemand berührte. Ein Schrei entwich meiner Kehle, als ich verschwommen Nates Gesicht vor mir wahrnehmen konnte. Ohne nachzudenken, schmiss ich mich in seine Arme und weinte. »Bitte. Du musst sie finden«, flehte ich ihn an.

»Wir geben unser Bestes«, murmelte er und zog mich an seine Brust, in welcher ich mich verlor.

Mehr, als die Hoffnung in ihn zu legen und zu beten, dass Cassie noch am Leben war, konnte ich jetzt nicht mehr tun.

Nates Berührungen am Arm beruhigte meinen Herzschlag. »Was … was passiert als Nächstes?«, stellte ich die unausweichliche Frage, vor dessen Antwort ich mich fürchtete.

Nate seufzte und fuhr sich durch seine dunklen Haare. »Wir müssen dich in Sicherheit bringen. Du weißt, dass du nicht hierbleiben kannst …« Da waren sie. Die Worte, die bedeuteten, dass ich mein ganzes Leben erneut hinter mir lassen musste.

Ich konnte das nicht mehr. Nein, ich wollte das nicht mehr. Nicht schon wieder in eine neue Identität schlüpfen. Ich wollte endlich wieder ich selbst sein. »Nate. Ich kann nicht mehr. Ich pack das nicht«, schniefte ich und sah zu ihm hoch, während er mir ein schwaches Lächeln schenkte.

»Hör zu, wir haben uns einen Plan ausgedacht. Was hältst du von Berkeley?«

»Berkley? Das sind doch nur drei Stunden von hier?«, fragte ich verwirrt.

»Genau. Und du kannst deinen Namen behalten.«

»Kimberly Wilson? Ich hasse diesen Namen.«

Nate seufzte auf. »Hör zu. Wenn er weiß, dass du hier bist, dann wird er vermuten, dass wir dich wieder ans andere Ende des Landes schicken. Er wird hier nicht mehr suchen. Das wird er nicht erwarten. Um sicher zu gehen, werden Jake und ich die erste Zeit bei dir in der Nähe bleiben. Einer von uns beiden wird immer da sein. Wir haben dir und deinen Eltern bereits eine Wohnung im selben Haus gemietet.«

»Und … und Cassie?«

»Wir werden alles tun, um sie zu finden. Bis dahin ist es wichtig, dass du in Sicherheit bist. Und das ist momentan nicht hier.« Dass ich nicht lachte. Egal, wo ich war, kein Ort war sicher. Malcolm Lightwood schien es sich als Lebensziel gesetzt zu haben, mich leiden zu sehen. Und vermutlich würde er nicht aufhören, bis er mich umgebracht hatte. Der Grund dafür war mir immer noch schleierhaft. Noch immer war mir unklar, wer Liora Green war, der Name, den Malcom vor sich hin gerufen hatte, als er Annie das Leben nahm.

»Nate? Wer ist Liora Green?« Wie jedes Mal, wenn ich diesen Namen aussprach, versteifte er sich, verschränkte die Arme vor der Brust und konnte mir nicht mehr in die Augen sehen.

»Das Thema hatten wir doch schon. Ich weiß es nicht.« Am liebsten würde ich ihm meine Meinung sagen. Dass ich es leid war, angelogen zu werden und die Wahrheit verdiente. Aber zu dem jetzigen Zeitpunkt war ich zu schwach. Es ging nicht um mich, sondern um Cassie.

»Versprich mir, dass ihr sie findet … lebend.«

»Wir werden unser Bestes geben.« Sicher schien er sich nicht zu sein, aber das war alles, was ich gerade hatte. Ich hielt unerschütterlich an dem Glauben an ein Wunder fest. Das

Wunder, dass ich meine Tochter bald wieder in den Armen halten würde.

Kapitel 12

(Jasons POV)

Frustriert starrte ich auf das Handy. Seit Tagen versuchte ich bereits, Mandy auf der Nummer zu erreichen, unter der sie mich angerufen hatte. Ohne Erfolg. Während ich in den ersten zwei Tagen nur die Mailbox erwischte, so erklang nun nur eine Stimme, die mir sagte, dass diese Nummer nicht mehr existierte. Was sollte das verdammt nochmal?

Da rief sie verzweifelt an, entschuldigte sich, weckte alte Gefühle in mir und verschwand dann wieder? Die Wut ihr gegenüber war gewichen und hatte der Sorge Platz gemacht, sobald ich die Panik in ihrer Stimme gehört hatte. Als sie angerufen hatte, war ich gerade bei meinen Eltern gewesen, die mich, Riley und Tommy zum Essen eingeladen hatten. Nach dem Anruf hatte ich keinen klaren Gedanken mehr fassen können. Alle Versuche, sie zu erreichen, führten ins Nichts und langsam gewann die Wut wieder die Überhand. Sie war wie ein Geist. Unsichtbar. Wenn sie nicht gefunden werden wollte, dann schien dies unmöglich. Denn wenn jemand die Oberhand in dieser Situation hatte, dann sie.

Genervt packte ich das Handy in die Hosentasche und betrat das Studiogebäude. Wir wollten heute endlich einen neuen Song aufnehmen. Jetzt, da Vivienne, unsere Au-pair, bei uns wohnte, hatte ich wieder mehr Zeit, um mich auf die Musik zu konzentrieren. Ich konnte mir sehr gut vorstellen, dass Mandy die Hauptdarstellerin der neuen Lieder werden würde. Mal wieder. Ob sie die Songs jemals gehört hatte? Zu gerne würde ich ihr Gesicht sehen, wenn sie *Will we meet again* von mir hörte. Der bisher erfolgreichste Track von mir mit über zwei Millionen Aufrufen auf Spotify.

»Studio drei«, riss mich die Rezeptionistin aus den Gedanken, woraufhin ich ihr dankend zunickte. Vor Studio drei atmete ich einmal tief aus. Heute sollte es nicht um Mandy gehen, sondern um Elaine. Der Song, den ich ihr widmen wollte, war endlich so weit, dass ich ihn aufnehmen konnte. Es hatte mich Monate gekostet, den Tod meiner älteren Schwester in Worte zu fassen. Neben Elaine hatte ich noch zwei weitere Geschwister, Nael und Gloria. Nael war vor kurzem 23 geworden und Gloria war mit ihren 18 Jahren die Jüngste von uns. Dadurch, dass ich nach Berkeley gezogen war, bekam ich die beiden wieder öfter zu Gesicht, was meiner Seele unglaublich guttat. Doch dieser Tag sollte Elaine gelten.

Sobald ich die Tür aufstieß, war alles um mich herum vergessen. Toby, mein Manager, spannte mich voll ein, sodass mir kein weiterer Gedanke an Mandy vergönnt war. Nach zwei hektischen Stunden, in denen wir die Musik aufgenommen hatten, ließ mich Toby endlich hinter das Mikrofon, damit ich den Titel für Elaine aufnehmen konnte. Zögerlich betrat ich die Kabine und setzte die Kopfhörer auf. Dieser Song bedeute mir sehr viel und beim Schreiben, sowie komponieren, war ich sehr emotional geworden. War der Song gut genug? Hätte Elaine ihn gemocht? Noch nie war ich mir so unsicher über eins der Lieder gewesen. Aber sobald die Musik ertönte, blendete ich alles aus und konzentrierte mich auf Elaine, legte all meine Gefühle in die Worte des Songs.

Remember that day 15 years ago?
When we were still kids and you showed me how to swim?

Now I am drowning in the memories of you and me.
All the happy places and laughs we used to share.

Der Moment, als Elaine versucht hatte, mir schwimmen beizubringen, spielte sich vor meinen Augen ab und allein an sie zu denken, brachte Tränen an die Oberfläche. Ich vermisste sie verdammt nochmal.

Last time I saw you, you said
not to worry ´bout a thing.

That life has a way of getting you everything.
But for some reason life took you from me.

I MISS YOU.

Warum verlor ich die Menschen im Leben, die mir so viel bedeuteten? Erst Mandy, dann Elaine? Wieso? Wieso konnten sie nicht einfach bleiben? Doch das Leben schien einen anderen Plan mit mir zu haben und dem musste ich mich wohl oder übel fügen.

Kapitel 13

(Jasons POV)

Müde und erschöpft saß ich im Auto und ließ den heutigen Tag Revue passieren. Endlich hatte ich den Song für Elaine aufgenommen und Mandy tauchte immer noch regelmäßig in den Gedanken auf. Ein weiterer Versuch, sie zu erreichen, war erfolglos geblieben.

Das Auto stellte ich vor der Einfahrt ab und beschloss, eine kleine Runde spazieren zu gehen, bevor ich mich ins Haus begab. Vivienne hatte mir geschrieben, dass Jenny, meine Freundin, zu Hause auf mich wartete.

Wenn mir eins in den letzten Tagen klar geworden war, dann, dass ich unbedingt Freiraum brauchte, um mich mit all den verwirrten Gefühlen auseinanderzusetzen. Außerdem würde ich Jennys Gequengel, dass ich kaum Zeit für sie hatte, nicht ertragen können. Um ehrlich zu sein: Außer gutes

Aussehen hatte Jenny nicht viel zu bieten. Und dabei kam sie nicht einmal annähernd an Mandy heran. Jenny war eher eine … sagen wir mal künstliche Schönheit. Ein Trostpflaster. Davon hatte ich in den letzten Jahren einige. Selbst Clara, die ich eigentlich mochte und mir tatsächlich etwas mehr hatte vorstellen können, hatte ich irgendwann abgewiesen. Aus panischer Angst, dass sie eines Tages auch einfach weg sein würde und ich erneut mit einem gebrochenen Herzen dastand. Mandy hatte mich emotional schon ziemlich kaputt gemacht. Außerdem hatte ich, seit Elaines Kinder bei mir wohnten, kaum noch Zeit für eine Beziehung. Wovon Jenny deutlich genervt war. Die Erinnerung, als wir Riley und Tommy mitteilen mussten, dass neben ihrem Vater auch ihre Mutter verstorben war, ließ mich erschaudern. Die Panik und Trauer in diesen kindlichen Gesichtern war ein Anblick, den ich nicht mal meinem schlimmsten Feind wünschen würde.

Kopfschüttelnd, um die Gedanken loszuwerden, bog ich in eine kleine Seitenstraße ein, die weiter in einen Wald hineinführte. Hier waren weniger Menschen unterwegs, was mir recht war.

Auch wenn ich mehr Musik als Schauspiel ausübte, wurde ich dennoch manchmal auf der Straße erkannt und von fremden Menschen nach einem Autogramm gefragt. Das störte mich normalerweise nicht, aber jetzt gerade wollte ich einfach Ruhe haben.

Mein Blick schweifte über die hohen Bäume, während ich den erfrischenden, süßlichen Duft einatmete, der sich in der Lunge ausbreitete. Leichter Wind wehte eine kühle Brise über mein Gesicht, was mich lächeln ließ. Dieser Ort gehörte zu einem meiner Lieblingsorte. Mandy hätte diesen Platz ebenfalls geliebt. Wie gerne hätte ich ihr diese Stelle gezeigt.

Sie hatte immer erwähnt, dass sie die Natur dem Stadtleben bevorzugte. Was ich nach den vier Jahren, die ich in Los Angeles gelebt hatte, sehr gut nachvollziehen konnte. Es gab nichts Besseres, als dem Rauschen des Windes zu lauschen und einfach nur in der Ruhe dazusitzen. Mandy hätte es geliebt. Vermutlich würde sie ein Baumhaus bauen wollen. Ihre braunen Augen würden mich anflehen, zusammen eines zu kreieren.

Sollte ich mich dagegen wehren, würde sie es selber tun und vermutlich den Baum runterfallen und sich etwas brechen. Ich lächelte vom Schmerz gequält bei der Erinnerung, als ich mich geweigert hatte, ein Floß zu bauen und sie es selbst in die Hand genommen hatte. Dazu musste man anmerken, dass sie handwerklich nicht sehr begabt war. Am Ende war ich dann doch derjenige gewesen, der das Floß funktionsfähig machte, während sie lachend einem Eichhörnchen hinterhergejagt war. Sie wollte schon immer ein Haustier und hatte beschlossen, eins im Wald zu fangen. Ein paar Tage darauf hatte ich ihr einen Hamster gekauft, welcher nach einer Woche verstorben war. Als ich mich weigerte, ihr einen neuen zu kaufen, wollte sie erneut mit mir in den Wald, um sich ein Eichhörnchen zu fangen. Allein bei der Erinnerung an ihr verschwitztes Gesicht, ihre losen Haare und wie wütend sie auf das Eichhörnchen war, da es einfach in einem Baum verschwunden war, lachte ich auf. Es war nie langweilig mit ihr gewesen. Ihre verpeilte und gleichzeitig lustige Art war das, was ich an ihr geliebt hatte.

Doch diese zwei kurzen Telefonate hatten eine ganz andere Mandy gezeigt. Sie schien sich sehr verändert zu haben und ich war mir nicht sicher, ob es in eine positive Richtung war. Ihre Stimme wirkte verletzlich und es schwang eine Panik in dieser mit, die mich nicht loslassen wollte. Als hätte Mandy jeglichen Lebenswillen irgendwo auf dem Weg verloren. Und dies machte mir eine Heidenangst. Die Welt brauchte Menschen wie sie. Die frühere Mandy.

Erneut zog ich das Handy aus der Hosentasche und tippte auf die Nummer der Anrufliste, die mich vor ein paar Tagen verzweifelt angerufen hatte. Aber erneut nichts. *Diese Nummer ist nicht vergeben.* Sie wollte eindeutig nicht gefunden werden.

Ein Seufzer entwich mir und bevor ich mich weiter aufregen konnte, riss mich ein leises Wimmern aus den Gedanken. Verwirrt sah ich mich um. War noch jemand hier? Ein Hund vielleicht? Zögerlich stand ich auf und lauschte. Neben dem Wind hörte ich tatsächlich erneut ein leises Schluchzen. Beim genaueren Hinhören klang es, als würde jemand weinen. Langsam näherte ich mich dem Geräusch. »Hallo?«, rief ich fragend in den Wald hinein. Hinter dem Busch bewegte sich etwas. Deutlich hörte ich ein leises Schluchzen - dies war eindeutig kein Tier. Beim genaueren Hinsehen konnte ich eine kleine Hand erkennen, die sich panisch in den Boden krallte. War das ein Kind?

»Hallo?«, fragte ich erneut und kam etwas näher, woraufhin ich ein kleines Mädchen erkennen konnte, welche panisch zusammenzuckte, als sie mich entdeckte. Ihre Lippen bebten vor Angst, während ihr ganzer Körper am Zittern war. Braune Haare fielen ihr wirr über das ganze Gesicht und die Arme waren übersät von Kratzern und Schürfwunden. Unter ihrer zerrissenen Hose konnte man blaue Flecken und Blut erkennen, das aus ihren Wunden austrat. Über der rechten Augenbraue klaffte ein großer Kratzer, der dringend behandelt werden musste. Ein leichter Blutstropfen löste sich aus dieser Wunde und rann langsam und schleppend ihre Wange hinunter. Das Mädchen sah mich mit panischen Augen an, was mich innehalten ließ. Was war ihr widerfahren? Wieso war sie hier allein im Wald? In der Hand hielt sie einen kleinen zerrissenen Teddybären, welcher auch schon mal bessere Tage gesehen hatte. »Hey«, sagte ich vorsichtig und lächelte freundlich.

»Bitte, tu mir nichts«, rief das Mädchen panisch und Tränen traten aus ihren Augen, während sie die Arme schützend vor sich hielt wie ein Schild.

»Ich will dir nichts tun«, versuchte ich, sie mit einem sanften Ton nicht zu verschrecken. »Darf ich mich vor dich setzen?«, fragte ich, woraufhin sie panisch den Kopf schüttelte.

»Ich will zu meiner Mama«, rief sie schniefend. Was war passiert? War sie entführt worden? Sie sah definitiv aus, als hätte sie mit jemandem gekämpft, aber wie hatte so ein kleines zierliches Mädchen sich erfolgreich wehren können?

Ich lächelte sie an. »Wie heißt denn dein Teddy?«, fragte ich, woraufhin sie verwirrt auf ihr Kuscheltier in der Hand schaute. Es schien, als hätte sie ganz vergessen, dass dieses existierte.

»Frodo«, sagte sie. Frodo? Wie aus *Herr der Ringe*?

»Das ist aber ein schöner Name.«

Vorsichtig setzte ich mich mit etwas Abstand vor sie auf den Boden. Ihr Blick verfolgte jede der Bewegungen, als würde sie mit dem Schlimmsten rechnen. Zögerlich sah sie mich an, während ich einen Stock vom Boden aufhob und in ihre Richtung hielt. »Hier«, sagte ich, während sich ihre Haltung etwas lockerte und mich verwirrt ansah. »Für Frodo«, lächelte ich, woraufhin sie verdutzt eine Augenbraue in die Höhe hob. »Oder essen Bären keine Stöcke?«, fragte ich gespielt verwirrt.

»Neeein.« Sie lächelte für den Hauch einer Sekunde, ehe sie mich weiterhin misstrauisch musterte. »Die essen doch Honig.«

»Wirklich?«, stellte ich mich blöd und blickte enttäuscht rein. »Das tut mir aber sehr leid. Honig habe ich leider nicht da.« Ihr Kichern ließ mein Herz aufblühen. So musste ein Kind klingen.

»Das ist schon okay. Der ist ja auch nicht echt.«

»Psst. Du musst ihm doch die Ohren zuhalten, sonst verletzt du seine Gefühle.«

»Aber er hat doch gar keine.«

»Woher weißt du das? Hast du ihn gefragt?«

»Doch, aber er antwortet mir nie.«

»Ja, weil du denkst, dass er nicht echt ist. Darf ich mal mit ihm reden?« Belustigt hielt sie mir ihren Teddybären hin, welchen ich freudig annahm. Ich hielt ihn mir ans Ohr und tat so, als würde er mit mir reden. »Achso. Ich verstehe, ja. Natürlich.«

»Was hat er gesagt?«, fragte sie aufgeregt, was mich lächeln ließ.

»Dass er dir immer sehr gerne zuhört und dich ganz doll lieb hat. Und dass er tatsächlich lieber Honig als Stöcke isst«, sagte ich, woraufhin das Mädchen aufstand und näher auf mich zukam. Dabei konnte man erkennen, dass sie deutlich mehr Kratzer und Wunden hatte als anfangs angenommen. Ich sollte sie mit zu mir nehmen und von Vivienne behandeln lassen, bevor wir zur Polizei und vielleicht in Krankenhaus gingen. Ihr Gesicht war verquollen von all den Tränen, die sie vermutlich vergossen hatte. Wäre sie die ganze Nacht hier allein gewesen? Der Wald konnte nachts sehr kalt und gefährlich werden. Wenn ich richtig informiert war, dann liefen hier nach Dämmerung manchmal Wildschweine rum, die nicht ganz harmlos waren.

»Wie dein Teddy heißt, weiß ich jetzt. Aber wie heißt du?«, fragte ich sie lächelnd.

»Cassie«, sagte sie und ich war froh, dass ich beschlossen hatte, hier spazieren zu gehen. Denn allein hätte sie hier in dem Wald vermutlich nur sehr schwer die Nacht überlebt.

Kapitel 14

(Jasons POV)

»Vivienne«, rief ich durchs Haus und nach lautem Poltern und Fluchen tauchte ihr schwarzer Haarschopf im Türrahmen der Küche auf. Belustigt zog ich eine Augenbraue in die Höhe, als ich ihr Gesicht betrachtete, welches voller Mehl und anderweitigen Essensresten besudelt war. Ein breites Grinsen legte sich um meine Mundwinkel.

»Hast du mal wieder mit Riley und Tommy eine Essenschlacht gemacht?«, fragte ich belustigt, da dies tatsächlich schon ein paarmal vorgekommen war.

Vivienne schüttelte den Kopf und öffnete den Mund, um vermutlich ihr Aussehen zu rechtfertigen, als ich Rileys Stimme aus der Küche wahrnahm: »Nein, wir haben versucht, einen Kuchen zu backen. Aber irgendwie ist was schief gegangen.« Kurz darauf betrat Riley in einem ähnlichen Zustand den Flur.

Vivienne war unsere Au-pair aus Frankreich und wohnte seit ein paar Monaten hier. Gloria hatte sie vor einem Jahr in Frankreich kennengelernt und uns miteinander bekannt gemacht. Da sie aus Frankreich wegwollte, weil sie eine Auszeit benötigte, hatte ich sie eingestellt und es bis jetzt nicht bereut. Sie war mir eine riesengroße Hilfe mit Riley und Tommy. Jedoch hatte sie die Gabe, sich oft zu blamieren, was mich persönlich nicht störte. Es sorgte eher für lustige Momente im Haus. Dafür konnte sie unglaublich gut kochen, kam sehr gut mit Riley und Tommy klar und durch ihre lustige Art, wurde es nur selten langweilig hier.

Jede Skepsis ihr gegenüber, die ich zu Beginn noch hegte, war in dem Moment verflogen, als sie Tommy dazu brachte, Karaoke mit uns zu singen, und wir vier einen unvergesslichen Abend verbracht hatten. Es war erfrischend, mit einer weiblichen Person zu leben, ohne emotionale Verpflichtungen ihr gegenüber zu hegen. Mit Vivienne war es … einfach. So würde ich es am besten beschreiben.

Riley leckte sich die teigüberzogenen Finger ab, als ihr Blick auf Cassie fiel, die sich hinter mir versteckte. »Wer bist du denn?«, fragte Riley direkt neugierig und legte den Kopf etwas schräg, um einen besseren Blick auf das fremde Mädchen zu werfen, welche ich im Wald aufgegabelt hatte. Cassie sah mich mit großen Augen an und klammerte sich an Frodo, ihren Teddybären. Vivienne sah mich fragend an, als sie die offene Wunde an Cassies Stirn betrachtete. Ich kniete mich vor Cassie und sah sie lächelnd an.

»Cassie, das sind Vivienne und Riley. Vivienne wird sich deine Wunden anschauen, dir saubere Klamotten geben und dann was Leckeres zu essen machen. Klingt das gut? Außerdem hat Riley ganz viele Spielzeuge, mit denen ihr dann zusammen spielen könnt, richtig, Riley?«

Riley, die ungefähr im selben Alter war wie Cassie, lächelte und nickte. »Oh ja, ich habe ganz viele Puppen.«

Cassie biss sich auf die Lippen und sah mich zögerlich, aber deutlich entspannter als im Wald, an. »Und … keiner tut mir weh?«, fragte sie mit zittriger Stimme. Allein, dass sie so eine Frage stellen musste, machte mich unglaublich wütend auf die Person, die ihr das angetan hatte. Wie konnte man nur so abartig sein und einem kleinen Mädchen so etwas antun? Sie hatte noch ihr ganzes Leben vor sich und sollte keine Angst davor haben. Es war unvorstellbar, wie viel Panik sie in den letzten Stunden, vielleicht sogar Tagen, verspürt haben musste.

»Hier wird dir keiner wehtun«, versprach ich ihr und blickte zu Vivienne, die mich mit traurigen, fragenden Augen ansah. »Riley zeigt dir, wo das Badezimmer ist, und dann sind wir gleich bei dir, okay?« Ich wollte den Augenblick nutzen, um mit Vivienne zu sprechen. Dann blickte ich zu Riley. »Du solltest sowieso dein Gesicht waschen. Wie siehst du eigentlich aus?«, fragte ich lachend, woraufhin sie schelmisch grinste.

»Du hättest mich heute nach dem Kunstunterricht sehen sollen.« Sie wandte sich an Cassie. »Willst du, nach dem wir sauber sind, das Puppenhaus sehen? Das habe ich mit Onkel Jason gebaut.« Das hatten wir. Und ich war unglaublich stolz drauf. In diesem Puppenhaus steckte Herzblut. Es hatte zwei Tage gedauert, bis wir es fertig aufgebaut hatten.

Cassie nickte und sah mich noch einmal an, bevor sie hinter Riley verschwand. Seufzend drehte ich mich zu Vivienne, die gerade versuchte, Mehl aus ihrem Gesicht zu wischen. »Wer ist das?«, fragte sie und pustete sich eine gelöste Haarsträhne aus dem Gesicht.

»Keine Ahnung. Ich habe sie allein im Wald gefunden. Vielleicht ist sie entführt worden? Denkst du, du kannst ihr ein Bad geben und die Wunden versorgen? Danach fahre ich mit ihr ins Krankenhaus, um sicher zu gehen, dass es ihr gut geht und dann zur Polizei, um eine Anzeige aufzugeben. Sie wird sicher schon vermisst.« Vivienne nickte und machte sich auf den Weg ins Bad, um der Bitte Folge zu leisten. Davor drehte sie sich jedoch noch einmal zu mir um und sagte: »Ich soll dir von Jenny Bescheid geben, dass sie sich Geld genommen hat, um shoppen zu gehen. Sie war der Meinung, dass sie das verdient, wenn du ihr schon so wenig Beachtung schenkst.« Vivienne verdrehte die Augen und verschwand um die Ecke ins Badezimmer. Es war kein Geheimnis, dass sie Jenny nicht leiden konnte. Seit einiger Zeit fragte ich mich, ob ich sie überhaupt leiden konnte. Besonders, seitdem mir Mandy immer wieder im Kopf rumspukte, fragte ich mich, was Jenny noch in meinem Leben tat. Geld ausgeben, war wohl die Antwort auf diese Frage.

Mandy würde sich nie, ohne vorher zu fragen, Geld nehmen, um shoppen zu gehen. Und erneut war sie in meinen Gedanken. Es war zum verrückt werden. Dieses Verlangen, sie in Person zu sehen, zu fühlen und ihr Lachen zu hören, wurde immer größer und zerfraß mich innerlich. Wie konnte es sein, dass sie noch so viel Macht über mich besaß?

Gegen den Türrahmen lehnend holte ich das Handy aus der Hosentasche und öffnete die Fotos. Unter den Favoriten befand sich ein Foto, von welchem ich mich nicht hatte lösen können. Es zeigte Mandy und mich breit grinsend in die Kamera blickend. Ein Moment, in dem die Welt noch heil und wir beide glücklich gewesen waren. Das Foto war eine Woche vor Annies Tod entstanden. Und zwei Wochen, bevor sie mich verlassen hatte. Niemals wäre mir an diesem Tag in den Sinn gekommen, dass unser Leben so werden würde, wie es heute tatsächlich war.

Nach Annies Tod hatte Mandy sich verändert. Sie hielt all den Frust in sich, redete kaum noch mit mir, was auch verständlich war, da sie gerade dabei gewesen war, ein Trauma zu verarbeiten. Aber was sie dazu veranlasst hatte, einfach zu verschwinden, war mir bis heute noch unbegreiflich. Nach einem letzten wehmütigen Blick auf das Foto verfrachtete ich es kurzerhand in den Papierkorb. Ihr Anruf hatte eine tiefe Hoffnung in mir geweckt, die bereits vor Jahren eingeschlafen war. Da sie jedoch ihre Nummer aufgegeben hatte, wurde auch dieser Lichtblick von ihr vernichtet. Wie es aussah, wollte sie nichts mehr mit mir zu tun haben. Es war an der Zeit, dass ich von ihr loskam. Nach acht Jahren war es endlich an der Zeit, sie loszulassen. Sie würde nicht wieder kommen. Als sie mich verlassen hatte, entschied sie sich für eine Zukunft. Eine Zukunft ohne mich.

Kapitel 15

(Mandys POV)

Müde und völlig außer Atem starrte ich auf den Baum vor mir. Ein gelb-braunes Blatt löste sich vom Ast und bahnte sich seinen Weg nach unten. Kaum auf dem Boden angekommen, wurde es von einer Horde trampelnder Kinder niedergetreten. Beim Anblick des zerstörten Blattes verzog ich das Gesicht. Ich fühlte mich wie dieses Herbstblatt. Kaputt und niedergetreten vom Leben. Kaum hatte ich halt gefunden, löste ich mich, fiel immer tiefer, und sobald der Boden unter mir zu spüren war, kam das Leben und Boom. Zertrampelte mich. Immer wieder aufs Neue.

Der Wind wehte kalt und ließ mich den Schal enger um den Hals wickeln. Hier in Berkeley blies in diesem Moment ein Windstoß nach dem anderen an mir vorbei, welcher mich frösteln ließ. Ich atmete tief ein und aus, um mich etwas zu beruhigen. Was leichter gesagt, als getan war. Wieso tat ich mir all dies noch an? Dieses Leben, in dem ich steckte, war schon lange kein wirkliches Leben mehr. Es war eine Existenz voller Angst und Schrecken, die nur darauf wartete, einen Anruf von Nate zu erhalten, in welchem er mir berichten würde, dass sie Cassie gefunden hätten. Tot. Meine Hände ballten sich zu Fäusten, während ich mir auf die Lippe biss. Noch war es nicht so weit. Noch gab es Hoffnung, dass Cassie, meine geliebte Tochter, am Leben war. Aber mit jedem neuen Tag schwand diese Hoffnung etwas mehr. Was wenn … nein. In diese Richtung wollte ich gar nicht erst denken. Erneut wischte ich mir die Tränen aus dem Gesicht und stand von der Parkbank auf. Die Stille in der neuen Wohnung war mir zu viel geworden, hatte mich beinahe erdrückt, weshalb ich mich nach draußen zum Park begeben hatte.

Entschlossen ging ich zu dem Blatt, welches von den Kindern zertrampelt wurde, und hob es lächelnd auf. Es war zwar kaputt, aber die Hoffnung war noch nicht verloren. Alles, was ich benötigte, war Zuversicht. Und das Vertrauen in Nate, der mir versprach, alles zu tun, um meine Tochter wiederzufinden. Noch war sie nicht tot.

In Gedanken hörte ich ihr Kichern, wenn ich ihr eine Geschichte am Abend erzählte, ihr Lächeln, wenn sie sich kopfschüttelnd über meine Unpünktlichkeit beschwerte. Nach drei Tagen war Cassie immer noch nicht aufgetaucht. Meine arme kleine Cassie. Allein, irgendwo, in den Klauen eines Monsters.

Kurz nachdem Nate bei uns zu Hause in Fresno aufgetaucht war, hatten wir das Nötigste gepackt und begannen ein neues Leben in Berkeley. Schon wieder hatte ich alles hinter mir lassen müssen, was ich mir in vier Jahren aufgebaut hatte. Das Handy hatte ich an Nate abgeben müssen, damit mich niemand aus Fresno erreichen konnte. Wie ich es hasste. Vier Jahre lang hatte es gebraucht, bis ich beginnen konnte, mich sicher zu fühlen, mich Menschen wie Marie anzuvertrauen und Gefühle zuzulassen. Und wofür? Um wieder neu anzufangen. Seufzend ging ich ein paar Schritte und beobachtete weitere Herbstblätter, die sich ihren Weg nach unten bahnten.

Nichtsdestotrotz mochte ich Nates Vorschlag, nach Berkeley zu ziehen und nicht ans andere Ende des Landes. Für den Fall, dass sie Cassie finden würden, wäre ich in der Nähe. Die Angst und Sorge um sie, ließ mich nicht schlafen; lähmte mich, ließ mich nicht mehr los. Die Situation versetzte mich acht Jahre zurück, als ich jeden Abend panisch aufgewacht war, da mich Annies verzweifelte Stimme in den Träumen verfolgte. Dieses Mal waren es jedoch Gedanken an Cassie, die mich nachts wach hielten. Jedes Mal, wenn ich versuchte, einzuschlafen, drang ihr verzweifeltes Gesicht zu mir durch und versetzte mich in Panik.

Mit den Jahren waren wir öfter umgezogen, aber nur aus Sicherheitsvorkehrungen. Nicht, weil er uns wirklich gefunden hatte. Dies war das erste Mal, dass er uns so nah kam und Cassie entführte. Annies Bild tauchte auf und der Gedanke, dass Cassie auch nur annähernd so aussehen könnte, schnürte mir förmlich die Kehle zu. Meine Hände begannen zu zittern und ich konnte spüren, wie sich eine Panikattacke anbahnte. Eine, aus der ich nicht mehr so schnell rauskommen würde. Ich musste mich beruhigen, bevor es unmöglich wäre, mich vom Boden aufzuheben und ich zertrampelt liegen bleiben würde; wollte stark sein für Cassie. Für den Fall, dass ich sie wieder in die Arme schließen konnte.

Während ich versucht war, gleichmäßig zu atmen, konnte ich aus dem Augenwinkel erkennen, wie ein kleiner Junge, in Cassies Alter, mich anstarrte. Eine große Zuckerwatte verdeckte die Hälfte seines Gesichtes, als er vor mir zum

Stehen kam und musternd den Kopf schief legte. »Miss, geht es dir gut?«, fragte er, woraufhin ich den Kopf schüttelte.

»Nein, aber das geht schon.« Zögerlich kam er noch einen Schritt näher.

»Möchtest du etwas Zuckerwatte?« Der Geruch puren Zuckers wehte mir in die Nase, als er mir die süße Versuchung hin hielt. »Meine Lehrerin isst immer ganz viel Zucker, wenn wir ihr wieder auf die Nerven gehen«, sagte er lachend. »Und ganz viel Kaffee trinkt sie. Sie sagt, das hilft ihr. Auch wenn wir sie nerven, glaube ich, dass sie uns trotzdem ganz gerne hat. Aber etwas Zucker würde dich bestimmt glücklich machen.« Zögerlich riss ich mir ein Stück der Zuckerwatte ab, die er mir immer noch unter die Nase hielt, und ließ die klebrige Masse im Mund verschwinden, woraufhin sie sich direkt auflöste und einen süßen Geschmack hinterließ. »Besser?«, fragte der Junge grinsend. Seltsamerweise fühlte ich mich tatsächlich ein kleines Stück besser. Nicht wegen der Zuckerwatte, nein. Weil dieser Junge mich daran erinnert hatte, wofür ich stark sein musste. Wem war geholfen, wenn ich weiterhin in Selbstmitleid versinken würde? Niemandem!

»Besser«, lächelte ich schwach, da es nur der halben Wahrheit entsprach. Der Junge nickte zufrieden und verschwand mit seiner Zuckerwatte in einem Bus.

Stark zu sein für Cassie stellte sich schwerer heraus als gedacht. Je mehr Schritte ich in diesem Park ging, umso mehr wurde mir die Wucht dessen, was ich verloren hatte, bewusst. Draußen war es zwar etwas frisch, aber dennoch schien die Sonne sanft vom Himmel, was dazu führte, dass sehr viele Familien in diesem Park saßen. Familien mit ihren Kindern. Kinder, die fröhlich mit ihren Eltern lachten, picknickten und einfach eine Familie waren. Unter Tränen sah ich zu einem Vater, der gerade seine Tochter fröhlich auf den Arm hob und sie angrinste, als wäre sie seine ganze Welt und würde alles, was sie sich wünschte, für sie wahr werden lassen. Dieser Anblick war einfach zu viel für mich. Es war nicht nur der Schmerz, der mich durchfuhr, als ich das kleine Mädchen sah. Es war auch die Gewissheit, was ich meiner Tochter vorenthalten hatte. Einen Vater. Einen Vater, der mit ihr spielte und sie liebte. Das hätte ich mit Cassie und Jason sein können, wenn ich damals einfach den Mund aufgemacht und ihm die Wahrheit gesagt hätte. Wenn ich nicht so feige gewesen und über den Schatten gesprungen wäre. Ich hätte eine Familie haben können; glücklich sein können. Und es gab nur eine Person, die daran schuld war: Malcolm Lightwood. Der mir mein ganzes Leben genommen hatte. Er hätte mich einfach direkt mit Annie umbringen sollen, wie er es eigentlich geplant hatte. Dann würde ich jetzt nicht hier stehen und diesen schrecklichen Schmerz spüren, der mich seit Tagen umhüllte.

Zorn staute sich in mir auf und ich schloss die Augen, um die Oberhand zu bewahren und diese direkt im Keim zu ersticken. Die Wut sollte keinen Platz zum Wachsen haben. Doch egal, wie sehr ich es versuchte, der Zorn wuchs in mir und verwandelte sich in Trauer und Angst um Cassie. Wo war der kleine Junge mit der Zuckerwatte, wenn man ihn brauchte? Er hatte mich für einen kurzen Augenblick aus dieser Endlosschleife geholt. Diese Endlosschleife, in welcher ich mich dauernd selbstbemitleidete.

Ohne, dass ich es zu verhindern wusste, blickte ich erneut zu den glücklichen Familien auf der Wiese. Eine Träne löste sich und brach einen Damm für weitere Tränen.

Es war, als gehörte das Weinen mittlerweile zum Alltag dazu. Wie sollte ich stark für Cassie sein, wenn ich es nicht für mich selber konnte? Ich war nicht stark. Schwäche und Naivität zogen sich wie ein rotes Band durch mein Leben.

Nicht einmal auf meine Tochter konnte ich aufpassen. Was, wenn sie wirklich tot war? Wenn ich sie nie wieder in die Arme schließen konnte? Wenn ich … Bevor ich weiter in diesen Gedankenstrudel fiel, ertönte ein Klingeln, woraufhin ein Truck, der Zuckerwatte verkaufte, vor mir hielt und mich davor bewahrte, in dieses tiefe Loch zu stürzen, vor welchem ich seit Tagen stand.

Kapitel 16

(Jasons POV)

Müde ging ich die Treppe nach oben ins Arbeitszimmer und ließ mich auf das gemütliche Sofa fallen. Es war ein langer Tag gewesen. Nachdem Vivienne Cassie gewaschen und behandelt hatte, war diese beinahe beim Essen eingeschlafen. Daher lag sie bereits seit ein paar Stunden in einem Gästezimmer und schlief. Die Polizei und das Krankenhaus würden bis morgen früh warten müssen.

In Frankreich hatte Vivienne als Krankenschwester gearbeitet, weshalb ich ihrer Kompetenz, dass es morgen nicht zu spät wäre, ins Krankenhaus zu fahren, vollkommen vertraute. Mein Blick ruhte auf der Gitarre, die in der Ecke stand und darauf wartete, von mir benutzt zu werden. Mit der Gitarre auf dem Schoß begann ich etwas zu klimpern. Jetzt da wir das Lied über Elaine fertig aufgenommen hatten, war es Zeit für einen neuen Hit. Vielleicht konnte ich einen Song schreiben – darüber, wie es sich anfühlte, wenn man eine Person gehen lassen musste. Also erneut von Mandy inspiriert.

Da ich, wie es aussah, an nichts anderes denken konnte. Die Musik floss mir aus den Fingern, während sich eine Melodie und ein paar Worte im Kopf formten.

Your picture is still
living in my phone, connected to
My mind and soul.
Can't seem to let you go.
Your voice is trapping my thoughts in recollections
of our past.

Gerade, als ich an dem Refrain feilte, wurde ich von einem lauten Schrei aus den Gedanken gerissen. Blitzschnell sprang ich auf und warf mit dem Hals der Gitarre ein Wasserglas um. Vorsichtig umging ich die Scherben und rannte in Jennys Kleiderzimmer, dem Ursprung des Schreis. Jenny stand geschockt im Türrahmen und war vor Wut ganz rot im Gesicht. Was war passiert? Wann war Jenny wiedergekommen? War ihr Shoppingtrip schon vorbei? Ein kurzer Blick nach draußen ließ mich feststellen, dass es bereits stockdunkel war. Wie lange hatte ich mich im Arbeitszimmer verkrochen? Ich schaute auf die Armbanduhr und riss die Augen auf, da diese zwei Uhr in der Nacht anzeigte.

»Wie kannst du es wagen? Wer bist du überhaupt? Was machst du mit den Kleidern?«, schrie Jenny und holte mich wieder ins Hier und Jetzt. Verwirrt sah ich zwischen Jenny und Cassie umher, welche vor Angst zitterte. Tränen flossen über ihr Gesicht und ich sah unverständlich zu Jenny rüber.

»Was ist los?«, mischte ich mich ein.

»Was los ist? Da ist irgendein kleines Mädchen im Zimmer und packt die ganzen Kleider an.« War das gerade ihr verdammter Ernst? Verständnislos sah ich meine Freundin an.

»Und deswegen machst du so einen Aufstand?« Wut überkam mich. Konnte sie nicht sehen, dass dieses Mädchen Angst hatte?

»Ehm … Ja? Weiß du, wie teuer das alles war? Wer ist dieses Gör überhaupt?« Jenny sah verachtend zu Cassie, was die Wut in mir nur noch steigerte. Schließlich hatte sie alles, was sich in diesem Schrank befand, von meinem Geld gekauft.

»Ich habe sie auf der Straße gefunden«, gab ich so gelassen, wie nur möglich, zur Antwort, was mir ziemlich schwerfiel, da ich innerlich am Kochen war.

»Was, ein Straßenkind? Und so etwas lässt du ins Haus?«, rief sie schockiert aus. Ich riss mich zusammen. Riss mich wirklich zusammen, sie nicht aus *meinem* Haus zu werfen.

»Jenny. Es ist immerhin noch *mein* Haus«, gab ich ihr zu verstehen und versuchte, dabei Ruhe zu bewahren.

Immer weniger konnte ich nachvollziehen, was ich jemals in ihr gesehen hatte. Sie war verwöhnt, respektlos und einfach nur nervig. Außerdem war ich mir mehr als sicher, dass sie nur auf Geld aus war. Von welchem ich genug besaß.

»Mag ja sein, aber du kannst doch nicht ein kleines Mädchen hier hinbringen.« Sie sollte am besten gehen, bevor ich noch die Beherrschung verlor.

»Du solltest jetzt lieber wieder ins Bett gehen.« Meine Stimme war ruhig und gefasst, was ich von meinem Inneren nicht behaupten konnte.

Verärgert zog sie eine Augenbraue in die Höhe und stemmte die Hände in die Hüften. »Willst du mich etwa loswerden?«, pampte sie mich an. Nichts lieber als das.

»Ja, ja das will ich. Im Moment gehst du mir tierisch auf die Nerven. Und jetzt geh, bevor du alles noch schlimmer machst.« Was eigentlich kaum noch möglich war. Sie sah mich genervt an, verschwand dann aber stampfend aus dem Raum. Kurz darauf hörte ich, wie sie die Tür hinter sich zuknallte. Sah so aus, als würde ich heute Nacht auf der Couch schlafen.

Müde fuhr ich mir mit der Hand übers Gesicht. Spätestens morgen musste ich mit ihr Schluss machen. Keine Ahnung, wie ich es so lange mit ihr ausgehalten hatte.

Mandy tauchte erneut vor meinem inneren Auge auf. Sie hatte mich in den letzten Stunden mehr fühlen lassen als Jenny in der gesamten Zeit, die wir zusammen waren.

Vorsichtig ging ich vor Cassie in die Knie, die immer noch am Schluchzen war. Die Hände waren um ihre Knie gewickelt, während ihr unaufhörliche Tränen über die Wangen liefen. Rileys pinker Pyjama, den sie trug, war an den Ärmeln bereits feucht. Ein paar Strähnen hatten sich aus ihrem geflochtenen Zopf gelöst und umrahmten ihr verweintes Gesicht. Wo vor ein paar Stunden noch eine offene Wunde an ihrer Stirn klaffte, klebte nun ein Einhorn Pflaster. Auch, wenn sie deutlich gepflegter als im Wald aussah, konnte man die blauen Flecken auf ihren Handgelenken erkennen, welche nicht von dem Pyjama bedeckt waren.

»Hey«, sagte ich sanft und legte die Hand behutsam auf ihre Schulter, doch sie schreckte zurück und Angst spiegelte sich in ihren Augen wider. Allein dieser Anblick schmerzte. Kein Kind sollte so eine Panik in seinem Leben erleben.

»I-Ich … will zu Mama«, schluchzte sie und weinte weiter. Ihre kleinen zierlichen Hände schlangen sich enger um ihre dünnen Beine, während die Schultern bebten. Stumm setzte ich mich auf den Boden und beobachtete sie. Was sollte ich jetzt tun? Ihr sagen, dass alles gut werden würde? Dies war ein Versprechen, was ich womöglich nicht halten könnte. Wer wusste schon, wo ihre Eltern waren und was die Zukunft bringen würde? Hoffentlich würde die Polizei helfen können, sie wieder mit ihrer Familie zu vereinen. Leise seufzend lehnte ich mich gegen die Wand. Die ganze Situation überforderte mich. Wie ging ich mit einem Kind um, das möglicherweise entführt wurde und sich nach seiner Mutter sehnte? Zudem konnte ich noch nie wirklich gut mit fremden Kindern umgehen. Mit den Kindern meiner Schwester war es etwas anderes. Ich kannte sie, und als sie bei mir einzogen, wusste ich genau, was sie liebten und was sie hassten. Wir teilten die Trauer. Doch mit diesem fremden Kind war es anders. Ich wusste überhaupt nichts über Cassie und die Angst, etwas Falsches zu sagen, lähmte mich förmlich. Ihr Wimmern riss mich aus den Gedanken. Zögerlich wandte ich mich ihr zu, während sie immer noch kauernd in ihrer Ecke saß.

»Hör zu, wir gehen jetzt in die Küche. Ich mache dir einen Kakao und dann schauen wir, was wir tun können, um deine Mama zu finden. In Ordnung?«

Ihre Augen ruhten für eine Sekunde auf der Hand, die ich ihr entgegenstreckte. »Du hilfst mir, meine Mama zu finden?«

»Ich werde es versuchen. Aber so lange kann ich dir versprechen, dass dir hier niemand etwas tun wird. Du bist in Sicherheit.« Ihre Augen wanderten zu Jennys Kleidern und der Grund, wieso sie angefangen hatte zu weinen, kam mir wieder in den Sinn. »Gefallen dir die Kleider?«, fragte ich vorsichtig, woraufhin sie nickte.

»Ich wollte sie mir nur angucken und dann hat die Frau mich angeschrien. Ein paar sehen aus wie die Kleider von Mama«, flüsterte sie verängstigt.

»Tut mir leid. Sie hat nur ein bisschen überreagiert«, versuchte ich, Jennys Verhalten zu rechtfertigen. Obwohl es dafür keine Rechtfertigung gab. Wie kam sie auf die Idee, einfach das fremde Mädchen anzuschreien? Es hätte eine Freundin von Riley sein können. Ich verstand, dass sie überrascht war, und ich hätte ihr die Situation auch in Ruhe erklärt, wenn ich gewusst hätte, dass sie schon zuhause war. Aber sich so gegenüber einem kleinen Mädchen zu verhalten? Das war einfach zu viel. Ich musste das Vertrauen des Mädchens zurückgewinnen – das stand fest. Umso erleichterter war ich, als Cassie aufstand und mit mir in die Küche ging.

»War diese Frau deine Freundin?«, fragte sie mich, während ich sie vorsichtig hochhob und auf die Kücheninsel setzte, um uns beiden einen Kakao aufzusetzen.

»Ja« - aber nicht mehr für lange – fügte ich in Gedanken hinzu. Jennys Reaktion gegenüber Cassie war der letzte Tropfen gewesen, der das Fass zum Überlaufen gebracht hatte.

»Sie ist schrecklich«, flüsterte Cassie und ließ die Füße in der Luft baumeln.

Ihre Ehrlichkeit erstaunte mich und brachte mich dazu, an den Beginn unserer Beziehung zu denken. Früher war Jenny nicht so. Sie war immer liebevoll und nett gewesen. Doch mit der Zeit hatte sie sich verändert. Nun war sie verwöhnt und einfach nur nervig. Keine Ahnung, was in den letzten Monaten mit ihr passiert war. »Und sie ist hässlich. Mama ist viel hübscher«, sagte Cassie und als ich zu ihr sah, konnte ich sehen, dass sie am Lächeln war, was mich schmunzeln ließ. So sah sie schon viel besser aus. Ihre Füße wippten auf und ab, während ihr Blick auf den Boden gerichtet war. Ich sollte widersprechen und sagen, dass Jenny auch toll war, ließ es dann doch bleiben. Hässlich war Jenny jetzt nicht. Ihre langen blonden Haare hatten mich in Kombination mit ihren grünen Augen schon oft um den Verstand gebracht. Sie wusste, wie sie sich kleiden musste, um die Vorteile ihres Körpers optimal zur Geltung zu bringen. Aber ihr Charakter war wirklich schrecklich.

Nachdem ich Cassie die heiße Schokolade überreicht hatte, gingen wir ins Wohnzimmer. Dieses war schlicht und in schwarz wie gehalten. In der Mitte befand sich ein großes Sofa für die ganze Familie. Links und rechts daneben standen zwei gemütliche Sessel und direkt dahinter befanden sich die Regale mit Büchern, Dekoartikeln und Bilder. Der große Fernseher war direkt gegenüber dem Sofa aufgebaut und der schlanke Couchtisch war mit Blumen geschmückt, die Vivienne dort abgestellt hatte. Mehr hatte ich nicht benötigt und Jenny interessierte sich nicht sonderlich für die Inneneinrichtung. Cassie machte es sich auf dem Sessel bequem und nahm einen Schluck von ihrem Kakao, wobei sich ein kleiner Milchbart auf ihrer Oberlippe bildete.

»Gibt es einen Grund, wieso du aufgewacht bist? Du warst ziemlich müde, als wir dich ins Bett gelegt haben.«

»Es war so dunkel und als ich aufgewacht bin, konnte ich nicht wieder einschlafen … Dann wollte ich auf die Toilette gehen und bin an der offenen Tür vorbeigekommen, wo die Kleider hingen. Sie waren so schön und ich wollte sie nur ansehen … dann hat mich die Frau angeschrien«, sagte sie flüsternd und ich schämte mich für Jenny. Das arme Kind hatte schon genug durchgemacht.

»Ich verspreche dir, Jenny wird dich nie wieder anschreien. Sie war nur etwas überrascht, dass du da bist. Aber jetzt ist alles geklärt. Erzähl mir doch ein bisschen was von dir. Und von deiner Mama. Woher kommst du denn?«, forderte ich sie auf. Das würde morgen sicherlich nützlich für die Polizei sein. Die arme Mutter musste krank sein vor Sorge. Ich wollte mir gar nicht vorstellen, wie ich mich fühlen würde, wenn Tommy oder Riley verschwinden würden.

Cassies Augenbrauen wanderten etwas nach oben und sie verzog nachdenklich ihr Gesicht. Dabei fielen ihr ein paar ihrer braunen Haare ins Gesicht, welche sie sich hinter ihr Ohr strich. »Meine Mama heißt Kimberly. Kimberly Wilson«, sagte sie entschlossen, was mich innehalten ließ. Kimberly Wilson? Wieso kam mir der Name so bekannt vor? Sie redete weiter, aber ich konnte nicht mehr zuhören, da ich mich mit einem Mal erinnerte, woher ich den Namen kannte. Den Namen hatte ich bei dem ersten Telefonat mit Mandy gehört. Der erste Abend, an dem sie mich komplett betrunken angerufen hatte. War das ein Zufall oder kannte Mandy womöglich dieses Kind? So viele Fragen stellten sich mir gerade, auf die ich jedoch keine Antworten hatte. Noch nicht.

Kapitel 17

(Jasons POV)

Völlig übermüdet und gähnend nippte ich am Kaffee, den ich mir vor ein paar Minuten eingegossen hatte. Cassie und ich waren noch bis 4 Uhr morgens im Wohnzimmer geblieben und hatten uns unterhalten, bis sie eingeschlafen war. Bei der Erinnerung, wie sie in meinen Armen gelegen und gleichmäßig geatmet hatte, musste ich lächeln. Ich hatte ihr sanft über ihre braunen Haare gestrichen und am liebsten würde ich ihrer Mutter sagen, dass es ihr gut ging. Dass sie bei mir in Sicherheit war. Solange ich jedoch keine Information über sie besaß, war alles, was ich tun konnte, dafür zu sorgen, dass Cassie wohlauf war, bis sie wieder in den Armen ihrer Mutter oder ihres Vaters liegen konnte. Als ich Cassie auf ihren Vater angesprochen hatte, erzählte sie, dass sie keinen habe. Es gebe nur sie und ihre Mutter.

Kimberly Wilson. War es nur ein Zufall, dass ich genau diesen Namen bei Mandy gehört hatte? Natürlich hatte ich nachts erneut die Nummer gewählt, die ich bereits von Mandy hatte – doch ohne Erfolg. Der gewohnte Klang der Ansage *Diese Nummer ist nicht vergeben* war die einzige Antwort, die ich erhalten hatte. Der Anruf der Nummer, mit der Mandy mich das erste Mal kontaktiert hatte, war mittlerweile so lange her, dass ich sie nicht mehr direkt in der Anrufliste finden konnte. Aber eines war klar – mit diesem Namen und Nummer konnte ich der Polizei Hinweise liefern, die bei der Suche nach Cassies Mutter behilflich sein konnten.

Gähnend goss ich mir Kaffee nach und setzte mich wieder an den Küchentisch, als mich ein Poltern zusammenzucken ließ. Kurz darauf kam Vivienne fluchend und hinkend mit einem Bademantel bekleidet in die Küche. »Welcher Idiot stellt hier den ganzen Weg voll?«, fragte sie grummelnd und machte sich - ohne mich zu beachten – auf den Weg zur Kaffeemaschine.

»Dieser Idiot wäre dann wohl ich«, lachte ich, woraufhin sie sich erschrocken zu mir umdrehte.

»Gott, Jason. Erschreck mich doch nicht so«, zischte sie. »Beinahe wäre ich erneut hingefallen.«

»Wäre ja nicht das erste Mal«, sagte ich grinsend, woraufhin sie versuchte, mir einen bösen Blick zuzuwerfen, was ihr misslang. Wenn man eines über Vivienne wissen musste, dann, dass sie einen bösen Blick überhaupt nicht draufhatte. Sie war wie ein kleiner Welpe, immer niedlich, egal, wie sie schaute. Dennoch brachte mich ihr Versuch zum Lachen. Sie stemmte ihre Hände in die Hüften, was ihre schwarzen Haare aufwirbeln ließ.

»Machst du dich etwa über mich lustig?«

»Ein bisschen vielleicht«, gab ich grinsend zu und nippte am Kaffee.

»Du solltest froh sein, dass du mich so gut bezahlst, da kannst du dich ruhig über mich lustig machen, aber noch einmal und ich verlange eine Gehaltserhöhung.« Sie schwang drohend den Kochlöffel in der Luft, ehe dieser ihr aus der Hand rutschte und mir entgegen flog. Lachend wich ich diesem aus, sodass er das Fenster hinter mir traf.

»Jetzt aber bloß nicht frech werden«, ermahnte ich sie gespielt ernst und hielt ihr die Tasse hin, welche ich bereits wieder leer getrunken hatte. Da ich kaum geschlafen hatte, würde sich die tägliche Dosis Koffein heute wohl etwas erhöhen. »Kannst du mir bitte noch etwas mehr Kaffee einschenken?«

Sie zog eine Augenbraue in die Höhe. »Aber auch nur, weil ich dich beinahe mit einem Kochlöffel abgeworfen habe.«

Diese neue angriffslustige Seite hatte sich erst vor ein paar Wochen herauskristallisiert und ich liebte es. Zum einen zeigte es, dass sie Vertrauen zu mir und den Kindern aufbaute, und es machte einfach unglaublich viel Spaß, sie zu ärgern.

»Wann bist du gestern schlafen gegangen?«, fragte sie, während sie anfing, einen Teig in der Schüssel anzurühren. »Wenn du zu müde bist, kann ich gerne mit Cassie zum Arzt gehen, nachdem ich Riley und Tommy in der Schule abgesetzt habe.«

»Wolltest du dich heute nicht mit einer Freundin in der Stadt treffen?« Laut meiner Erinnerung hatte sie dies vor ein paar Tagen erwähnt.

»Ja, aber wenn nötig, kann ich das auch verschieben.« Dieser Satz zeigte erneut, was für ein Segen es war, sie in unserem Leben zu haben.

»Nein, das ist schon okay. Ich mache das. Nutz deine freie Zeit ruhig aus. Ich werde Toby anrufen und sagen, dass ich heute nicht auf der Arbeit erscheine. Er hat momentan noch genug zu tun. Aufgenommen haben wir bereits das meiste, da muss ich nicht zwingend anwesend sein.«

»Weißt du, als ich hier angefangen habe, dachte ich, du wärst einer von den verwöhnten Snobs, die nur an sich selbst denken … aber du zeigst mehr und mehr, dass der erste Eindruck täuschen kann.«

Belustigt zog ich eine Augenbraue in die Höhe. »Du denkst also nicht, dass ich ein verwöhnter Snob bin?« Seitdem sie sich immer mehr öffnete, konnte man ehrliche Gespräche mit ihr führen, was ich sehr zu schätzen wusste. Sie war direkt und sagte, was ihr in ihren Kopf kam.

»Naja doch, aber nicht so krass wie erwartet.«

»Was soll das denn jetzt heißen, ich bin gar kein verwöhnter Snob«, rief ich empört aus, während sie grinste.

»Beinahe jeder Mensch, der eine Hausfrau braucht und einfach auf der Arbeit anrufen kann, um zu sagen, dass man nicht erscheint, ist in irgendeiner Art und Weise verwöhnt.«

»Ich brauche keine Hausfrau«, rechtfertigte ich mich, woraufhin sie lachte.

»Ist klar. Ohne mich würdest du dich nur von Tiefkühlpizza ernähren und deine Wohnung wäre ein einziges Chaos. Wie hast du überhaupt so lange ohne mich überlebt?« Grummelnd nahm ich einen Schluck vom Kaffee, da mir bewusst wurde, dass sie recht hatte. In den Jahren in Los Angeles hatte ich entweder außerhalb gegessen oder mir eine Tiefkühlpizza in den Ofen geschoben. Kam ich manchmal wirklich wie ein verwöhnter Snob rüber? Wenn ich nun an einige Interviews dachte, die ich vor einer Weile gegeben hatte, dann musste ich ihr jedoch vermutlich recht geben. War es das, was die Menschen in mir sahen? Scham überkam mich, bei diesem Gedanken.

»Aber keine Sorge, ich werde schon dafür sorgen, dass du auf dem Boden bleibst.« Vivienne tätschelte mir wie einem Hund den Kopf. »Wärst du so nett, die Kinder zu wecken, wenn du sowieso schon wach bist? Dann sind die Pancakes fertig, sobald sie unten sind.«

»Du hast echt Glück, dass die Kinder und ich dich gerne haben«, murmelte ich müde und machte mich auf, um Riley und Tommy für ihren Schultag zu wecken. Cassie würde ich noch schlafen lassen, da wir beide einen langen Tag haben würden.

Kapitel 18

(Jason POV)

»Tut es weh, wenn ich hier drücke?«, fragte der Doktor Cassie, die energisch den Kopf schüttelte. Nachdem Vivienne Riley und Tommy in die Schule gefahren hatte, hatte ich Cassie wenig später geweckt. Wir hatten gefrühstückt und waren dann ins Krankenhaus gefahren. Der Doktor hatte bereits einige Tests mit ihr durchgeführt und Cassie hatte super mitgemacht. Er notierte sich etwas auf seinem Klemmbrett mit den tausend Dokumenten und deutete mir daraufhin an, ihm raus in den Flur zu folgen.

»Also ich denke nicht, dass sie irgendwelche gravierende Schäden von sich getragen hat. Außer ein paar blaue Flecken scheint es ihr gut zu gehen. Psychologisch gesehen, kann ich Ihnen jedoch gerade keine Meinung geben. Wo haben Sie sie nochmal gefunden? Im Wald? Wir haben bereits eine Sozialarbeiterin kontaktiert, die kümmert sich dann weiterhin um sie.« Er kritzelte erneut etwas auf dem Papier herum, während ich mich bei seinen Worten versteifte.

»Sozialarbeiter? Das wird nicht nötig sein«, sagte ich entschlossen, woraufhin der etwas ältere Doktor seine Augenbraue hochzog und mich kritisch musterte.

»Doch, doch. Sie können jetzt gehen. Sie haben keine weiteren Verpflichtungen mehr. Wir informieren das Jugendamt und werden sie später in ein Kinderheim bringen.« Sprachlos öffnete und schloss ich den Mund wieder. Keine Verantwortung mehr? Kinderheim? Ich konnte dieses kleine Mädchen doch nicht einfach an einen Sozialarbeiter abgeben. Noch nicht.

»Ich würde sie sehr gerne wieder mitnehmen«, antwortete ich sachlich.

»Bei allem Respekt, ich denke nicht, dass dies möglich sein wird, aber bitte: Wenn Sie wollen, können Sie dies gerne mit der Sozialarbeiterin klären. Frau Sting wurde bereits kontaktiert und sollte bald hier sein. Bis dahin bleibt die Kleine hier im Krankenhaus.« Sein strenger Ton ließ keine Widerrede zu, als er einem Mitarbeiter das Klemmbrett reichte und ohne ein weiteres Wort im Aufzug verschwand. Sympathisch war was anderes.

Ich ging wieder ins Behandlungszimmer, in welchem Cassie immer noch auf dem Bett saß. »Werde ich sterben?«, fragte sie mit großen traurigen Augen, wo sich bereits Tränen abzeichneten.

»Nein. Keine Sorge«, sagte ich sanft und setzte mich auf einen Stuhl vor ihr ans Bett. »Der Doktor hat gesagt, dass du nur ein paar blaue Flecken hast, aber bald wieder kerngesund sein wirst.«

Ein strahlendes Lächeln bildete sich auf ihrem Gesicht. »Wirklich?« Erneut stellte sich mir die Frage, was dieses

Mädchen erlebt haben musste, um davon auszugehen. Was war passiert, dass ihr kleiner zierlicher Körper von blauen Flecken übersät war?

Ich räusperte mich leicht. »Hör zu Cassie … Gleich kommt eine Frau, die dich vermutlich mitnehmen wird …«

»Nein«, unterbrach sie mich panisch. »Ich gehe nur mit dir weg. Und mit Vivienne.«

»Es ist halb so schlimm, sie-«

»Nein«, schrie sie beinahe schon panisch. »Ich gehe mit niemandem weg.« Ich sah die blanke Panik, die sich in ihren Augen spiegelte. Und in diesem Moment beschloss ich, dies nicht zuzulassen. Sie würde bei mir bleiben, bis ihre Mutter gefunden wurde.

»Okay, Cassie … du kommst mit mir mit«, beschloss ich mit fester Stimme und versprach, alles in meiner Macht Stehende zu tun, um diese Worte wahrwerden zu lassen. Sie nickte zögerlich und beruhigte sich etwas.

In dem Moment klopfte es an der Tür und eine junge, schlanke Frau mit aschblonden Haaren betrat das Behandlungszimmer. Als sie mich sah, blitzten ihre grauen Augen kurz auf und sie betrachtete mich nervös; biss sich auf die Unterlippe und setzte ein Lächeln auf, während sie sich eine Strähne hinter das Ohr steckte. Jackpot. Sie schien mich zu kennen. Ich setzte ein flirtiges Lächeln auf, bevor ich mich zu ihr begab und ihr die Hand zur Begrüßung reichte.

»Guten Tag, Sie müssen Frau Sting sein. Ich habe schon von Ihnen gehört, aber so eine Schönheit habe ich nicht erwartet«, sagte ich und am liebsten hätte ich das Gesicht verzogen. Gott, war das schleimig. Komm schon, Jason, das kannst du aber besser. Auch wenn dieser Spruch mehr als furchtbar war, schien er zu wirken. Sie kicherte und steckte sich erneut ein paar Haare hinter das Ohr, welche ihr ins Gesicht gefallen waren.

»Das ist ja eine Überraschung, Sie hier zu sehen. Ich war mir erst nicht sicher, aber als ich Ihren Namen sah, habe ich mich sehr gefreut.« Eine von der einfachen Sorte also.

Ein paar schleimige Flirtmoves, Augenklimpern meinerseits, Fotos und Autogramme später, verließ Frau Sting das Zimmer und ich setzte mich wieder mit einem Lächeln zu Cassie.

Sie sah mich mit einer angehobenen Augenbraue an. »Redest du immer so mit Frauen? Das war ja richtig peinlich.« So schlagfertig gefiel sie mir schon viel besser. Vorsichtig nahm ich ihre kleinen Hände in meine, was sie tatsächlich zuließ; sie entzog sich dieser Berührung nicht, wie sie es bereits davor schon ein paarmal getan hatte.

»Cassie? Wir gehen jetzt zur Polizei«, sagte ich lächelnd, woraufhin mich Cassie verwirrt mit großen Augen ansah.

»Wieso? Habe ich was falsch gemacht? Ich ... ich will nicht ins Gefängnis«, schluchzte sie leise auf.

»Gefängnis? Keine Angst, Cassie. Die Polizei kann uns dabei helfen, deine Mama zu finden«, erklärte ich ihr und sie hob aufgeregt den Kopf.

Nach den schmeichelnden Worten, einigen unterschriebenen Unterlagen und dem Versprechen, sofort die Polizei aufzusuchen, durfte ich Cassie tatsächlich vorerst behalten. Genauso wie die Handynummer der Sozialarbeiterin. Diese würde jedoch ihren Weg in den Mülleimer finden. Es war erstaunlich einfach gewesen, Ms. Sting davon zu überzeugen, dass ich mich gut um Cassie kümmern würde - dass ich finanziell kein Problem damit haben würde, mich um sie zu kümmern, schien ihr wohl klar zu sein. Meine Musik, die sie für gut empfand, war vermutlich auch nicht ganz unwichtig.

»Meine Mama?«, fragte Cassie aufgeregt. Ich nickte, doch sie war bereits aufgestanden und Richtung Tür gegangen.

An der Rezeption unterschrieb ich weitere Unterlagen, bevor Cassie und ich uns zum Auto begaben. Nachdem ich sie angeschnallt hatte, hielt ich kurz inne. »Cassie, ich will eben noch telefonieren. Okay?« Sie nickte und kuschelte sich an ihren Teddybären Frodo. Ans Auto gelehnt, versuchte ich zum wiederholten Mal, Mandy anzurufen. Doch erneut sprang mir die altbekannte Stimme entgegen, die mir mitteilte, dass diese Nummer nicht vergeben war.

Seufzend setzte ich mich ans Steuer und fuhr zur Polizeiwache. Dort wurden wir nach unserer Anmeldung direkt in ein Büro gebeten, in dem eine kleine blonde Frau auf ihrem Stuhl saß und uns fragend ansah, während sie mit ihrem Kulli spielte. »Jason Taylor, richtig?« Ich nickte. Manchmal war es doch etwas unangenehm, wenn ich erkannt wurde. Besonders von einer Polizistin. Ihr Blick fiel lächelnd auf Cassie, welche sich ängstlich umblickte. »Was kann ich für Sie tun?«, fragte sie freundlich.

»Ich habe dieses Mädchen verletzt im Wald gefunden«, kam ich direkt zur Sache und deutete auf Cassie, welche mich immer noch unsicher ansah und auf ihrer Unterlippe kaute. Sie setzte sich neben mich, auf den zweiten Stuhl, welcher sich hier in dem Raum befand.

»Gefunden?«, fragte die Polizistin verwirrt, was ich nickend bestätigte.

»Ja. Sie saß hinter einem Busch im Wald. Ich war mit ihr bereits im Krankenhaus und habe von einer Sozialarbeiterin die Erlaubnis erhalten, dass sie vorerst bei mir bleiben darf.« Ich legte ihr die Unterlagen, welche Frau Sting mir mitgegeben hatte, vor die Nase. »Ich würde gerne, eine Anzeige aufgeben, um ihre Mutter zu finden.«

Musternd blicke sie zwischen mir und Cassie hin und her, bevor sie begann, etwas auf ihrem Computer zu tippen. »Welche Informationen haben Sie denn bereits? Wo wohnt beispielsweise ihre Mutter?« Das war natürlich eine gute Frage.

»Cassie? Wo wohnt deine Mama?«

»In einem Haus«, sagte sie selbstverständlich, woraufhin ich leise auflachte.

»Ich meinte, in welcher Stadt wohnt sie?«

»Oh … ehm … Fresno. Und sie heißt Kimberly Wilson … Glaube ich. Einen Papa habe ich nicht …«, murmelte sie und starrte die Frau an, welche sie freundlich anlächelte, jedoch perplex dreinblickte.

»Glaubst du?«, wiederholte ich Cassies Aussage verwirrt. In dem Alter sollte sie eigentlich wissen, wie ihre Mutter hieß.

»Ja, keine Ahnung. Irgendwie hat sie ganz viele Namen.«

»Viele Namen?«

»Ja. Mal wird sie Kimberly genannt, aber manchmal auch Kimmy oder auch Mandy.« Ich hielt in der Bewegung inne. Hatte sie gerade Mandy gesagt?

»Mandy?«

»Ja, aber nur manchmal. Oma nennt sie manchmal so, was mich ein bisschen verwirrt hat. Aber meistens wird sie von allen anderen Kim genannt.«

»Wie heißt deine Oma?«

»Oma«, sagte sie, als wäre es das Selbstverständlichste der Welt.

»Ja, aber was ist ihr Name?«, fragte ich leicht ungeduldig. So viele Fragen bildeten sich in diesem Moment. Wieso wurde ihre Mutter manchmal Mandy genannt? Wieso hatte sie mehrere Namen?

»Na Oma. Keine Ahnung. Ich war bei Oma im Garten, als mich jemand mitgenommen hat … Und dann bin ich im Wald aufgewacht …« Dies war das erste Mal, dass sie auch nur ansatzweise über das sprach, was ihr widerfahren war. Bis jetzt hatte ich mich noch nicht getraut, sie darauf anzusprechen, ganz zurecht, wie die nächsten Minuten zeigen würden.

»Wie sah die Person denn aus? Kannst du sie beschreiben?« Doch Cassie starrte einfach nur an mir vorbei, ihre Hände krallten sich in die Sitzfläche. Sie schüttelte ihren Kopf und es schien, als würde sie den Moment erneut erleben, denn kurz darauf, fing sie an zu zittern und Tränen lösten sich aus ihren Augen, die ihr das Gesicht hinunterliefen. Es war herzzerreißend, sie so zu sehen. Die Polizistin und ich sahen uns fragend an, beide überfordert mit der Situation. Erneut gab Cassie einen lauten Schluchzer von sich und ich war mir sicher, dass dieser Moment für ein Elternteil eines der schlimmsten Situationen sein musste, in der man sich befinden konnte. Dieses Kind hatte eindeutig traumatische Erlebnisse in ihrem so kurzen Leben erlebt und es war unglaublich schwer, das mitanzusehen. Ich schluckte und riss mich zusammen, versuchte mit aller Macht, die Tränen zurückzuhalten, was mir deutlich schwerer fiel als anfangs angenommen. Vorsichtig stand ich auf und kniete mich vor Cassie, welche mittlerweile ihre zierlichen, mit blauen Flecken versehrten Arme um ihre Beine geschlungen hatte. Ihr Kopf lag auf den Knien, während ihre Schultern bebten. Vorsichtig streckte ich die Hand aus, zog sie dann jedoch zurück, da es vermutlich gerade keine gute Idee gewesen wäre, sie zu berühren.

»Cassie?«, fragte ich sie vorsichtig, doch sie war immer noch unkontrolliert am Zittern. »Hey, du bist sicher. Keiner wird dir hier was tun«, versuchte ich, sie irgendwie zu beruhigen. Doch es schien nicht sehr viel zu bewirken. Sie schüttelte wie wild den Kopf und schluchzte laut auf. »Cassie?«, probierte ich es erneut.

»Ich will zu Mama«, schniefte sie, hob jedoch den Kopf und sah mir in die Augen. Ihr tränenverschmiertes Gesicht brach mir das Herz. Aber immerhin schien sich ihre Panikattacke etwas gelegt zu haben.

»Ich weiß …«, sagte ich, traute mich nun zögerlich, mit der Hand zärtlich über ihren Arm zu fahren. »Wir werden deine Mama finden …«

»Ja, aber … aber wo soll ich so lange hin? Sie macht sich sicher Sorgen um mich … ich will nicht, dass Mama traurig ist.«

»Du kannst so lange, bis wir deine Mama gefunden haben, bei mir bleiben, wenn das für dich okay ist?« Ihre großen blauen Augen sahen mich an und ein kleines, wenn auch sehr undeutliches Lächeln war auf ihren Lippen zu erkennen.

»Wirklich?«

»Ja. Riley freut sich bestimmt, jemanden zum Spielen zu haben. Und Frau …«, ich blickte auf das Namensschild der Polizistin, »Lime … wird deine Mama sicher bald finden, nicht wahr?«

Sie nickte zuversichtlich. »Ich werde mich nach Vermisstenanzeigen einer Kimberly Wilson in Fresno umschauen und mich dann bei Ihnen melden. Zudem sende ich eine Anzeige an die zuständigen Behörden in Fresno und der Umgebung aus. Wir finden sicher etwas.« Sie blätterte in den Unterlagen der Sozialarbeiterin und sah mich dann schulterzuckend an. »Normalerweise könnte ich Sie das Mädchen nicht mitnehmen lassen, aber diese Unterlagen reichen für eine vorläufige Vormundschaft aus, bis wir mehr über einen Elternteil des Kindes erfahren.« Erleichtert atmete ich aus. »Aber halten Sie sie bitte vorerst aus den Sozialen

Medien oder der Öffentlichkeit raus.« Nickend stand ich auf und blickte zu Cassie, die mich vom Stuhl heraus schüchtern ansah.

»Kann ich … also kannst du mich auf den Arm nehmen?«, fragte sie, was mir ein großes Lächeln aufs Gesicht zauberte.

»Sehr gerne.« Sanft hob ich sie hoch und sie schlang die Arme um meinen Hals; schmiegte sich an mich.

»Ich muss schon sagen, es steht Ihnen, ein Kind an der Seite zu haben. Zuerst dachte ich, es wäre Ihr Kind.« Die Polizistin lachte leise auf und zuckte mit den Schultern.

Verwirrt sah ich sie an. »Wie, mein Kind?«

»Na, finden Sie nicht, dass das Kind Ihnen ein bisschen ähnlich sieht?« Das Einzige, was Cassie und ich gemeinsam hatten, war die Augenfarbe. Das musste sich die Frau nur einbilden. Immerhin hatte ich kein Kind. Doch je mehr ich über die Situation nachdachte, umso mehr wurde mir bewusst, dass ich versuchen musste, wieder mit Mandy in Kontakt zu treten. Oder zumindest mit der Person, von dessen Handy mich Mandy das erste Mal angerufen hatte. Denn der Name Kimberly Wilson gewann immer mehr an Bedeutung, und ich hatte im Gefühl, dass Mandy bei der Suche behilflich sein konnte.

Kapitel 19

(Nates POV)

Wütend schmiss ich das Handy aufs Sofa, was mir ein Seufzen von Jake einbrachte. »Dude, was ist aus deiner Leichtigkeit geworden?« Am liebsten hätte ich ihm das Grinsen, das sich auf seinen Mundwinkeln bildete, aus dem Gesicht geschlagen.

»Leichtigkeit? Es sind bereits vier verdammte Tage! Vier Tage. 96 Stunden. Sie könnte mittlerweile sonst wo sein.« Cassies Lächeln schlich sich in meine Gedanken. Wie sie mir vor ein paar Jahren ein selbstgemaltes Bild geschenkt hatte. Allein die Vorstellung, dass ich Cassie nicht finden und sie tot in einer Seitenstraße liegen könnte, ließ mir einen Schauer über den Rücken laufen. Augenblicklich hallten Worte der Vergangenheit in meinem Kopf wider.

Pass auf sie auf. Lass nicht zu, dass ihr was passiert.

Dies waren die letzten Worte von Jonathan Green, als er meinem zwölfjährigen Ich, das kleine Bündel in die Hand reichte, bevor er einen schmerzerfüllten letzten Atemzug von sich gab - das Gesicht zu seiner bereits toten Frau gerichtet. Dieser Tag war einer der schlimmsten Tage meines Lebens und ich hatte ihn noch immer nicht vollständig verarbeitet. Wie auch? Ich hatte mitansehen müssen, wie Jonathan und Camilla Green vor meinen Augen starben. Die beiden waren welche der wichtigsten Personen in meinem zwölfjährigen Leben gewesen.

Ich konnte mich noch gut daran erinnern, wie ich die gerade zwei Monate alte Liora panisch an mich gedrückt hatte und aus dem kleinen Wohnheim geflohen war. Ich war damals so mit Adrenalin erfüllt, dass ich mich bis heute nicht mehr daran erinnern konnte, wie ich es ins FBI-Quartier geschafft hatte. Das Quartier, in welchem ich so viel Zeit verbracht hatte.

Da meine Mutter bereits früh verstorben war, hatte mich mein Vater häufig mit ins FBI-Büro genommen, das wie ein zweites Zuhause für mich war. Dort hatte Jonathan mir Tipps gegeben, wie ich Chloe Benkins um ein Date bitten konnte, während ich mir einen von Camillas selbstgebackenen Keksen im Mund zergehen ließ. Die Erinnerung an meinen Vater, der mir Liora aus der Hand nahm und an jemanden weiter reichte, während ich in einer Schockstarre gefangen gewesen war, ließ mich das Gesicht verziehen. Das blutverschmierte Gesicht, mit welchem ich auftauchte, sagte mehr als tausend Worte. Diese Erinnerung hatte mich für mehrere Jahre traumatisiert. Jonathans und Camillas Tod war ein Schock für alle Beteiligten gewesen.

Tagelang saß ich an Lioras Bett, hielt ihre kleine Hand, sang ihr Lieder vor, während ich Tränen auf ihre Wangen tropfen ließ. Dies war der Moment, in dem ich beschlossen hatte, ein FBI-Agent zu werden. Um Liora zu beschützen. Um Jonathan seinen letzten Willen zu erfüllen. Eine Woche lang war ich nicht von ihrer Seite gewichen, bis Howard und Theresa

Steward auftauchten, und sich Liora annahmen. Nach einigem Hin und Her, erhielt Liora einen neuen Namen und eine neue Identität, ohne, dass sie jemals erfahren hatte, wer sie wirklich war. Oder wie sehr ihre leiblichen Eltern sie geliebt hatten. Bis zu ihrem 17 Lebensjahr war alles gut gegangen; bis Malcolm sie gefunden und all unsere Bemühungen, ihr ein einfaches Leben zu schenken, zunichte gemacht hatte. Cassie war ein Teil von Mandy; ein Teil von Jonathan und Camilla. Und ich konnte – nein, ich durfte - nicht zulassen, dass ihr etwas passierte. Denn das würde ich mir niemals verzeihen.

Ich löste mich aus der Starre und sah zu Jake, welcher sich durch seine gelockten, dunklen Haare fuhr, und ich konnte ihm ansehen, dass ihm dieser Fall genauso zu schaffen machte wie mir. Seine Art, damit umzugehen, war es jedoch, ein fröhliches Gesicht zu wahren. Das war eben typisch Jake. »Wir werden sie schon finden. Hat sich dein Kontakt aus Washington gemeldet?«, fragte er und nahm einen Schluck von seinem Kaffee.

»Ja«, grummelte ich.

Hilfreich war Karl jedoch nicht wirklich gewesen. Es gab keine neuen Informationen zu diesem Fall. Dieser ganze Vorfall war seltsam. Wieso tauchte Malcolm gerade jetzt wieder auf der Bildfläche auf? Nach vier Jahren? Es gab einige Dinge, die für mich keinen Sinn ergaben.

Aber das war gerade nicht meine Priorität. Es war Karls. Der seinen Job beschissen machte. Meine Priorität waren Mandy und Cassie; die immer noch vermisst wurde. Sie war einfach nicht aufzufinden. Jede Spur führte ins Nichts. Keine der Anzeigen hatte die gewünschte Wirkung und ein einziger Zeuge, der Cassies Entführung angeblich gesehen hatte, stellte sich als Drogensüchtiger raus, der zu dieser Zeit high gewesen war. Dies stellte ihn als unzurechnungsfähig dar. Zur Sicherheit hatte ich in der Anzeige jedoch erwähnt, dass es sich womöglich um eine weibliche Person mit lila gefärbten Haaren handeln könnte, wie von dem Zeugen angegeben.

Was mich fertig machte, war dieses Gefühl der Machtlosigkeit. So wie damals vor 25 Jahren, als ich Mandy in den Armen hielt. Frustriert verkeilte ich die Hände vor dem Körper. Wie aus dem Nichts tauchte eine Tasse Kaffee vor mir auf und der himmlische Geruch umspielte meine Nase. Lächelnd sah ich zu Nicole, die dafür verantwortlich war. Ausnahmsweise brachte sie mir mal etwas zu trinken. Sie musterte mich eindringlich.

»Ich habe mich schon länger gefragt, wieso dir dieser Fall so nah geht. Du scheinst nicht klar denken zu können und handelst viel emotionaler als bei anderen Fällen.«

Das lag daran, dass mir der Fall mit Mandy sehr nah ging. Ich hatte es ihrem Vater versprochen. Und es killte mich innerlich, dass ich ihr nie von ihren Eltern erzählen durfte.

Was für tolle Menschen sie gewesen waren und wie sehr sie sie in diesen kurzen zwei Monaten geliebt hatten. Beide hatten ihren Beruf als Undercover-Agenten für sie aufgegeben, da dieser zu gefährlich mit einem Kind war, um ein normales Familienleben führen zu können.

Doch der Wunsch nach Normalität wurde ihnen nach zwei Monaten genommen, als sie von Malcolm Lightwood ermordet wurden. Er hätte ihre letzte Mission sein sollen. Ein Auftrag, der Mandy als Waise zurückließ.

Ich schloss die Augen und nahm einen Schluck von dem Kaffee. Gedanken an die Vergangenheit waren nicht gerade förderlich für das rationale Denken. »Sind wir denn sicher, dass es sich bei der Sache um Malcolm handelt?«, warf Jake in den Raum und ich sah ihn verwirrt an.

»Um wen sollte es sich den sonst handeln? Alles andere würde keinen Sinn ergeben«

»Na ja … also den Theorien nach zu urteilen, ist er nur hinter Mandy her richtig? Wenn er gewusst hätte, wo sie wäre, wieso hat er sie nicht direkt umbringen lassen, sondern ihre Tochter entführt?«

»Um ihr Schmerz zuzufügen.«

»Ja schon, aber all dies passt nicht zu Malcolm. Wenn ich mir die alten Berichte anschaue, dann wirkt er für mich weniger emotional. Es ging ihm nie darum, anderen Schmerz zuzufügen. Sie waren ihm einfach nur im Weg. Schau hier«, ich trat zu Jake an den Tisch, auf welchem er einige Akten ausgebreitet hatte. »Die meisten seiner begangenen Morde waren Rache, wenn er hintergangen wurde, oder aus niedrigen Beweggründen, wenn ihm jemand mit Wissen über seine Taten eine Bedrohung darstellte. Er hat getötet, weil es ihm passte. Weil diese Menschen ihm im Weg standen oder zu viel wussten.« Wie bei den Morden von Camilla und Jonathan. Diese waren aus purer Rache entstanden.

Ich musste mir die Akten aus der Zentrale besorgen und noch einmal einen Blick drauf werfen, denn ich hatte das Gefühl, dass ich irgendwas übersehen hatte. Vielleicht war die Vergangenheit doch der Schlüssel der Gegenwart.

»Aber nicht, um ihnen emotionalen Schmerz zuzufügen. Es ging ihm immer um seine eigene Befriedigung«, fuhr Jake fort. »Er wirkt kalt. Emotionslos. Menschenleben scheinen ihm egal zu sein. Wieso also jetzt nach der Tochter von Mandy gehen? Wofür das Ganze? Wäre es nicht einfacher gewesen, Mandy und Cassie einfach zu ermorden? Es erscheint mir schleierhaft, wieso er sie am Leben lässt. Das passt absolut nicht in sein Profil. Laut der Behavioral Analysis Unit hat er das Profil eines emotionslosen Mörders, der sich nicht um irgendwelche

Gefühle schert.« Ich sah Jake interessiert an. Er hatte nicht ganz unrecht. Cassies Entführung passte absolut nicht in Malcolms Verhaltensprofil, welches wir vor vielen Jahren erstellt hatten.

»Ich versuche, so viele Akten wie möglich, zu den Fällen von Malcolm aufzufinden. Wir haben eindeutig etwas Wichtiges übersehen.«

Kapitel 20

(Jasons POV)

»Hallo?« Kurzerhand riss mich die Stimme am anderen Ende der Leitung aus der Bahn. Nachdem ich beim Telefonanbieter die Nummer herausfinden konnte, von der mich Mandy das erste Mal angerufen hatte, versuchte ich stundenlang, jemanden zu erreichen. Ohne Erfolg. Doch nach etlichen Versuchen war tatsächlich jemand drangegangen.

»Hey …« Ich war so darauf fokussiert gewesen, jemanden zu erreichen, dass ich mir keine Gedanken darüber gemacht hatte, was ich sagen würde, sollte sich jemand melden.

»Wer ist da? Ich habe keine Zeit für irgendwelche Umfragen oder Ähnliches.« Die Stimme am anderen Ende schien deutlich genervt.

»Nein, nein, sorry. Keine Umfrage«, versicherte ich ihm. »Vor ein paar Tagen hat mich … eine alte Bekannte von dieser Nummer aus angerufen. Wir hatten seit einiger Zeit keinen Kontakt und ich würde sehr gerne mit ihr reden.«

»Von dieser Nummer?« Verwirrung schwang in seiner Stimme mit.

»Sagt Ihnen der Name Mandy Steward etwas?«

»Mandy Steward? Noch nie von gehört.« Enttäuschung durchflutete mich. Somit war also der letzte Anhaltspunkt, Mandy zu finden, dahin.

»Und … der Name Kimberly Wilson?«

»Kim? Woher kennen Sie sie?«

»Ich kenne sie nicht, aber …«

»Wenn Sie sie sehen, dann können Sie ihr sagen, dass sie dahingehen soll, wo der Pfeffer wächst.«

»Sir, wie gesagt ich-«

»Da gibt man zwei Jahre alles von sich und dann zieht sie so eine Scheiße ab …«, ignorierte er mich und regte sich weiter über irgendetwas auf, das diese Kimberly getan hatte.

»Wie bereits erwähnt, ich kenne sie nicht … Hat sie eine Tochter?«, versuchte ich, direkt zum Punkt zu kommen, da er nicht aufhörte, zu reden.

Dies ließ ihn innehalten.

»Eine Tochter? Ja. Cassie.« Jackpot. Sah so aus, als würde Cassie bald wieder mit ihrer Mutter vereint sein. »Woher kennen Sie Kim und Cassie?«

»Ich muss ganz dringend mit Kimberly reden. Gibt es eine Nummer, die Sie mir geben können?«

Er lachte laut auf. »Da müssen Sie sich aber hintenanstellen. Kimberly ist seit vier Tagen verschwunden. Niemand weiß, wo sie ist, und ihre Nummer ist unerreichbar. Seitdem sie mit diesem Typen rumgemacht hat, habe ich sie nicht mehr gesehen.« Er hatte eindeutig die Tendenz, zu viele Informationen von sich zu geben.

»Sie ist verschwunden?«, konzentrierte ich mich auf die Auskunft, die relevant für mich war. Was, wenn nicht nur Cassie entführt wurde?

»Ja. Keiner weiß, wo sie ist. Haus ist auch leergeräumt. Kann dir gerne ihre Nummer schicken. Vielleicht hast du ja mehr Erfolg als ich. Kann ihr nicht wirklich verübeln, dass sie mich ignoriert.« Da er den letzten Satz etwas lallte, konnte ich davon ausgehen, dass er angetrunken war. Super.

»Wenn Sie mir einfach die Nummer schicken könnten, wäre das super …«

»Klaro, kein Problem. Wäre cool, wenn du dich meldest, solltest du was von ihr hören. Ich mache mir Sorgen.«

»Mache ich. Vielen Dank.« Kurzerhand legte ich auf und wartete gebannt auf die Nummer, die kurz darauf in einer Nachricht auf dem Bildschirm aufleuchtete.

Was zum …?! Es war dieselbe Nummer, unter der Mandy mich beim zweiten Mal angerufen hatte und die ich in den letzten Tagen so oft gewählt hatte. Als ich die Nummer eintippte, kam ich zum selben Ergebnis: *Diese Nummer ist nicht vergeben.* Wie konnte es sein, dass dies dieselbe Nummer war? So viele Fragen kamen auf. Aber die wichtigste war und blieb: Wer war Kimberly Wilson und wieso war sie verschwunden?

Kapitel 21

(Jasons POV)

Die Recherchen zu Kimberly Wilson liefen ins Leere. Es gab keinen Anhaltspunkt. Nichts. Weder auf Social Media noch anderweitig im Internet. Dasselbe galt für Mandy. Beide waren ein Mysterium, und ich konnte nicht ganz begreifen, was sie gemeinsam hatten. Kimberly war Cassies Mutter, die ebenfalls verschwunden war, so viel stand fest. Aber wie war Mandy in die ganze Geschichte verwickelt? Der Typ hatte noch nie von einer Mandy gehört, schickte mir dann aber ihre Nummer? Irgendwas war hier faul.

Nach der Flasche Whiskey greifend, hielt ich in der Bewegung inne. Cassie stand im Türrahmen und sah mich mit großen Augen an, ihren Teddy fest umklammert. Sie kaute nervös auf der Unterlippe herum, während sie mich zögerlich musterte. »Hey, Pumpkin.«

Verwirrt zog sie eine Augenbraue in die Höhe. »Pumpkin?«, fragte sie mit einem Lächeln auf dem Gesicht. Keine Ahnung, woher der Spitzname kam. Früher hatte ich mir immer vorgestellt, meine Tochter so zu nennen; sollte ich jemals eine haben. Wo ich ihn laut aussprach, gefiel er mir auch jetzt noch.

»Ja, Pumpkin. Magst du Kürbis?«

»Keine Ahnung. Ich war mal mit Mama und Brandon auf so einer Kürbisfarm, aber ich kann mich nicht mehr daran erinnern, wie Kürbis schmeckt. Ich war wohl noch zu jung.«

»Wer ist Brandon?« Ich wurde hellhörig. Noch ein Name, der mich Kimberly - oder Mandy - näherbringen konnte.

Bevor sie antwortete, setzte sie sich auf einen Küchenstuhl und sah mich zögerlich an. »Kann … kann ich eine heiße Schokolade haben?« Ihre Stimme klang so unglaublich niedlich, dass ich ihr den Wunsch nicht ausschlagen konnte.

»Natürlich.« Unverzüglich machte ich mich daran, zwei heiße Schokoladen für sie und mich herzustellen. Das war sowieso besser als der Whiskey, den ich sonst getrunken hätte. Meine Leber würde es mir danken.

»Brandon war Mamas Freund«, brach Cassie nach einer Weile das Schweigen, das sich um uns gelegt hatte. »Aber ich glaube nicht mehr. Das ist schade. Er war nett. Zwar nicht mein richtiger Papa, aber er ist immer mit mir Drachensteigen gegangen. Wie die Papas der anderen Kinder.« Sie lächelte in sich hinein. »Aber ich glaube, er hat Mama traurig gemacht. Sie hat immer aufgehört zu lächeln, wenn ich ihn erwähnt habe.«

Es musste schrecklich sein, ein Elternteil nicht zu kennen. Immerhin handelte es sich dabei um den Teil einer selbst. Wieso ihr Vater wohl nicht mehr auf der Bildfläche war? Cassie setzte die Tasse mit der heißen Schokolade, die ich ihr vor den Tisch gestellt hatte, an ihre Lippen und trank einen Schluck.

Bevor ich sie nach weiteren Informationen befragen konnte, trat eine weinende Riley in die Küche. Kaum hatte sie mich gesehen, schmiss sie sich mir in die Arme. Ihre Tränen durchnässten mein Shirt, während ich ihr beruhigend über den Rücken strich. »Was ist los?«, fragte ich Riley liebevoll, die sich die Tränen von der Wange rieb.

»Tommy will nicht mit mir spielen. Er hat gesagt, Puppen seien was für kleine Mädchen.«

»Ich bin ein kleines Mädchen. Wenn du willst, kann ich mit dir spielen.« Cassies Augen begannen zu leuchten, als sie zu Riley auf meinem Schoß blickte.

Mit einem Mal waren Rileys Sorgen wie verschwunden. »Wirklich?«

Cassie nickte wild mit dem Kopf. »Ich wollte immer ganz viele Puppen haben, aber Mama hatte nicht genug Geld, um mir viele zu kaufen.«

Und schon war sie aufgestanden, hatte ihre heiße Schokolade auf dem Küchentisch vergessen und verschwand, ohne mich noch einmal zu beachten, hinter Riley im Zimmer. Tja, Problem gelöst. Mit einem Seufzen lehnte ich mich in den Stuhl hinein und nippte an der heißen Schokolade.

Unausweichlich schlich sich die Frage in den Kopf, wie es Cassies Mutter gerade ging, und wieso sie ebenfalls verschwunden war? Der erneute Anruf an die Nummer war genauso erfolglos verlaufen, wie alle anderen Anrufe die Tage zuvor. Wenn ich sie doch nur erreichen könnte, um ihr mitzuteilen, dass es Cassie gut ging. Ich wäre am Durchdrehen, wenn Riley oder Tommy verschwinden würden. Alles, worauf ich hoffen konnte, war, dass die Polizei Cassies Mutter so schnell wie möglich finden würde. Doch nicht nur ihre Mutter war ein Mysterium. Erneut schlich sich, zum tausendsten Mal an diesem Tag, Mandy in meine Gedanken. Wo sie wohl gerade war? Ob sie Kinder hatte? War sie schon verheiratet? Auch wenn es weh tat, so wollte ich gerade nichts anderes, als an sie zu denken. Es war, als hätte mein Gehirn sich auf Mandy programmiert. Egal, was ich tat, sie schlich sich immer wieder ein. Also schloss ich die Augen und entschied mich, der Erinnerung freien Lauf zu lassen. Wie sie mich mit ihren strahlenden braunen Augen ansah und das Innerste verrückt spielen ließ; mir bei jeder Berührung eine Gänsehaut bescherte. Wie ich mich überwinden musste, sie auf dem Berg das erste Mal zu küssen, und die Schmetterlinge, die verrückt gespielt hatten, als sie den Kuss erwiderte. Schlimmer war der Moment, als ich sie das erste Mal nach einem Date gefragt hatte. Noch nie war ich so aufgeregt gewesen. Die neidischen Blicke der männlichen Mitschüler, als ich sie endlich meine Freundin nennen durfte, waren nicht zu übersehen gewesen. Alles, was ich wollte, war, sie noch einmal in den Armen zu halten, ihren Duft einzuatmen und ihr zu sagen, was sie nach all den Jahren immer noch mit mir machte.

»Warum weinst du?«, wurde ich von einer besorgten kindlichen Stimme unterbrochen. Schnell wischte ich die Tränen weg. Cassie stand im Türrahmen und musterte mich kritisch.

»Ich weine doch nicht.« Die Tränen sprachen jedoch für sich.

»Doch, ich habe doch gesehen, dass du geweint hast.« Ihr Blick wurde traurig und es sah aus, als würde sie jeden Moment anfangen, ebenfalls zu weinen. Toll gemacht, Jason.

»Mama hat auch sehr oft geweint … Aber sie wollte mir nie sagen wieso. Denkst du, es lag an mir?« Ihre Augen wurden leicht glasig, bevor sich eine Träne löste.

»Ich weiß nicht, was deine Mutter hatte, aber es lag sicherlich nicht an dir«, versuchte ich zu retten, was noch zu retten war.

»Was, wenn doch?« Ihre zierlichen Arme schlangen sich um ihre Schultern, als sie leise aufschluchzte. Schnell sprang ich auf und hockte mich vor ihr auf den Boden.

»Hey, hör zu. Deine Mama hat nicht deinetwegen geweint!«

»Woher willst du das wissen, du kennst sie doch nicht? Vielleicht habe ich etwas gemacht, was sie verärgert hat? Ich habe sie oft geärgert …«

»Cassie …«

»Was, wenn Mama mich nicht mehr lieb hat?«, fragte sie flüsternd und immer mehr Tränen liefen ihr über die Wangen. Zärtlich legte ich die Hand an ihre Wange und strich ihr eine einzelne Träne weg. Cassie hob den Blick und sah mich erneut mit glasigen Augen an.

»Hör mir mal zu. Deine Mama hat dich lieb. Jede Mama hat ihr Kind lieb.«

Ihre Augen musterten mich misstrauisch. »Bist du dir sicher?«

»Ja, ich bin mir sicher. Wolltest du nicht mit Riley Puppen spielen?«

Sie nickte. »Ja, aber ich hatte Durst und wollte was trinken.«

»Natürlich. Was willst du denn trinken?«

»Was hast du denn?«

»Wasser, ACE, Punica, Kiba …« Tommy und Vivienne tranken allen möglichen Saft, weshalb wir immer einiges davon auf Vorrat hatten.

»Kann ich Kiba mit Punica gemischt haben?« Ich hielt in der Bewegung inne. Was hatte sie gesagt? Kiba mit Punica? Das hatte Mandy immer getrunken. Ich fand ja, dass diese Kombination scheußlich schmeckte. Aber Mandy konnte nicht genug davon kriegen. Das war doch kein Zufall mehr.

»Wieso willst du so etwas Komisches trinken?«

Sie zuckte mit den Schultern. »Ich mag das.«

»Hat … deine Mama das vielleicht oft getrunken?«

»Ja, sie trinkt das immer.« Die Zahnräder begannen zu rattern. Das hier konnte unmöglich Mandys Tochter sein. Oder doch?

»Cassie?«

»Hm?« Sie trankt gierig ein paar Schlucke und wischte sich mit dem Ärmel über den Mund.

»Deine Mama … Du sagtest, sie wird manchmal Mandy genannt, richtig?«

»Ja, aber ich weiß nicht wieso. Das war immer sehr verwirrend.«

»Wer hat sie so genannt?«

»Oma und manchmal Opa.«

»Hast du … einen Onkel? Also deine Mama, hat sie einen Bruder?«

Sie nickte. »Ja, Onkel Connor. Er kommt ganz oft mit Jonny vorbei, damit wir zusammen spielen können. Ich geh dann wieder zu Riley. Sie wartet auf mich.« Sie stellte ihr Glas ab und verschwand wieder in Rileys Zimmer.

Es gab keinen Zweifel mehr. Cassie war Mandys Tochter. Aber wie konnte sie bereits so alt sein? War Mandy mit einem anderen Mann durchgebrannt? Oder … Shit. Das musste doch ein schlechter Scherz sein. Aber mathematisch gesehen würde es aufgehen. Was, wenn Mandy mit meiner Tochter schwanger war, als sie spurlos verschwunden ist?

Kapitel 22

(Jasons POV)

Der kühle Wind strich mir durch die Haare, während ich die Aussicht vom Balkon aus betrachtete. Die schwankenden Bäume deuteten einen Sturm an, der sich in den nächsten Stunden über die Stadt legen würde. Dunkle Wolken am Himmel bestätigten die Vermutungen, gemeinsam mit einem weiteren kräftigen Windzug, der mich frösteln ließ.

Ich saß mit einem Weinglas draußen und starrte in die Ferne. Konnte es wirklich sein, dass Cassie Mandys Tochter war? Es gab mittlerweile einfach zu viele Zusammenhänge, um diesen Gedanken abzustreiten. Mandys Bruder Connor tauchte vor meinen Augen auf, als er uns in einer Abstellkammer beim Rummachen erwischt hatte. Bei der Erinnerung an Mandys verwuschelte Haare, in Kombination mit ihren geröteten Lippen, legte sich ein Lächeln um meine Mundwinkel. Diese senkten sich jedoch wieder frustriert, als ich daran dachte, dass ich keinen Weg hatte, um sie zu kontaktieren. Und wer war Kimberly Wilson und wohin war sie verschwunden? Noch wichtiger war jedoch die Frage: War Cassie meine Tochter? Hatte Mandy mich aus diesem Grund verzweifelt angerufen? Weil ihre, unsere, Tochter verschwunden war?

Das leise Knarren der Balkontür riss mich aus den Gedanken. Beim Anblick von Jenny, die durch die Tür geschlüpft kam, hätte ich beinahe laut aufgestöhnt. »Was machst du hier draußen? Ist dir nicht kalt?«

Sie nahm sich eine Decke und setzte sich neben mich auf die Bank. »Ich wollte nachdenken.«

»Worüber?« *Das meine Ex mir eine Tochter verschwiegen hat, die vermisst wird und sich gerade in meiner Obhut befindet.*

»Über uns.«

Jenny seufzte und nickte nur. »Das dachte ich mir. Wir sollten reden.« Wie es aussah, waren wir uns beide bewusst, dass das so nicht weiter gehen konnte. »Ich verstehe einfach nicht, wie du ein fremdes Kind in unser Haus lassen konntest. Ja, ich habe vielleicht etwas hart reagiert. Aber diese Kleider kosten ein Vermögen. Was, wenn sie sie kaputt gemacht hätte?«

Mein Mund öffnete und schloss sich wieder vor Fassungslosigkeit. Wie konnte sie nur so unsensibel sein? Je mehr ich sie betrachtete, umso mehr wunderte ich mich, was ich jemals an ihr gefunden hatte. Ihre blonden Haare schienen mit einem Mal fahl und glanzlos zu sein, während ihr Gesicht blass und eiskalt wirkte. »Hast du sie im Kinderheim oder sonst wo abgegeben? Versteh mich nicht falsch. Gut, dass du sie mitgenommen hast. Aber wir haben schon genug mit Riley und Tommy zu tun. Was willst du mit noch einer?«

Das war doch nicht ihr Ernst? »Wir? Wann hast du dich jemals mit Riley oder Tommy unterhalten, außer ihnen zu sagen, dass sie dich in Ruhe lassen sollen?« Ein verächtliches Schnauben verließ meinen Mund. Dieser Satz war der letzte Tropfen gewesen, der das Fass zum Überlaufen gebracht hatte. »Und nein, Cassie ist noch immer hier und wird es auch bleiben.« Mit jedem Wort stieg die Wut mehr an. Hörte sie sich überhaupt selbst zu, wenn sie redete?

»Was? Du willst sie bei dir behalten?«, fragte meine Freundin, bald Ex-Freundin, verachtend, was mir den Rest gab.

»Ja, das will ich«, sagte ich fest entschlossen. »Und ich denke, es wäre jetzt besser, wenn du deine Sachen packst und gehst, solange ich mich noch beherrschen kann.« Dabei sah ich ihr direkt in die Augen, die mich ungläubig anstarrten.

Sie schnaubte verächtlich. »Du machst Schluss? Ernsthaft?«

»Ja. Wir wissen beide, dass es längst überfällig ist.«

»Du … du …«

»Jenny. Wir haben nichts gemeinsam. Ich würde gerne etwas sagen wie: Es liegt nicht an dir - aber das kann ich nicht.«

»Willst du etwa sagen, ich sei schuld?« Ihre aufgebrachte Stimme ließ mich die Worte doch bereuen. Immerhin waren wir sieben Monate zusammen gewesen. Ich fuhr mir durch die Haare, wie immer, wenn ich nervös war.

»Na ja, nicht ganz. Aber einen Teil dazu hast du schon beigetragen.«

»Willst du mich gerade verarschen? Nach alldem, was ich für dich getan habe?« Verwirrt zog ich eine Augenbraue in die Höhe, da ich mir nicht sicher war, wovon sie sprach. Alles, was sie getan hatte, war, Geld auszugeben und meine Geduld auf die Probe zu stellen. Aber gut, wenn sie in dem Glauben bleiben wollte, dann sollte sie das tun.

»Es tut mir wirklich sehr leid. Ich kann das einfach nicht mehr.«

»Und das nur, weil irgendein Kind in deinem Leben aufgetaucht ist?«

»Das hat doch jetzt nichts mit Cassie zu tun. Das mit uns funktioniert einfach nicht.«

»Aber was, wenn wir versuchen, uns zu ändern? Jason …«

»Jenny, es tut mir leid. Es ist vorbei.«

Ihre Hand landete schmerzhaft auf meiner Wange. »Du bist einfach ein mieses Arschloch«, schrie sie und stürmte aus der Tür. Kurz darauf fiel die Haustür ins Schloss, der Motor ihres Autos heulte auf und weg war sie. Die Wange schmerzte, aber noch nie war ich so erleichtert gewesen, eine Beziehung zu beenden. Jetzt, da dies nicht mehr über meinem Kopf schwebte, konnte ich mich darauf konzentrieren, Mandy zu finden und sie mit ihrer Tochter zu vereinen.

Kapitel 23

(Mandys POV)

Genervt sah ich mich um. In so eine dumme Situation konnte auch nur ich geraten. Die letzten Tage waren unglaublich anstrengend gewesen, was dazu geführt hatte, dass ich im Bus eingeschlafen war, die Station verpasst hatte und nicht mehr wusste, wo ich mich befand. Bei meinem Glück hatte ich das Handy über Nacht nicht geladen, was natürlich zu genau dem Moment den Geist aufgegeben hatte, als ich Google Maps öffnen wollte. Heißt: Ich konnte weder jemanden anrufen noch überhaupt rausfinden, an welchem Ende der Welt ich mich momentan befand. Schöne Scheiße.

Auf die Idee, den Busfahrer zu fragen, bevor ich ausstieg, war ich nicht gekommen. Nun stand ich also an einer verlassenen Bushaltestelle, die nur wenig Schutz bot, während der Regen immer stärker runterprasselte. Aufgrund der mickrigen Überdachung war ich bereits nach ein paar Minuten durchnässt und fror unglaublich. Die Arme um den Körper gewickelt, ging ich meine Optionen durch. Ich konnte den nächsten Bus abwarten und den Busfahrer fragen, wie ich zum Hauptbahnhof gelangen konnte. Von dort wusste ich den Weg nach Hause. Ein Blick auf die kleine digitale Uhr am Bildschirm und den Fahrplan an der Bushaltestelle machten diesen Plan jedoch zunichte. 21:25. Laut Plan war der letzte Bus vor 20 Minuten abgefahren und der nächste Bus fuhr … Fuck. Um 5:38 Uhr. Das war in mehr als sechs Stunden. Die Kälte kroch mir immer tiefer unter die Haut und ließ mich mit einer Gänsehaut und einem Zittern, welches immer stärker wurde, zurück.

Was sollte ich denn jetzt machen? Es fuhren vielleicht keine Busse, aber ich konnte sicher eine Unterkunft finden. Es gab bestimmt nette Menschen hier in Berkeley, bei denen ich für eine Nacht einen Unterschlupf finden konnte … wenn ich denn überhaupt noch in Berkeley war.

Die andere Option war es, hier draußen zu Tode zu frieren, was nicht wirklich zur Auswahl stand. Wenn ich schon keine Unterkunft finden konnte, würde mir bestimmt jemand ein Ladekabel leihen, damit ich das Handy laden und Papa anrufen konnte, damit er mich abholen kam.

Den durchnässten Schal enger um mich gezogen, sehnte ich mich nach Wärme. Mittlerweile konnte ich meine Finger und Zehen kaum mehr spüren. Unglaublich, wie die Temperatur in nur ein paar Stunden sinken konnte.

Diese Situation passte gerade unglaublich perfekt in mein Leben. Hilflos, dunkel, kalt und hoffnungslos, waren die Adjektive, die es am besten beschreiben würden. Und kein Ende in Sicht. Nachdem der Regen etwas nachgelassen hatte, bewegte ich mich einen Weg entlang, in der Hoffnung, irgendwelche Häuser zu entdecken. Der Wind blies mir um die Ohren, während die Kälte sich immer mehr in meine Haut fraß. Dunkelheit umgab mich und das Rascheln der Bäume ließ mich unkontrolliert schneller atmen.

Wie war ich schon wieder in so eine ausweglose Situation geraten? Cassie war immer noch nicht aufzufinden. Dieser scheiß Bus fuhr nicht und ich hatte keine Ahnung, wo ich jetzt hinsollte, geschweige denn, wo ich mich gerade befand. Wo war hier das nächste Hotel? Um mich herum konnte ich nichts anderes als Bäume erkennen, die sich dem dunklen Himmel entgegenstreckten. Irgendwo heulte ein Tier auf und erneut legte sich Gänsehaut über meinen Körper. Ob vor Kälte oder Angst war mir unklar. Vermutlich beides. Der Regen nahm zu und floss mir kalt den Rücken hinunter. Haare fielen mir kalt in die Stirn, während mein Atem immer hektischer wurde. Die Dunkelheit überrannte mich und versetzte mich in panische Angst. Beim wiederholten Umsehen erkannte ich immer noch nichts weiter als Bäume, die dunkle Schatten abwarfen und sich in dem Wind bewegten.

Ich blieb stehen und lehnte die Hände an die Oberschenkel. Würde ich hier einen Kältetod sterben?

Ein Blitz erhellte den Himmel und ließ mich panisch zusammenzucken. Verdammt. Wieso? Wieso musste ich heute auch aus dem Haus gehen? Ohne zu überlegen, begann ich zu schreien. Es musste einfach alles raus. All die Wut, Trauer, Angst. Sie musste raus.

Ich sank auf die Knie und fing an zu weinen. Was sollte ich denn jetzt tun? Alles schien ausweglos und ohne Hoffnung. Egal, was ich anfasste, alles ging kaputt. Nichts blieb in meiner Gegenwart ungebrochen. Ein erneuter Blitz, gefolgt von einem Donner, umhüllte den dunklen Himmel und ließ mich zusammenzucken. Diese Angst war jedoch ein Zeichen, dass ich noch fühlen konnte. Fühlen wollte. Für Cassie. Seitdem ich klein war, hatte ich Angst vor Gewittern. Jedes Mal, wenn sich ein Sturm angedeutet hatte, hatte ich mich in das Zimmer meiner Eltern verkrochen. Diese Angst hatte sich in den Jahren nicht gelegt. Wäre ich jetzt zu Hause, hätte ich mich mit Cassie ins Bett gekuschelt und Barbie-Filme geschaut, bis einer von uns einschlief. Dies war unser Ding gewesen und hatte Cassie und mich von dem tosenden Unwetter draußen abgelenkt. Mit letzter Kraft rappelte ich mich auf und lief weiter diese Straße entlang. Immer geradeaus, unwissend, wohin dieser Weg mich führen würde. Mit jedem Donner und jedem Blitz wuchs die Panik in mir, bis ich hinter einigen Bäumen ein Licht entdeckte. Ein Licht, das Hoffnung in mir weckte. Je näher ich kam, umso deutlicher wurde das Haus. Meine Rettung.

Alles, was ich brauchte, war ein Ladekabel. Warme Klamotten und etwas Warmes zu trinken wären ein Bonus, den ich jedoch nicht ausschlagen würde. Müde schritt ich die Stufen der Veranda hinauf, bevor ich vor einer hölzernen Tür zum Stehen kam. Ein stummes Gebet fand den Weg nach oben, bevor ich auf die Klingel drückte. Ein paar Sekunden stand die Zeit still und nichts regte sich, bis mit einem Mal die Tür aufgerissen wurde und eine junge Frau zum Vorschein kam. »Ja?« Sie beachtete mich kritisch und ihre Augen weiteten sich, als sie mich musterte.

»Es … tut mir wirklich leid, Sie zu stören. Ich habe mich verlaufen und mein Handy ist leer. Sie sind das erste Haus, was ich finden konnte und … könnte ich vielleicht das Handy laden, um jemanden anzurufen … bitte?«, flehte ich, woraufhin sie zögerte.

»Ich … ähm … okay. Kommen Sie kurz rein. Ein Ladekabel habe ich sicher für Sie.« Immer noch zögerlich öffnete sie die

Tür, als würde sie mit sich ringen, eine fremde Person in ihr Haus zu lassen. Verständlich.

»Danke!« Beinahe wäre ich ihr um den Hals gefallen, als mich die Erleichterung durchflutete, wohl doch keinen Kältetod sterben zu müssen. Kaum hatte sie die Tür hinter sich geschlossen, umhüllte mich die Wärme dieses Hauses und meine Finger, sowie Zehen, begannen zu prickeln.

»Wenn Sie sich in die Küche setzten wollen, dann kann ich Ihnen das Ladekabel sowie ein paar warme Klamotten holen.« Erneut musterte sie mich von oben bis unten. »Sie sehen furchtbar aus.« Ihre Ehrlichkeit ließ mich auflachen. Dankend streifte ich mir die durchnässten Schuhe, Jacke und den Pullover ab. In triefender Hose und einem beinahe weißen durchsichtigen T-Shirt folgte ich ihr in die Küche, wo sie warmes Wasser aufsetzte.

Ihre schwarzen Haare hatte sie zu einem Dutt gebunden, während ihr Körper in einem flauschigen pinken Pyjama steckte. An ihren Füßen hatten es sich Hausschuhe in Hasenform gemütlich gemacht, die sie sympathisch wirken ließen. »Teewasser ist aufgekocht. Ich hole Ihnen kurz das Ladekabel und dann könnten Sie dem Augenschein nach eine Tasse Tee vertragen.« Ein warmes Getränk überstieg meine Erwartungen, aber ich nickte dankbar.

»Ich bin übrigens Vivienne.«

»Mandy«, sagte ich aus einem Reflex, woraufhin ich mir auf die Zunge biss. Shit. Mein Name war doch immer noch Kimberly.

»Freut mich, dich kennen zu lernen, Mandy. Kann ich Du sagen?« Nickend gab ich ihr zu verstehen, dass ich kein Problem damit besaß. »Wie kommt es, dass du dich verlaufen hast?«

Das Wasser köchelte im Hintergrund, als ich antwortete: »Ich bin im Bus eingeschlafen und wurde hier vom Busfahrer abgesetzt. Als ich dann den Fahrplan checkte, bemerkte ich, dass der nächste erst morgen früh kommen würde. Ich weiß nicht mal, wo genau ich bin … Ist das noch Berkeley?« Vivienne kicherte, als sie warmes Wasser in eine Tasse goss.

»Das ist ja wirklich eine unangenehme Situation. Ja, das ist noch Berkeley. Gerade noch so. Aber du hast Recht. Der letzte Bus fährt irgendwann nach 21 Uhr, was ziemlich unpraktisch ist, wenn man kein Auto besitzt. Ich habe mehr von einer größeren Stadt erwartet«, sagte sie augenrollend. »Gut, dass du hier hergefunden hast. Draußen ist es um diese Uhrzeit kalt und gruselig. Besonders bei diesem Wetter. Welchen Tee willst du? Ist schwarzer in Ordnung?« Ich nickte und nahm dankbar die warme Tasse entgegen, die sie mir auf den Tisch stellte. »Gut, ich gehe kurz ein Ladekabel holen. IPhone?«

»Ja, danke.«

»Wir müssen dich unbedingt aus diesen nassen Klamotten rausschaffen, bevor du noch krank wirst. Ich bin gleich wieder da.« Schon verschwand sie aus der Küche und ließ mich allein mit dem Tee zurück.

Dankbarkeit durchflutete mich, als ich die Küche etwas genauer unter die Lupe nahm. Sie war modern, in dunklen Grautönen gehalten und umfasste eine Kücheninsel in der Mitte des Raumes, neben der ich mich niedergelassen hatte. Ob Vivienne hier allein wohnte? Kinder hatte? Die Küche sah unglaublich sauber und aufgeräumt aus. Sollte sie Kinder haben, würde ich gerne wissen, wie sie es schaffte, alles so ordentlich zu halten. Mit Cassie hatte ich alle Hände voll zu tun, dass ich kaum Zeit besaß, auch nur irgendwas so sauber zu halten.

Mit einem Mal ertönte eine Stimme, die mich aus den Gedanken riss. »Vivienne, die Kinder-« Er betrat die Küche und seine blauen Augen weiteten sich, während sich in mir alles verspannte. Nein. Nein. Ich hätte diese Stimme unter tausenden herausgehört. Sie hatte sich in mein Gedächtnis gebrannt. Wie konnte das sein?

Er starrte mich mit offenem Mund an, brachte kein Wort heraus. Verständlich. Mir ging es ähnlich. In der Hoffnung, dass es nur ein schlechter Traum war, aus welchem ich gleich erwachen würde, schloss ich die Augen. Trotz der Dunkelheit, die mich darauf umgab, konnte ich seinen Blick spüren, der sich in meine nasse Haut brannte.

»Mandy?« Er hatte sich also endlich aus seiner Starre gelöst und seine Sprache wiedergefunden. Was ich von mir noch nicht behaupten konnte. Das Schicksal hatte es wirklich auf mich abgesehen.

Kapitel 24

(Jasons POV) – Ein paar Stunden zuvor

»Autsch.« Stöhnend hielt ich mir den Fuß, mit dem ich gegen den Türrahmen gestoßen war. Wie ich es hasste, wenn ich abends, wenn die Kids schliefen, auf die Toilette musste. Ein Donner erfüllte die Nacht. Draußen schien es wohl heftig zu gewittern. Vorsichtig, um niemanden zu wecken, ging ich an Cassies Zimmer vorbei und hielt inne, als ich ein leises Wimmern wahrnahm. Konnte sie nicht schlafen?

Sachte öffnete ich die Tür und erblickte eine verschreckte und weinende Cassie. Ihre Decke um sich geklammert, saß sie verzweifelt in der Ecke ihres Bettes. Sofort ging ich auf sie zu. »Hey, was ist los?«

Meine Hand legte sich auf ihre, bevor sie mit verweinten Augen zu mir aufschaute. »Ich habe Angst vor Gewittern«, schluchzte sie.

»Darf ich mich neben dich setzen?« Sie nickte wild und sobald ich neben ihr Platz genommen hatte, schlang sie ihre Arme um meinen Bauch. Es blitze erneut und sie zuckte schreckhaft zusammen. Meine Hand strich ihr sanft über den Hinterkopf, als sie ihren Kopf in meiner Armbeuge vergrub.

»Ich will zu Mama … i-ich … vermisse sie.«

»Was hat deine Mama denn immer gemacht, wenn es ein Gewitter gab?«

Cassie blickte zu mir auf. »Sie hat mir eine Geschichte erzählt und dann haben wir Barbie geguckt. Sie hat genauso viel Angst vor Gewittern wie ich.« Mandy, die sich bei jedem Gewitter panisch an mich gekrallt hatte, kam mir in den Sinn. Je mehr Zeit ich mit Cassie verbrachte, umso mehr Ähnlichkeiten zu Mandy konnte ich entdecken.

»Weißt du was? Ich bin zwar nicht deine Mama, aber wenn du möchtest, erzähle ich dir eine Geschichte. Dann machen wir uns eine heiße Schokolade und Popcorn und gucken einen Barbie-Film. Wie klingt das für dich?«

»Wirklich? Popcorn mit Butter?«

»Alles, was du willst, Pumpkin.« Sie drückte mich fester, bevor sie sich an mich kuschelte.

»Ich mag es, wenn du mich so nennst.« Ein Lächeln breite sich auf meinem Gesicht aus. Und ich liebte es, sie so zu nennen.

»Also … was willst du für eine Geschichte hören? Irgendwelche Wünsche?«

»Ja. Über eine Prinzessin, ein Einhorn und einen Prinzen.«

»Okay … Aber sei gewarnt: Ich bin nicht gut im Geschichtenerzählen«, gab ich zu.

»Das ist egal, Mama ist auch nicht gut. Ich höre ihr trotzdem gerne zu.«

»Deine Mama kann keine Geschichten erzählen?«, fragte ich sie, während sie sich enger an mich kuschelte.

»Doch, aber keine großartigen. Na gut, sie sind okay, weil sie immer witzig sind. Einmal hat sie eine Geschichte über einen Hund erzählt, der am Ende ein regenpupsendes Einhorn war, das mit seinen Pupsen kleine Kinder glücklich gemacht hat.« Sie fing an, zu kichern. Und auch ich konnte ein Schmunzeln nicht verhindern.

»Soll ich dir auch eine witzige oder eine normale Geschichte erzählen?« Sie überlegte kurz.

»Eine witzige«, beschloss sie.

»Okay, ich versuche es mal. Also … es lebte einmal eine kleine Prinzessin, die nicht nur klein, sondern auch tollpatschig war. Ständig fiel sie in eine Pfütze und war immer dreckig. Das fanden ihre Eltern natürlich nicht so schön. Also riefen sie die Prinzessin eines Tages zu sich. Die Eltern sahen sie streng an …« Ich wandte mich an Cassie. »Wie soll die Prinzessin heißen?«, fragte ich sie.

»Kimberly. So wie Mama.«, fing sie an zu schwärmen. Kimberly. Schon wieder dieser Name, der so viele Fragen aufwarf. Ich schüttelte den Kopf und wandte mich wieder Cassie zu, welche sich weiterhin an meine Brust kuschelte.

Wohlige Wärme durchflutete mich, als sie sich enger an mich schmiegte. »Okay, also die kleine Prinzessin hieß Kimberly. Die Eltern riefen sie zu sich und fingen an, mit ihr zu schimpfen, da sie wieder in eine Pfütze gefallen war und den ganzen Palast mit ihren schlammigen Fußstapfen verschmutzte. Nachdem ihre Eltern fertig waren, ging sie traurig nach draußen, setzte sich in den Park und beobachtete die Blumen. Immer, wenn sie sich nicht gut fühlte, fing sie an, sich mit diesen zu unterhalten. Da sie immer so schmutzig war, wollten keine anderen Kinder mit ihr spielen. Aus diesem Grund redete sie mit Pflanzen.«

Cassie kicherte leise. »Aber deswegen redet man doch nicht mit denen. Man geht sich waschen.«

»Nun, Kimberly redete mit Blumen. Und als sie das tat, begannen diese, ihr zu antworten.«

Cassie sah mich mit großen Augen an. »Was haben die Blumen gesagt?«

»Sie sagten …« So ein Mist, mir fiel nichts ein. Ich war noch nie gut im Geschichtenerzählen. »Sie sagten … 'Schau mal hinter dir, da ist ein fliegendes Schnitzel.« Ich hielt kurz inne … Moment was? Cassie sah mich irritiert an und fing an zu kichern. In diesem Moment beschloss ich, dass dieses Geräusch zu einem meiner Lieblingsgeräusche gehörte.

»Fliegendes Schnitzel? Du bist ja noch witziger als Mama.«

»Tut mir leid … ich habe keine Ideen. Wie wäre es, wenn wir jetzt das Popcorn machen und uns den Barbie-Film ansehen?« Cassies Augen begannen zu leuchten und sie stand hektisch auf. In der Küche angekommen, trafen wir auf Vivienne, die mit Riley und Tommy am Tisch saß. »Warum seid ihr nicht im Bett?«

Vivienne seufzte auf. »Riley konnte bei dem Gewitter nicht schlafen und lag weinend bei Tommy im Bett.« Sah so aus, als konnte keiner von uns schlafen.

»Cassie und ich wollten uns Popcorn und heiße Schokolade machen und einen Barbie-Film gucken. Wie wäre es, wenn wir alle zusammen gucken?«

Tommy verzog das Gesicht. »Einen Barbie-Film, ernsthaft?«

»Wenn du willst, packe ich auch noch kleine Marshmallows auf deine heiße Schokolade?« Kurz blitze Freude in seinen Augen auf, bevor er sich wieder verschloss und aufseufzte.

»Von mir aus. Aber ich will auf dem schwarzen Sessel sitzen.«

»Geht klar.« So saßen wir nach einer halben Stunde alle im Wohnzimmer und schauten uns -1480988605 *Barbie und das Dorfmädchen* an, welches Cassie ausgesucht hatte. Tommy grummelte zwar erneut über die Auswahl, schwieg jedoch, sobald er seine Schokolade in der Hand hatte. Wenn ich richtig beobachtete, war sogar das Anzeichen von einem Lächeln auf seinen sonst so steifen Lippen zu erkennen. Cassie und Riley kuschelten sich an mich, während Vivienne mit ihrer Decke am anderen Ende des Sofas saß. Zum Ende des Filmes waren alle drei bereits am Schlafen und bereit für das Bett.

»Ich bringe die Kinder ins Bett. Leg dich ruhig hin«, sagte ich zu Vivienne, als es klingelte. Verwirrt sah ich zu der Wanduhr, die kurz vor 23 Uhr andeutete. Wer klingelte noch so spät? Bevor ich aufstehen konnte, um zu öffnen, hielt Vivienne mich auf.

»Ist schon in Ordnung. Ich schaue nach. Bring die Kinder ins Bett. Tommy ist eindeutig zu schwer für mich.« Mein Blick fiel zu Tommy, der seinen Kopf in den Nacken gelegt hatte und leise schnarchte.

»Bist du sicher … ich-«

»Ja. Wir haben einen Türspion. Sollte da ein gruseliger Mann vor mir stehen, lasse ich dir gerne den Vortritt.« Widerwillig gab ich nach und trug zuerst Tommy, Riley und schließlich Cassie in deren Zimmer, deckte sie gut zu und begab mich in die Küche, wo ich Vivienne vermutete.

Kapitel 25

(Mandys POV)

Diese Stimme. Sie erreichte mich und obwohl es das Entspannteste der Welt sein sollte, verkrampfte sich alles in mir. Mich überkam ein Gefühl, das ich nicht beschreiben konnte. Die Erkenntnis, wer vor mir stand, nahm mir die Luft zum Atmen … Den Geruch seines Parfums, das mir in die Nase stieg, würde ich nie vergessen. Ihn konnte ich nie vergessen. So gut wie jede Nacht, hatte ich mir seine Sprachnachrichten angehört, die ich auf dem Handy abgespeichert hatte, nur, um mich dann in den Schlaf zu weinen, weil ich ihn nicht wieder sehen würde. Und jetzt stand er vor mir. Alles in mir sträubte sich davor, die Augen aufzumachen und ihn anzusehen. In seine Augen zu blicken, die mich jedes Mal in den Bann gezogen hatten. Ich wusste nicht, ob ich mich selbst zurückhalten konnte, wenn ich ihn ansehen würde. Die Angst, dass er mich hasserfüllt ansehen würde, wenn er Antworten von mir wollen würde, die ich ihm nicht geben konnte, würde mir den Rest geben und mich womöglich in ein Loch werfen, aus dem ich nicht mehr rauskommen würde.

Auf der anderen Seite wollte ich gerade nichts anderes, als mich in seine Arme zu werfen und einfach nur zu weinen und ihm alles zu erzählen. Konnte ich es riskieren, ihn anzusehen? Entweder würde er mich auffangen und heilen - oder mich tiefer fallen lassen und vollends zerstören.

»Mandy?« Erneut ertönte seine Stimme in meinem Ohr und ich wagte es, die Augen zu öffnen. Wie von selbst suchten sie seine blauen und versanken in ihnen.

Verdammt. Er sah noch besser aus, als ich ihn in Erinnerung hatte. Sein schwarzes T-Shirt spannte sich um seine muskulösen Schultern, sein Gesicht war umrandet von einem Dreitagebart, der sein Gesicht schmückte, und seine blonden Haare standen wirr in alle Richtungen. Es war, als stünde die Zeit still. Die Luft lud sich elektrisch auf, je länger wir uns anstarrten. Jasons Augen fuhren meinen Körper auf und ab, blieben an meinem Gesicht hängen. Sein Mund öffnete und schloss sich, bis er schließlich ein Wort aussprach. Es war nur ein Wort. Ein Name. Aber es würde alles verändern.

»Cassie.«

Kapitel 26

(Jasons POV)

»Vivienne, ich habe die Kinder …«, die Worte blieben mir im Hals stecken, als ich in die Küche blickte. Das musste die Fantasie sein, die mit mir durchging. Vermutlich war ich einfach übermüdet. Es war lediglich eine Fata Morgana. Sie war ein Abbild meiner Gedanken. Unfähig zu begreifen, was gerade passierte, starrte ich sie an. Ihre Augen hatten mich für eine Sekunde geweitet angesehen, bevor sie sie wieder geschlossen hatte. Doch als sie sich regte und ihre Augen auf mich richtete, wurde mir bewusst, dass dies kein Abbild der Gedanken oder meines Wunschdenkens war.

Ihre braunen Haare fielen ihr nass und in leichten Wellen übers Gesicht, während ihre Hose, sowie ihr Oberteil, vom Regen durchnässt an ihrer Haut klebten. Ohne es vermeiden zu können, blieb mein Blick an ihrem Oberteil hängen, welches leicht durchsichtig und etwas zu eng an ihrer Oberweite klebte.

Schwer schluckend wandte ich den Blick wieder ihren Augen zu. Diese braunen Augen, die mich qualvoll ansahen. Es tat unglaublich weh, sie so zu sehen. Von diesem positiven Menschen, welchen ich in den Erinnerungen abgespeichert hatte, war keine Spur mehr übrig.

Am liebsten wollte ich sie in den Arm nehmen und nie wieder loslassen. Es gab so vieles, was ich fragen und sagen wollte. Mein Mund öffnete sich und schloss sich kurz darauf wieder, da ich nicht wusste, was ich sagen oder wie ich reagieren sollte. Mehrere Tage hatte ich versucht, sie ohne Erfolg zu erreichen. Und nun saß sie hier vor mir?

Nach mehreren Sekunden entschied ich mich für das Wichtigste in diesem Moment. »Cassie.«

Es war alles, was ich sagte, aber ihre geweiteten Augen sagten mir, dass ich mit der Vermutung richtig lag. Cassie war Mandys Tochter. »Was?« Ihre Stimme war zittrig, als sie mich mit einem hoffnungsvollen Blick ansah.

»Cassie. Hast du … eine Tochter?« Ihr Mund öffnete sich, bevor sie ihn wieder schloss und zögerlich nickte. Schluckend, da mich ihr Anblick noch immer durcheinanderbrachte, deutete ich ihr mit einem Nicken an, mir zu folgen. Unsicher stand sie von ihrem Stuhl auf und folgte mir zur Treppe, wo ich ihr mit einer Handbewegung den Vortritt ließ.

Ihr Gang, sowie ihre ganze Präsenz, wirkten unsicher und zerbrechlich. Auf einer der letzten Stufen stolperte sie und mein Arm schlang sich reflexartig um ihre Hüfte und zog sie schützend an mich heran. Die Nässe ihres T-Shirts machte sich bemerkbar, indem es nasse Flecken hinterließ. Ihr Körper zitterte vor Kälte, während ihre Augen zu mir hochblickten.

Wie von selbst strich ich mit der Hand sanft über ihren Unterarm. Lächelnd bemerkte ich die Gänsehaut, die sich dort ausbreitete. Ihre Nähe umhüllte mich und ließ mich schneller atmen. Wie konnte es sein, dass sie noch immer so eine Wirkung auf mich hatte? Wir hatten kaum ein richtiges Wort miteinander gewechselt und dennoch war alles, was ich wollte, sie in die Arme zu schließen.

Dabei sollte ich doch wütend auf sie sein. Immerhin hatte sie mich vor acht Jahren verlassen. Diese Erkenntnis brachte mich wieder in die Realität. Räuspernd ließ ich von ihr ab und deutete ihr an, weiter zu gehen. Noch immer hatte ich keine Worte für diese Situation. Ihr musternder Blick, während sie nervös auf ihrer Unterlippe kaute, bevor sie die Treppen weiter anstieg, ließen mich verrückt werden. Scheiße. Man sollte annehmen, dass die Gefühle nach acht Jahren verschwinden würden, aber bei ihrem Anblick war mir bewusst, dass alles noch da war. Sie hatten sich nur hinter dem Schmerz versteckt, waren jedoch nie verschwunden.

Meine Schritte trugen mich weiter vor die Tür, hinter welcher Cassie mir vor nicht allzu langer Zeit in den Armen gelegen hatte. Nachdem sie beim Film eingeschlafen war, hatte ich sie ins Bett gelegt. Verschlafen hatte sie nach meiner Hand gegriffen und mich gefragt, ob ich ein paar Minuten bei ihr bleiben konnte. Diesem Wunsch war ich nachgekommen und als ich mich neben sie gelegt hatte, hatte sich ihr kleiner Körper an mich gekuschelt. Kurz darauf war sie eingeschlafen und ich hatte mich nach unten zu Vivienne begeben, wo ich Mandy in der Küche vorfand.

Vorsichtig öffnete ich die Tür und deutete ihr an, hineinzutreten. Schritt für Schritt betrat sie das dunkle Zimmer und blieb in der Mitte stehen. In der Dunkelheit war es schwer, etwas zu erkennen. Um Cassie nicht zu erschrecken, ging ich auf den Schreibtisch in der Ecke des Zimmers zu und knipste die Tischlampe an, die den Raum in ein warmes und gemütliches Licht hüllte. Cassie lag mit dem Gesicht zur Wand, sodass man nur ihren Rücken erkennen konnte, der sich langsam mit jedem Atemzug hob und wieder senkte.

Unsicher trat Mandy an das Bett heran, setzte sich an den Rand und lehnte sich über Cassie, um sie besser zu erkennen. Ihre Hand streckte sich aus und wischte ein paar Strähnen aus ihrem Gesicht, als wollte sie sich vergewissern, dass es sich bei diesem kleinen Wesen in dem Bett wirklich um ihre Tochter handelte.

»Cassie?«, flüsterte sie ungläubig, welche sich im Schlaf drehte, sodass ihr Gesicht nun Mandy zugewandt war. Diese schniefte auf und hob kurzerhand die Decke an, um sich zu ihr zu legen. Ihre Arme schlangen sich um ihre Tochter, die verschlafen die Augen öffnete. Sie blickte für ein paar Sekunden verwirrt in Mandys Gesicht, dann jedoch weiteten sich ihre Augen.

»Mama?«, flüsterte sie verträumt und rieb sich die Augen.

»Ja, ich bin hier.« Leise drehte ich mich um und schlich mich aus dem Kinderzimmer. Dies war ein Moment zwischen Mutter und Tochter, bei dem ich nichts zu suchen hatte.

Da an Schlaf jetzt nicht zu denken war, begab ich mich in die Küche, um mir eine Tasse Kaffee zu machen. Was war hier gerade passiert? Hatte Mandy mir meine Tochter verschwiegen? War sie überhaupt meine Tochter? Krampfhaft umfasste ich die Kaffeetasse. Ich brauchte Antworten; dieses Gefühl der Unwissenheit brachte mich um den Verstand.

Aber all dies musste warten. Die beiden benötigten Zeit, um sich wieder zu finden. Mandy musste in den letzten Tagen eine Heidenangst um Cassie gehabt haben. Was war passiert? Wie war sie in diesen Wald gelangt und wer hatte ihr all das angetan? Vivienne betrat mit einem Handtuch die Küche und sah sich verwundert um. »Suchst du nach Mandy?«

Sie blinzelte ein paarmal verwirrt. »Ja, ich wollte ihr gerade das Handtuch geben.« Zur Bestätigung hielt sie das Handtuch in die Höhe. »Es ist ein sauberes, das ich aus dem Schrank geholt habe. Im Badezimmer habe ich ihr ein paar von deinen Klamotten hingelegt, die gerade fertig gewaschen waren. Hoffe, das ist in Ordnung.« Müde nickte ich. Natürlich war dies in Ordnung. Zudem standen Mandy meine Anziehsachen unglaublich gut. Besonders, wenn sie nur in einem T-Shirt gekleidet war … Schnell verwarf ich den Gedanken, bevor ich die Aufmerksamkeit wieder Vivienne widmete, die mich musterte. »Wo ist sie hin? Was hast du gemacht?«

»Ich? Wie kommst du darauf, dass ich was gemacht habe?«

»Du bist in der Küche. Sie ist nicht hier.«

Augenrollend stellte ich die Kaffeetasse auf der Küchentheke ab. »Sie ist bei Cassie.«

Verwirrt zog sie eine Augenbraue in die Höhe. »Bei Cassie? Wieso?«

»Weil sie ihre Mutter ist.«

Ihr Mund öffnete sich, als sie mich ungläubig anstarrte. »Was? Wie?«

»Das werden wir hoffentlich in den nächsten Tagen herausfinden. Danke, dass du sie reingelassen und alles vorbereitet hast.«

»Gerne. Ich war mir etwas unsicher dabei. Aber ich hatte nicht den Eindruck, als würde sie etwas Hinterlistiges im Schilde führen. Und sie sah wirklich nicht gut aus.«

Bei der Erinnerung an eine durchnässte und frierende Mandy verzog ich das Gesicht. Wie lange war sie draußen im Regen gewesen? »Du kannst ruhig schlafen gehen. Ich kümmere mich darum, dass Mandy in warme Sachen schlüpft.«

»Sicher?« Nickend bestätigte ich die Aussage, woraufhin sie sich dankend in ihr Zimmer begab. Da ich Mandy und Cassie nicht stören wollte, schob ich einen Zettel durch die Tür, auf welchem stand, dass im Badezimmer trockene Klamotten für sie bereit lagen. Anstelle des Schlafzimmers begab ich mich in das Musikzimmer. Meine Gedanken waren viel zu durcheinander, um einzuschlafen. Nach der Gitarre greifend, begann ich, all die wirren Gedanken in eine Melodie zu formen.

Once you wore a smile
that touched the sky,
innocence and joy, never questioning why.

But now your eyes hold a world of pain,
what shattered you so deep,
left a permanent stain?

Meeting you again,
it's like seeing a ghost,
words unspoken, a heart held close.

What's happened that you're voiceless now?
You're not the girl you used to be,
but your brokenness is beautiful to me.

That light you had, now it's dimmed and gone,
what broke you so deep,
where did you go wrong?

I can see it in your eyes,
the pain you hide,
a world of hurt you carry inside.
Why can't you speak?
I see the strength in your fragility,
a story of pain and lost ability.

Kapitel 27

(Mandys POV)

Stille. Stille, die mich umhüllte und alle Gedanken zum Schweigen brachte. Ich wollte an nichts denken. Nur fühlen. Alles, was ich wollte, war es, meine Tochter in den Armen zu fühlen. Mir in diesem Moment sicher zu sein, dass alles wieder gut werden würde. Dass es ein Happy End für mich gab. Die Gewissheit, dass es ihr gut ging, ließ mein Innerstes erneut zum Leben erwecken.

Für ein paar Sekunden hatte ich Angst, aus einem Traum zu erwachen. Dass dies vor mir nicht Cassie war. Dass es sich hierbei um eine Verwechslung handelte; dass Cassie sich gleich vor mir auflösen würde und ich zerbrechen würde. Mal wieder. »Mama?«, fragte sie verschlafen, was mich aufschluchzen ließ. Dieses Wort aus ihrem Mund bedeutete die Welt für mich. Es war, als würde der Sound dieses Wortes sich in mein Herz schleichen und es langsam wieder zusammenflicken. Sie war die Einzige, die meine zerbrochene Seele wieder heilen konnte. Ich drückte sie an mich, wollte sie nie wieder loslassen. Sie war hier. Lebend. Es ging ihr gut.

»Cassie«, flüsterte ich und atmete ihren Duft nach Pfirsich Shampoo und einfach Cassie ein. Meine Tochter. Sie schlang ihre Arme und Beine um mich, drückte sich enger heran.

»Mama«, flüsterte sie und schluchzte vor Erleichterung auf.

»Was ist passiert? Wie bist du hierhergekommen?« Oder eher gefragt: Wie war sie ausgerechnet bei ihrem Vater gelandet?

»An sehr viel erinnere ich mich nicht. Oma wollte mit mir zum Spielplatz gehen, ich habe geschaukelt und dann war alles dunkel.« Tränen bildeten sich in ihren Augen, als sie mich ansah. »Ich hatte solche Angst.«

Mein Herz zog sich bei diesen Worten zusammen. Sie sollte nicht in Angst leben. Der Gedanke, dass ihr etwas angetan wurde, woran sie sich jetzt nicht mehr erinnerte, rief Übelkeit in mir hoch. Beruhigend strich ich ihr über den Hinterkopf. Sie war hier. Bei mir. Lebend. Das war alles, was ich für diesen Moment brauchte.

»Jetzt bin ich ja wieder hier. Bin ich froh, dass es dir gut geht.«

Lächelnd schmiegte sie sich enger an mich. »Du bleibst doch bei mir, oder? Du gehst nicht wieder weg?« Ich konnte die Angst aus ihrer zittrigen Stimme hören.

»Niemals«, versicherte ich ihr und strich ein paar Strähnen aus ihrem Gesicht.

»Aber Jason hat sich gut um mich gekümmert«, flüsterte sie bereits im Halbschlaf. »Da hatte ich direkt viel weniger Angst. Er hat mir gesagt, dass er mir helfen wird, dich zu finden.«

Unendliche Dankbarkeit durchflutete mich. Was anderes hätte ich von Jason auch nicht erwartet. Er war einer der liebsten und fürsorglichsten Menschen, die mir je begegnet waren. Die sanfte Berührung seiner Finger, als er mich auf der Treppe festgehalten hatte, brannte immer noch auf meinem Unterarm. Die Stimmung war so geladen gewesen, dass ich mich beinahe vorgelehnt und ihn geküsst hätte. Wie konnte er nach acht Jahren immer noch so eine Wirkung auf mich haben?

Mir bangte bereits vor dem unausweichlichen Gespräch, welches ich mit ihm würde führen müssen. Zu diesem Zeitpunkt hatte er sicherlich schon eins und eins zusammengezählt. Wie würde er reagieren? Würde er mich hassen? Verstoßen? Ich würde es ihm nicht mal verübeln können. Was er wohl von mir denken musste?

Cassies regelmäßiger Atem riss mich aus den Gedanken. Erleichterung durchflutete mich. Am liebsten würde ich für immer in diesem Moment verweilen. Sie nie wieder loslassen.

Als ich sicher war, dass sie tief schlief, beschloss ich, dass es an der Zeit war, mich Jason zu stellen. Sanft löste ich mich von Cassie und ging zur Tür. Draußen war es bereits wieder hell, wodurch mir der Zettel auf dem Boden auffiel. *Mandy, im Badezimmer sind Anziehsachen für dich. Fühl dich frei, das Bad zu nutzen.*

Bei all den Emotionen, die mich überkommen hatten, war mir gar nicht aufgefallen, dass ich immer noch in den nassen Sachen steckte. Mittlerweile waren sie mehr feucht als nass, und kalt war mir auch nicht mehr. Schaden konnte es jedoch nicht, etwas Frisches anzuziehen.

Leise öffnete ich die Tür, warf einen letzten Blick auf Cassie, bevor ich mich ins Badezimmer begab. Meine Mundwinkel zuckten nach oben, als ich die Post-its mit Pfeilen an den Wänden entdeckte, die im Flur verteilt waren. Eine Tür mit einem blauen Zettel ließ mich wissen, dass sich hinter dieser das Badezimmer befand.

Augenblicklich musste ich an den Moment denken, als Jason mir auf einer Klassenfahrt, mit versteckten Post-its den Weg zu unserem Treffpunkt gezeigt hatte. Statt einem Badezimmer hatte ich jedoch am Ende Jason mit selbstgepflückten Blumen vorgefunden. Wehmütig öffnete ich die Tür.

Das kühle Licht tauchte das Badezimmer in ein kaltes Blau, welches mich frösteln ließ und mir wieder bewusst machte, dass ich warme Klamotten dringend nötig hatte. Mein Blick wanderte über die kunstvollen weißen Fliesen und die markanten Armaturen, die eine intensive und fesselnde Ästhetik verkörperten. Eine geräumige Dusche war der Mittelpunkt des Raumes. Die gläsernen Wände reflektierten das Licht und erzeugten ein intensives Spiel aus Schatten und Farben. Als ich schließlich die Füße auf den weichen Teppich setzte, spürte ich sofort eine wohltuende Geborgenheit, die sich durch den Körper ausbreitete. Kurzerhand streifte ich mir die nassen Anziehsachen vom Körper und stellte mich unter die Dusche. Das warme Wasser prasselte auf die Haut und taute mich immer mehr auf. Ein Regal mit Drogerieprodukten erregte meine Aufmerksamkeit. Beim genaueren Betrachten stellte ich fest, dass das meiste davon Frauenprodukte waren. Bei der Erkenntnis, dass Jason mit einer Frau zusammenlebte und vermutlich Kinder besaß, biss ich mir auf die Unterlippe. Eifersucht durchfloss mich - zerfraß mich beinahe. Dabei hatte ich kein Recht, eifersüchtig zu sein. Natürlich war er weitergegangen in seinem Leben. Was hatte ich erwartet? Dass er wie ich immer noch an der Vergangenheit hing?

Zögerlich nahm ich eines der Produkte und shampoonierte mir Haare und Körper ein.

Nach der Dusche zog ich mir die Jogginghose, die am Rand der Badewanne hing, an und hob das T-Shirt hoch, welches mir hingelegt wurde. Meine Augen weiteten sich, als ich es erkannte. Es gehörte Jason. Ein Patriot Zeichen, der New England Football Mannschaft, zierte die Vorderseite. Jason war ein Riesenfan von den Patriots gewesen und ich hatte ihm damals dieses T-Shirt geschenkt.

Um sicher zu gehen, warf ich einen Blick auf das Etikett. Und da stand es. -1480988556 *Love u Mandy*. Erschöpft lehnte ich mich gegen die Tür. Dieser Tag war überfüllt von Emotionen und ich wusste nicht, wie ich mich fühlen sollte. Erleichterung und Freude, dass Cassie wohlauf war, nahmen überhand. Aber dennoch war dort die Verwirrung und der Verlust, den Jason verkörperte. Wieso hatte er dieses Shirt behalten? Gut, vielleicht lag es daran, dass ich es tatsächlich geschafft hatte, ein Autogramm von Tom Brady, dem Quarterback der Patriots, zu ergattern. Er hatte auf dem rot-blauen Logo des Vereines unterschrieben, was deutlich zu erkennen war. Jason hatte sich unglaublich darüber gefreut, denn Tom Brady war sein absoluter Lieblingsspieler. Von Anfang an wusste ich, dass es die perfekte Überraschung sein würde. Noch nie hatte ich so viel Aufwand für ein Geschenk betrieben. Ich war extra deswegen nach Massachusetts gefahren, hatte mich einer Menge kreischender Mädchen entgegengestellt, nur um Tom Brady knapp zu verpassen. Irgendwie hatte ich es doch geschafft, ihn zu treffen. Dabei wurde ich beinahe von zwei Security Menschen rausgeworfen. Aber ich hatte es geschafft. Ich hatte ein Autogramm von Tom Brady ergattert und Jasons strahlendes Gesicht war es wert gewesen.

Zögerlich zog ich mir das T-Shirt über den Kopf, woraufhin sein Parfum mich benebelte. Ich hob das T-Shirt an die Nase und inhalierte seinen Duft. Wie sehr ich es doch vermisst hatte. Er roch beinahe genauso, wie ich ihn in Erinnerung hatte. Nach Minze, Zitrone und seinem Lieblingsparfum.

Einen Moment stand ich an die Tür gelehnt und atmete Jasons Duft ein, während ich in Erinnerungen schwelgte. Unser erstes Date auf einem Rummel, wo er einen Hasen für mich gewonnen hatte, und unser erster Kuss unter dem Sternhimmel auf einem Berg am vierten Juli kamen mir in den Sinn. Er hatte mich jedes Mal aufs Neue beeindruckt, hatte mich mit einer Liebe angesehen, die mich an alles glauben ließ.

Und jetzt? Wie würde er mich jetzt ansehen? Aber dieses Gespräch, sowie sein Blick, waren unausweichlich. Nach einem tiefen Atemzug öffnete ich die Tür und wäre beinahe in ein kleines Mädchen reingelaufen. Ihre großen grauen Augen sahen mich verwirrt an, während ich sie erstarrt anblickte. War das Jasons Tochter? Dass er Kinder hatte, war klar. Immerhin hatte ich es am Telefon gehört. Zudem hatte er Kinder erwähnt, bevor er in die Küche gekommen war.

Auch wenn ich dies erwartet hatte, konnte ich nicht verhindern, dass eine erneute Welle der Eifersucht sich in mir breit machte. »Entschuldigung«, murmelte ich leise und lächelte das kleine Mädchen zögerlich an. Das war also Jasons Tochter. Cassies Halbschwester.

»Kein Problem«, sagte sie verschlafen, gähnte ausgiebig und sah mich verwirrt an. Dennoch warf sie mir ein zögerliches Lächeln zu. »Wer bist du?«, fragte sie mich interessiert und rieb sich einmal über ihre müden Augen.

»Ich habe mich nur verlaufen und wollte nicht draußen im Gewitter schlafen. Vivienne war so nett, mich reinzulassen«, erklärte ich die Lage.

Sie sah mich kurz an und zuckte mit den Schultern. »Achso. Okay. Du siehst hübsch aus«, sagte sie und ihre Augen funkelten dabei leicht.

»Ähm … danke.« Verlegen sah ich sie an, da ich nicht damit gerechnet hatte.

»Wie heißt du denn?«, fragte sie mich daraufhin neugierig. Ja, was sagte ich denn jetzt?

»Mandy, und du?« Würde ich mich jetzt als Kimberly vorstellen, würde das doch nur für Verwirrung sorgen. Immerhin kannte mich Jason unter dem Namen Mandy. Meinem echten Namen. Ein Blick auf sie ließ mich vermuten, dass sie in Cassies Alter sein musste. Ein Stich machte sich in meinem Herzen breit. Sollte sie wirklich seine Tochter sein, dann würde das heißen, dass er sehr schnell über mich hinweggekommen war.

»Ich bin Riley.«

»Nett, dich kennenzulernen.«

Riley nickte und blickte zu mir auf, während sie von einem Fuß auf den anderen hüpfte. »Ehm, ja … aber ich muss wirklich auf die Toilette.«

»Oh, natürlich. Tut mir leid.« Nachdem ich ihr Platz gemacht hatte, verschwand sie im Badezimmer und ließ mich mit gemischten Gefühlen zurück.

Kapitel 28

(Mandys POV)

Der Geruch von Kaffee stieg mir in die Nase und verriet mir, dass sich jemand in der Küche befand. Das war er also. Der Moment, in dem ich nach acht Jahren wieder mit Jason reden würde. Ein beklemmendes Gefühl umschloss mein Herz und unterstrich das Zittern meiner Hände. Am liebsten wollte ich wieder davonlaufen, mich verkriechen und vor der Realität verstecken. Aber tief im Inneren wusste ich, dass es an der Zeit war, mich ihr zu stellen. Ein Kampf tobte in mir, zwischen der Unsicherheit und der Klarheit, die dieses Gespräch hoffentlich bringen würde.

Mit zitternden Knien und klopfendem Herzen wagte ich einen Schritt. Es war an der Zeit, mich der Vergangenheit zu stellen; ihm gegenüberzutreten. Wer wusste schon, was es bringen würde? Wurde Wachstum und persönliche Entwicklung nicht immer von Angst vor dem Ungewissen begleitet? Das Ungewisse war so eine Sache. Man konnte alles verlieren oder alles gewinnen.

Ein letzter Atemzug, bevor ich mit einem weiteren Schritt in sein Blickfeld trat. Seine Augen scannten mich von oben bis unten, und verankerten sich schlussendlich mit meinen. Das Blau seiner Augen nahm mich gefangen - es war mir unmöglich, wegzusehen. Unsicher, wie lange wir so dastanden, löste er irgendwann den Blickkontakt.

»Wir müssen reden.« Schluckend nickte ich. Seine raue Stimme jagte mir einen angenehmen Schauer über den Rücken. Mit einer Handbewegung deutete er mir an, auf einem Stuhl Platz zu nehmen. »Willst du Kaffee?«, fragte er zögerlich, woraufhin ich nickte. Keiner von uns schien zu wissen, wo wir anfangen sollten. Es gab so vieles zu bereden und dennoch schwiegen wir, als er in den Schrank griff und die Kaffeemaschinen mit neuen Bohnen befüllte. Das Geräusch von mahlendem Kaffee mischte sich in unser Schweigen. »Milch und Zucker?«, brach er die Stille. »Deinen ekligen Sirup, den du immer trinkst, habe ich leider nicht da. Hab nicht wirklich damit gerechnet, dir jemals wieder Kaffee vorzubereiten.« Er sagte dies unbeteiligt, als wäre es das Normalste der Welt. Aber seine Worte schnitten mir in die Seele und hinterließen dort einen leichten Riss. Sein nervöser Anblick zeigte deutlich, dass er genauso überfordert mit der Situation war wie ich.

»Das ist okay«, sagte ich unbeholfen und rutschte zögerlich auf dem Stuhl auf und ab. Nickend füllte er Milch und Zucker zu dem Kaffee und reichte mir die Tasse. Dankend nahm ich sie entgegen, wobei sich unsere Finger für eine Millisekunde streiften. Aber es genügte, um meinen Körper in Brand zu setzen.

Auch sein Blick lag etwas zu lang auf mir, bevor er seine Hand in die Hosentasche steckte. Seufzend sah er mich an, bevor er sich durch die hellen Haare fuhr, die in alle Richtungen abstanden. Ob er geschlafen hatte? Seine dunklen Augenringe waren Antwort genug auf die Frage.

»Ist ... ist sie meine Tochter?« Auf der Unterlippe kauend sah ich ihn an. Sein Blick war starr auf mich gerichtet, als würde er jede Bewegung von mir analysieren und nach einer Antwort suchen. Und ich beschloss, sie ihm zu geben. Er hatte ein Recht zu erfahren, dass er eine weitere Tochter hatte.

Noch nie war es so schwer gewesen, dieses kleine Wort über die Lippen zu bringen. Doch ich musste. Ich sah ihn an. Atmete tief ein und sagte: »Ja«.

Kapitel 29

(Mandys POV) – Acht Jahre zuvor

»Komm schon, Raindrop«, versuchte mich, Jason zu überreden, während ich es mir auf dem Bett bequem gemacht hatte. Wir hatten uns getroffen, um an einem Biologie-Projekt zu arbeiten, an dem wir nicht wirklich vorankamen.

»Was soll ich da?« Die Matratze senkte sich und kurz darauf konnte ich Jasons Wärme wahrnehmen, als er die Arme um mich schlang und an sich zog. Lächelnd legte ich den Kopf an seine Brust und spielte mit dem Saum seines T-Shirts.

»Mich begleiten und vor Nancy retten?«

Ich kicherte. »Ich kann mir wirklich Besseres vorstellen, als an einem Samstagabend eine Dokumentation über Enten im Kino zu gucken.« Jason hatte eine Wette gegen Aaron verloren, woraufhin dieser ihn und ein paar andere Freunde zwang, eine Dokumentation über spanische Enten zu schauen. Auf Spanisch, mit englischen Untertiteln. »Außerdem habe ich doch den Mädelsabend mit Annie«, warf ich ein, woraufhin er aufseufzte und begann, sanfte Küsse auf meiner Halsbeuge zu verteilen. Gänsehaut lief mir über den Rücken, als ich seine weichen Lippen auf der Haut spürte, was ich mit einem wohligen Seufzen kommentierte.

»Ich habe aber keine Lust. Lieber will ich den Abend mit dir verbringen. Außerdem bringt Nancy mich um den Verstand. Schau, was sie mir schon wieder geschrieben hat.« Er reichte mir sein Handy, auf welchem eine Nachricht aufleuchtete.

Hab gehört, du kommst mit ins Kino? Vielleicht können wir ja nebeneinandersitzen? Es gibt einiges, was man dort im Dunkeln anstellen kann.

Grummelnd fuhr ich mit der Hand unter sein T-Shirt. »Das kann sie schön vergessen. Sollte sie es doch wagen: Ich nehme seit ein paar Wochen Karate-Unterricht. Kannst du ihr gerne mitteilen.«

Jasons Mundwinkeln zuckten, als er mich belustigt ansah. »Bist du eifersüchtig?«

»Nein …«

»Ach? Dann hast du also nichts dagegen, wenn ich mit ihr im dunklen Kino sitze?«

Mein Blick verfinsterte sich. »Wenn es das ist, was du willst …«

Er lachte auf. »Du bist sowas von eifersüchtig.«

»Und wenn schon …« Mit der Fingerspitze zeichnete ich dünne Kreise auf seinen Bauchmuskeln, die sich unter der Berührung anspannten.

»Ich liebe es, wenn du eifersüchtig bist. Deine Augenbrauen machen dann immer diese Bewegung, was dich noch niedlicher macht, als du sowieso schon bist.« Seine Hand wanderte zu meinem Unterarm, wo er sanft mit den Fingerspitzen auf und ab fuhr. »Außerdem zeigt es, wie viel ich dir bedeute, denn, Mandy: Du bedeutest mir die Welt.« Das

Herz sprang mir beinahe aus der Brust, als er sich vorbeugte und mit den Lippen meine streifte. Auch nach einigen Monaten brachte mich jede seiner Berührungen immer noch um den Verstand und entfachte ein Feuerwerk in mir.

Der Kuss wurde immer intensiver und ich verlor mich immer mehr in ihm. Alles um mich war vergessen, während die Zeit stillstand. Eine Stimme ließ unsere Blase der Zweisamkeit platzen. Peinlich berührt fuhren wir auseinander, als Jasons Schwester Elaine mit hochgezogener Augenbraue, begleitet von einem frechen Grinsen, im Türrahmen erschien.

»Biologie Projekt also? Ich fass es nicht, kaum sind Mama und Papa aus dem Haus, schon müsst ihr rummachen. Schließ wenigstens das Zimmer ab. Mehr als das will ich echt nicht sehen.« Jason verdrehte die Augen und warf ein Kissen nach ihr, welches sie lachend abwehrte.

»Du hast gut reden. Du und Steven seid auch nicht besser.«

»Hab nie gesagt, dass ich besser bin. Trotzdem will ich meinen kleinen Bruder nicht unbedingt beim Rummachen erwischen. Verhütet wenigstens«, sagte sie lachend, bevor sie die Tür schloss und uns wieder allein ließ.

»Tut mir leid … Auch wenn sie ausgezogen ist, hat sie immer noch ihren Schlüssel, was unglaublich nervig ist.« Den vor Scham glühenden Kopf lehnte ich wieder an seine Brust.

»Vielleicht könnten wir heute Abend einen Film oder so gucken? Wenn du denn nach Nancy noch Lust auf mich hast.«

»Mandy. Es wird immer nur dich geben. Keine Nancy. Niemand. Nur du und ich. Für immer.«

Kapitel 30

(Jasons POV) – Jetzt

Mein Herz schlug wie wild, während Mandy mir die Wahrheit enthüllte, die sie so lange verborgen und ich bereits erahnt hatte. Cassie war meine Tochter. Ein Sturm von Emotionen brach in mir los. Verwirrung, Schmerz und zugleich eine unerklärliche Zärtlichkeit füllten mich aus.

Wie konnte ich nicht gewusst haben, dass ein kleines Stück von mir da draußen war und all die Jahre ohne meine Anwesenheit aufwuchs?

Unwissend, wie ich reagieren sollte, blickte ich zu Mandy, die mich reuevoll ansah. »Wieso?« Mit zittriger Stimme verlangte ich Antworten von ihr.

»Ich … es war … es ist kompliziert.« Kompliziert? Ein bitteres Lachen entwich mir.

»So kompliziert, dass du mich mit einem gebrochenen Herzen zurückgelassen und mir unsere Tochter verschwiegen hast?«

»Es … es tut mir leid.« Tränen bildeten sich in ihren Augen, die meine Wut zügelten. Scheiße. Wieso konnte ich nicht wütend auf sie sein? Ein winziger Tropfen löste sich aus ihrem Augenwinkel und bahnte sich seinen Weg über die Wange. Als er ihre Lippen erreichte und einen feuchten Schleier hinterließ, drängte sich der Wunsch auf, sie in den Arm zu nehmen und mit Küssen den Pfad dieser kleinen Perle nachzuziehen.

»Mandy«, flüsterte ich und fuhr mir erneut durch die Haare. »Wieso?«, wiederholte ich die Frage, da ihre Entschuldigung keine Antwort gewesen war. Antworten, die ich brauchte.

»Ich kann das gerade nicht …« Und wieder wich sie mir aus.

»Verdammt, Mandy.«

»Ich brauche etwas Zeit.«

»Du brauchst Zeit?«, fragte ich fassungslos. »Waren acht Jahre nicht genug?« Der Schmerz der Worte traf sie tief und hinterließ einen Riss in meiner Seele. Ihre glasigen Augen, die sich immer mehr mit Tränen füllten, brachten mich um den Verstand und beinahe wäre ich einen Schritt auf sie zugegangen, um sie in die Arme zu schließen. Aber dafür war die Kluft zwischen uns beiden zu groß. Es würde mich in den Abgrund stürzen. Also blieb ich auf der anderen Seite der Kücheninsel stehen; wurde stiller Zeuge eines herzzerreißenden Schauspiels, als eine Träne nach der anderen ihren Weg über ihre Wange fand.

»Das ist nicht fair. Du weißt nicht, was ich durchmachen musste«, schluchzte sie, ihre zittrige Hand eifrig bemüht, die Tränen von ihrem Gesicht zu wischen. »Jason, die letzten acht

Jahre waren die Hölle für mich. Du hast ja keine Ahnung. Jeden Abend wollte ich dich anrufen und von Cassie erzählen. Aber ich konnte nicht …«

»Wieso?«, hakte ich nach, mein eigener Herzschlag unüberhörbar in der Stille des Raumes.

»Ich hatte Angst.« Der Klang ihrer Stimme war flüsternd; drang mir bis ins Mark.

»Aber wovor? Dass ich dich abweisen würde?« Die Zurückhaltung bröckelte und ich wagte einen Schritt auf sie zu. »Niemals hätte ich dich oder Cassie abgewiesen«, flüsterte ich. Meine Hand streckte sich über die Kücheninsel aus, bis sie nur Millimeter von ihrer entfernt zum Liegen kam.

»Ich weiß …« Ihre Augen lösten sich von der Hand, die so verführerisch nahe lag, und fand meinen Blick. »Das war es, was es so unglaublich schwer gemacht hat.« Die Worte entkamen ihr leise, fast wie ein Hauch, der zwischen uns schwebte und die Distanz überbrückte. Unwiderstehlich zog es mich näher zu ihr.

»Hat was schwer gemacht?«, flüsterte ich. Vorsichtig wagte ich es, mit den Fingern ihre warme Hand zu berühren. Mandys Augen weiteten sich, ihr Atem wurde immer schneller und sie atmete tief ein und aus. Entzog sich der Berührung jedoch nicht. Sanft strich ich über ihre Hand, bevor ich sie schließlich auf ihrem Handrücken ruhen ließ. »Hat was schwer gemacht?« Die Spannung zwischen uns erreichte ihren Höhepunkt, und ich spürte, wie die Energie in der Luft flirrte, Funken, die zwischen uns tanzten.

All die ungesagten Worte, die verpassten Chancen und unerfüllten Sehnsüchte – sie waren jetzt präsent und spürbar. Das Feuer zwischen uns hatte die Macht, zu heilen oder zu verbrennen, und ich wusste, dass egal, welchen Weg wir einschlagen würden, nichts mehr so sein würde wie zuvor.

Jede Berührung, jeder zögerliche Blick entfachte die Glut unserer Vergangenheit. Ich konnte den Wunsch in ihren Augen sehen; den Wunsch nach Nähe und Verbundenheit.

»Jason. Wir sollten nicht …«

»Sollten nicht was?«

»Du weißt schon …«

»Nein, was denn?«, fragte ich, während mein Blick zu ihren leicht geöffneten Lippen wanderte, was mich beinahe um den Verstand brachte. Wann hatte ich sie das letzte Mal küssen dürfen? Ihre Wangen waren gerötet, als ihr Blick ebenfalls an meinen Lippen hängen blieb. »Was sollten wir nicht?« Herausfordernd sah ich sie an. Ihr Blick wanderte zu meinen Augen, bevor sie schwer schluckte und sich zögerlich der Berührung unserer Hände entzog.

»Jason. Wir brauchen Zeit. Ich brauche Zeit.« Sie wich einen Schritt zurück, bevor sie die Augen schloss und ausatmete. Alles in mir schrie danach, sie in die Arme zu schließen und zu küssen. Aber sie hatte Recht. Denn die Zeit war nicht stehen geblieben. Wir waren nicht mehr dieselben wie damals und es gab einiges zu besprechen. »Gib mir Zeit, Jason. Ich weiß, du willst Antworten. Aber momentan bin ich zu aufgewühlt, um dir diese zu geben. Alles, was ich sagen kann, ist, dass es mir leidtut. Wenn du mir Zeit gibst, kann ich vielleicht mit dir darüber reden.« Ihre Stimme war einem Flüstern gewichen und ohne, dass sie es aussprach, wusste ich, was sie mir sagen wollte.

»Aber du kannst es mir nicht versprechen.«

Ihr Blick traf erneut meinen, als sie mich reuevoll ansah. »Nein. Das kann ich nicht.«

Kapitel 31

(Jasons POV)

»Aua, schlag mich doch nicht direkt«, motzte ich meine Schwester Gloria an und hielt mir spielerisch die Schulter, die sie vor ein paar Sekunden noch geschlagen hatte.

»Du bist ein Arschloch.« Zickig verschränkte sie die Arme vor der Brust.

»Ich habe doch gar nichts gemacht«, beteuerte ich grinsend. Mir war schon immer bewusst, wie ich sie zur Weißglut bringen konnte. Und ich müsste lügen, würde ich sagen, dass es mir keinen Spaß mehr machte, sie zu ärgern. Wozu hatte man sonst einen großen Bruder?

»Mama«, schrie Gloria lauthals los, woraufhin diese augenrollend in der Küche erschien. »Jason ärgert mich«, petzte sie.

»Und ich dachte, ihr wärt mittlerweile alle erwachsen und würdet mich raushalten. Jason, lass deine Schwester in Ruhe.«

»Du weißt doch gar nicht, was ich gemacht habe«, sagte ich, woraufhin sie erneut die Augen verdrehte. Sie tat dies in letzter Zeit sehr oft.

»Ist mir auch ziemlich egal. Werd erwachsen, Jason.«

»Pff. Und was ist mit Gloria? Sie sollte langsam auch erwachsen werden.«

»Ganz ehrlich? Manchmal wirkt sie erwachsener als du.«

»Hast du jetzt nicht gesagt«, spielte ich verletzt und fasste mir an die Brust.

»Du warst derjenige, der mich letztens angerufen hat, um zu fragen, wieso deine weiße Wäsche pink geworden ist.« Erneut rollte sie mit den Augen, konnte jedoch ein Grinsen nicht verbergen, bevor sie sich der Küche zuwandte, und eine Packung Nudeln rausholte.

»Ja, woher soll ich denn wissen, dass man da nichts Rotes reinpacken soll?«

»Gesunder Menschenverstand?«, neckte mich meine Schwester, woraufhin ich ihr einen bösen Blick zuwarf.

»Sei doch leise, Ms. Kann-man-im-Winter-auf-der-Sonne-gehen-weil-da-ist-es-ja-kalt.« Erneut traf ihre Faust meine Schulter.

»Aua. Siehst du, Mama, ständig schlägt sie mich.«

»Ich war neun! Damals war das eine absolut berechtigte Frage.«

»Nicht, wenn man einen gesunden Menschenverstand besitzt.« Jetzt warf sie mir einen wütenden Blick zu.

Mama seufzte auf. »Wann wolltet ihr beiden wieder gehen? Ich vermisse die Ruhe in diesem Haus.«

Ein zuckersüßes Lächeln meinerseits fand den Weg in ihre Richtung. »Wir wissen doch alle, dass du es gerade genießt.« Sie lächelte, was den Kommentar bestätigte. Nachdem Gespräch mit Mandy, das mehr Fragen aufgeworfen, statt beantwortet hatte, konnte ich ihre Gegenwart nicht mehr aushalten. Es war zum verrückt werden. Alles an ihr verwirrte mich; ließ mich nicht klar denken. Und dann war da noch Cassie. Meine Tochter. Dass ich sie kennenlernen und ein Teil ihres Lebens sein wollte, war für mich selbstverständlich, doch die Frage war: Wie sah Mandy das? Würde sie mich ein Teil von Cassies - und ihrem Leben - sein lassen? Oder mich auf Abstand halten? Noch immer spürte ich ihre Hand, als wir uns in der Küche nähergekommen waren. Ein Lächeln umspielte meine Lippen, als ich an ihr gerötetes Gesicht dachte. Es hätte nicht viel gefehlt und ich hätte mich heruntergebeugt, um sie zu küssen. Auch dies verwirrte mich. Sollte ich nicht wütend auf sie sein? Vermutlich.

Aber bei ihrem gebrochenen Anblick war alle Wut verflogen und in Sorge gewichen. Denn mit einem hatte sie recht: Ich wusste nicht, was sie damals genau gesehen und was sie seitdem durchgemacht hatte. Das Einzige, dessen ich mir bewusst war, war die Tatsache, dass sie mir nicht vertraut hatte. Dass sie nicht daran geglaubt hatte, dass ich den Weg mit ihr gegangen wäre. Nachdem ich aus der Küche verschwunden war, hatte ich beschlossen, nach einem Spaziergang Mama und Papa zu besuchen. Um den Kopf freizubekommen. Sie hatten am Telefon erwähnt, dass Gloria und Nael heute auch hier waren und es war bereits eine Weile her, dass wir alle zur gleichen Zeit zu Hause waren.

Nael bastelte an irgendeinem Projekt in Papas Büro, während ich Gloria und meiner Mutter auf die Nerven ging. Gott, hatte ich alle vermisst.

Jedoch gab es eine Leere, die nicht gefüllt werden konnte. Elaine. Sie fehlte jede Sekunde. Riley und Tommy hatte ich heute Morgen Vivienne überlassen. In einer Nachricht teilte ich ihr mit, dass ich unterwegs war. Sie würde sich um die beiden kümmern.

»Reichen euch heute Nudeln zum Essen?«, riss mich meine Mutter aus den Gedanken, »Ich habe keine große Lust, heute zu kochen.«

»Klar«, sagten Gloria und ich gleichzeitig und grinsten uns an.

»Gut, dann erzählt mal aus eurem Leben.«

Sie machte sich daran, den Kochtopf mit Wasser zu befüllen, bevor sie uns interessiert ansah. »Ich habe bald ein Bewerbungsgespräch bei einem Verlag«, erzählte Gloria freudig. »Für ein Praktikum. Ich habe da unglaublich Lust drauf. Es wäre einfach ein Traum. Den ganzen Tag von Büchern umgeben zu sein und die ganzen tollen Manuskripte zu lesen«, schwärmte sie, während ich das Gesicht verzog.

Da ich noch nie gerne gelesen hatte, konnte ich mir nichts Schlimmeres vorstellen, als den ganzen Tag von Literatur umgeben zu sein. Nicht einmal die Werke, die in der Schule auf dem Lehrplan standen, hatte ich gelesen. Mehr als die Zusammenfassung war nicht drin gewesen.

Gloria war das Gegenteil. Schon damals war ihr Zimmer übersät von Romanen gewesen, von denen sie die Hälfte nicht gelesen hatte. Ich wollte gar nicht erst wissen, wie ihre kleine Einzimmerwohnung gerade aussah. »Vielleicht kannst du dort ja ein paar von deinen Schriftstücken lagern«, neckte ich sie erneut. »Das letzte Mal konnte man den Boden vor lauter Bücher nicht sehen.«

»Ach, sei doch leise, Mr. Ich-könnte-mir-eine-Bibliothek-leisten.« Ich grinste. Diesen Satz hatte ich ihr schon mehrmals unter die Nase gerieben. »Kann ja nicht jeder berühmt sein«, sagte sie augenrollend.

»Hey! Insgeheim liebst du es doch. Immerhin habe ich einige Sammlungen zu deiner Kaufsucht beigesteuert«, erinnerte ich sie an die Tatsache, dass ich ihr einen Gutschein für so viele Bücher, wie sie tragen konnte, geschenkt hatte.

Ihr Gesicht wurde sanft und ein Lächeln bildete sich. »Hast ja recht. Danke. Du kannst schon ein ganz netter Bruder sein. Manchmal.« Meine Mundwinkel zuckten. Gloria und Nael waren zwar manchmal nervig, aber ich hatte die beiden dennoch gerne um mich herum. Besonders jetzt, wo Elaine nicht mehr da war.

»Wann kommen du und Nael mich denn wieder besuchen? Riley und Tommy würden sich freuen. Vielleicht können wir ja zusammen irgendwo hinfahren?«

»Wenn du bezahlst, fahre ich überall mit dir hin«, sagte sie lachend und holte ihr Handy aus der Tasche. »Ich könnte im Dezember für ein paar Tage vorbeikommen. Vielleicht hat Nael da ja auch Zeit?«

»Zeit für was?«, fragte unser Bruder, der in diesem Moment die Küche betrat.

»Wir wollen Jason bei ihm zuhause auf die Nerven gehen.«

»Oh, dafür habe ich immer Zeit«, sagte er frech grinsend. Ich seufzte auf. Er und Gloria waren sich immer am nächsten von uns Geschwistern gewesen, während ich eine engere Beziehung zu Elaine hatte. Es schmerzte, die beiden so zu sehen, denn es erinnerte mich erneut, dass Elaine nicht mehr da war.

»Ja, wir können einen Trip mit Riley und Tommy machen und dann übernachten?«

»Solange ihr die beiden nicht wieder überzuckert«, grummelte ich, da ich an das letzte Mal zurückdachte, wo Riley noch um zwei Uhr morgens auf dem Bett herumgesprungen war.

»Wir doch nicht«, sagte Nael und nahm sich einen Apfel aus der Schale und biss hinein. Tatsächlich mochte ich die Idee, dass die beiden vorbeikamen. Vielleicht wäre das auch eine gute Möglichkeit, ihnen Cassie vorzustellen. Ich wusste nämlich noch nicht genau, wie ich dieses Thema ansprechen sollte. Denn sonderlich gut auf Mandy, war keiner in der Familie zu sprechen. Was unglaublich schade war, da alle sie damals geliebt hatten. Besonders Gloria hatte sie als große Schwester angesehen.

»Hat sich eigentlich schon jemand wegen Cassie gemeldet?«, wechselte sie das Thema, was mich zusammenzucken ließ. Toll.

Verunsichert fuhr ich mir durch die Haare. Das Telefonat vor ein paar Tagen mit Gloria kam mir in den Sinn, als ich ihr erzählt hatte, dass ich Cassie im Wald gefunden hatte. Jetzt musste ich wohl doch mit ihnen darüber reden. »Cassie?«, fragte unsere Mutter, die ein paar Tomaten für eine Soße würfelte. Außer Gloria hatte ich niemandem von dem fremden Mädchen, das sich als meine Tochter herausstellte, erzählt.

»So ein kleines Mädchen, welches gerade bei Jason wohnt. Er hat sie im Wald gefunden. Crazy story«, fasste sie die Situation zusammen.

»Was? Gott, das arme Ding«, murmelte meine Mutter. »Und? Gibt es was Neues?« Nervös fuhr ich mir über den Dreitagebart. Wie sagte ich das jetzt am besten? Sollte ich schonend beginnen oder die Bombe einfach platzen lassen? Ich entschied mich für die zweite Option. Kurz und schmerzlos.

»Ja. Also das ist eine ganz crazy Geschichte …«, fing ich an und zögerte doch kurz, bevor ich es einfach aussprach. »Sie ist meine Tochter.«

Glorias Augen weiteten sich, Nael verschluckte sich an seinem Apfel und meine Mutter fuhr zu uns herum und ließ ein paar Tomatenstücke durch die Luft fliegen. »Was?«, riefen alle drei gleichzeitig, was mich aufseufzen ließ. Sah so aus, als würde ich hier länger bleiben als erwartet. Als müsste ich ihnen beibringen, dass das Mädchen, welches mir damals das Herz gebrochen hatte, wieder aufgetaucht war. Konnte ich sie in den Plan einweihen, sie wieder in mein Leben zu lassen? Denn je mehr ich darüber nachdachte und über den Schmerz hinweg stieg, desto mehr erwachte ein anderes Gefühl in mir, welches mich verunsicherte: Hoffnung. Ein Gefühl, welches mich sehr schnell brechen und zu Boden bringen könnte, wenn ich nicht vorsichtig war.

Kapitel 32

(Mandys POV)

Sanft nahm ich Cassies Strähne zwischen die Finger und lächelte. Der Druck, der in den letzten Stunden von mir abgefallen war, war unglaublich. Ich fühlte mich wie ein neuer Mensch. Als würde ich unter all dem Gewicht, das nun nicht mehr auf den Schultern lag, wieder atmen können. Natürlich trug ich immer noch mehr als genug Ballast mit mir herum, aber Cassie machte alles wieder gut.

Sie war der Anker in meinem dunklen Leben. Sie war das Licht, welches ich brauchte, um in dieser Dunkelheit sehen zu können. Es klang vielleicht klischeehaft und vermutlich war es nicht sonderlich gesund, sich so sehr auf eine einzige Person zu verlassen. Aber sie war ein Teil von mir. Ich würde ihr alles geben, was sie benötigte; und alles tun, um sie zu beschützen. Cassie öffnete die Augen und sah mich mit einem Lächeln an, woraufhin sie sich enger an mich schmiegte. Ihre Nähe spürend, drückte ich ihr einen Kuss auf den Scheitel, atmete ihren Duft ein und war in diesem Moment der glücklichste Mensch auf Erden.

»Mama?« Gähnend blickte sie zu mir auf. »Ich habe Hunger. Können wir was Essen? Vielleicht hat Vivienne was gekocht?« Vivienne. Jasons Frau. Ein müdes Lächeln bildete sich auf meinem Gesicht, als ich mir durch die Haare fuhr. Es mag vielleicht selbstsüchtig klingen, aber ich war noch nicht bereit, die Frau an Jasons Seite kennenzulernen. Besonders nach der Situation gestern in der Küche. Noch immer fragte ich mich, was das gewesen war. Das Knistern zwischen Jason und mir war mehr als deutlich gewesen. Vivienne zu begegnen, würde mich nur noch mehr aus dem Konzept bringen. Außerdem passte es gar nicht zu dem Jason, den ich kannte, sich jemand anderen zu nähern, während man in einer Beziehung war.

»Wie wäre es, wenn wir was essen gehen, und dann nach Hause? Oma und Opa werden sich freuen, dich zu sehen.« An meine Eltern hatte ich bis zu diesem Zeitpunkt nicht gedacht. Auch von ihnen würde eine Last fallen, sobald ich ihnen erzählt hatte, dass es Cassie gut ging. Nate war ich auch noch einen Anruf schuldig.

»Nach Hause?« Cassie zog skeptisch eine Augenbraue in die Höhe. »Aber das ist doch so weit weg. Und ich will jetzt was essen.« Weit weg? Mit einem Mal wurde mir bewusst, dass Cassie Fresno immer noch als Zuhause ansah.

»Wir leben jetzt hier in Berkeley. Wir haben eine Wohnung.«

Cassies Augen leuchteten auf. »Wirklich? Also kann ich Jason und Riley noch oft sehen?«

»Ja.« Die Tatsache, dass sie Jason mochte, wunderte mich nicht. Es war unmöglich, ihn nicht liebenswert zu finden. Während Cassie ihre Sachen zusammensuchte, ging ich in die

Küche, wo mir direkt ein Post-it in der Mitte der Kücheninsel ins Auge sprang.

Mandy, ich bin unterwegs, den Kopf frei kriegen. Es kann sein, dass Vivienne ebenfalls weg ist. Nimm dir, was du brauchst. Hoffentlich können wir später noch einmal reden. Jason.

Mein Magen zog sich zusammen, als ich seine ordentliche Schrift betrachtete, die den grünen Post-it zierte. Es wäre falsch von mir, hier zu warten, bis er wieder kommen würde. Genauso wie es nicht richtig war, einfach wieder abzuhauen. Besonders, da er jetzt wusste, dass er eine Tochter hatte. Kurzerhand griff ich nach dem Stift auf der Kücheninsel und hinterließ ebenfalls eine Nachricht.

Jason. Ich glaube, wir brauchen beide gerade etwas Zeit. Wenn du bereit dafür bist, die nächsten Schritte zu besprechen, kannst du dich gerne melden. Mandy.

Darunter hinterließ ich zögerlich meine neue Handynummer. War ich bereit, ihn wieder vollends in mein Leben zu lassen? Wissend, dass er glücklich mit einer anderen war? Eher nicht. Aber was für eine Wahl blieb mir? Erneut verschwinden und ihn damit quälen, seine Tochter nie kennenzulernen? Nein. Das konnte ich nicht. Es wäre ihm und Cassie gegenüber nicht fair. Ich würde wohl damit klarkommen müssen, dass Cassie bald, wenn Jason denn wollte, neben einem Vater, noch eine Stiefmutter haben würde. Bei dem Gedanken verzog ich das Gesicht zeitgleich mit meinem Herzen.

»Kann Oma mir dann Kekse backen?«, riss mich Cassie aus den Gedanken.

»Oma wird dir alles backen, was du willst.«

Nachdem ich Cassies Großeltern angerufen hatte, machten wir uns auf den Weg nach Hause. Da mein Handy über Nacht bereits vollgeladen war, war es leicht, nach Hause zu finden.

Jasons Kleidung hatte ich im Badezimmer gelassen, da meine Anziehsachen über Nacht getrocknet waren. Es war schwer zu leugnen, dass ich das T-Shirt am liebsten mitgenommen hätte. Noch immer stieg mir sein unwiderstehlicher Duft in die Nase, was mich aufseufzen ließ. Die goldene Sonne strahlte durch die Fenster des Flures. Nate hatte uns jeweils ein Apartment im selben Gebäudekomplex besorgen können. Meine Mutter öffnete die Tür und als sie ihre Enkelin entdeckte, flossen ihr Tränen der Erleichterung wie kleine Perlenschnüre über die Wangen und benetzten sanft das Lächeln auf dem Gesicht. Cassie schmiss sich in ihre Arme und es war, als ob ein Regenbogen des Glücks über unseren Köpfen erstrahlte und all die dunklen Wolken der Vergangenheit vertrieb. Wenn auch für einen kurzen Moment. Nach einigen Sekunden, in denen Cassie von ihrer Großmutter nicht losgelassen werden wollte, gingen wir ins Wohnzimmer.

»Ich habe Kekse gebacken. Sie sind im Backofen. Bald sollten sie fertig sein.« Und schon war sie in der Küche verschwunden.

»Siehst du, ich habe doch gesagt, du bekommst Süßes.« Das Kichern aus ihrem Mund klang wie Musik in meinen Ohren. Wie hatte ich die letzten Tage nur ohne sie überleben können?

Der verlockende Geruch von Zimt und Vanille erfüllte den Raum, als Cassie mit leuchtenden Augen nach einem Gebäckstück griff, das ihre Oma ihr vor die Nase hielt.

Sie biss in den knusprigen Teig und schloss ihre Augen vor Genuss. Mit einem Lächeln fuhr ich ihr über den Hinterkopf.

»Was ist passiert?«, wollte meine Mutter daraufhin wissen, doch bevor ich antworten konnte, klingelte mein Handy.

Verwirrt blickte ich auf die unbekannte Nummer, als ich mich entschuldigte und ins Badezimmer trat, um den Anruf entgegenzunehmen. »Ja?«

»Wird das jetzt immer so zwischen uns laufen? Du verschwindest einfach?« Jason.

»Ich bin nicht verschwunden.«

Sein bitteres Lachen drang tief in meine Seele. »Ach ja? Also kam ich nicht erneut nach Hause und habe festgestellt, dass du nicht da bist? So wie vor acht Jahren?«

»Ich habe dir eine Nummer dagelassen.«

»Die ich nach einer halben Stunde entdeckt habe. Ich argh -. Tut mir leid. Ich bin einfach durcheinander.«

»Denkst du, ich nicht? Wie ist Cassie überhaupt bei dir gelandet?« Diese Frage schwirrte mir schon seit einer Weile im Kopf herum.

Kurze Stille, bevor er antwortete: »Ich habe sie im Wald gefunden.«

Mein Herz raste bei dem Gedanken an Cassie allein im Unbekannten. Wie war sie dort hingekommen? Was war ihr zugestoßen? »Wieso hast du nicht auf mich gewartet?«, durchbrach sein Flüstern die Gedanken.

»Cassie und ich sind zu meinen Eltern gefahren. Die waren krank vor Sorge um ihre Enkelin, genau wie ich.«

»Okay.« Stille. Keiner von uns wusste genau, was er sagen sollte. »Wie geht es jetzt weiter?«, fragte er nach einigen Sekunden des Schweigens.

»Was erwartest du denn?«, stellte ich die Gegenfrage. »Willst du Teil von Cassies Leben sein?«

»Ja.« Auch wenn ich damit gerechnet hatte, so durchflutete mich dennoch eine Wärme und Erleichterung. Er wollte sie.

»Gib uns etwas Zeit …«

»Zeit? Mandy. Ich habe bereits acht Jahre mit ihr verloren.« Nervös kaute ich auf der Unterlippe. Er hatte ja recht. Es wäre unmenschlich, ihn weiterhin von seiner Tochter fernzuhalten.

Auch wenn er meine Nummer hatte, so war ich diejenige, die den nächsten Schritt wagen musste.

»Wenn du möchtest, kann ich dir Cassie regelmäßig vorbeibringen. Du hast ein Recht, sie zu sehen und kennenzulernen, wenn du möchtest. Nur … lass sie nicht aus den Augen.« Erneute Stille.

»Ich will nicht nur sie wieder in meinem Leben haben.« Ein Kribbeln durchfuhr mich bei seinen Worten. Wie genau meinte er das? Wollte er nur die Mutter seiner Tochter wieder im Leben haben oder erwartete er mehr? Nein. Mehr war nicht möglich. Ich würde mich nicht zwischen ihn und Vivienne stellen.

»Wir wissen beide, dass das keine gute Idee ist.«

»Tun wir das? Wie kommst du zu der Annahme?« Seine Stimme war einem Flüstern gewichen, was mir ins Mark und Bein rannte.

»Können wir das wann anders besprechen?«

Ein enttäuschtes Seufzen entwich ihm, als er antwortete: »In Ordnung. Wann kann ich Cassie sehen?«

»Kann ich dir noch schreiben?«

»Du kannst mir immer schreiben.« Eine altbekannte Wärme durchflutete mich bei seinen Worten. Auch wenn mein Herz bei dem Gedanken einen Hüpfer machte, ihn wieder öfter zu sehen, so war ich mir sicher, dass es mehr und mehr brechen würde, bei dem Anblick von ihm mit einer anderen Frau.

Kapitel 33

(Nates POV)

Müde warf ich einen Blick auf die Akte vor mir. Die Uhr tickte, was mich beunruhigte. Die Zeit lief und ich konnte nichts tun, um sie zu stoppen. Dieses Gefühl von Machtlosigkeit zerfraß mich. Ich hasste es, nichts tun zu können. Ständig hatte ich Mandys aufgelöste Gestalt vor meinem inneren Auge und konnte weder mein Gewissen noch den viel zu schnellen Schlag meines Herzens beruhigen. Mehr als einmal hatte ich mit dem Gedanken gespielt, sie einzuweihen. Darüber, wer sie wirklich war und dass es Malcolm Lightwood auf sie abgesehen hatte. Aber ich hatte dies einfach nicht übers Herz gebracht. Wie denn auch? Sie war bereits traumatisiert genug. Und da sollte ich ihr noch beichten, dass Annie ihretwegen gestorben war? Keine Chance.

Frustriert fuhr ich mir durch die Haare und ließ den Blick über das improvisierte Büro hier in Berkeley schweifen. In der Mitte des Raumes befand sich ein einfacher Schreibtisch, auf welchem mein Laptop aufzufinden war. Er stellte eine wichtige Verbindung zur Zentrale dar, welche mir den Zugriff auf verschlüsselte Datenbanken und Informationen ermöglichte. Auch wenn er momentan streikte und ich nicht in der Lage war, die neusten Anzeigen der Polizei zu überprüfen. Die Zentrale war bereits dabei, das Problem zu lösen. Nicht nur dieser Laptop schien seit gestern auf die Barrikaden zu gehen.

Ein Regal an der Wand beherbergte eine Sammlung an Akten, die ich aus dem Büro in Washington zugeschickt bekommen hatte. Versteckt hinter einer unscheinbaren Fassade befanden sich einige spezialisierte Ausrüstungsgegenstände - Abhörgeräte, Taschenlampen und Werkzeuge.

Ein Klopfen an der Tür riss mich aus den Gedanken. »Herein«, rief ich und schloss die Akte. Jake betrat das Büro mit einer Tasse Kaffee in der Hand. »Was gibt es?«, fragte ich, als er sich müde vor mich auf den Stuhl setzte. Auch wenn man es ihm häufig nicht ansah, lag eine große Last auf seinen Schultern. Meistens überspielte er dies mit seinen Witzen oder einer gewissen Leichtigkeit, von der ich bis heute noch nicht sicher war, wo er die herbekam.

Er fuhr sich durch seine zerzausten Haare. »Ich-« Das Leuchten meines Displays unterbrach ihn. Ein Blick darauf verriet mir, dass es Mandy war. Ich hob entschuldigend die Hand und nahm ab. Mein Herz raste, als ich ihren Namen sah. War etwas passiert? War sie in Gefahr?

»Hallo?«, hob ich ab und schloss die Augen. Ich brauchte gute Neuigkeiten. Noch mehr schlechte Nachrichten diese Woche, konnte ich nicht mehr verkraften.

»Nate?« Sofort analysierte ich ihre Stimme. Sie klang erfreut, nicht niedergeschlagen oder verzweifelt.

»Hallo, Nate«, ertönte eine weitere Stimme und mein Herz setzte einen Moment aus. »Wann kommst du uns mal wieder besuchen?«

»Cassie?«, fragte ich und eine unglaubliche Last fiel mir von den Schultern. Was zum Henker?

»Ja«, kicherte sie. »Danke, dass du auf Mama aufgepasst hast, solange ich weg war.« Wärme breitete sich in mir aus. Cassie war zwar nicht meine Tochter, aber sie war die Enkeltochter von Jonathan und Camilla, die wie Eltern für mich gewesen waren. Erneut sah ich mein zwölfjähriges Ich kniend vor Jonathan, die Hände voller Blut. Seinem Blut.

»Ich … gerne geschehen. Ist deine Mama noch dran?«

»Ja, ich wollte nur danke sagen.« Dann verschwand sie vom Hörer und Mandys Stimme tauchte wieder auf.

»Mandy, was-«

»Ich habe sie wieder, Nate«, flüsterte sie und ich kam nicht umher, zu lächeln.

»Was ist passiert?« Sie seufzte auf.

»Sie war die ganze Zeit bei Jason.«

Verwirrt hob ich eine Augenbraue an. »Jason?«

»Ja, ihrem Vater. Jason Taylor. Erinnerst du dich noch an ihn?« Natürlich tat ich das. Vor allem an Mandys verzweifeltem Blick, als sie ihn verlassen musste. Wie um alles in der Welt war Cassie ausgerechnet bei ihm gelandet? Wie war das möglich?

»Das ist … ein unglaublich großer Zufall.«

»Ist es das, Nate? Irgendwas stimmt an der ganzen Sache nicht. Ich mache mir große Sorgen« Ja. Ich mir auch. Und sie hatte Recht. Irgendwas an der ganzen Sache stank gewaltig. »Er hat eins und eins zusammengezählt und weiß, dass es seine Tochter ist.« Na toll.

»Das ist nicht gut. Aber noch können wir uns nicht sicher sein. Wir haben keine klaren Hinweise darauf, dass Malcom was mit der Sache zu tun hat. Jedoch würde ich gerne etwas arrangieren, das dich außer Reichweite schafft. Ich fürchte, Berkeley ist keine gute Idee. Ein paar Kontakte habe ich noch in Deutschland sowie Frankreich. Es wird Zeit, euch aus den Staaten zu schaffen.« Sie konnte hier nicht bleiben. Besonders nicht jetzt, wo Jason von seiner Tochter wusste.

»Was? Nein! Ich gehe hier nicht weg.« Ich seufzte auf. Es war immer dasselbe Spiel. Aber sie konnten hier nicht bleiben. Und das wusste sie auch.

»Kimberly-«

»Nenn mich nicht so«, fauchte sie genervt. »Ich heiße Mandy und das weißt du auch.« *Wenn dem doch nur so wäre*. Ich biss mir auf die Lippe. »Ich geh hier nicht weg. Nate. Ich schaff das nicht, ihn jetzt gehen zu lassen; ihm erneut seine Tochter wegzunehmen.«

»Will er das denn? Sie kennenlernen?«

»Ja. Deswegen, Nate: Ich kann hier nicht weg. Nicht jetzt. Es würde mich brechen. Außerdem …« Mein Gesicht verzog sich bei ihrem entschlossenen Ton. Wenn sie diesen anschlug, dann hatte sie bereits eine Entscheidung getroffen und es war schwer, sie davon abzubringen. Und ich war mir nicht sicher, ob es mir gefallen würde. »Ich will ihm alles erzählen.« Da hatte ich die Antwort: Es gefiel mir ganz sicher nicht. »Mandy-«

»Ich weiß, was du jetzt sagen wirst, aber ich werde es tun.«

»Mandy! Er ist ein halbwegs berühmter Musiker. Wenn du was mit ihm anfängst und in die Presse gerätst, dann wird das dein Untergang sein«, versuchte ich, sie zu überzeugen.

»Ich will doch nichts mit ihm anfangen …« Ihre Stimmlage sagte jedoch was ganz anderes. »Ich will einfach nur ein normales Leben.« Ich seufzte auf. Wir wussten beide, dass dies nicht möglich war. Seit dem Tag, als ihre Eltern gestorben waren, hatte sie keine Chance auf ein normales Leben. Ganz besonders nicht mit einem berühmten Musiker! Das war nicht gut. Gar nicht gut.

»Sobald ich mit Jake besprochen habe, wie es weiter geht, melde ich mich, in Ordnung?«

»Okay. Und, Nate? Ist es möglich, mir einen Job zu finden?«

»Was?«

»Ja, ich würde sehr gerne, wenn möglich, wieder arbeiten gehen. Ich vermisse es, Kinder um mich zu haben.«

Ein Lächeln legte sich um meinen Mund. »Ich werde sehen, was sich machen lässt.« Sie legte auf und ich fuhr mir durch die Haare und blickte zu Jake, der mich interessiert beobachtet hatte. »Cassie ist wieder aufgetaucht.«

»So viel habe ich auch mitbekommen. Wie? Und wo?«

»Nicht ganz sicher. Ich werde zu Mandy fahren, um mit ihr die Zukunft zu besprechen. In Berkeley kann sie nicht bleiben.«

»Tatsächlich würde ich dir hier widersprechen.«

»Was? Wieso?«

Er breitete eine Akte auf dem Tisch aus. »Der Grund, wieso ich zu dir ins Büro wollte. Andrews hat mich aus Chicago angerufen und mir diese Daten zu einem Fall geschickt, der sich gestern in Downtown abgespielt hat.« Schnell scannte ich die Dokumente, die Jake mir vorgelegt hatte, und erkannte, dass es sich um einen Mord handelte, was nichts Ungewöhnliches wäre, bis ich auf ein wichtiges Detail stieß.

»Padouk Holz.«

»Es wurde am Tatort gefunden. Sein Markenzeichen. Dieser Fall hat sich in Chicago ereignet. Und ich habe mich etwas im Internet ausgetobt …« Erneut fanden Zettel befüllt mit Informationen die Arbeitsfläche. »Fünf Kindesentführungen in den letzten zwei Monaten innerhalb Fresno. Vielleicht war es eine ganz normale Entführung?« Skeptisch versuchte ich, einen Überblick mit diesen neuen Informationen zu erhalten.

»Und dann landet sie ganz zufällig bei ihrem Vater?«

Jake zuckte mit den Schultern. »Right moment, right time?«

»Aber was wollte der Entführer? Es gab keine Lösegeldforderung oder Ähnliches.«

»Du weißt genau wie ich, dass es deutlich mehr verstörende Gründe gibt, wieso Kinder entführt werden.« Schwer schluckend blickte ich auf das Bild eines kleinen Mädchens, welches laut Artikel bereits seit drei Monaten vermisst wurde. Diese Menschen waren mir unbegreiflich. Wie konnte man dies einem Kind antun? »Wenn Malcolm also gerade in Chicago ist, hat er keine Ahnung, wo sie ist, und Berkeley ist gerade ein sicherer Ort.«

»Ich weiß nicht.«

»Nate. Sie ist bereits durch so viel gegangen. Lass sie etwas leben, bevor alles wieder zusammenbricht.« Seufzend gab ich nach. Jake lag nicht im Unrecht mit seinen Vermutungen. Wir hatten keine Beweise, dass Malcolm derjenige war, der Cassie entführt hatte. Auch wenn es mir nicht passte, aber vielleicht war alles wirklich ein großer Zufall? Schicksal? Dass sie ausgerechnet bei ihrem Vater wiedergefunden wurde?

»Mein Freund Declan ist Schulleiter an der Berkeley International und schuldet mir noch einen Gefallen. Lehrer werden bekanntlich immer gesucht. Ich werde ihn anrufen und sehen, was sich einrichten lässt. Vielleicht hilft es ihr, wenn sie hier wieder Arbeit finden kann«, schlug ich vor. Alles an der Situation machte keinen Sinn für mich und ich betete, dass wir es lösen konnten, bevor mehr Menschen verletzt werden würden. Denn auch wenn Malcolm nicht hier in der Nähe war, so war er dennoch nach vier Jahren wieder auf der Bildfläche erschienen.

Kapitel 34

(Mandys POV)

»Nun, ich schulde Nate noch einen Gefallen und Sie scheinen bereits einiges an Erfahrung zu haben. Ich werde mich bei Ihnen melden, aber Ihre Unterlagen sehen vielversprechend aus«, sagte der nette Mann zu mir, bevor er mir seine Hand reichte, welche ich annahm und lächelnd zudrückte. Trotz der verwirrten Gefühle hatte ich das Vorstellungsgespräch - meiner Meinung nach - ganz gut gemeistert. Auch wenn Jason mir ständig durch die Gedanken spukte. Noch immer konnte ich das Kribbeln spüren, das mich durchfahren hatte, als er seine Hand auf meine gelegt hatte. Mir so unglaublich nah gekommen war. Verdammt. Ich hatte ihn so sehr vermisst.

Doch in dem Moment, als ich hier saß, vor der Schulleitung der Berkeley International School, musste ich in der Lage sein, all dies in den Hintergrund zu drängen. Glücklicherweise hatte Nate Beziehungen, die mir die Möglichkeit auf eine Arbeitsstelle verschafften. Wehmütig wanderten meine Gedanken zu all den Drittklässlern in Fresno, die ich einfach ohne Abschied verlassen musste. Genau wie Marie; sie hatte es vermutlich am schlimmsten getroffen. Manchmal hatte ich das Gefühl, dass unsere Zusammenarbeit das Einzige gewesen war, was sie bei Sinnen gehalten hatte. Kein Wunder, wenn sie sich auch dazu entschlossen hatte, die Vorschulklasse zu unterrichten. Die Drittklässler waren da dann doch etwas leiser als ihr Haufen von quengelnden Kindern, die es oftmals nicht schafften, rechtzeitig auf Toilette zu gehen. Ein Grinsen umspielte meine Lippen, als ich an Marie auf der Arbeit dachte. Es war eine tolle Zeit gewesen. Ob die Schulleitung rechtzeitig jemanden gefunden hatte, um mich zu ersetzten? Der Lehrermangel in diesem Land war deutlich zu spüren. Besonders an öffentlichen Schulen.

Mein Blick wanderte nach draußen zu dem Pausenhof, der ein Traum für jedes Kind war. Neben drei Wippen und zwei Schaukeln ragte in der Mitte eine große Kletterspinne, die jedes Kinderherz höherschlagen ließ. Und dies war nur ein Teil, den man vom Büro aus erkennen konnte. Es war nichts im Vergleich zu dem kaputten Baumhaus in der Schule in Fresno; um welches sich teilweise 300 Kinder gestritten hatten. Privatschulen waren eigentlich nicht der Ort, wo ich mich sah, aber Nate war der Ansicht, dass diese Schule ein hervorragendes Sicherheitssystem besaß und er sich weniger Sorgen machen musste. Außerdem war Declan ein langjähriger Freund von ihm und ich war dankbar für jeden Job, den Nate mir momentan besorgen konnte.

»Vielen Dank.« Mit einem Lächeln stand ich auf. Wenn alles gut lief, würde ich bald die Vertretung einer zweiten Klasse übernehmen, da die momentane Lehrkraft Ms. Koley krankheitsbedingt ausfiel.

»Soll ich Sie noch nach draußen begleiten?«, fragte er freundlich, doch ich schüttelte den Kopf.

»Ich denke, das sollte kein Problem sein. Vielen Dank.« Ich betrat den leeren Flur und begab mich nach draußen. Zumindest nach links, wo ich den Ausgang vermutete.

Nach fünf Minuten des Herumirrens, stellte ich jedoch fest, dass es doch ein Problem darstellte. Die rote Wand mit den zahlreichen Trophäen, an der ich bereits vor ein paar Minuten vorbeigelaufen war, baute sich vor mir auf. Genervt drehte ich mich im Kreis. Wo war denn hier der Ausgang?

»Kann ich dir helfen?« Eine Stimme ertönte, die mich erschreckte. Mit der Hand auf der Brust drehte ich mich um und erkannte eine dunkle Gestalt auf dem spärlich beleuchteten Flur. »Tut mir leid, ich wollte dich nicht verängstigen«, sagte die männliche Person. Er kam näher, was es mir ermöglichte, sein Profil, das mir bekannt vorkam, zu betrachten. Diese blonden, leicht gelockten Haare und diese grünen Augen hatte ich schon mal gesehen. Aber wo nur?

»Ich ehm … ich war hier nur zu einem Vorstellungsgespräch, aber jetzt finde ich nicht mehr raus«, sagte ich und fuhr mir verlegen durch die Haare.

Er blinzelte und legte den Kopf schief. In seinen Armen hatte er einen Stapel voll Papier. Vermutlich Aufgaben für seine Schüler. Sein Blick musterte mich von oben bis unten, bevor sich ein Lächeln auf seinen Lippen bildete. »Ja, verständlich. Ich bin auch erst seit ein paar Wochen hier, aber habe oft noch Schwierigkeiten, mich zurecht zu finden. Aber den Weg nach draußen kann ich dir gerne zeigen.« Dankbar nickte ich und folgte ihm. Dabei versuchte ich krampfhaft, mich daran zu erinnern, woher ich ihn kannte. Oder sah er nur jemandem ähnlich? »Dann sind wir also bald Kollegen?«, fragte er, während ich ihm weiterhin in den dunklen Gang folgte.

»Na ja, noch ist nichts offiziell«, gab ich von mir und folgte ihm durch eine schwere eiserne graue Tür.

»Glaub mir, bei dem Lehrermangel werden sie dich mit einem Handkuss aufnehmen«, sagte er schmunzelnd und betrachtete mich von der Seite.

»Ich bin übrigens Kimberly. Kimberly Wilson.«

Er lächelte kurz auf. »Ich weiß.« Ich erstarrte in der Bewegung. Es stimmte also. Wir kannten uns. Aber woher? Panik machte sich in mir breit. Das war nicht gut. Gar nicht gut. Zitternd ließ ich die Hand zum Handy wandern. Ich hätte nicht allein herkommen sollen.

»Ich fühle mich schon etwas verletzt, dass du dich nicht an mich erinnerst«, sagte er gespielt beleidigt. »Dabei hast du dich doch so toll um meine blutende Nase gekümmert.« Blutende Nase? Mit einem Mal ging mir ein Licht auf.

»Todd?«, fragte ich verwirrt, woraufhin er ebenfalls perplex dreinschaute.

»Todd? Wer ist Todd? Du warst wohl besoffener, als ich dachte.« Er reichte mir seine Hand. »Jackson. Jackson White.« Ach, stimmt. Todd hatte ich ihn bloß in Gedanken getauft. »Der Typ, mit dem du noch vor ein paar Wochen betrunken rumgemacht hast.« Seine Augenbrauen wackelten anzüglich. Verschwommen erinnerte ich mich daran, wie wir uns geküsst hatten und Brandon ihm darauf eins auswischte. Was machte er hier? »Du siehst aus, als hättest du einen Geist gesehen«, bemerkte er. Auch wenn er mir nicht das Gefühl gab, dass er mir etwas antun wollte, pochte das Herz in meiner Brust. Seine Anwesenheit war unvorteilhaft und verwirrte mich. Ich musste dringend Nate anrufen. Hieß dies, dass ich nicht hierbleiben konnte? Musste ich schon wieder umziehen? Vielleicht machte es sogar Sinn. Immerhin war ich hier ebenfalls Jason über den Weg gelaufen.

»Ich bin nur leicht verwirrt. Ich habe nicht erwartet, dich wieder zu sehen«, gab ich zu.

»Ich war bloß einen Kumpel in Fresno besuchen. Aber ich wohne hier in Berkeley.« Ah, das machte natürlich Sinn. »Mein Kumpel ist erst vor ein paar Wochen zum Arbeiten dort hingezogen und ich dachte, ich statte ihm einen Besuch ab.« Erleichtert atmete ich etwas aus. Das hieß, er kannte niemanden in Fresno? Moment - er kannte Brandon. Brandon hatte auf ihn eingeschlagen.

»Aber du kanntest Brandon, richtig?«, fragte ich zögerlich.

»Deinen Ex, der mich zusammengeschlagen hat? Ja, wir kennen uns schon eine Weile. Unsere Vergangenheit ist etwas kompliziert. Mir war nicht bewusst, dass er sich in Fresno befindet. Momentan bin ich nicht unbedingt seine Lieblingsperson.« Er sah grinsend zu mir zu mir. »Besonders nicht, nachdem ich mit dir rumgemacht habe. Ich muss schon sagen, es war für mich persönlich ein ziemlicher Glücksgriff, dass ausgerechnet *du* Brandons Ex warst«, sagte er und ließ seine Augenbrauen anzüglich hoch und runter wandern.

»Es ist nur … ich bin von Fresno weg, um einen Neuanfang zu wagen und Brandon-«

»Soll nicht wissen, wo du bist?«, fragte er mit einem charmanten Lächeln, das vermutlich so manche Frauenherzen höherschlagen lassen konnte. Mein Nicken ließ ihn auflachen. »Da brauchst du dir echt keine Sorgen zu machen. Brandon und ich sind uns gerade über ein paar Dinge uneinig und haben uns gerade nicht viel zu sagen. Ich besitze nicht die geringste Intention, ihm zu sagen, wo du dich vor ihm versteckst.« Auch wenn mich Jacksons Anwesenheit verwirrte, atmete ich erleichtert aus. Vermutlich war ich einfach nur paranoid und es war alles ein großer Zufall. Zu viel Nachdenken konnte ich schon immer ganz gut. Wir bogen nach links ab und ich konnte den Ausgang ausmachen. Ganz gentlemanlike öffnete er mir die Tür. Die kühle Luft drängte sich in meine Lunge, als ich einen tiefen Atemzug nahm. »Ich muss noch etwas erledigen. Aber vielleicht sieht man sich ja bald wieder, Kollegin.« Bevor ich etwas erwidern konnte, war er bereits im Gebäude verschwunden und ließ mich allein mit den Gedanken zurück. War dies wirklich nur ein Zufall? Oder steckte mehr hinter der ganzen Geschichte?

Kapitel 35

(Jasons POV)

»Du siehst echt scheiße aus«, begrüßte mich Toby, mein Manager, während er mir einen warmen Kaffee reichte. Augenrollend trank ich einen Schluck dieser himmlischen Flüssigkeit. Wer auch immer auf die Idee gekommen war, aus Kaffeebohnen ein Getränk herzustellen, hatte meinen ewigen Dank verdient.

»Dir auch einen schönen Montag«, murmelte ich und setzte mich grummelnd auf einen Sessel im Tonstudio.

Wie schon vor acht Jahren, hatte mir Mandy in den letzten Tagen schlaflose Nächte bereitet. Wieso meldete sie sich nicht? Sollte ich den ersten Schritt wagen? Aber sie war diejenige, die Zeit brauchte. Oder war dies nur ein Vorwand, damit sie mit Cassie verschwinden konnte? Noch immer konnte ich nicht fassen, dass sie tatsächlich *meine* Tochter sein sollte. Ich sollte wütend sein. Aber jedes Mal, wenn ich dies versuchte, musste ich an den Moment in der Küche denken. Wo ich sie beinahe geküsst hätte. Wieso hatte ich es nicht einfach getan? Dann würde mich jetzt der Gedanke, ob es sich noch genauso gut wie damals anfühlte, nicht wahnsinnig machen. Denn alles, woran ich denken konnte, waren ihre rosigen leicht geöffneten Lippen.

Genervt stöhnte ich auf. Was war nur los mit mir? Wieso war ich so? Wie konnte es sein, dass ich so wenig Wut empfand? Immerhin hatte sie mir unsere Tochter vorenthalten. Mein Blick fiel auf den Sperrbildschirm, wo mir eine strahlende Cassie entgegenlächelte. Vermutlich nahm die Hoffnung auf ein Leben mit Cassie und Mandy einfach überhand. Was jedoch immer noch nicht erklärte, wieso Mandy mir nichts gesagt hatte. Wieso sie einfach abgehauen war.

»Hey, Erde an Jason«, rief Toby und fuchtelte mit seinem Arm vor meinem Gesicht herum. Ich riss die Augen auf und blickte in Tobys Gesicht, das mich interessiert musterte.

»Okay, wie ist ihr Name?«

»Was? Wessen Name?«, fragte ich verwirrt.

»Von dem Mädchen, an das du gerade gedacht hast.«

»Wie kommst du darauf, dass ich an ein Mädchen gedacht habe?« Verlegen wich ich seinem Blick aus und nippte an dem Kaffeebecher. War es wirklich so offensichtlich?

»Ich bin doch nicht blöd. Du bist vollkommen neben der Spur und ich wette, du hast kein Wort von dem gehört, was ich dir vorhin erzählt habe, oder?« Er hatte mir was erzählt? Oh. Betroffen fuhr ich mir durch die Haare.

»Ehm, ich habe tatsächlich nicht zugehört«, murmelte ich.

»Na sag ich doch. Also, wie heißt sie?«

»Mandy«, gab ich seufzend zu. Es hatte keinen Sinn mehr, es zu leugnen. Sie bestimmte meine Gedanken und Gefühle. Alles, was ich tat und dachte, führte auf sie zurück. Und ich war mir noch nicht sicher, ob ich es lieben oder hassen sollte. Ich wollte sie um mich haben, jeden Tag und jede Nacht, aber zu selben Zeit waren da die Gedanken an all den Schmerz, den sie mir zugefügt hatte.

»Mandy, also? Ist sie die Inspiration für deine neuen Lieder?«, fragte er. Wenn er nur wüsste, dass sie ebenfalls die Inspiration für alle alten Lieder war.

Ich zuckte mit den Schultern. »Könnte gut möglich sein.«

Toby grinste. »Na dann freue ich mich schon auf deine neuen Hits. Willst du den fertigen Song hören, den wir letzte Woche aufgenommen haben? Wie du weißt, ist das Release Date nächsten Donnerstag. Übrigens solltest du dich wieder mit Chantal in Verbindung setzen. Sie braucht neue Aufnahmen von dir für deinen TikTok-Account. Dein Lied geht dort gerade richtig ab, wir haben schon ein paar tausend Pre-Saves.« Chantal war Marketing- und Social Media Managerin, während Toby für alles Musikalische zuständig war. Kein Post ging ins Netz, bevor sie ihn genehmigt hatte. »Sie hat dir auch in ein paar Wochen ein Interview in einer Radiosendung klar machen können. Deine Online-Präsenz könnte wirklich besser sein.« Seufzend lehnte ich mich in die Couch. Ich war wirklich nicht der größte Fan davon, mein Gesicht aller Welt zu zeigen. Musik war das, was mich glücklich machte, und nicht über das Privatleben oder sonst was zu reden. Aber mir war bewusst, dass dies ein wichtiger Schritt für einen Teil meiner Karriere sein würde. Nachdem ich Chantal vor zwei Jahren kennenlernte, hatte sie beinahe alles für mich übernommen, sodass ich mich mehr auf die Musik fokussieren konnte.

Für den Rest des Tages zeigte ich Toby, woran ich gerade arbeitete, Chantal kam ins Studio, um ein paar Aufnahmen von mir zu machen und erzählte mir mehr von der Radio Show, welche sie für mich angesetzt hatte. Es war bereits einige Zeit her, dass ich ein Interview gegeben hatte, und Chantal erinnerte mich daran, dass es jetzt, nach dem Release der nächsten Single, wieder an der Zeit wurde, mehr an die Öffentlichkeit zu gehen. Meine Smartwatch vibrierte und zeigte eine Nachricht von Mandy an, was mein Herz direkt schneller schlagen ließ. Sie hatte mir ein Bild von Cassie gesendet, auf dem sie mit einer Tasse in der Hand grinsend in die Kamera schaute, während ihre Lippen ein Milchbart zierten.

Mandy: »*Kannst du mir mal bitte sagen, was du in deine angebliche Heiße Schokolade packst? Cassie redet nur darüber und alles, was ich mache, schmeckt nicht wie deine.*

Cassies Anblick und Mandys Nachricht erwärmten mein Herz. Grinsend tippte ich eine Antwort.

Ich: »*Bei deinen Kochkünsten wundert mich das nicht.*«

Mandy: »*Sagt der, der nicht einmal Nudeln kochen konnte.*«

Ich: »*Hey, mittlerweile kann ich sogar Pancakes backen.*«

Mandy: »*Na, weiß ich nicht, ob ich die essen würde. Beim letzten Mal hast du Salz und Zucker vertauscht.*«

Ich: »*Ich glaube noch immer, dass Gloria das damals vertauscht hat, um einen ihrer dummen Streiche zu spielen.*«

Mandy: »*Daran, dass die schwarz wie Kohle waren, war sie aber nicht schuld.*«

Jason*:* »*Nein, das war deine Schuld.*«

Mandy: »*Inwiefern war bitte ich daran schuld?*«

Ich: »*Du sahst in meinem T-Shirt einfach unglaublich heiß aus, sodass ich die Finger nicht von dir lassen konnte, und somit die Pancakes vergessen habe.*«

Mittlerweile grinste ich über beide Ohren. Der Anblick von ihr in meinen T-Shirts hatte mir schon immer gefallen. Besonders, wenn es das Einzige war, das sie trug. Sie tippte eine Weile, hörte auf und tippte wieder.

Mandy: »*Dann muss ich wohl, wenn du wieder Pancakes machst, dick eingepackt in einem Hoodie und einer Jogginghose dasitzen.*« Diese Nachricht ließ mein Herz flattern, da sie andeutete, dass es ein nächstes Mal gab.

Jason: »*Oder ich stelle mir einfach einen Timer, damit ich die Pancakes nicht vergesse.*«

Kapitel 36

(Mandys POV)

Nervös betrat ich das Lehrerzimmer der Berkeley International School. Es war schon wieder eine neue Umgebung mit neuen Menschen. Man sollte denken, dass ich mich nach all den Jahren daran gewöhnt hatte, aber dies war nicht der Fall. Jedes Mal wurde ich unglaublich nervös und wünschte mich wieder ins warme Bett. Ich wollte nicht wieder raus ins Ungewisse. Vor ein paar Tagen hatte ich die Zusage für eine Stelle als Vertretungslehrerin erhalten, mit dem Versprechen, dass Cassie in ein paar Tagen auch an diese Schule kommen konnte. Lächelnd sah ich meine neuen Kollegen an und setzte mich auf einen freien Stuhl - unsicher, ob es hier so etwas wie eine Sitzordnung gab.

»Hey«, sagte eine Frau mit schwarzen welligen Haaren an mich gewandt. »Du musst die neue Vertretungslehrerin sein?«

Ich nickte lächelnd. »Kimberly Wilson.«

»Nett, dich kennenzulernen. Ich bin Ariel Darktree.« Sie streckte mir die Hand zur Begrüßung entgegen, welche ich händeschüttelnd annahm.

»Freut mich«, sagte ich und musterte sie. Sie war etwas älter als ich. Vielleicht 29? Die Sommersprossen auf ihrem Gesicht brachten ihre braunen Augen gut zur Geltung.

»Ich freu mich so, dass du hier bist. Jetzt muss ich nicht mehr so oft vertreten. Lass dir gesagt sein: Eine eigene Klasse und dann noch Vertretung? Manchmal glaube ich, die denken, wir hätten kein Leben außerhalb der Schule«, sagte sie lachend und drehte sich in ihrem Drehstuhl, um nach ihrer Kaffeetasse zu greifen. Als sie einen Schluck nahm, verzog sie das Gesicht, was mich leise auflachen ließ.

»Lass mich raten: Der Kaffee ist kalt?«

Sie seufzte auf. »Daran werde ich mich wohl nie gewöhnen können. Egal, wie oft ich mir neuen Kaffee eingieße, am Ende trinke ich ihn dann doch kalt.« Nun lachte ich lauter.

»Ja, das kenne ich nur zu gut. Da hat man sich gerade frischen Kaffee geholt und nach dem ersten Schluck ist man damit beschäftigt, ein Kind daran zu hindern, einen Kopfstand auf dem Tisch zu machen.« Nun war Ariel an der Reihe aufzulachen.

»Ja, genau! Mal sehen, wie lange ich hier noch durchhalte. Ist echt ein Knochenjob.« Da musste ich ihr recht geben. Dennoch freute ich mich darauf, wieder mit Kindern zu arbeiten. Das Geld, was zusätzlich wieder auf mein Konto fließen würde, war auch ein netter Bonus. Dank Jason hatte ich Cassie wieder und konnte mich erneut auf die Arbeit konzentrieren. Bei dem Gedanken an Jason zogen sich meine Mundwinkel etwas nach oben. Wir hatten gestern Abend noch geschrieben und es hatte sich so befreiend angefühlt.

»Kimberly Wilson«, ertönte es plötzlich und ich drehte mich überrascht zur Tür, wo ich Jackson erkannte, der lässig am Türrahmen lehnte.

»Hey, Jackson«, sagte ich zögerlich. Breit lächelnd kam Jackson auf Ariel und mich zu und wuschelte ihr durch die Haare, woraufhin sie ihm einen genervten Blick zu warf.

»Mann, Jackson! Weißt du, wie lange ich heute für die Frisur gebraucht habe?« Sie begann damit, ihre Haare wieder zu richten, was ihn erneut breit lächeln ließ.

»Stell dich nicht so an. Immerhin versorge ich dich mit Kaffee und Donuts.« Er hielt ihr die Starbucks-Tüte und einen Kaffee hin, den er in der Hand gehalten hatte.

Ariels Augen begannen zu leuchten. »Ist er noch warm?« Jackson lachte und ich kam nicht drum herum, festzustellen, dass er ziemlich gut aussah. Kein Wunder, dass mein betrunkenes Ich sich an ihn rangemacht hatte.

»Natürlich. Ich weiß doch, dass du sonst immer nur diesen ekligen schwarzen Kaffee trinkst.« Nun wandte er sich mir zu und setzte sich auf den leeren Stuhl uns gegenüber. »Und du, Kim? Wie trinkst du deinen Kaffee? Sieht so aus, als müsste ich jetzt immer drei Becher kaufen.« Er sagte es mit so einer Selbstverständlichkeit, die mich irritierte.

»Das ist nicht nötig«, sagte ich, woraufhin er breit grinste.

»Stimmt, wenn überhaupt, dann schuldest du mir noch einen Kaffee - wenn nicht sogar etwas mehr«, sagte er mit einem Zwinkern, woraufhin mir die Röte in die Wange schoss.

Ariel sah verwirrt zwischen uns hin und her. »Ihr kennt euch? Woher?«

»Haben uns auf ´ner Party kennengelernt«, grinste Jackson. »Wo mir dann ihr crazy Ex eine verpasst hat.« Ich verzog das Gesicht. Er wusste für meinen Geschmack eindeutig zu viel über mich. Ariel lachte auf.

»Erster Tag und direkt so eine Story. Lieb ich«, sagte sie und biss in ihren Donut.

»Ja, es war kompliziert«, murmelte ich.

»Eigentlich nicht. Dein Ex ist ein Arsch.« So konnte man es auch nennen. »Ich habe nur zu gerne geholfen, ihn auf die Palme zu bringen.« Ariel sah verwirrt zwischen uns hin und her.

»Sag mal, habt ihr beiden …«

»Wir haben nur bisschen rumgemacht«, entgegnete er und starrte auf meine Lippen.

»No way!«, rief Ariel aus.

»Wir waren betrunken«, versuchte ich, es zu erklären.

»Sie war betrunken«, stellte Jackson klar. »Ich war bei vollem Sinne und hab mich von ihr vollkotzen und ihrem Ex eine verpassen lassen.« Wann hatte ich ihn vollgekotzt? Er nahm einen Schluck von seinem Kaffee. »War ein ereignisreicher Abend.« Ich rollte mit den Augen. »Und seitdem hat sie mich nicht mehr angerufen«, sagte er gespielt schockiert und fasste sich an die Brust. »Kleiner Spaß. Hätte ich auch nicht getan. Ich war mir nicht mal sicher, ob du dich an mich erinnerst. Aber ich hatte tatsächlich Spaß an dem Abend.« Dann sah er zu Ariel. »Okay, was ist der neuste Gossip?« Irgendwie mochte ich Jackson. Er hatte eine leichte und entspannte Art und das war genau das, was ich gerade brauchte.

Ariel zog eine Augenbraue in die Höhe. »Außer, dass du bereits mit der neuen Vertretungslehrerin rumgemacht hast?«

»Stimmt. Ich weiß nicht, warum ich immer dich frage. Du hältst dich ja von all dem fern.«

Sie zuckte mit den Schultern. »Ich habe kein Problem damit, mir Gossip anzuhören. Aber ich erzähle es nicht gerne weiter.«

Jackson musterte sie eingehend. »Also weißt du etwas!«, stellte er fest.

»Natürlich weiß ich etwas. Anscheinend bin ich liebenswert und habe ein freundliches Gesicht. Menschen vertrauen sich mir an. Warum auch immer. Manche Sachen wollte ich echt nicht wissen«, sagte sie und verzog das Gesicht.

»Komm schon, Ari. Ich habe dir Kaffee gebracht.« Schmollend zog er die Unterlippe nach vorne, woraufhin Ariel lachte.

»Keine Chance, Mann. Meine Lippen sind versiegelt.« Sie machte eine Bewegung, als würde sie die Lippen mit einem Reißverschluss zuschließen, und ich beschloss, dass ich die beiden mochte. Dann sah sie zu mir. »Wenn du jemals ein Geheimnis hast, geh bloß nicht zu Jackson. Der hat keinen Filter und erzählt jedem alles.«

»Hey, das stimmt nicht. Ich habe noch niemanden über die Zeit erzählt als du-«

»Jackson! Das meine ich.«

»Ich habe doch nichts gesagt«, murmelte er.

»Alles, was ich damit sagen will. Vertrau ihm bloß nicht dein größtes Geheimnis an. Könnte nicht gut enden.«

Kapitel 37

(Mandys POV)

»Da ist sie ja«, rief eine Stimme, die mich aufblicken ließ. Ariel und Jackson hielten inne und ich konnte mir das Lachen nicht verkneifen. Die beiden hatten nämlich gerade versucht, rauszufinden, wer sich mehr von den Marshmallows in den Mund stopfen konnte, die bei einem von Ariels Projekten übrig geblieben waren.

»Mr. Paisley.« Lächelnd erinnerte ich mich an den Direktor der Schule, bei dem ich das Vorstellungsgespräch hatte. Er schaute belustigt mit hochgezogener Augenbraue zu Ariel und Jackson, die beide immer noch mit vollem Mund dasaßen und verlegen dreinsahen. Ariels Blick wanderte zu Boden, als würde sie sich in seiner Gegenwart unwohl fühlen. Nach ein paar Sekunden setzte sie jedoch ein Lächeln auf und schaute ihm in die Augen.

»Wie ich sehe, hast du bereits Ariel und Jackson kennengelernt«, sagte unser Schuldirektor, nachdem er Ariels

Blick für ein paar Sekunden festgehalten hatte. »Dann wird dir hier auf jeden Fall nicht langweilig werden. Mir wird es zumindest nicht, wenn ich an all die Gespräche denke, die ich bereits mit den beiden führen musste.« Jackson hatte bereits das zehnte Marshmallow runtergeschluckt und trank aus der Wasserflasche, die auf dem Tisch gestanden hatte.

Er sah belustigt zu seinem Boss. »Ach, komm schon, Declan. Wir wissen alle, dass du es liebst, mit uns zu reden.« Mir war direkt am Anfang aufgefallen, dass hier alles sehr persönlich war und sich die Lehrer untereinander beim Vornamen nannten. Mr. Paisley – Declan - lachte auf.

»Das habe ich auch nie bestritten. Die Gespräche mit dir sind ganz lustig. Mit dem Schulkomitee, wo ich ihnen erklären muss, wieso wir erneut eine neue Tafel brauchen, eher weniger.«

»Hey, das war alles Ziel der Unterrichtsstunde.«

Declan hob eine Augenbraue. »Dein Ziel war es, die Tafel mit Farbe zu versauen, sodass sie für den weiteren Verlauf unbrauchbar war?«

»Nein, wir haben uns angeschaut, inwiefern verschiedene Materialien wasserfest sind.« Nun sah ich ihn verwirrt an. Ich hatte so viele Fragen. Wie machte man bei diesem Thema die Tafel kaputt? Er bemerkte meinen Blick und zwinkerte mir zu. »Erkläre ich dir später. War eine tolle Stunde, die Kids haben es geliebt.«

»Ich wäre euch ja sehr dankbar, wenn ihr Kimberly nicht auf dumme Gedanken bringen würdet. Ihr zwei habt genug verrückte Ideen, die ich immer abschlagen muss.«

»Ich kann immer noch nicht glauben, dass du nein zu der Idee mit den Robotern gesagt hast«, murrte Jackson, woraufhin Declan den Kopf schüttelte und mich ansah.

»Wie du siehst, wird es hier eher weniger langweilig. Besonders mit Ariel und Jackson. Ich sollte mal wieder für einen Unterrichtsbesuch vorbeischauen«, murmelte er, mehr zu sich selbst, als zu jemandem in diesem Raum.

»Uh, nächsten Dienstag passt super«, rief Ariel. »Da sollten unsere Küken schlüpfen. Da kannst du gerne vorbeischauen.«

»Kük … ach, was solls. Ich will es gar nicht erst wissen.«

»Hey, das wird wirklich toll.« Dann sah sie zu mir. »Du solltest demnächst mal vorbeikommen und mein Klassenzimmer ansehen.« Ich lächelte und machte mir eine gedankliche Notiz, das auf jeden Fall zu tun.

Jackson und Ariel klangen nach der Art von Menschen, die ich jetzt gerade brauchte. »Davor würde ich dich auf jeden Fall bitten, erst einmal mit mir ins Büro zu kommen, damit wir ein paar Sachen besprechen können.« Nickend stand ich auf.

»Bis dann, Kim«, rief Jackson mir noch nach.

»Schön, dass du hier bist.« Lächelnd folgte ich Declan in sein Büro. Ich vermisste Marie etwas, aber mit den beiden könnte es sicher auch sehr angenehm werden. In Declans Büro setzte ich mich ihm gegenüber auf einen Drehstuhl.

Seine hellblaue Bluse unterstrich seine grünen Augen. Mit seinen Anfang 40 sah er ziemlich gut aus. Ganz besonders die leichten Grübchen, die sich auf seinen Wangen bildeten.

Müde fuhr er sich durch seine dunklen Haare. Kein Wunder. Seinen Job würde ich um keinen Preis der Welt machen wollen. Viel zu stressig. Besonders die Eltern der Kinder konnten manchmal schwierig sein. Ich wollte gar nicht erst wissen, wie die Eltern sich hier an einer Privatschule aufführten. Sein Blick musterte mich von oben bis unten und führte dazu, dass ich tiefer in den Stuhl sank. Irgendwas an seinem Blick gefiel mir nicht.

»Okay«, fing er an und ließ seine Augen weiterhin über mein Gesicht wandern, als würde er nach etwas suchen. Dann schüttelte er kurz den Kopf und hob seine Mundwinkel zu einem Lächeln, das seine Augen nicht erreichen konnte. »Wie du sicher weißt, befindest du dich hier in einer besonderen Position.« Ich nickte bestätigend. Wobei, wie besonders war dies schon, wenn es sich mittlerweile acht Jahre zog? »Du weißt auch, dass ich ein guter Freund von Nate bin und mal mit ihm gearbeitet habe?« Aus irgendeinem Grund verhärtete sich seine Miene bei diesem Satz, was mich stutzen ließ. Ich war davon ausgegangen, dass die beiden befreundet waren. Sein unbeteiligter Blick ließ mich jedoch daran zweifeln.

Declan Paisley war einer der Gründe, wieso Nate zugestimmt hatte, dass ich hier arbeiten konnte. Ich hasste es, dass ich bei fast allen Entscheidungen Nates Erlaubnis benötigte. Es war, als könnte ich dadurch nie erwachsen werden. Nie ein eigenes Leben leben können. »Dann sollst du wissen, dass wir alles in unserer Macht Stehende tun werden, um dich zu beschützen. Jedoch solltest du auch wissen, dass ich bei der kleinsten Gefahr gegenüber den Schülern eingreifen muss.«

Erneut durchbohrte mich sein Blick; ließ mich schwer schlucken. Dies war mir bewusst. Mir war auch bewusst, dass er ein Risiko einging, mich einzustellen. »Ich vertraue Nate. Und wenn er sagt, es ist sicher, dass du hier arbeitest, dann glaube ich dies auch.« Aus irgendeinem Grund stand dieser Satz in einem kompletten Widerspruch zu seiner vorherigen Haltung. »Wir haben hervorragende Sicherheitsvorkehrungen und ohne Grund kommt man hier nicht so einfach rein. Einer der Vorteile an einer Privatschule.« Wehmütig dachte ich an die Schule in Fresno, wo es diese Vorkehrungen nicht gab. All die zahlreichen Amokalarmübungen, die wir hatten, für den

Fall, dass dies mal eintreten würde, kamen mir in den Sinn, was mich wütend machte. Wenn man mehr bezahlte, dann konnte das eigene Kind also in Ruhe und ohne Angst zur Schule gehen? Während in öffentlichen Schulen jeden Tag die Angst in der Luft hing, dass eine unbekannte Person ins Gebäude kam und wie verrückt unschuldige Kinder erschoss? Das war doch alles ein Witz.

Ich schluckte die Wut herunter und nickte. Dies war ein Kampf, den ich sowieso verlieren würde. Für den Moment sollte ich dankbar sein, hier arbeiten zu dürfen. Declan und ich besprachen noch weitere Details des Arbeitsvertrages, der unter anderem beinhaltete, dass Cassie für dieses Schuljahr an diese Schule gehen durfte.

Wie sich herausstellte, würde sie Ariel als Lehrerin bekommen. Da sie die andere zweite Klasse unterrichtete, lag ihr Unterrichtsraum neben meinem. Nachdem ich den Arbeitsvertrag unterschrieb, das bereits eingerichtete MacBook und iPad erhielt, begleitete mich Mr. Paisley zu dem Klassenzimmer.

»Vertretungspläne für die ersten Wochen liegen dort.« Mein Blick folgte seiner Handbewegung auf einen orangen leuchtenden Korb, welcher mit dem Wort *Vertretung* beschriftet war. »Dort liegen auch die Klassenliste und alle Informationen, die du benötigst, um deinen Einstieg zu erleichtern. Die Kinder hatten heute Morgen als erstes Sport. Ms. Joyce bringt die Kinder nach dem Unterricht hier her. Du hast also noch etwas Zeit, dich einzufinden. Solltest du irgendwelche Fragen haben, wende dich an mich oder an Ariel nebenan.«

Als ich den Raum betrat, spürte ich eine Mischung aus Aufregung und Nervosität. Ich war gespannt darauf, die Schüler kennenzulernen und sie auf ihrem Bildungsweg zu begleiten. Bunte Wände und Plakate strahlten eine einladende

Atmosphäre aus. Mein Blick schweifte durch den Raum und nahm jeden Winkel in sich auf. Der Raum war geräumig und gut organisiert. Entlang der Wände waren Schränke und Regale aufgestellt, die mit Büchern, Lernmaterialien und Kunstwerken der Schüler gefüllt waren. Der zentrale Bereich war von Schreibtischen in kleinen Gruppen angeordnet. Jeder Tisch war mit bunten Stühlen ausgestattet. Auf den Ablagen waren blankes Papier, Bleistifte, Radiergummis und bunte Stifte zu sehen, welche die Schüler wohl heute Morgen bereits genutzt hatten. In der vorderen Ecke des Raumes stand der Schreibtisch, welcher ordentlich und gut organisiert wirkte. An der Wand gegenüber den Tischen befand sich eine große Tafel, daneben hing ein großer Kalender, der die wichtigen Termine und Aktivitäten anzeigte. In einer Ecke des Raumes befand sich ein gemütlicher Lesebereich mit weichen Teppichen und Regalen voller Bücher. Hier konnten die Schüler in Ruhe schmökern und ihre Fantasie entfalten. Ein großer Sitzsack lud zum Entspannen ein. Die Fenster ließen viel Tageslicht herein und boten einen Blick auf den Schulhof und die umliegende Natur.

Ich plante, diesen Raum in den Unterricht einzubeziehen und den Schülern die Möglichkeit zu geben, die Welt draußen zu erkunden und zu beobachten. Eine Pflanze auf dem Fensterbrett brachte etwas Grün in den Raum und schaffte eine beruhigende Atmosphäre. An den Wänden waren verschiedene Poster und Schautafeln angebracht. Es gab eine Weltkarte, eine Tafel mit dem Alphabet und verschiedenen Worten, sowie Poster mit mathematischen Formeln und Zahlen. Während ich das Klassenzimmer betrachtete, spürte ich eine gewisse Vorfreude; eine Freude, diesen Raum weiterhin mit Leben zu füllen.

Lächelnd stellte ich die neuen technischen Geräte auf dem Schreibtisch ab und schloss kurz die Augen. Es war still, was vermutlich nicht lange so bleiben würde.

Kapitel 38

(Mandys POV)

Lächelnd sah ich mir die Vertretungspläne für die nächsten Wochen durch, als es an der Tür klopfte und eine ältere Dame gefolgt von 17 Kindern das Klassenzimmer betrat. »Sie müssen die Vertretung sein? Ms. Wilson?« Ich nickte und lächelte die Kinder freundlich an. »Na endlich haben sie jemanden gefunden. Zwei Stunden Sport in der Woche reichen mir schon mit denen.« Verwirrt blickte ich auf die Schar Kinder. Waren sie so anstrengend? »Na ja, jetzt sind es auf jeden Fall deine.« Bevor sie ging, drehte sie sich noch einmal zu mir um. »Ach ja, bevor ich es noch vergesse: Riley hat sich in der Turnhalle übergeben. Die sitzt gerade bei der Krankenschwester und wird bald abgeholt.« Bei dem Namen Riley wurde ich hellhörig. Hieß so nicht Jasons Tochter? Die Frau seufzte auf. »Dann gehe ich mal die Turnhalle lüften und die Kotze wegräumen, da der Hausmeister anderweitig beschäftigt ist«, sagte sie und lief an den Kindern vorbei, welche mich interessiert musterten.

Mit einem breiten Lächeln wandte ich mich ihnen zu. »Kommt ruhig rein und setzt euch an den Platz, wo ihr gerne sitzen wollt.«

»Egal wo? Oder unsere festen Sitzplätze?«, fragte ein Junge mit einer Zahnlücke und Brille aufgeregt.

»Sagen wir mal so: Für heute könnt ihr gerne egal wo sitzen«, sagte ich, woraufhin mich die Kinder mit großen Augen ansahen. Kurz darauf brachen sie in aufgeregten Gesprächen aus. »Aber«, sagte ich und sah die Kinder mit hochgezogener Augenbraue an. »Ihr sucht euch den Platz leise und sollte es zu laut werden, setzte ich euch um.« Die Kinder nickten. Tatsächlich saßen alle nach zwei Minuten an einem Platz und sahen mich interessiert an. »Also, wie ihr wisst, geht es Ms. Koley gerade nicht so gut und-«

»Wird sie sterben?«, fragte ein Kind mit großen Augen.

»Sie ist nur im Krankenhaus, hat Mama gesagt.«

»Ich habe gehört, sie ist tot.«

»Sie ist nicht tot und wird nicht sterben«, versuchte ich, sie zu beruhigen.

»Das hat Mama auch über meinen Hamster gesagt«, schniefte ein Mädchen. »Nach zwei Tagen war er tot«, fing sie an zu weinen. Na toll.

»Mein Goldfisch kam auch nicht wieder … mein Bruder hat mir erzählt, dass Papa ihn die Toilette runtergespült hat.« Auch in seinen Augen bildeten sich die Tränen.

»Vielleicht ist er jetzt im Meer mit seinen Freunden, so wie Nemo, der wurde auch die Toilette runtergespült«, versuchte ein Mädchen, den weinenden Jungen zu beruhigen. Leicht hilflos sah ich zwischen den Kindern hin und her.

»Okay, hört mal alle gut zu.«

»Ich habe gestern *Findet Nemo* gesehen-«, unterbrach mich ein Junge.

»Und ich *Findet Dori*«, schrie ein Mädchen und kurz darauf brachen alle in Gesprächen aus, was mich aufseufzen ließ. Kurzerhand klatschte ich in die Hände, woraufhin die Kinder denselben Rhythmus nachklatschten und ich deren Aufmerksamkeit hatte. Zumindest von den meisten. Seufzend stellte ich fest, dass ich ganz vergessen hatte, wie viel Arbeit das war. Besonders, wenn man neu war und eine Routine aufbauen musste. Das war eigentlich immer in den ersten Wochen nach den Sommerferien der Fall. »Okay, ein paar Regeln. Wie verhalten wir uns im Klassenzimmer?«

»Melden«, rief ein Kind rein.

»Genau. Ich werde von jetzt an auch nur Kinder drannehmen, die sich auch wirklich melden.« Alle Hände schossen in die Höhe und ich stellte fest, dass ich keinen Namen kannte.

»Okay, rewind«, sagte ich und deutete allen an, die Hände wieder runter zu nehmen.

»Aber ich habe was zu sagen«, rief ein Junge.

»Ja, warte damit bitte noch kurz.« Bockig verschränkte er seine Arme vor seiner Brust.

»Immer muss ich warten, das ist so unfair.«

Ein Mädchen schnaubte und drehte sich zu ihm um. »Wir alle müssen warten, Jonas«, sagte sie augenrollend. »Die Welt dreht sich nicht um dich.«

Jonas steckte ihr die Zunge raus und schaute immer noch bockig drein. »Okay«, unterbrach ich die beiden. »Folgendes: Da ich eure Namen noch nicht kenne, stellt ihr euch bitte gleich einmal alle vor. Danach bastelt ihr alle ein Namensschild und ich habe hier ein About-me-Arbeitsblatt für euch, das ihr danach bearbeitet.« Bevor wir die Runde beginnen konnten, schossen fünf Hände nach oben. »Ja?« Ich nahm ein Mädchen mit blonden geflochtenen Zöpfen dran.

»Können wir unsere Filzstifte verwenden?«, fragte sie aufgeregt.

»Solange ihr nicht den Tisch anmalt, von mir aus.«

»Aber was, wenn wir ihn aus Versehen anmalen?«

»Dann wischt ihr den sauber.«

»Aber wenn wir es nicht sauber bekommen?«

»Dann helfe ich euch.« Damit schienen sich die meisten zufriedenzugeben. Wir gingen einmal durch die Reihen, wo sich alle Kinder vorstellten. Außer Jonas und Maggie, konnte ich mir noch keinen Namen wirklich merken. Aber dafür sollten ja die Namenschilder gut sein. »Okay, dann fangt mal an mit den Namensschildern.« Jonas hob die Hand. »Danke, dass du dich meldest, Jonas.«

»Wenn wir gut sind, kannst du uns eine Ananas geben?« Verwirrt sah ich ihn an. Ananas?

»Was für eine Ananas?« Er stand auf und ging zu meinem Tisch, wo er mir eine Box reichte. Ich öffnete sie und dort drin lagen tatsächlich laminierte Ananasse mit einem kleinen Magnet auf der Rückseite. Okay, die waren unglaublich süß.

»Die kannst du uns geben und dann können wir eine Spielstunde verdienen.« Mindestens 100 Ananasse lagen in der kleinen Schachtel. Das musste unglaublich viel Arbeit gewesen sein. Ich versprach den Kindern, dass ich ihnen ein paar Ananasse geben würde, wenn sie gut und leise arbeiteten. Leise war zwar was anderes, aber immerhin waren alle beschäftigt. Die Stunde über lief ich herum, sprach etwas mit einigen Kindern, beantwortete ungefähr hundert Fragen, wovon fünfzig die gleichen waren. Als es klingelte, stellten sich alle in eine Reihe und ich bat Maggie, mir zu zeigen, wo es zur Pause lang ging. Sie erschien mir zuverlässig. Nachdem die Kinder auf der Hofpause waren, beschloss ich, ins Lehrerzimmer zu gehen, um mir einen Kaffee zu holen. Ich ging grade um die Ecke, als ich gegen eine harte Schulter prallte und beinahe auf dem Hintern landete, hätte die Person nicht ihre Hände um meine Hüfte geschlungen und so vor dem Aufprall bewahrt. »Das tut mir leid«, stotterte ich und erstarrte, als ich in ein mir bekanntes Gesicht sah.

Kapitel 39

(Jasons POV)

Meine Hände ruhten auf der Hüfte der Frau, die in mich reingerannt war. Als sie aufblickte, erstarrte ich. Es waren die braunen Augen, die mich letzte Nacht nicht schlafen gelassen hatten. Augen, die ich überall wiedererkennen würde. »Jason?«, fragte sie verwirrt und ich sah sie ebenfalls mit hochgezogener Augenbraue an. Was tat sie hier?

»Mandy?«

Panisch sah sie sich um. »Komm mit.« Ihre Stimme wirkte hektisch, als sie nach meiner Hand griff und hinter sich herzog. Bereitwillig ließ ich mich von ihr mitziehen, während ich ihre Hand fest umschloss, die immer noch so klein und weich war, wie ich sie in Erinnerung hatte. Sie öffnete eine Tür und zog mich hindurch. Beim genaueren Hinsehen konnte ich erkennen, dass es sich um ein Klassenzimmer handelte.

Ihre Hand löste sich aus meiner und am liebsten hätte ich direkt wieder nach ihr gegriffen. »Was tust du hier?«

»Die Frage ist wohl eher, was du hier machst. Ich wurde angerufen, Riley geht es nicht gut. Ich soll sie abholen«, sagte ich wahrheitsgemäß. Eigentlich würde ich Vivienne bitten, aber da die Schule mich direkt angerufen hatte, und ich ihr etwas abnehmen wollte, hatte ich kurzerhand beschlossen, Riley selber abzuholen. Immerhin war ich ihr Erziehungsberechtigter.

Mandy hier zu treffen, warf mich dann doch etwas aus der Bahn. Was tat sie hier an Rileys Schule? Ihre Augen weiteten sich.

»Also doch kein so großer Zufall mit dem Namen«, murmelte sie, während ich immer noch verwirrt dastand.

»Willst du mich auch ins Gespräch holen, oder führst du gerne Selbstgespräche?« Ich konnte sehen, wie sie errötete und verdrängte das Bedürfnis, ihr eine Strähne hinters Ohr zu streichen, welche sich aus ihrem Haar gelöst hatte. Verdammt, warum wollte ich ihr nach all den Jahren immer noch so nah sein? Sie berühren, sie spüren … Ich biss mir auf die Unterlippe, um meine Hand daran zu erinnern, in der Hosentasche zu bleiben. Denn wenn ich ihr noch näherkam, dann würde ich sie vermutlich küssen. Denn alles, woran ich in den letzten Tagen denken konnte, waren ihre süßen und herzförmigen Lippen. Wie es sich wohl anfühlen würde, sie wieder spüren? Ohne, dass ich was dagegen tun könnte, legte sich mein Blick auf genau diese.

»Nicht«, flüsterte sie.

»Was nicht?«, raunte ich und kam ihr näher.

»Schau mich nicht so an.«

»Wie denn?«, fragte ich verspielt und nahm nun doch eine einzelne Haarsträhne zwischen die Finger.

»So, als würdest du mich gleich küssen wollen«, flüsterte sie.

»Dann spiegelt der Blick wohl tatsächlich meine Gedanken«, raunte ich und schaute ihr in die Augen. Ich konnte sehen, wie ihr Gesicht vor Verlegenheit von einer leichten Röte überzogen wurde, und ich liebte es, dass ich der Grund dafür war.

»Jason …«

»Hm?« Wieso war es so schwer, den Blick von ihr abzuwenden?

»Ich bin Rileys Lehrerin.«

»Was?« Verwirrt ging ich einen Schritt zurück.

»Wie? Seit wann?«

»Seit heute, um genau zu sein. Ich bin die Vertretung für Ms. Koley.« Mein Hirn fing an zu rattern.

»Ich verstehe nicht?« Im Geiste ging ich die Nachrichten der Schule durch. Hatte es eine Nachricht gegeben, dass Riley eine neue Lehrerin hatte?

»Ich wollte heute Nachmittag eine Mitteilung an alle Eltern rausschicken und mich vorstellen. Ms. Koley hatte einen Unfall.«

»Du bist also wirklich Lehrerin geworden«, stellte ich flüsternd fest.

»Wirklich? Das ist, woran du gerade denkst?«, rief sie aufgebracht.

»Woran sollte ich denn sonst denken?«

»Wie wäre es damit, dass ausgerechnet *ich* deine Tochter unterrichte? Dass wir uns ständig über den Weg laufen?« Tochter?

»Du unterrichtest Cassie? Darf man überhaupt sein eigenes Kind unterrichten?«

»Cassie? Ich rede von Riley.«

»Riley?«

Mit einem Mal fiel es mir wie Schuppen von den Augen. Sie war der Annahme, dass es sich bei Riley um meine Tochter handelte. »Riley ist nicht meine Tochter.«

Ihr Kopf schellte hoch und sah mich verwundert an. »Was? Aber wieso bist du dann hier? Und ich habe sie doch in deinem Haus getroffen?«

»Du hast sie getroffen? Wann?«

»Sie wollte auf Toilette gehen. Wer ist sie denn dann?«

»Meine Nichte. Sie und Tommy wohnen bei mir seit …« Kurz stockte ich, da ich es hasste, es laut auszusprechen. »Elaine und Steven tot sind.« Mandys Augen weiteten sich. Ich kämpfte gegen die aufkommenden Tränen an, versuchte, den Schmerz zu unterdrücken, den ich immer noch nach einem Jahr empfand, sobald ich dieses Thema ansprach.

Mandy biss sich auf die Unterlippe, als sie einen Schritt nähertrat. Zögerlich streckte sie die Hand aus und umfasste meine. Sanft strich ihr Daumen über den Handrücken und am liebsten hätte ich sie an mich gezogen. »Es tut mir so leid«, flüsterte sie. »Der Verlust eines geliebten Menschen ist niemals einfach.« Bei diesen Worten aus ihrem Mund kam ich nicht drum rum, leise aufzulachen. Wirklich?

»Das ist mir bewusst, du hast mir dies als Erstes gezeigt.« Nachdem ich diese Worte ausgesprochen hatte, bereute ich sie. Mandy entzog ihre Hand und ihr Gesichtsausdruck wurde kühl. »Tut mir leid. Das meinte ich nicht so.«

»Wir wissen beide ganz genau, dass du es so gemeint hast.« Und auch, wenn ich die Worte, die ich gesagt hatte, bereute, so konnte ich nicht abstreiten, dass sie mit ihrer Aussage in irgendeiner Art und Weise recht hatte. Denn gelogen war diese nicht gewesen.

Mandy hatte mir als Erstes gezeigt, wie es war, einen geliebten Menschen zu verlieren. Auch wenn sie damals nicht gestorben war, so hatte es sich doch für mich so angefühlt.

»Ich hätte es dir nicht so an den Kopf werfen sollen. Es tut mir leid.«

»Mir auch.« Ein Schweigen füllte den Raum, da keiner von uns wusste, was wir sagen sollten.

Ich war der Erste, der es brach. »Also Riley-«

»Ist bei der Krankenschwester. Ich weiß leider auch nicht, wo das ist. Aber ich kann sicher jemanden finden, der es dir zeigen kann.« Bevor ich antworten konnte, öffnete sich die Tür und ein junger Mann betrat das Klassenzimmer. In seinen Händen hielt er zwei Starbucks Coffee-to-go-Becher. Sein Blick wich zwischen uns beiden hin und her.

»Sorry, ich kann auch gleich-«

»Nein, nicht nötig«, fiel Mandy ihm ins Wort. »Das ist der Erziehungsberechtigte einer Schülerin. Er hat die Krankenschwester gesucht. Weißt du, wo das ist?«

»Ja, gerne kann ich Ihnen gleich zeigen, wie Sie dort hinkommen. Ich muss nur noch kurz, was ins Klassenzimmer bringen. Dann bin ich bei Ihnen.«

»Danke, das wäre toll.« Er machte Anstalten zu gehen, bevor er sich noch einmal umdrehte und zu Mandy blickte.

»Ich habe dir einen Kaffee mitgebracht, um dir deinen ersten Tag zu versüßen.« Er reichte ihr einen der Becher, woraufhin Mandy ihm ein dankendes Lächeln schenkte.

»Wir sehen uns später, Kim.« *Kim.* Dann verschwand er hinter der Tür, während ich zu Mandy blickte. Sie hatte die Augen geschlossen und als sie aufblickte, sah sie mich entschlossen und geschlagen an.

»Ich glaube, wir müssen reden.« Zögerlich nickte ich. »Am besten noch bevor ich eine Nachricht an alle Eltern absende.

Hast du heute noch etwas vor?« Immer noch verwirrt schüttelte ich den Kopf.

»Okay. Ich bin gegen drei Uhr nachmittags, denke ich, fertig. Können wir uns treffen?«

»Klar, wenn du möchtest, können wir zu mir und was zu essen bestellen.«

Sie zögerte kurz. »Ich habe eher an ein Café gedacht. Wo viele Menschen sind.«

Meine rechte Augenbraue schoss in die Höhe. »Hast du Angst, dass ich dir was antun würde?«

»Nein, ich habe eher Angst vor dem, was ich tun würde, wenn wir allein sind. Und gerade ist definitiv kein guter Zeitpunkt dafür.« Sie fühlte es also auch. Alles an uns war ein riesiges Chaos, was nichts daran änderte, dass wir beide immer noch Gefühle füreinander hatten. Und nachdem Mandy mir genug vertraute, um mir die Wahrheit zu erzählen, würde ich rausfinden, was das genau war.

Kapitel 40

(Mandys POV)

Nervös kaute ich auf der Unterlippe, während ich die kalten Hände gegen den warmen Kaffeebecher drückte. Ob Koffein bei der Aufregung eine so gute Idee war, wusste ich nicht, aber ich konnte einfach nicht ohne. Das hatte das Lehrerleben wohl so an sich. Eine Kaffeesucht. Ungeduldig blickte ich auf die Nachricht, die ich von Jason erhalten hatte. *16 Uhr am Café Pino?* Ein Daumen nach oben war alles, wozu ich mich durchdringen konnte. Wir mussten reden. Jetzt, wo sich herausgestellt hatte, dass ich Rileys Lehrerin war, gab es keinen Ausweg, als ihm die Wahrheit zu sagen. Zumindest einen Teil der Wahrheit. Der Brief an die Eltern kam mir in den Sinn, den ich spätestens morgen früh absenden wollte. Dort stellte ich mich mit dem Namen Kimberly Wilson vor.

Wie sollte ich dies Jason erklären, außer mit der Wahrheit? Cassie war heute noch bei ihren Großeltern gewesen, bevor ich sie morgen mit in die Schule nehmen würde. Nur ungern hatte ich Cassie heute Morgen allein gelassen, aber beide versicherten mir, dass sie Cassie nicht aus den Augen lassen würden. Als jemand das rustikal eingerichtete Café betrat, wandte ich den Kopf zur Tür, wurde jedoch abermals enttäuscht als nicht Jason, sondern ein älterer Herr eintrat. Hatte er mich versetzt? Wollte er doch kein Teil von Cassies Leben sein? War ihm alles zu viel? Die Finger nervös auf dem dunklen Holztisch klopfend, ertönte erneut das Klirren der Glocke. Als ich dieses Mal den Blick zur Tür wagte, betrat Jason das Café und sah sich um. Seine blauen Augen fanden mich und für ein paar Sekunden sahen wir uns einfach nur an. Als gebe es nur ihn und mich in diesem Raum. Als würde die Welt um uns stehen bleiben und uns diesen Moment schenken.

Ein Lächeln bildete sich auf seinen Lippen, als er auf mich zukam und mir gegenüber hinsetzte. »Hey, du«, sage er und entlockte mir ein schüchternes Lächeln.

»Hey«, flüsterte ich und starrte auf den Kaffee vor mir. Jeder weitere Blick in seine blauen Augen würde mich nur mehr um den Verstand bringen. »Willst du was bestellen? Ich wollte für dich bestellen, aber dann ist mir aufgefallen, dass ich kaum mehr was über dich weiß. Also habe ich es gelassen.«

»Was hättest du mir denn bestellt?«, fragte er herausfordernd, nachdem er seine Jacke auf dem Stuhl aufgehangen hatte und sich grinsend nach hinten lehnte. Dabei musterte er mich von oben bis unten, was mir eine Gänsehaut bescherte. Verdammt. Wieso hatte er immer noch so eine Wirkung auf mich? Heute im Klassenzimmer hatte es mich alle Überwindung gekostet, ihn nicht zu küssen.

»Vermutlich den Mocca Latte mit einem extra Shot.« Seine Augen weiteten sich und es bildete sich ein Lächeln auf seinem Gesicht, das mir die Knie weich werden ließ.

»Das klingt doch perfekt«, sagte er und bestellte exakt dieses Getränk. Dann lehnte er sich wieder nach hinten in seinen Stuhl und sah mich erwartungsvoll an.

Der Griff um die Tasse verstärkte sich und mein Herz schlug deutlich schneller. Mir war bewusst, dass ich den Anfang machen musste. Aber wo fing man an? Jason schien zu merken, wie nervös ich war, denn er beugte sich vor, löste die Hände von der Tasse und legte sie in seine. Mein Blick haftete auf unseren verschränkten Händen. Die Geste mochte vielleicht gut gemeint sein, aber der Nervosität half dies nicht wirklich.

»Ich habe wirklich sehr viele Fragen. Aber ich will dich zu nichts drängen«, begann er das Gespräch, während er mir immer wieder sanft mit seinem Daumen über den Handrücken fuhr. »Ich kann warten, bis du bereit bist, darüber zu reden.«

Schwer schluckend sah ich ihm in die Augen. »Woher weiß man, wann man bereit ist, über den schlimmsten Tag in seinem Leben zu sprechen?«, fragte ich flüsternd. »Du weißt gar nicht, wie sehr ich mit dir darüber reden will.«

»Was hindert dich?«

»Angst«, gab ich ehrlich zu. Sein intensiver Blick musterte mich.

»Wovor genau?«

»Mich in der Vergangenheit zu verlieren und nicht mehr zurückzufinden.« Die Stimme war erneut einem Flüstern gewichen. Ihm davon zu erzählen, würde heißen, mich zu öffnen; die Vergangenheit noch einmal zu durchleben.

Für ein paar Sekunden schwiegen wir beide, bis Jason die Stille brach: »Die Vergangenheit mag schmerzhaft sein, aber sie hat uns zu dem geformt, was wir heute sind. Man kann sie nicht mehr ungeschehen machen. Aber was wir tun können, ist, sie zu akzeptieren und zu heilen, anstatt uns von ihr gefangen nehmen zu lassen. Du kannst nicht wissen, was die Zukunft mit sich bringt. Mandy. Niemals würde ich dich fallen lassen. Das weißt du, oder?«

Sein Blick durchbohrte mich und ließ mich schlucken. »Um mich mache ich mir keine Sorgen. Ich habe Angst, dich wieder zu verletzten.« Seufzend löste er unsere Hände und fuhr sich durch die Haare. Ob sie immer noch so weich waren wie vor acht Jahren?

»Wieso solltest du das tun?«

»Mein Leben ist pures Chaos! Alles wird immer durcheinandergewirbelt und ich habe keinen Einfluss darauf.«

»Und doch hat es dich wieder zu mir geführt.« Erneut spürte ich die sanfte Berührung seiner Finger auf dem Handrücken. Ein Schauer lief mir über den Rücken, als ich seine intensiven Blicke auf mir ruhen fühlte. Sein Griff war fest und zugleich zärtlich, und ich konnte die Hitze seiner Hand spüren. Jeder Nerv meines Körpers schien auf ihn ausgerichtet zu sein, und ich konnte förmlich die Energie zwischen uns sprühen fühlen. Es war eine Intensität, die mich überwältigte; mein Herz schneller schlagen ließ. Unsere Hände hielten sich fest, als ob sie füreinander geschaffen waren. Es war ein Moment der Verbindung, in dem wir uns gegenseitig Halt gaben und unsere Gefühle ohne Worte ausdrückten. Ich konnte seine Präsenz förmlich spüren, sein warmes Lächeln, das mir zeigte, dass wir auf derselben Wellenlänge waren. In diesem Moment waren wir die einzigen Menschen im Raum. Die Geräusche um uns herum verschwammen zu einem leisen Hintergrundrauschen, während unsere Blicke sich tief in die Augen des anderen bohrten. Die Funken zwischen uns waren unübersehbar, und ich konnte die elektrische Ladung spüren, die unsere Haut berührte. Es war eine Intensität, die mich berauschte. Alles schien möglich zu sein. Die Zukunft schien offen und voller Möglichkeiten, und ich konnte spüren, wie unsere Gefühle sich miteinander verflochten. Es war ein einfacher Moment, ein Moment des Innehaltens und der tiefen

Verbundenheit, der alles veränderte. Wir saßen einfach da, unsere Hände fest ineinander verschränkt, und ließen die Intensität unserer Gefühle auf uns wirken. Es war ein Augenblick, den ich für immer im Herzen tragen würde und der mir zeigte, dass die wahre Magie oft in den einfachsten Gesten zu finden war.

»Können … wir vielleicht zu dir?«, fragte ich, woraufhin er eine Augenbraue in die Höhe hob.

»Zu mir?« Ich nickte.

»Ja, ich glaube, ich will dir alles erzählen. Wirklich alles. Aber das beinhaltet vermutlich viele Tränen und eine öffentliche Blamage würde ich mir schon gerne ersparen. Also wenn du möchtest. Wenn es dir nicht passt, können wir auch gerne zu mir nach Hause.«

»Zu mir passt super«, sagte er mit einem breiten Grinsen auf dem Gesicht. »Und du bist sicher, dass das für Vivienne in Ordnung geht?«, fragte ich vorsichtig nach. Dass Riley nicht seine Tochter war, wusste ich bereits, aber die Beziehung zu Vivienne war mir noch unklar. Sein Verhalten in den letzten Tagen spiegelte jedoch wider, dass er vielleicht in keiner romantischen Beziehung ihr gegenüberstand.

»Vivienne? Warum sollte sie das interessieren? Aber falls es dich stört, sie ist gerade … Moment …« Erneut musterte er mich. »Versuchst du gerade rauszufinden, ob Vivienne meine Freundin ist?«

Schulterzuckend sah ich auf die Kaffeetasse. »Vielleicht«, gab ich dann doch zu. Jasons Lachen ließ mich wieder aufblicken.

»Sie ist unsere Au-pair.« Er beugte sich vor und grinste übers ganze Gesicht, als er sagte: »Du brauchst dir keine Sorgen machen. Zu diesem Zeitpunkt haben keine anderen Frauen als du und Cassie Platz in meinem Kopf.«

Kapitel 41

(Jasons POV)

Bevor ich ins Wohnzimmer ging, in dem Mandy auf mich wartete, schloss ich für einen Moment die Augen. Nach dem Gespräch im Café, zu welchem sie mich gebeten hatte, waren wir zu mir nach Hause gefahren. Ob das wirklich so eine gute Idee gewesen ist, würden wir noch herausfinden. Das Gefühl, sie wiederzusehen und um mich zu haben, war so viel stärker als der gesunde Menschenverstand. Erneut dachte ich an die zahlreichen Situationen, in denen ich sie bereits hatte Küssen wollen und schluckte schwer.

Wie sollte ich bloß die Finger von ihr lassen, wenn wir uns wieder so oft sehen würden? Ich spähte ins Wohnzimmer, wo sie sich interessiert die Fotos ansah, die ich auf einem Regal stehen hatte. Während sie dort stand, den Rücken mir zugewandt, verlor ich mich in ihrem Anblick.

Die sanfte Biegung ihres Halses, die Art, wie ihr Haar über ihre Schulter fiel und die zarten Bewegungen ihrer Finger, die über die Fotos glitten, ließen jede Erinnerung an unsere gemeinsame Zeit lebendig werden.

Gott, ich schaufelte mir hier gerade ein eigenes Grab. Ausatmend stellte ich mich neben sie und reichte ihr die heiße Schokolade, die ich für uns gemacht hatte. »Tommy ist unglaublich groß geworden«, sagte sie nachdenklich, als sie ein Foto von ihm und Riley betrachtete. Ihr Blick fiel auf die anderen Bilder im Regal. »Sind das … Nein, oder? Gloria und Nael?« Ich nickte. Das letzte Mal, als sie meine Geschwister gesehen hatte, waren sie mitten oder kurz vor der Pubertät gewesen. Ich erinnerte mich noch an Naels Gesicht voller Pickel und Glorias Rebellionsphase.

»Ja, die beiden sind ziemlich groß geworden«, sagte ich, da ich nicht wusste, wie ich darauf antworten sollte. Das war nun mal so, dass man nach acht Jahren etwas anders aussah. Regen prasselte unablässig gegen die Fensterscheiben, als ich Mandy dabei beobachtete, wie sie ein Foto von Elaine betrachtete. Es war ein Bild, das ich sorgfältig aufbewahrt hatte; eine Erinnerung an eine Zeit voller Lachen und unbeschwerter Momente. Doch hinter dieser Erinnerung verbarg sich auch der Schmerz des Verlustes, der mich seit einem Jahr begleitete. Mandy drehte sich zu mir, ihre Augen voller Mitgefühl und Verständnis. Sie hatte Elaine gekannt und war gut mit ihr ausgekommen. Bevor Mandy einfach verschwunden war, hatte Elaine immer positiv von Mandy gesprochen. Ich spürte, wie sich ein Kloß im Hals bildete, und kämpfte gegen die aufsteigenden Tränen an. Die Trauer war immer noch so frisch, als wäre es erst gestern passiert.

»Jason«, begann Mandy leise. »Ich kann nur erahnen, wie sehr du deine Schwester vermisst. Es muss unglaublich schwer gewesen sein, diesen Verlust zu verkraften.« Ihre Worte drangen tief in mein Inneres, und ich konnte die Wärme ihrer Stimme förmlich spüren. Es war ein Trost zu wissen, dass sie die Gefühle nachempfinden konnte. Vermutlich hatte sie das gleiche mit Annie durchgemacht. Ich nickte, unfähig, in diesem Moment Worte zu finden. Die Erinnerungen an Elaine überwältigten mich, und ich konnte mich kaum daran erinnern, wie es war, ohne diesen Schmerz zu leben.

»Sie war alles für mich … Meine Schwester, beste Freundin. Und jetzt sind Riley und Tommy alles, was von ihr geblieben ist«, flüsterte ich mit brüchiger vor Emotionen überwältigter Stimme. Eine Träne löste sich aus dem Augenwinkel und lief mir über die Wange. Schnell wischte ich diese mit einer Handbewegung weg. Mandy trat näher und legte ihre Hand sanft auf meine Schulter.

Es war ein einfacher Akt der Unterstützung, aber er bedeutete mir so viel. Die Tatsache, dass sie hier bei mir war; bereit, sich mir anzuvertrauen. Jetzt war keine Zeit, mich gehen zu lassen. Ich wollte für Mandy da sein. Ihr zeigen, dass ich ihr zuhörte.

»Elaine lebt in ihnen weiter. Du bist ein bemerkenswerter Vaterersatz für sie.«

Ihre Worte durchdrang die Trauer und ließen einen Funken Hoffnung in mir aufleben. Der Regen draußen nahm langsam ab und ich spürte, wie die Last leichter wurde. Die Erinnerungen an Elaine würden immer in meinem Herzen bleiben, aber jetzt war es an der Zeit, nach vorne zu blicken und das Leben zu umarmen, das vor uns lag. Hoffentlich gemeinsam mit Mandy und Cassie.

Kapitel 42

(Jasons POV)

»Wir hätten einfach was bestellen sollen«, murmelte Mandy, als sie die Auflaufform skeptisch in den Backofen schob. »Wir können beide nicht kochen.«

»Ja, aber das macht doch viel mehr Spaß,« lachte ich und wusch mir die Hände.

»Mal sehen, ob du das immer noch so lustig findest, wenn wir gleich halbrohe Kartoffeln essen. Bist du sicher, dass da so viel Milch reinmusste? Das sah eher aus wie eine Suppe als ein Auflauf.«

»Ob ich sicher bin? Das Einzige, was ich hinbekomme, sind Pfannkuchen und heiße Schokolade.«

»Warum hast du dann darauf bestanden, zusammen zu kochen?« Der eigentliche Grund für Mandys Anwesenheit war, zu reden. Jedoch wollte ich Mandy das Gefühl geben, dass sie sich wohl fühlte und über alles mit mir reden konnte. Es schien mir nicht richtig, sie zu drängen. Es sollte von ihr aus kommen, auch wenn es mich beinahe wahnsinnig machte, im Unklaren zu sein.

»Hab gedacht, das dauert etwas länger …« In der Hoffnung, mehr Zeit mit ihr zu verbringen, hatte ich vorgeschlagen, gemeinsam zu kochen. Aber dem Auflauf nach zu urteilen, in welchem die Kartoffeln in einer Milchpfütze umgeben von Käse schwammen, würden wir wohl doch etwas bestellen müssen.

Mandys Augenbraue hob sich irritiert. »Länger?« Zögerlich ging ich einen Schritt auf sie zu.

»Ja«, flüsterte ich und nahm eine ihrer Haarsträhnen zwischen die Finger, bevor ich mich zu ihr vorbeugte und ihr ins Ohr flüsterte: »Ich wollte mit dir kochen, damit du nicht so schnell gehen kannst.« *Und dich mir endlich anvertraust.* Ein Hauch von Verlangen schwang in der Stimme mit, als ich ihr offenbarte, dass ich jede kostbare Sekunde mit ihr genießen wollte. Sie drehte ihren Kopf leicht zur Seite und sah mir direkt in die Augen.

Ein freches Lächeln spielte um ihre Lippen, während ihre Finger sanft über meine Handgelenke strichen. »Du weißt genau, wie man mich zum Bleiben überredet«, flüsterte sie zurück, ihren Blick immer noch auf mich gerichtet.

»Jetzt?«, fragte ich, wohlwissend, worauf sie anspielte.

»Wenn du willst, dass ich bleibe.«

Lachend schüttelte ich den Kopf. »Okay, ich hol die Gitarre«, sagte ich nun doch aufgeregt. Bevor ich dies tun konnte, nahm ich ihr Gesicht zwischen die Hände und hauchte ihr einen leichten Kuss auf den Scheitel. »Ich hab das vermisst«, murmelte ich, bevor ich ins Schlafzimmer ging, um die Gitarre zu holen.

Kapitel 43

(Jasons POV)

»Das passt so aber nicht«, sagte Mandy und strich etwas in dem Notizbuch durch.

»Wieso denn nicht?«, fragte ich und zupfte an den Seiten der Gitarre, die mir auf dem Schoß lag.

»Weil das keinen Sinn ergibt. Wie wäre es mit: *The echoes of dreams are whispering secrets to the stars that refuse to listen?*«

»Aber das passt dann nicht mehr zur Melodie.«

»Dann ändern wir die halt. Spiel mal ein C.«

»Willst du jetzt auch die ganze Akkordabfolge ändern?«

»Wenn das besser passt, ja. Das war sowieso viel zu hoch.«

»Für dich vielleicht«, murmelte ich, kam jedoch ihrem Wunsch nach und spielte ein C, gefolgt von einem D. Sie nahm den Stift in die Hand, welchen sie hinter ihr Ohr gesteckt hatte, und sang leise zu der Melodie, die ich zupfte. Ihre Stimme machte etwas mit mir, das ich nicht erklären konnte. Mehr als einmal hatte ich mich gefragt, wie es wohl wäre, ein Duett mit ihr aufzunehmen. Sie war immer mein größter Fan gewesen und wir hatten an einigen Songs zusammengearbeitet. Es war damals unser Ding gewesen, zusammen zu brainstormen.

Während ich die Gitarrensaiten zupfte, beobachtete ich Mandy voller Bewunderung, wie sie mit dem Stift über das Papier glitt. Wie sehr ich sie vermisst hatte.

Ob sich nach unserem Gespräch, das wir noch führen mussten, wieder alles zwischen uns ändern würde? Aus Angst vor dem Ergebnis, würde ich es am liebsten so lange wie möglich hinauszögern; wusste jedoch, dass es unausweichlich war.

Mit gerunzelter Stirn betrachtete sie jede Zeile des Textes kritisch. Es war faszinierend zu sehen, wie sie in ihren Gedanken versunken war und sich mit Leidenschaft dem Songtext widmete. Ein sanftes Lächeln umspielte meine Lippen, als ich die Verbindung zwischen uns spürte. Während ich weiterspielte, wagte ich es, sie immer wieder anzusehen. Ihr Anblick erfüllte mich mit einer Freude und Inspiration, die ich ungern wieder missen würde. Ihre Augen leuchteten vor Eifer, die Lippen bewegten sich leise, während sie Worte formte und wieder verwarf.

Jeder Klang, den ich auf der Gitarre erzeugte, schien ihre Worte zu begleiten und ihnen einen zusätzlichen Zauber zu verleihen. Mandy hob den Blick und bemerkte das Lächeln. Unsere Augen trafen sich und es fühlte sich an, als ob wir uns auf einer ganz anderen Ebene verstanden.

Es war eine stille Kommunikation, ein Austausch von Emotionen und Ideen, der zwischen uns stattfand.

Ich spürte, wie die Funken der Kreativität zwischen uns sprühten und uns immer näher zusammenbrachten. Mit einem letzten Akkord auf der Gitarre verstummten die Töne, und ich legte das Instrument beiseite.

Unsere Blicke blieben noch einen Moment miteinander verschmolzen, bevor ich mich räusperte. »Das war-« »Unglaublich.« Beendete sie den Satz.

»Kannst du dir vorstellen, es mit mir aufzunehmen?«, fragte ich vorsichtig nach; unwissend, wie es mit uns in den nächsten Tagen weitergehen würde.

Schulterzuckend blickte sie auf ihren Zettel. »Vielleicht. Ich weiß es nicht.«

»Überleg es dir. Könnte echt gut werden.« Ihr schüchternes Lächeln brachte mich beinahe um den Verstand. »Ich schau mal nach dem Essen«, warf ich ein und begab mich in die Küche, um nach dem Auflauf zu sehen.

Sobald ich den Backofen öffnete, beschloss ich, dass wir doch online bestellen würden. Es war matschig und sah absolut ungenießbar aus. »Und? Kann man es essen?«

»Wohl eher nicht. Pizza?«, fragte ich und holte eine Flasche Weißwein aus dem Kühlschrank. Mandy nickte lachend.

»Ja, hab ich doch von Anfang an gesagt.« Fragend hielt ich die Flasche in die Höhe, was sie ebenfalls mit einem Nicken bestätigte. »Aber nicht zu viel. Morgen muss ich wieder zur Arbeit. Und Cassie wartet auch auf mich.«

Ich reichte ihr ein Glas und lehnte mich gegen die Küchenzeile, als ich sie zögerlich musterte. »Kann … also denkst du, wir können das hier das nächste Mal zusammen mit Cassie machen?« Würde ich sie nach dem Gespräch wieder sehen können?

»Musik machen? Ich weiß echt nicht, ob sie diese Seite von dir geerbt hat.«

»Du weißt, wie ich das meine.« Nach dem Telefonat, als ich ihr offenbart hatte, dass ich ein Teil von Cassies Leben sein wollte, hatten wir noch nicht darüber gesprochen, wie genau es aussehen sollte.

»Cassie würde sich sehr freuen.«

»Wirklich? Am Wochenende habe ich Riley und Tommy versprochen, zusammen ins Schwimmbad zu fahren, willst du mit Cassie mitkommen?« Ihr Zögern entging mir nicht, aber zu meiner Erleichterung sagte sie zu.

»Das klingt gut.«

Nachdem ich eine Pizza bei Antonios Pizzeria bestellt hatte, sah ich noch einmal nach Riley, die immer noch friedlich in ihrem Bett schlief. Als wir von der Schule nach Hause gekommen waren, hatte sie sich direkt müde in ihr Bett gelegt. Solange ich mich mit Mandy im Café getroffen hatte, war Vivienne bei ihr gewesen. Als ich mit Mandy hier ankam, war sie jedoch mit Tommy ins Kino gefahren. Erneut durchströmte mich Dankbarkeit Vivienne gegenüber. Sanft schloss ich die Tür zu Rileys Schlafzimmer und begab mich wieder in die Küche. Am Türrahmen lehnend beobachtete ich Mandy, wie sie in Gedanken versunken vor dem Küchentresen lehnte. Ihre Hand ruhte auf der Kante, während sie intensiv über etwas nachzudenken schien. Ob sie bereit war, mit mir zu reden? Mit gerunzelter Stirn blickte sie fokussiert auf einen Punkt vor ihr, als ob sie in ihre eigene Welt eingetaucht wäre; weit weg von der Realität um sie herum. Ich konnte nicht anders, als von ihrer Ausstrahlung fasziniert zu sein. Jedes Mal, wenn sie so konzentriert war, schien sie noch schöner und anziehender zu sein. Ein Lächeln umspielte meine Lippen, als ich mir überlegte, wie ich sie aus ihrer Versunkenheit herauskitzeln könnte.

Vorsichtig schlich ich mich näher und stellte mich neben sie. Sie bemerkte mich nicht, so sehr war sie in ihre Gedanken vertieft. »Hey«, flüsterte ich leise. »Woran denkst du?«

Erschrocken fuhr Mandy zusammen und kippte dabei den Inhalt ihres Weinglases über mein T-Shirt. »Oh, tut mir leid«, flüsterte sie, während sie auf den nassen Fleck starrte, bevor sie sich ein Küchentuch nahm und versuchte, den Wein vom T-Shirt zu wischen. Dabei kam sie mir unglaublich nah, sodass ich ihren süßlichen Duft einatmen konnte. Sie roch ähnlich wie damals, aber dennoch etwas anders. Hatte sie ihr Parfum geändert? Jedoch konnte ich immer noch die Akzente von Kokos und Pfirsich ausmachen. Sie rieb weiter an dem T-Shirt herum, was mich schneller atmen ließ. Ihre Nähe ließ mich nicht kalt und aus einem Reflex heraus, legte ich die Hände an ihre Taille.

Sie erstarrte und blickte mich mit ihren großen braunen Augen an. Himmel, wie oft hatte ich mir in den letzten Tagen vorgestellt, ihr wieder so nah sein zu können. Ich biss mir auf die Unterlippe. »Wenn du nicht willst, dass ich dich küsse und über dich herfalle, solltest du das vielleicht besser lassen«, raunte ich und konnte deutlich erkennen, dass diese Nähe und Worte nicht einfach so an ihr vorbei gingen. Die Gänsehaut auf ihren Unterarmen war nicht zu übersehen.

»Wer sagt denn, dass ich das nicht will?«, fragte sie daraufhin, was mich schwer schlucken ließ.

Damit hatte ich nicht gerechnet. Unsere Körper waren nur noch wenige Zentimeter voneinander entfernt und ich konnte ihre Wärme förmlich spüren. Die Atmosphäre war aufgeladen, mit einer Mischung aus Neugier, Verlangen und einem Hauch von Unsicherheit. Die Hitze zwischen uns gewann immer mehr an Intensität, als wir uns in die Augen sahen. Acht lange Jahre waren vergangen, seit ich Mandy das letzte Mal geküsst hatte. Acht Jahre, in denen wir getrennte Wege gegangen waren; uns verloren hatten.

Langsam und vorsichtig zog ich sie an ihrer Taille näher an mich heran. Sie erwiderte die Berührung, indem sie ihre Hände auf meine Brust legte, als ob sie sich festhalten wollte. Es war ein Moment der zögerlichen Annäherung, der all unsere Sehnsucht und Verlangen verkörperte. Die Zeit schien zu verlangsamen, als ob das Universum selbst innehielt, um

Zeuge dieses magischen Augenblicks zu sein. Ich konnte ihren Atem auf der Haut spüren, während wir uns immer näherkamen. Und dann geschah es. Unsere Lippen trafen sich endlich wieder, sanft und zart. Es war ein Kuss voller Sehnsucht und Wiederentdeckung. Ein Kuss, der all die verpassten Jahre und den Schmerz der Trennung vergessen ließ. Zaghaft und unsicher tasteten wir uns wieder aneinander ran. Doch mit jedem Moment wurde er leidenschaftlicher und intensiver. Meine Hände hielten Mandy fester, während ich sie näher zu mir zog, um sie ganz in der Umarmung zu haben. Unsere Küsse wurden hungriger und verlangender, als ob wir all die verlorene Zeit aufholen wollten. In diesem Moment waren nur Mandy und ich existent, alles andere verschwand in der Bedeutungslosigkeit.

Bis ein lautes Krachen uns auseinanderfahren ließ. Ein Blick zur Tür genügte, um feststellen, dass Vivienne für den Krach verantwortlich war. Sie hatte die Tür fest ins Schloss fallen lassen und war daraufhin wohl über Rileys oder Tommys Schuhe gestolpert. Denn sie lag auf dem Boden und rieb sich den Hintern. Es war nicht das erste Mal, dass ich sie in dieser Position aufgefunden hatte. Ständig fiel sie über etwas und landete auf dem Boden.

»Alles in Ordnung?«, fragte Mandy und ging auf sie zu, um ihr aufzuhelfen. Ich sah ihr nach und verspürte den Wunsch, sie erneut zu küssen. Aber genauso, wie es nur eine Frage der Zeit war, dass ich sie wieder küssen würde, so war es vermutlich ebenfalls eine Frage der Zeit, bis sie mir das Herz erneut brechen würde. Denn innerlich wusste ich, dass es sich bei ihr um eine tickende Zeitbombe handelte, die mich erneut in tausend Stücke sprengen würde.

Kapitel 44

(Mandys POV)

Vermutlich hätte ich mit Jason in dem Café bleiben sollen. Oder an irgendeinem Ort, an dem wir nicht allein waren. Jedoch schienen sich mein Mund und Verstand in dieser Sache uneinig zu sein. Denn hier waren wir nun: Näher als wir uns sein sollten. Noch immer spürte ich seine Lippen, als ich die Decke um die Beine legte.

Nachdem Vivienne uns unterbrochen hatte, wäre ich am liebsten einfach nach Hause, um ihm zu entfliehen. Aber ich war aus einem Grund hier bei ihm. Er sollte die Wahrheit wissen. Wohlwissend, dass ich es nicht mehr weiter hinauszögern konnte, hielt ich den dampfenden Becher enger an mich und kuschelte mich in die warme Decke auf Jasons Veranda. Es war an der Zeit, es hinter mich zu bringen, da ich bereits deutlich länger hiergeblieben war als beabsichtigt. Draußen legte sich bereits die Dämmerung über das Land und ein leichter Wind wehte mir durch die Haare. Meine Mutter würde sich um Cassie für heute Abend kümmern, da ich mir nicht ganz sicher war, wie lange das hier noch dauern würde. Die Tür zur Veranda öffnete sich und ein unsicherer Jason trat hindurch.

Nachdem er mir einen Tee gemacht hatte, wollte er noch nach der kranken Riley sehen. Es war seltsam, ihn so unsicher zu sehen, aber mir ging es ähnlich. Immer wieder schwirrten Bilder von unserem Kuss vor meinen Augen, was mich aufseufzen ließ. Mit einer Handbewegung deutete ich auf den Platz neben mir. Wir mussten wirklich dringend reden. Es gab kein Drumherum. Er verdiente die Wahrheit.

»Ich nehme an, du hast Fragen«, warf ich das offensichtliche in den Raum und blickte zu ihm hinüber. Dabei erwischte ich ihn, wie seine Augen auf meinen Ausschnitt gerichtet waren, was mich leicht lächeln ließ.

Ertappt sah er mir ins Gesicht. »Ja.«

»Was genau möchtest du wissen, oder soll ich einfach erzählen?«

»Vielleicht fängst du einfach an? Ich will dich zu nichts zwingen …« Er hielt kurz inne und lächelte schwach. »Es wäre einfach gut zu wissen, wo wir falsch abgebogen sind. Was mit uns passiert ist. Wir haben so gut zusammen funktioniert und ich bin einfach nur verwirrt … Besonders nach gerade eben …«

»Es lag nicht an dir«, fing ich an, woraufhin er schnaubte.

»Komm mir jetzt nicht mit dieser scheiß Floskel. Ich hasse es. Normalerweise würde ich mich aufregen und überdenken, was ich falsch gemacht habe. Und ich habe mich das bei dir jeden Tag gefragt, aber ich bin einfach nicht draufgekommen. Was hätte ich anders machen können? Wieso ich dir nicht genug gewesen war …«

Seine Stimme nahm ein leises Flüstern an und brach mein Herz. »Du warst mehr als genug. Und es bricht mir das Herz, dass du an dir gezweifelt hast. Dass ich der Grund dafür war.

Es lag weder an dir noch an mir. Niemals hätte ich dir das antun wollen. Aber es war die einzige Option.« Kurz hielt ich inne, bevor ich weitersprach. »Es lag an Malcolm …« Allein seinen Namen auszusprechen, ließ mir einen Schauder über den Rücken laufen.

»Willst du mir gerade ernsthaft weismachen, dass du mich für einen anderen Mann verlassen hast?«, fragte er und fasste die ganze Situation falsch auf.

»Nein!«, sagte ich schnell, bevor das irgendwie wieder ausarten konnte. »Malcolm hat Annie umgebracht.« Bei diesen Worten ballte ich die Hände zu Fäusten. Hatte ich diesen Satz so jemals laut ausgesprochen? Mit Tränen in den Augen blickte ich zu Jason, welcher mich behutsam ansah. Seine Hand hob sich leicht, als wolle er die Tränen wegwischen, ließ sie jedoch nach kurzem Zögern auf seinem Schoß liegen.

»Du hast nie mit mir darüber geredet, was genau damals passiert ist«, flüsterte er.

»Mit niemandem habe ich ernsthaft darüber gesprochen. Selbst mit der Therapeutin habe ich zwei Jahre gebraucht, bevor ich irgendeinen Satz rausbringen konnte. Und auch diese Sätze konnten nicht annähernd wiedergeben, was damals passiert ist. Es ging einfach nicht. Bis heute fällt es mir noch verdammt schwer, wenn ich nur daran denke, wie er … dann bekomme ich eine Panikattacke.« Malcolms hasserfüllter Blick und seine kalte Hand am Hals drängten sich in meine Gedanken. Schnürten mir erneut die Luft ab.

»Hey.« Jasons Hand legte sich auf meine und seine Wärme hinderte mich daran, in diesen tiefen Gedankenstrudel zu fallen. Dankbar ergriff ich sie, um ihm zu verdeutlichen, dass er nicht loslassen sollte. »Du musst nicht davon erzählen, wenn du dich nicht bereit dafür fühlst.« Kopfschüttelnd sah ich zu ihm auf. »Nein, ich möchte dir davon erzählen, dass du es verstehst. Denn ich kann nicht einen weiteren Tag mit dem Gedanken leben, dass du denkst, ich hätte dich ohne Grund verlassen. Dass du mich hasst.« Bei dem letzten Satz spürte ich, wie er seine Hand unter mein Kinn legte und es sachte anhob. »Ich hasse dich nicht. Ich habe dich nie gehasst.« Seine blauen Augen bohrten sich in mich, während ich mir auf die Lippen biss und den Blick zu seinen wandern ließ. Wie gerne würde ich diesen Abstand zwischen uns wieder schließen und sie spüren. Doch bevor ich diesem Verlangen nachgeben konnte, richtete er sich auf und brachte Abstand zwischen uns.

»Verdammt, Mandy, wenn du mir so auf die Lippen starrst und mich mit diesem Blick ansiehst, dann kann ich nicht klar denken. Du hast keine Ahnung, was du mit mir anstellst …« Seine Ehrlichkeit hatte ich schon immer gemocht.

»Ich kann nichts dafür«, flüsterte ich. Auch wenn seine Worte das Verlangen nach ihm nur verstärkten, war ich dankbar, dass er Abstand zwischen uns geschaffen hatte. Denn sollten wir uns erneut küssen, würde ich nicht damit aufhören können. Und so sehr ich mich auch danach sehnte: Das war nicht der Grund, wieso ich hier war.

Jason seufzte auf. »Ich werde mich jetzt dir mit Abstand gegenübersetzen und dann können wir reden, wenn du willst. Aber wenn du so nah bei mir sitzt und ich dich nicht berühren darf, macht mich das wahnsinnig.«

»Wer sagt, dass du mich nicht berühren darfst?«, fragte ich flüsternd mit einem Grinsen, bewusst, dass ihn die Antwort durcheinanderbringen würde. Es wäre eine Lüge zu behaupten, dass ich es nicht genoss, immer noch so eine Wirkung auf ihn zu haben.

Jason kniff seine Augen zusammen. »Bring mich nicht auf dumme Gedanken, Raindrop«, knurrte er. Raindrop. Dies war sein Spitzname für mich gewesen, als ich nach einem unserer

Dates erwähnt hatte, dass ich es liebte, bei Regen im Auto zu sitzen. Er hatte mich verwirrt angesehen und ich hatte ihm erklärt, dass ich es absolut liebte, die Regentropfen zu beobachten, die langsam die Scheibe runterliefen. Noch immer liebte ich es. Es erinnerte mich an Tränen, die eine Spur hinterließen und uns Menschen formten und teilweise halfen, loszulassen. Daraufhin hatte er erwidert, dass ich sein Raindrop war, da ich sein Leben geformt hatte. Es mochte kitschig wirken, aber ich hatte den Spitznamen geliebt.

»Du erinnerst dich«, flüsterte ich, während er sich tatsächlich auf einen Stuhl mir gegenübersetzte und eine Decke über seinen Schoß legte.

»Natürlich tue ich das. Du wirst immer mein Raindrop bleiben. Denn ob du es willst oder nicht, deine Spur in meinem Leben hat sich eingraviert. Die bekommt man nicht wieder weg, glaub mir. Ich habe es versucht.« Ich atmete tief ein und aus.

»Es tut mir wirklich leid.«

Ein schwaches Lächeln umspielte seine Lippen. »Lange wollte ich dir böse sein, wirklich. Deine Spur loswerden. Aber es war nicht möglich.« Auch er hatte eine Spur in meinem Leben hinterlassen, die ich nicht abschütteln konnte. Wo er wieder vor mir saß, war ich mir nicht sicher, ob ich dies überhaupt wollte. Damit er sich jedoch weiterhin einen Weg in mein Leben bahnen konnte, musste ich mich ihm öffnen und ihm die Vergangenheit anvertrauen.

Kapitel 45

(Mandys POV)

Mit einem Lächeln erwiderte ich Jasons Geste, als er mir großzügig ein weiteres Weinglas einschenkte. Bevor ich die Geschichte begann, entschied ich mich dazu, mir etwas Mut anzutrinken. Vielleicht würde es mir helfen, nicht in Tränen auszubrechen, sobald ich in die Vergangenheit eintauchte. Behutsam reichte er mir das halbvolle Weinglas und unsere Finger berührten sich flüchtig. Dieser zarte Kontakt ließ mein Herz schneller schlagen. Es war erstaunlich, wie viel Bedeutung ich dieser kleinen Geste beimessen konnte - so viel mehr, als jeder Kontakt mit Brandon es jemals vermocht hatte. Da es auf der Veranda kalt geworden war, hatten wir beschlossen, ins Wohnzimmer zu gehen. Ich ließ mich auf das gemütliche schwarze Sofa sinken, während Jason mit angemessenem Abstand gegenüber Platz nahm. »Was ich dir jetzt erzählen werde …«, begann ich und schluckte schwer. »Ist verdammt hart für mich, und ich möchte, dass du weißt, dass ich anders gehandelt hätte, wenn ich die Möglichkeit gehabt hätte. Niemals hätte ich dir Cassie verschwiegen. Und niemals hätte ich dich verlassen.«

»Warum hast du es dann getan?«, fragte er leise, während er in sein Weinglas starrte. Ich nahm einen großen Schluck und setzte mich ihm im Schneidersitz zugewandt hin.

»Du musst verstehen, dass das, was ich dir jetzt erzählen werde, dein Leben verändern kann. Und du musst mir etwas versprechen.«

»Alles«, antwortete er prompt.

»Du musst mich und Cassie aus den Medien heraushalten. Ich weiß, du bist nicht weltberühmt, aber weder Cassie noch ich dürfen in den Medien auftauchen.« Zögernd nickte er. Ich war unglaublich erleichtert, dass Cassie bisher noch nicht in den Medien präsent war. Jason war noch nicht so berühmt, dass die Paparazzi ihm auf den Fersen waren. Er hatte ein paar Hits geschrieben, doch er war kein Justin Bieber, dem jegliche Privatsphäre genommen wurde. Aber wer konnte schon sagen, wie lange das so bleiben würde?

»Vor acht Jahren ging ich zu Annie, um ihr zu erzählen, dass ich schwanger war«, begann ich. »Ich war verzweifelt. Wir waren erst 17, gingen noch zur Schule, hatten kein Geld, um uns um ein Kind zu kümmern. Ich hatte Angst und wusste nicht, was ich tun sollte-«

»Du weißt, dass ich an deiner Seite geblieben wäre ... Wir hätten einen Weg gefunden«, sagte er.

Schwach lächelnd erzählte ich weiter. »Ich saß verzweifelt mit Annie in der Küche, als wir plötzlich ein Geräusch hörten und Annie aufsprang, um nachzusehen. Dann hörte ich ihren markerschütternden Schrei: *Lauf!* Das war alles, was sie herausbringen konnte. Panisch war sie ins Zimmer gestürmt und hatte mich mit sich gezogen, während sie die Tür verbarrikadierte. Ich hatte keinen blassen Schimmer, was vor sich ging, und sie sprach in rätselhaften Worten zu mir. *Es tut mir leid. Ich hätte niemals zulassen sollen, dass es so weit kommt,* während sie in panischer Hast mit jemandem telefonierte, bevor sie sich wieder mir zuwandte. Dann schob sie ihr Bett zur Seite und befahl mir, mich darunter zu verstecken. *Du wirst die tollste Mutter der Welt sein* war das Letzte, was sie sagte. Ich wollte schreien, etwas sagen, doch plötzlich hörte ich nur ein böses Lachen. Sein Lachen.« Ein Kloß bildete sich im Hals, und ich wischte mir die Tränen aus den Augen, während die Gedanken immer wieder zu Annie wanderten. Bis heute war mir nicht klar, wie sie und ich in diese Situation geraten waren. Ich wusste, dass es wahrscheinlich noch viel mehr zu dieser Geschichte gab, doch niemand wollte mit mir reden. Niemand wollte mir sagen, was wirklich vor sich ging, und irgendwann hatte ich es aufgegeben, danach zu fragen. Jasons Blick harrte angespannt auf mir. War es bereits zu viel für ihn?

»Mandy …«, begann er, doch ich unterbrach ihn.

»Lass mich bitte zu Ende erzählen, solange ich noch die Kraft dazu habe.« Denn dies war erst der Anfang. Das Schlimmste sollte erst noch folgen. Sein Gesicht blieb steif, als er nickte und mich erwartungsvoll ansah. Ein weiterer großer Schluck Wein durchflutete meine trockene Kehle. Es half definitiv. Mit geschlossenen Augen versuchte ich, ruhig zu atmen und nicht erneut in Panik zu geraten. »Ich konnte alles sehen. Alles«, flüsterte ich, während ich versuchte, die Erinnerungen zu kontrollieren, die mich innerlich zerrissen. »Ich war unter dem Bett, konnte jedoch von der Position alles sehen und hören …« Ein bitteres Schlucken begleitete die Worte und Tränen strömten mir unaufhaltsam über die Wange. Mein Körper bebte unter den Schluchzern, die ich zu unterdrücken versuchte, und im nächsten Moment spürte ich, wie Jason mich in seine Arme zog, in denen ich mich in Tränen auflöste.

»Psst«, flüsterte er beruhigend und strich mir sanft über den Hinterkopf. »Es ist okay, wenn es zu schwer ist, darüber zu reden.«

Mit zittriger Stimme fuhr ich fort: »Ich habe mit eigenen Augen gesehen, wie er sie umgebracht hat, Jason …« Die Finger krallten sich in sein T-Shirt, während ich den Schmerz in den Worten spürte. »Ich habe ihr Schreien gehört. Manchmal höre ich sie immer noch. Dann ertönte ein Schuss und es wurde still. Sie war tot. Lag vor mir auf dem Boden. Und dann hat er mich gefunden«, flüsterte ich. Die Erinnerung durchzuckte mich wie ein scharfer Stich. Jasons Griff um mich verstärkte sich, während sein Körper sich verkrampfte. »Er hat mich hochgehoben. Seine Hände an meiner Kehle. Ich konnte das kalte Metall eines Messers spüren …« Die Narbe hinter dem Ohr pulsierte, eine kleine, aber schmerzhafte Erinnerung an die Klinge, die dort seinen Schnitt hinterlassen hatte. »Auch mich wollte er töten«, schluchzte ich. »Und ich habe absolut keine Ahnung, warum; oder wer Liora Green ist und was sie mit mir zu tun hat. Er rief immer wieder diesen Namen, während Annie tot in der Ecke lag.«

»Verdammt, Mandy, warum hast du nichts gesagt?«, fragte Jason, während sich Tränen, Verzweiflung und Wut in seinen Augen spiegelten. »Ich werde diesen Bastard umbringen«, sagte er entschlossen und drückte mich fest an sich, als ob er mir den Schmerz nehmen wollte; sich vergewissern, dass Malcolm mich nicht getötet hatte. Zumindest nicht physisch. Denn an diesem Tag war ich innerlich gestorben, seelisch und emotional.

»Ich hatte panische Angst, sah bereits das Ende vor mir, als plötzlich ein erneuter Schuss durch die Luft knallte und Malcolm aufschrie; mich losließ«, flüsterte ich, die Stimme brüchig vor Angst. »Das FBI hatte ihn angeschossen und festgenommen. Er schrie und sagte, dass ich es bereuen würde.« Das waren die letzten klaren Erinnerungen an diesen Tag. Alles danach verschwamm in einem Nebel.

Ich erinnerte mich nur noch an Nate, wie er über Annie kniete und dann wütend gegen die Wand trat, bevor er auf mich zukam und versuchte, mich zu beruhigen. In den nächsten Tagen war ich wie ein Geist umhergewandert, innerlich gebrochen. »Vier Tage später ist Malcolm entkommen«, berichtete ich weiter und Jason erstarrte, seine Muskeln verkrampften sich vor Anspannung. »Wir wurden in das Zeugenschutzprogramm aufgenommen.«

Jason blickte mich mit geröteten Augen an. »Kimberly Wilson …«, murmelte er und ich nickte bestätigend.

»Wir sind mehrmals umgezogen. Ich wollte dir von Cassie erzählen, aber ich konnte es einfach nicht übers Herz bringen, wenn ich am nächsten Tag wieder verschwunden wäre.«

Jason drückte mich fester an sich und strich sanft über den Rücken. »Du weißt, ich wäre mit dir gegangen«, sagte er mir leise.

Entschieden schüttelte ich den Kopf. »Aber das wollte ich nicht. Dein Leben war in Houghton, bei deiner Familie. Es war nicht meine Absicht, dass du alles aufgibst. Ich wollte, dass du dein eigenes Leben lebst.« Er biss sich nervös auf die Unterlippe. Es schien, als realisiere er, dass ich recht hatte. Mir war bewusst, was seine Familie ihm bedeutete.

»Und … du bist immer noch im Zeugenschutzprogramm?«, fragte er vorsichtig.

Langsam nickte ich. »Ja, deshalb wollte ich dir zu Beginn nichts erzählen. Aber spätestens, wenn wir uns auf einer Elternkonferenz unter dem Namen Kimberly Wilson getroffen hätten, wäre es zu spät gewesen. Außerdem verdienst du die Wahrheit. Niemals hätte ich dich gehen lassen, wenn es einen anderen Ausweg gegeben hätte.«

»Und Cassie …«, begann er und ließ den Satz unvollendet.

»Sie wurde vor ein paar Wochen entführt. Vier Jahre war es ruhig und ich dachte, wir könnten endlich wieder ein normales Leben führen. Aber dann geschah das und alles wurde wieder auf den Kopf gestellt. Es ist mir immer noch unbegreiflich, wie sie ausgerechnet bei dir aufgetaucht ist. Was sie in dem Wald gemacht hat, indem du sie gefunden hast.« Ein Schauer lief mir über den Rücken bei dem Gedanken an Cassie allein und hilflos im Wald.

»Sie sah nicht gut aus«, flüsterte er und erneut brachen Tränen hervor. »Wie geht es jetzt weiter?«, fragte er schließlich und ich zuckte hilflos mit den Schultern. Wie gerne würde ich ihm diese Frage beantworten können. Doch die Wahrheit war, dass ich es nicht wusste. Ich hatte absolut keine Ahnung, was die Zukunft für uns bereithielt. Ob wir ein Happy End bekamen, oder beide gebrochen werden würden.

Kapitel 46

(Nates POV)

»Danke, dass du ein Auge auf sie hast.«

»Es scheint, als würde sie sich hier gut einleben«, begann Declan Paisley, Direktor der Berkeley International School. »Am ersten Tag hat sie bereits Freundschaft mit Ariel und Jackson geschlossen. Auch wenn die beiden ständig für Drama sorgen, glaube ich, dass es ihr guttun wird.« Declan war ein alter Bekannter von mir, aus Kindertagen. Er kannte Mandys leibliche Eltern, Jonathan und Camilla Green, da er ihr Nachbar gewesen war. Durch sie hatte ich Declan kennengelernt. Wir hatten oft zusammen in Camillas Küche gesessen und ihren unglaublich leckeren Käsekuchen genossen. Ein wehmütiges Lächeln huschte über mein Gesicht, als ich an Camilla dachte. Sie und Jonathan waren außerordentlich liebevolle Menschen gewesen, die es nicht verdient hatten, so früh zu sterben.

»Sie ist wirklich zu einer jungen Frau herangewachsen«, murmelte Declan und ich wusste, dass er von Mandy sprach. »Ehrlich gesagt hätte ich nicht gedacht, dass sie es so weit schaffen würde«, fügte er hinzu. Tatsächlich hatten wir das alle nicht erwartet. Allein die Tatsache, dass sie 17 Jahre lang unter dem Radar geblieben war, glich einem Wunder.

Aber ich würde alles in der Macht Stehende tun, um Jonathan und Camillas Tochter zu schützen.

»Glaubst du wirklich, dass sie hier in Berkeley sicher ist?«, fragte Declan und die Antwort hing einen Moment lang in der Luft.

»Ich weiß es nicht«, antwortete ich ehrlich. In Wahrheit hätte ich sie am liebsten nach Europa oder sogar Asien gebracht, einfach weg aus Amerika. Tatsächlich hatte ich bereits einige Anrufe getätigt, um sie in Gordes, einer Kleinstadt in Frankreich, unterzubringen. Die Sicherheit und das Wohlergehen von Mandy waren meine oberste Priorität. Aus diesem Grund hatte ich Declan informiert, und ein Freund bei der Polizei hatte zugestimmt, Mandy von seinen Mitarbeitern überwachen zu lassen. So war immer jemand in ihrer Nähe, sollte etwas passieren.

»Ich werde ein wachsames Auge auf sie haben«, versicherte Declan mir. »Zudem ist unser Sicherheitssystem hervorragend«, fügte er hinzu, und ich wusste, dass er recht hatte. An seiner Schule gingen regelmäßig Berühmtheiten ein und aus. Die Gebühren, die diese Schule verlangte, konnten sich nur wohlhabende Menschen leisten. Es war zweifellos eine exklusive Privatschule.

»Danke, Declan«, sagte ich und beendete das Gespräch. Erschöpft blies ich die Wangen auf und starrte auf die Akten vor mir auf dem Tisch. Es war, als ob wir uns im Kreis drehten. Wir fanden einfach keine Antworten, und das frustrierte mich zutiefst. Schließlich war ich in dem Beruf erfolgreich. Ich war gut darin, Hinweise zu finden, Täter zu überführen und Menschen zu retten. Doch im Fall von Mandy schien alles hoffnungslos zu sein.

In diesem Moment stürmte Jake in das provisorische Büro. »Was ist los?«, grummelte ich.

»Nate, du musst dir das anhören«, war alles, was er sagte, bevor er wieder aus der Tür verschwand. Müde und verwirrt stand ich auf und begab mich in die Küche unserer vorübergehenden Wohnung hier in Berkeley. Bevor ich weiterdenken konnte, brauchte ich dringend einen Kaffee. Ich betrat die Küche und machte große Augen, als ich Agent Long dort entdeckte. Was zum Teufel machte er hier? Er lehnte lässig an der Küchenzeile und trank genüsslich aus einer Tasse, die Jake ihm wahrscheinlich angeboten hatte.

»Da bist du ja. Du bist nicht gerade leicht zu erreichen«, sagte er und fuhr sich durch seine dunklen Haare. Ich mochte den Mann nie besonders.

»Was willst du?«, brummte ich und nahm mir eine Tasse aus dem Schrank, um mir ebenfalls Kaffee einzuschenken. Damian Long gehörte zu unseren ältesten und erfahrensten Agenten. Damals hatte er eng mit Jonathan und Camilla zusammengearbeitet. Im Gegensatz zu ihnen strahlte er jedoch keine warme Atmosphäre aus. Wenn es nach ihm gegangen wäre, hätte er Liora einfach in ein Heim gesteckt und sich selbst überlassen. Zum Glück gab es Menschen, die sich für Jonathans und Camillas Tochter eingesetzt hatten, und so war sie bei Howard und Theresa Steward gelandet.

»Ich bin hier wegen deines Falles mit Malcolm Lightwood.«

»Was?«, entfuhr es mir.

Er seufzte. »Du weißt schon, Malcolm Lightwood. Derjenige, der für den Tod von Jonathan und Camilla verantwortlich war und es auf deren Tochter abgesehen hat, die du betreust.«

»Ich weiß, wer er ist«, brummte ich erneut. Wie könnte ich ihn jemals vergessen?

»Nun, ich habe neue Informationen, die dich vielleicht interessieren könnten.«

»Und dafür konntest du nicht anrufen?« Ich hatte überhaupt keine Lust auf diesen Kerl.

»Glaub mir, diese Information möchtest du persönlich hören. Und du solltest dich setzen.« Zögernd zog ich eine Augenbraue hoch. Was könnte es Neues geben, das mich so umhauen würde, dass ich mich hinsetzen sollte? Dennoch folgte ich widerwillig seinem Rat und nahm auf einem Stuhl in unserer Küche Platz. Ein paar Sekunden später war ich dankbar, auf ihn gehört zu haben.

»Seine Leiche wurde gefunden.«

»Was?«, rief ich verwirrt aus.

»Malcolm Lightwood wurde gefunden. Tot.«

»Was? Wie? Wo? Was?«, überhäufte ich ihn mit Fragen.

»Es war eine äußerst widerliche Angelegenheit. Denn wie sich herausstellte, lag er bereits seit vier Jahren dort begraben.« In meinem Kopf ratterte es. Was hatte das zu bedeuten?

»Nate, Malcolm Lightwood ist bereits seit vier Jahren tot.«

Kapitel 47

(Mandys POV)

»Ich bin direkt nebenan, falls du etwas brauchst«, flüsterte ich Cassie ins Ohr und drückte ihr einen zarten Kuss auf die Stirn.

Ein amüsiertes Kichern entwich ihr, während sie die Augen verdrehte. »Mama, ich weiß doch, wie die Schule funktioniert. Ich war schon mal in einer. Außerdem bin ich sieben und keine zwei Jahre alt.« Sie wurde so rasch erwachsen.

»Ja, ich weiß. Und ich bin sicher, dass Frau Darktree sich gut um dich kümmern wird.« Gerade als ich diese Worte aussprach, bog Ariel um die Ecke, in einer Hand einen dampfenden Becher Starbucks-Kaffee und in der anderen einen Stapel Papier.

Ihr freundliches Lächeln galt mir, bevor sie sich Cassie zuwandte. »Du musst Cassie sein.« Ein Schmunzeln zierte Cassies Gesicht, als sie nickte.

»Und du meine Lehrerin. Ich freue mich schon, wieder in der Schule zu sein.«

»Super, möchtest du schon mal mitkommen? Du könntest mir bei ein paar Sachen helfen.«

Cassie sprühte vor Begeisterung. »Gerne!«, rief sie und hopste fröhlich hinter Ariel her in das Klassenzimmer. Bevor sie darin verschwand, warf sie mir noch ein strahlendes Lächeln zu. Der Anblick von Cassie in solch sorgloser Stimmung erfüllte mich mit unbeschwerter Freude. Ursprünglich hatten wir erwogen, Cassie in meine Klasse zu stecken, aber ich dachte, es wäre vielleicht gut für sie, eine andere Lehrerin zu haben. Eine neue Bezugsperson könnte ihr guttun. Außerdem konnte ich mir vorstellen, dass es Cassie vielleicht unangenehm war, ihre Mutter als Lehrerin zu haben.

Ein Seufzen entkam mir, als ich mich umdrehte und bemerkte, dass Jackson mich beobachtete. Ein freches Grinsen erschien auf seinen Lippen, während er auf mich zukam und mir eine Packung Kekse entgegenhielt. Dankbar nahm ich mir einen heraus. »Deine Tochter?«, fragte er lächelnd, während ich nickte. »Sie sieht dir ähnlich«, bemerkte er und musterte mich von oben bis unten. »Ich freue mich darauf, sie besser kennenzulernen.«

Kapitel 48

(Mandys POV)

Hektisch lief ich durch die Gänge des Schulgebäudes und versuchte, mir nicht anmerken zu lassen, dass ich die Orientierung verloren hatte. Wieso sah hier auch alles gleich aus? Als ich um die Ecke bog, stieß ich gegen jemanden und taumelte nach hinten. Warme Hände legten sich um meine Hüften und verhinderten, dass ich Bekanntschaft mit dem Boden machte. Überrascht blickte ich auf und erkannte Jason. In den letzten Tagen war er überall. Es schien kein Entkommen aus diesen blauen Augen zu geben, die mich amüsiert musterten. »Wenn ich mich recht erinnere, läufst du jetzt das zweite Mal in mich hinein.« Hitze stieg in mir auf, als er mich etwas näher zu sich zog.

»Nicht, dass mich das stören würde«, flüsterte er und blieb mit seinem Blick an meinen Lippen hängen. Schwer schluckend ging ich einen Schritt zurück. Es wäre unvorteilhaft, wenn ich mitten im Flur beim Rummachen erwischt werden würde.

»Was … tust du hier?«, fragte ich und verfluchte die zittrige Stimme, die deutlich machte, wie sehr mir seine erneute Nähe zugesetzt hatte.

Ein Grinsen umspielte seine Lippen, als er antwortete: »Tommy hat heute einen Termin und ich muss ihn früher abholen. Normalerweise macht das Vivienne aber …«, er kam einen Schritt näher und verringerte somit den Abstand zwischen uns, den ich vor ein paar Sekunden aufgebaut hatte. »… dann ist mir eingefallen, dass du hier arbeitest und ich dir vielleicht über den Weg laufen könnte.« Ein prickelndes Gefühl durchströmte mich, als seine Worte in meine Ohren drangen. Seine Finger streckten sich aus und fuhren mir sanft über die Wange. Doch plötzlich wurden wir unterbrochen. Eine laute Gruppe von Schülern stürmte um die Ecke und riss uns aus diesem Moment. Wir fuhren auseinander, noch bevor die Gruppe von Jugendlichen an uns vorbeilaufen konnten.

»Kimberly«, ertönte Jacksons Stimme, die uns herumfuhren, mich erleichtert ausatmen ließ.

Kapitel 49

(Jasons POV)

»Kimberly«, ertönte es, woraufhin Mandy erneut auf Abstand ging, was mich innerlich aufstöhnen ließ. Am Ende des Ganges konnte ich eine Frau und einen jungen Mann, beide etwa in unserem Alter, auf uns zukommen sehen. Der junge Mann hielt Mandy einen dampfenden Starbucks-Kaffee entgegen. »Hier, ich schulde dir noch einen Kaffee«, sagte der junge Mann mit einem charmanten Lächeln, während die Frau mich interessiert musterte.

Mandy nahm den Becher dankend entgegen und trank einen vorsichtigen Schluck. »Danke. Nächstes Mal bring ich dir einen Kaffee mit. So langsam bin ich dir auch einen schuldig.«

Der Mann zuckte nur mit den Schultern, bevor er mit einem breiten Grinsen weiterredete. »Ist okay. Ich kann ja nicht für jeden Kuss direkt etwas verlangen.« Ich hielt einen Moment inne, als diese Worte meine Ohren erreichten. Kuss? Mandy erstarrte und ihre Augen weiteten sich.

»Verdammt, Jackson! Du redest zu viel!«, fuhr sie ihn genervt an und schlug ihm gegen die Schulter, die er sich spielerisch festhielt.

»Jetzt schlag mich doch nicht direkt. Ich habe dir immerhin Kaffee gebracht.« Verwirrt starrte ich zwischen den beiden hin und her. Mein Herz, das gerade erst begonnen hatte zu heilen, bekam einen schmerzhaften Riss. Ein intensiver Drang breitete sich in mir aus, mich einfach umzudrehen und zu verschwinden, um die brennenden Gefühle in mir zu löschen. Doch bevor ich reagieren konnte, wurde dieses Vorhaben von dem neugierigen Mädchen durchkreuzt.

»Wer ist denn das?«, fragte sie mit einem interessierten Lächeln auf den Lippen. Ihr Blick wanderte zwischen Mandy und mir, während sie mich weiterhin musterte. »Ist er ein Bekannter von dir? Dein Freund?« Die Frage schwebte in der Luft und ich spürte, wie sich die Anspannung zwischen Mandy und mir verstärkte, während wir beide nach den richtigen Worten suchten. Mandy wirkte unbehaglich, versuchte aber ein Lächeln aufzusetzen, das so unglaublich falsch war, dass ich beinahe laut auflachte.

»Eigentlich ist er ein Erziehungsberechtigter … Er wollte Tommy aus der vierten Klasse abholen«, murmelte sie. Sie wandte sich mit einem Lächeln an mich. »Tommys Klassenzimmer sollte sich in der zweiten Etage befinden. Wenn Sie möchten, kann ich Sie dorthin begleiten?« Ihre Stimmlage war zu einem professionellen Ton übergegangen.

Automatisch nickte ich, unwissend, was ich sagen sollte. Mandy verabschiedete sich von den beiden, die in ein angeregtes Gespräch vertieft waren, und ich folgte ihr. Kaum waren wir um die Ecke gebogen, sah sie sich hastig um und zog mich in eine Abstellkammer. »Was zum … das ist aber nicht Tommys Klassenzimmer«, murmelte ich.

Mandy rollte genervt mit den Augen und trat einen Schritt näher. »Ich habe keine Ahnung, wo das liegt, du Idiot. Ich wollte mit dir reden«, fauchte sie, ihre Stimme klang leise und doch voller Emotionen.

»Und worüber? Dass du anscheinend mit einem Kollegen rumgemacht hast?«, fuhr ich zurück, unfähig, die Eifersucht zu verbergen. Der Gedanke daran, dass jemand anderes ihre Lippen berührt hatte, trieb mich in den Wahnsinn. Aber was bildete ich mir ein? Es waren acht Jahre vergangen, natürlich hatte es andere Männer in ihrem Leben gegeben. Trotzdem machte es mich wütend.

»Darüber, dass ich Rileys Lehrerin bin, Vollpfosten«, gab sie von sich, und ihre Worte ließen mich grimmig lächeln.

»Ach, beleidigst du also alle Elternteile und schleppst sie in eine Abstellkammer in der Schule?«, entgegnete ich sarkastisch, während ich mich, die Hände vor der Brust verschränkt, lässig gegen die Waschmaschine lehnte.

Sie seufzte auf und fuhr sich durch die Haare. »Du kannst nicht einfach so hier auftauchen und mir im Flur so nah kommen. Weißt du, wie das rüberkommt, wenn man mich mit dir knutschend erwischt?«

»Wieso? Hast du Angst, dass dein Kollege, den du geküsst hast, was mitbekommt?«, grummelte ich, noch immer nicht in der Lage, die Eifersucht zu verdecken.

»Dein Ernst? Du bist verdammt nochmal für Riley verantwortlich. Die ich unterrichte! Das sieht nicht gut aus, wenn man uns erwischt.«

»Ich verstehe das Problem nicht. Immerhin bin ich Cassies Vater, da sollte allen bewusst sein, dass wir bereits deutlich mehr gemacht haben, als uns nur zu küssen.« Ihr Mund öffnete und schloss sich, sichtlich unwissend, wie sie auf meine Worte reagieren sollte. »Was aber eindeutig ein Problem für mich darstellt, ist die Tatsache, dass deine Lippen angeblich auf denen von diesem Kerl lagen. Stimmt das?«

»Ich … das …«, stammelte sie. »Nein, also ja - das ist schon eine Weile her … Ich war betrunken und verzweifelt. Es war einfach alles viel zu viel …«, erklärte sie leise, während ihre Stimme von Reue durchzogen war. Der Gedanke, dass sie sich in einer überfordernden Situation an einen anderen Mann gewandt hatte, schmerzte mich zutiefst.

»Ach? Und sobald es schwer wird, schmeißt du dich an den nächstbesten Kerl ran?« Ihr Blick wanderte zu Boden und ich konnte die Verletztheit förmlich spüren.

»Das ist nicht fair«, flüsterte sie leise und ihr Anblick machte es unmöglich, wütend auf sie zu sein. Ich stieß mich von der Waschmaschine ab und ging auf sie zu. Wie automatisch wanderte meine Hand unter ihr Kinn, und hob es an, sodass sie mir in die Augen blicken konnte.

Schwer schluckend betrachtete ich ihre Lippen. »Es tut mir leid.«

Kapitel 50

(Mandys POV)

Verdammt! Ich hatte an diesem Tag mit vielem gerechnet, aber nicht damit, dass Jason und ich in dieser engen, stickigen Abstellkammer landen würden. Der Raum war vollgestopft mit Kisten und altem Gerümpel, und die dämpfende Stille verstärkte die Anspannung in der Luft. Sein intensiver Blick - dieser verfluchte Blick - durchbohrte mich und trieb mich zur Verzweiflung. Und jetzt stand er erneut so verdammt nah vor mir, seine Augen fixierten meine Lippen wie Magnete. »Es tut mir leid.« Seine Stimme hinterließ einen Hauch auf der Haut.

»Jason …«, flüsterte ich, während ich mit jedem Stück Selbstbeherrschung darum kämpfte, ihn nicht einfach zu küssen. Es war nicht so, dass ich es nicht wollte. Wenn ich ehrlich war, gab es nichts, was ich lieber tun würde. Doch die Vernunft mahnte mich zur Vorsicht. Auch wenn er Cassies Vater war, würde es vermutlich nicht gut rüberkommen, sollte man uns miteinander sehen.

Doch seine Nähe, sein betörender Duft, der mich umgab wie ein unsichtbarer Schleier, machten es unglaublich schwer, standhaft zu bleiben. Jeder Atemzug füllte meine Lungen mit seiner Präsenz, ließen die Hände vor Verlangen erzittern. Für einen kurzen Moment fragte ich mich, was wohl passieren würde, wenn ich einfach nachgeben würde. Immerhin hatten wir uns in den letzten Tagen schon geküsst und die Erinnerung an seine Lippen löste ein berauschendes Kribbeln in mir aus. Ich blickte in seine tiefblauen Augen, die mich erwartungsvoll ansahen. Mir war bewusst, dass ich den nächsten Schritt gehen musste. Er würde sich mir nicht aufdrängen, denn so war er nicht. Ich biss mir auf die Unterlippe, spürte, wie der Puls schneller wurde, während er sich mir vorsichtig näherte; seine Körperwärme mit meiner vermischte.

Doch plötzlich wich er einen Schritt zurück. »Verdammt, Mandy, ich …«, begann er, kam aber nicht weiter, denn ich ging einen Schritt auf ihn zu, legte die Hand in seinen Nacken und küsste ihn. Für einen Moment wirkte er verwirrt, doch nach ein paar endlos erscheinenden Sekunden erwiderte er den Kuss, und ich ließ mich einfach fallen, ließ mich von der Welle der Gefühle mitreißen. Glückshormone durchfluteten mich, eine Empfindung, von der ich dachte, sie nie wieder zu spüren. Es fühlte sich an, als würden wir in einem Moment der Zeit verweilen, in dem alles möglich war. Mein Herz pochte wild und ein Hauch von Freiheit erfüllte meine Gedanken. Es schien immer, als wäre mein Leben zum Scheitern verurteilt, aber dieser eine Moment ließ mich wieder fühlen. Es ließ die Hoffnung aufkeimen, dass vielleicht doch nicht alles so schlecht war, wie es oftmals schien. Dass das Leben vielleicht doch Potenzial hatte, mir Gutes zu bringen. Jason hob mich auf den Tisch und setzte mich ab, während wir den Kuss vertieften. Mit den Fingern fuhr ich in seine Haare, spielte mit ihnen, verlor mich darin. Ein wohliges Seufzen entfuhr mir. Wie sehr hatte ich das vermisst - wie sehr hatte ich *ihn* vermisst. Er lehnte seine Stirn an meine und lachte leise auf.

»Das erinnert mich so sehr an unsere heimlichen Treffen damals in der Schule. Einige Dinge scheinen sich wohl nie zu ändern«, sagte er mit einem Hauch von Nostalgie in der Stimme. Ja, mit dem Unterschied, dass jetzt alles anders war als vor acht Jahren. Ich war ein anderer Mensch, hatte Angst, mich emotional auf jemanden einzulassen. Vor acht Jahren hatte ich damit keine Probleme. Jason schien die Gedanken zu erahnen, denn er sah mich mit einem liebevollen Lächeln an und sagte: »Nicht.«

»Nicht was?«, flüsterte ich, während ich seinen himmlischen Duft in mich aufsog.

»Fang jetzt bitte nicht an, zu denken.«

»Ich kann nicht anders. Es-«

»Bitte«, flehte er mich an, sein Blick voller Sehnsucht. »Genieß diesen Moment. Denn ich habe Sorge, dass, wenn du anfängst zu denken …«, er machte eine kurze Pause und sah mich zögerlich an, »dass wir wieder von vorne anfangen müssen. Ich habe Angst, dass ich dich dann erneut verliere und du mich wieder brichst …« Verzweiflung spiegelte sich in seinen Augen wider. »Denn, Mandy, ich weiß nicht, ob ich das noch einmal ertragen kann. Mein Herz war in tausend Stücke zerbrochen. Und es fühlt sich an, als würdest du es jetzt Stück für Stück heilen.« Wieder legte ich die Stirn an seine, atmete tief ein und aus.

»Denkst du nicht, dass es riskant ist, sein Herz von der Person heilen zu lassen, die es gebrochen hat?«, flüsterte ich und er lächelte zögerlich.

»Vermutlich. Ja, es ist verdammt riskant. Aber, Mandy, falls du es noch nicht gemerkt hast: Für dich würde ich jedes Risiko eingehen. Egal wie groß.« Bei diesen Worten spürte ich, wie auch mein Herz langsam zu heilen begann. Vielleicht lag ich mit den Gedanken falsch. Vielleicht brauchte man manchmal genau die Person, die einen zerbrochen hatte, um wieder heilen zu können. Denn diese Person kannte einen ungebrochen, wusste genau, wo jedes zerbrochene Stück hingehörte, um es wieder zusammenzusetzen. Ich wollte gerade etwas erwidern, als ich die Wanduhr erblickte.

»Verdammt«, rief ich aus. »Ich muss zurück zum Unterricht.« Als ich die Tür erreicht hatte, spürte ich eine Berührung am Arm.

»Bevor du gehst … Sehen wir uns heute Abend? Mit Cassie? Bei mir?« In seinen Augen konnte ich sowohl Hoffnung als auch Unsicherheit sehen.

Ich lächelte. »Ja, sehr gerne«. Er drückte mir einen flüchtigen Kuss auf die Lippen. Es war nur ein kurzer Moment, aber in diesem Kuss lag eine Bitte. Eine Bitte, ihn nicht erneut zu brechen. Denn wahrscheinlich wäre das das Ende für unserer beider Herzen. Und diese Vorstellung erfüllte mich mit einer scheiß Angst.

Kapitel 51

(Mandys POV)

»Wohin gehen wir?«, fragte Cassie, als ich vor dem Spiegel im Badezimmer stand und bereits zum tausendsten Mal darüber nachdachte, was ich mit den Haaren machen sollte. Sollte ich sie flechten? Offen lassen? In einen Dutt stecken?

»Zu Jason«, antwortete ich gedankenversunken.

Cassies Augen begannen zu leuchten. »Ist Riley auch da?«, fragte sie und ich nickte. Die Vorfreude, ihn wiederzusehen, erfüllte mich, gemischt mit Unsicherheit. Ich fürchtete, alles zu vermasseln.

»Magst du Jason?«, fragte Cassie interessiert und betrachtete mich aufmerksam.

»Natürlich mag ich ihn«, antwortete ich. »Er hat sich gut um dich gekümmert, dafür bin ich dankbar.«

Sie schüttelte den Kopf. »Das meinte ich nicht. Magst du ihn so, wie du Brandon mochtest?« Einen Moment hielt ich inne. Bis jetzt hatte ich mit Cassie noch nicht über Brandon gesprochen, und es war das erste Mal, dass sie ihn erwähnte. »Ich bin nicht dumm. Du bist nervös und hast deine Haare mindestens fünfmal geändert«, bemerkte sie grinsend, was mich erröten ließ. »Das ist okay. Ich mag ihn auch. Ich weiß, dass Brandon dir wehgetan hat. Aber ich glaube nicht, dass Jason dir wehtun würde.« Verwirrt blickte ich sie an. Wann war sie so erwachsen geworden? Ich zwang mich zu lächeln. Nein, ich war diejenige, die ihm wehtat. Nach zehn gescheiterten Versuchen entschied ich mich schließlich dafür, die Haare offen zu tragen. Wir machten uns auf den Weg und hielten vor Jasons Haus. Obwohl ich bereits hier gewesen war, wirkte es mit diesem Mal anders. Die Fassade bestand aus warmem, cremefarbenem Putz, der von der Sonne sanft beleuchtet wurde. Mein Blick wurde unweigerlich von der großzügigen Veranda angezogen, die mit ihrem robusten Holzgeländer perfekt zum rustikalen Charme des Hauses passte. Ein kleiner, runder Tisch in der Mitte vervollständigte das heimelige Ambiente mit zwei gemütlichen Sesseln. Über der Veranda erstreckte sich ein schützendes Dach, welches mit traditionellen Schindeln in einem warmen Terrakottaton gedeckt war. An den Seiten hingen kunstvoll gestaltete Laternen.

Während Cassie bereits aus dem Auto gesprungen war, ließ ich mir Zeit. Der Duft von Blumen, die in Töpfen und Blumenkästen entlang der Geländer und Treppenstufen platziert worden waren, stieg mir in die Nase und ließ mich zufrieden lächeln. Die Farbenpracht der verschiedenen Blüten, von leuchtend roten Geranien bis hin zu zarten Fliederblüten, verlieh mir einen Hauch von Frische und Lebendigkeit.

Rasenflächen erstreckten sich bis zum Rand der gepflasterten Auffahrt. Vor der Haustür wartete Cassie hüpfend auf mich. Als ich die Hand nach der Klingel ausstreckte, öffnete sich die Tür und Jason trat mit einem Müllsack heraus. Ein Lächeln breite sich auf seinem Gesicht aus, als er mich bemerkte.

»Hey«, flüsterte ich. Es kam mir so vor, als ob er sich vorbeugen und mich küssen wollte, aber er hielt inne, als er Cassie bemerkte.

»Hey, Pumpkin«, begrüßte er sie und wuschelte ihr durch die Haare. Dann richtete er seinen Blick wieder auf mich. »Ihr könnt gerne schon mal reingehen. Ich bringe nur noch schnell den Müll raus.« Zur Bestätigung hob er den Müllsack hoch und ging die Verandatreppe hinunter. Cassie stürmte direkt ins Haus und lief in die Küche, wo sie Riley begrüßte. Mein Blick heftete sich auf Jason, der den Müll entsorgte, und kurz darauf die Treppe wieder hinauf gesprintet kam. Er warf einen kurzen Blick in den leeren Flur und hauchte mir einen Kuss auf die Lippen, was mich zum Grinsen brachte.

»Wer weiß, wann ich wieder die Gelegenheit dazu habe. Ich will nicht länger warten«, flüsterte er, bevor er mich zu einem etwas innigeren Kuss zog. Cassies Lachen führte dazu, dass wir uns voneinander lösten. Dieses Lachen erwärmte mein Innerstes und fügte mein zerbrochenes Herz ein kleines Stück weit zusammen. Hätte mir vor drei Wochen jemand gesagt, dass ich hier mit Cassie und Jason stehen würde und das Lachen unserer Tochter den Raum erfüllen würde, wäre ich vermutlich vor Schmerz zusammengebrochen. Nicht aufgrund der Vorstellung an sich, sondern vor Schmerz, weil diese Situation so unerreichbar weit weg erschien. Und doch stand ich hier und fragte mich, wann das Leben erneut zuschlagen würde. Wie lange würde ich noch glücklich sein können, bevor der nächste Schlag mich völlig ausknockte?

»Du tust es schon wieder«, brachte mich Jasons Stimme zurück in die Realität und riss mich aus dem Strudel negativer Gedanken.

»Was?«, fragte ich verwirrt.

»Du denkst schon wieder zu viel nach.« Ich seufzte. Er hatte recht. Aber ich konnte einfach nicht anders. Sobald ich in diese Denkrichtung abdriftete, fand ich nur schwer wieder heraus. »Ich habe letztens ein Buch gelesen, und weißt du, was darinstand?«, fragte er mich und lehnte sich mit seinem Oberarm gegen den Türrahmen der Haustür. Ich blickte zu ihm auf und stellte fest, wie unglaublich heiß ich diese Bewegung fand.

»Das hängt ganz davon ab, welches Buch du gelesen hast«, erwiderte ich und versuchte, die innere Hitze, die sich in mir ausbreitete, nicht zu zeigen. Er sah mich verwirrt an. »Na ja, je nachdem, welches Genre du gelesen hast, gibt es auf deine Frage so ziemlich unendlich viele Antworten …«, sagte ich grinsend.

»Ich habe ganz vergessen, was für eine Klugscheißerin du immer bist.«

»Ich klugscheiße gar nicht rum.«

»Wir wissen beide, dass du gerne klugscheißt«, sagte er mit einem Grinsen, kam einen Schritt auf mich zu, nahm eine Haarsträhne zwischen die Finger und spielte damit. Verdammt. Wieso wurde ich so nervös, und wieso machte mich beinahe jede seiner Gesten so unglaublich an?

»Was hast du denn jetzt gelesen?«, flüsterte ich, um die Nervosität zu überspielen. Er sah mich einen Moment lang an, als würde ich ihn zurückholen und als müsse er darüber nachdenken, worum es in unserem Gespräch eigentlich ging.

»Ach ja. In dem Buch ging es um Gedanken und welche unglaubliche Macht sie über dein Leben haben«, erklärte er. Ich zog eine Augenbraue hoch. Natürlich hatten Gedanken Macht über einen. »Und dass du lernen kannst, deine Gedanken zu programmieren. Klar, sie kommen in deinen Kopf, aber du kannst immer noch entscheiden, ob du diese Gedanken zulässt oder in welche Richtung sie gehen. Ein super Buch, kann ich nur empfehlen«, fügte er hinzu. Ein zögerliches Lächeln zeichnete sich auf meinem Gesicht ab. Das klang alles so einfach, und vermutlich stimmte es auch. Es war nur eine Frage des Trainings, des Übens. Sich bewusst zu machen, dass man selbst die Kontrolle über seine Gedanken hatte. Aber das war einfacher gesagt als getan. »Ich merke eindeutig, wie deine Gedanken umherschweifen und dich belasten«, hauchte er, während mir seine warme Hand sanft über die Wange strich. »Wie du jeden Schritt überdenkst. Uns überdenkst.« Ein Hauch von Verführung lag in seiner Stimme, als er fortfuhr: »Lass mich dir dabei helfen, diese dunklen Gedanken zu vertreiben, wenn du an mich denkst …«

Seine Worte umschmeichelten meine Sinne und ließen eine prickelnde Spannung in der Luft entstehen. Jedes Wort, das er flüsterte, weckte eine sinnliche Erwartung in mir. Die zarte Berührung seiner Lippen löste eine Woge von Glücksgefühlen und positiven Empfindungen in mir aus, die mich mit jeder Sekunde tiefer in seinen Bann zogen. In diesem Moment ließ ich mich fallen, die Vergangenheit und Zukunft verschwanden in einem Nebel der Unbedeutsamkeit. Die Welt schrumpfte auf uns beide zusammen, während ich die Verbindung zwischen mir und Jason spürte. Es war ein Gefühl von Einheit und leidenschaftlicher Intensität, die alles andere verblassen ließ. Die Zeit schien stillzustehen, als ich den Kuss vertiefte. Jeder Augenblick war mit brennender Leidenschaft und Hoffnung gefüllt. Die Wärme seines Körpers durchströmte mich, während sich unsere Lippen verflochten und sich das Knistern zwischen uns verstärkte. Es war, als ob alle Bedenken und Zweifel verblassten und nur noch die pure Ekstase des Augenblicks zählte. Für das erste Mal seit einer Ewigkeit fand ich Frieden. Die Ketten der Vergangenheit wurden gelöst, und ich wagte es, in eine Zukunft voller Glück und Zufriedenheit zu blicken. Und so ließ ich mich von der berauschenden Energie unserer Verbindung mitreißen, während ich die Last der Vergangenheit abschüttelte. Jeder Kuss, jede Berührung ließ mich aufblühen und erfüllte mich mit der Gewissheit, dass dieser Moment, in dem wir uns verloren, alles war, was zählte.

Kapitel 52

(Mandys POV)

»Ich schlage vor, wir veranstalten einen Karaoke-Abend«, rief Ariel begeistert.

Jackson nahm einen Schluck Kaffee und starrte sie verstört an. »Bevor ich mich auch nur in die Nähe der Bühne traue, brauche ich ein paar Drinks«, sagte er, während Ariel aufgeregt auf und ab hüpfte. Wie viel Kaffee hatte sie heute schon intus?

»Ach komm schon, das wird lustig. Wir können noch ein paar andere einladen, mit Drinks und Snacks. Ich möchte etwas Lustiges unternehmen. In letzter Zeit besteht das Leben nur aus Arbeit«, seufzte sie und ließ sich erschöpft in ihren Stuhl fallen. »Was sagst du, Kim?«

Ich zuckte mit den Schultern. »Klingt eigentlich ganz lustig«, antwortete ich ehrlich. Denn ich konnte mir einen Karaoke-Abend mit Jackson und Ariel tatsächlich amüsant vorstellen.

Die letzten Wochen waren ruhig verlaufen. Cassie begleitete mich jeden Tag zur Schule, wo sie sich gut eingelebt hatte.

Zudem verbrachten wir viel Zeit mit Jason. Wir hatten beschlossen, Cassie noch nicht zu sagen, dass er ihr Vater war, da wir die Dinge langsam angehen lassen wollten. Auf der Arbeit sorgten Jackson und Ariel immer für humorvolle Momente, und ich fühlte mich zum ersten Mal seit langem rundum wohl und sorglos.

»Okay, klingt super. Hey, Martha!«, rief Ariel einer älteren Kollegin zu, die gerade an uns vorbeiging. »Hast du Lust, mit uns einen Karaoke-Abend zu verbringen?«

Sie drehte sich zu uns und betrachtete uns mit einem Schmunzeln. »Ach ja, wie gerne würde ich noch einmal so jung sein und nach der Arbeit oder am Wochenende so etwas tun können«, seufzte sie.

Ariel kicherte leise. »Was hält dich davon ab?«

»Das Alter, meine Liebe. Ich möchte nach der Arbeit einfach nur ins Bett und das Wochenende benötige ich, um die soziale Batterie aufzuladen. Mein Ehemann ist schon nervig genug. Aber danke für die Einladung. Vor zehn Jahren hätte ich sicherlich zugesagt.« Ich konnte mir ein Kichern nicht verkneifen. Ja, Lehrerin zu sein, war wirklich keine leichte Aufgabe. Nicht einmal annähernd konnte ich beschreiben, wie oft ich heute bereits meinen Namen gehört hatte. Definitiv über 500 Mal, und es war noch nicht einmal zwölf Uhr.

»Frau Wilson, mein Bleistift ist weg.«

»Frau Wilson, Sarah hat mich dumm angesehen.«

»Frau Wilson, wann ist Pause?«

»Frau Wilson, ich glaub, ich muss kotzen …«, woraufhin er mit blasser Miene seine Worte in Realität umgesetzt hatte und den Teppich vollkotzte. Ich seufzte innerlich, wissend, dass ich nun die Aufgabe hatte, den schmutzigen Teppich reinigen zu lassen. Chaos war im Klassenzimmer ausgebrochen. Es war zwar nur Erbrochenes, aber der Gestank war trotzdem

unerträglich. Immerhin konnten die Eltern des Jungen direkt benachrichtigt werden und kamen, um ihn abzuholen. Doch es frustrierte mich zutiefst, dass Eltern ihre kranken Kinder in die Schule schickten und so zur Verbreitung von Krankheiten beitrugen. Kein Wunder, dass Lehrermangel ein ständiges Problem war.

»Das hatte er heute Morgen schon, aber ich dachte, das geht im Laufe des Tages weg«, hatte die Mutter mir erklärt. Am liebsten hätte ich ihr gesagt: Wenn euer Kind euch am Morgen sagt, dass es sich übel fühlt und Fieber hat, lasst es bitte zu Hause. Jeder Lehrer wäre euch dafür dankbar.

»Vielleicht hat Thomas Lust?«, schlug Ariel vor und lächelte verträumt in seine Richtung, was Jackson seufzen ließ.

»Ariel, das Thema hatten wir schon. Er ist verheiratet und hat ein Kind. Behalte deine Finger bei dir.«

Doch Ariel schmollte und erwiderte: »*Noch* ist er verheiratet. Er hat mir gesagt, dass er sich bald scheiden lässt.«

»Trotzdem hat er ein Kind«, entgegnete Jackson skeptisch.

»Und jetzt? Ich verstehe deine Frage nicht. Ich wäre eine tolle Mutter.«

»Fine, lass dir zum tausendsten Mal das Herz brechen«, seufzte Jackson und stopfte sich einen Donut in den Mund.

»Ich bin das bereits gewohnt. Ist mittlerweile schon Teil meiner Persönlichkeit«, entgegnete Ariel mit einem zögerlichen Lächeln.

»Du sagst das so, als wärst du stolz darauf, dass dir dein Herz gebrochen wurde«, fügte Jackson hinzu.

Ein trauriges Lächeln legte sich um ihre Lippen. »Wenn einem das Herz so oft gebrochen wurde, wird es doch irgendwann zum Normalzustand, oder? Das Herz erinnert sich doch gar nicht mehr daran, wie es ist, heil zu sein.« Ihr Kommentar traf mich hart und ich starrte sie an. Sie mochte unscheinbar und unschuldig wirken, aber in diesem Moment wurde mir klar, dass sie wahrscheinlich auch eine schwierige Vergangenheit hatte. Wer wusste schon, welche Herausforderungen sie bereits durchgemacht hatte?

»Anyway, Kim, erzähl von deinem Typen. Dem, mit dem wir dich im Flur erwischt haben. Meine Geschichten sind immer viel zu deprimierend«, lenkte Ariel ab und nahm einen Schluck Kaffee, um ihren Donut hinunterzuspülen.

»Ja, absolut. Nach ihren Geschichten habe ich immer den Drang, mich zu betrinken, einfach, um zu vergessen, wie beschissen die Menschheit eigentlich ist«, fügte er mit vollem Mund hinzu.

»Warum geht ihr beiden dann nicht zusammen aus?«, warf ich in die Runde, worauf Ariel sowie Jackson erst mich, dann einander musterten, bevor sie in schallendes Gelächter ausbrachen.

»Ehrlich, das hat mir gerade echt den Tag gerettet«, lachte Ariel und wischte sich eine Lachträne aus dem Augenwinkel.

»Warum ist das denn so lustig?« Ich fand, dass die beiden gut zusammenpassten, und Jackson schien ein netter Kerl zu sein.

»Ariel ist so gar nicht mein Typ. Ich stehe eher auf dich«, zwinkerte Jackson mir zu, was mich die Augen verdrehen ließ. Ariel schlug ihm spielerisch gegen die Schulter, woraufhin er murmelte: »Siehst du? Sie schlägt mich immer.« Ich lachte leise, konnte jedoch nicht ignorieren, dass die beiden eigentlich gut zusammenpassen würden.

»Aber mal im Ernst, erzähl uns von deinem Typen«, drängte Ariel, um wieder auf das eigentliche Thema zurückzukommen. Ich seufzte und gab schließlich nach. Es würde sowieso irgendwann herauskommen, da er Cassies Vater war und in ihr Leben involviert sein wollte.

Unsicher, ob es Regeln gab, gegen die ich verstieß, antwortete ich: »Er … ist Cassies Vater, aber sie weiß es noch nicht«, gestand ich nervös und fuhr mir durch die Haare. Jackson verschluckte sich, begann zu husten, und Ariel sah mich mit großen Augen an.

»Bitte was?«, stieß sie überrascht hervor.

»Er ist Cassies Vater«, wiederholte ich etwas sicherer. Seltsamerweise fühlte es sich unglaublich gut an, diese Worte auszusprechen. Er war der Vater meines Kindes. Ohne ihn gäbe es Cassie verdammt noch mal nicht.

»Cassie weiß es nicht?«, fragte Jackson verwirrt, woraufhin ich nickte.

»Genau. Das ist eine lange Geschichte. Deswegen würde ich euch bitten, Cassie noch nichts zu sagen.«

Die beiden nickten und für ein paar Sekunden herrschte Stille, bis Ariel diese brach. »O mein Gott, der Typ ist abnormal heiß. Aber … Scheiße, dann wart ihr ja beide ziemlich jung«, stellte Ariel fest, während mir das Blut in die Wangen schoss.

»17«, bestätigte ich ihre Vermutung.

»Oh, wow. Und seid ihr zusammen? Wieso wusste ich nichts davon?«, fragte sie weiter.

»Es ist kompliziert. Wir haben uns erst vor Kurzem wiedergefunden. Er weiß noch nicht lange von Cassie«, erklärte ich. Ariel und Jackson waren gleichermaßen überrascht von der Enthüllung.

»Oh, ich glaube, das schreit nach einem Drink heute Abend«, murmelte Jackson, und Ariel stimmte sofort zu.

»Definitiv. Ich muss jetzt nämlich in die Klasse«, sagte sie hektisch, warf einen Blick auf die Uhr und verschwand aus der Tür.

»Willst du einen Tipp von mir?«, fragte Jackson und sah mich eindringlich an.

»Ich weiß nicht, will ich?«, erwiderte ich mit einem zaghaften Lächeln.

Er lachte leise. »Jedes Kind verdient einen Vater. Ich kenne eure Situation nicht. Aber Cassie ist ein tolles Kind. Wenn er involviert sein will, dann gib ihm die Möglichkeit dazu.« Diese Worte ließen mich nachdenklich zurück. Jackson hatte recht, Cassie verdiente die Möglichkeit, eine Beziehung zu ihrem Vater aufzubauen. Obwohl ich mir bewusst war, dass es kompliziert werden könnte, wollte ich ihm diese Chance nicht verwehren. Es war Zeit, dass ich mich den Ängsten stellte und mich für Cassies Wohl einsetzte.

Kapitel 53

(Mandys POV)

»Wohin verschwindest du denn schon wieder?«, fragte mich meine Mutter gegen den Türrahmen lehnend. Ich lag in das Smartphone vertieft auf dem Bett, während ich mich durch die endlosen TikTok-Videos scrollte, die oft erstaunliche Unterrichtsideen enthielten. Sie war in einem ruhigen Moment am Nachmittag vorbeigekommen, um eine Tasse Tee zu genießen. Als ich ihren Blick auffing, konnte ich deutlich erkennen, dass sie nicht gerade erfreut darüber war, wie oft ich unterwegs war. Nach kurzem Innehalten fasste ich den Entschluss, ihr die ganze Wahrheit zu offenbaren.

»Wir gehen zu Jason«, verkündete ich und für einen kurzen Moment schien sie verwirrt.

»Jason? Wirklich, Mandy? Bist du dir sicher, dass das eine gute Idee ist?« Zweifel schwangen in ihrer Stimme mit. Natürlich hatte ich ihr bereits erzählt, wo ich Cassie gefunden hatte. Nur dass der Kontakt weiterhin bestand, hatte ich ihr vorerst verschwiegen.

»Mum, Cassie hat das Recht, ihren Vater kennenzulernen. Außerdem … ich habe ihm alles erzählt«, erklärte ich, während ich versuchte, ihre Bedenken zu zerstreuen.

Ein Hauch von Verwunderung huschte über ihr Gesicht, als sie nachhakte: »Und mit 'alles' meinst du …«

Ein schwaches Lächeln legte sich auf meine Lippen. »Wirklich alles, Mum.« Die leichte Melancholie in ihrer Miene wich einem Hauch von Verständnis.

»Oh, Mandy …«, hauchte sie leise.

»Mum, ich brauchte es, okay? Ich brauchte es verdammt nochmal. Dieser Schmerz war einfach unerträglich. Ich habe sein Herz gebrochen«, flüsterte ich, während sich eine Woge von Emotionen in mir aufbaute. Sie nahm behutsam neben mir Platz. Ihre liebevolle Berührung ließ mich spüren, dass ich nicht allein war.

»Es hat euch beide gebrochen. Nicht nur ihn. Dir ging es auch nicht gut. Was, wenn wieder alles schief geht und es dir erneut das Herz bricht?«

»Und selbst wenn es das tut, ist es nicht längst schon gebrochen?« Mit diesen Worten versuchte ich, die eigene Verletzlichkeit anzuerkennen.

Mit den Fingerspitzen strich sie sanft eine Strähne hinters Ohr und blickte mir tief in die Augen. »Rede so nicht, Liebes …«

»Und warum nicht? Mama, wir beide wissen doch, dass es wahr ist.«

Ein Moment des Schweigens legte sich zwischen uns, bevor sie behutsam erwiderte: »Nein, du bildest dir ein, dass du gebrochen bist. Du bist verdammt stark, Mandy. Du hast so viel in deinem Leben durchgemacht, und ich bin unglaublich stolz auf dich, mein Kind.« Ich wusste nicht, warum ihre Worte einen solchen Effekt auf mich hatten, aber eine einzelne Träne bahnte sich ihren Weg über die Wange. So oft hatte ich das Gefühl gehabt, meine Eltern enttäuscht zu haben - schließlich war ich damals mit 17 schwanger geworden. Ihre Worte waren wie Balsam für die Seele. Ich war nicht gebrochen. Noch nicht.

»Danke«, flüsterte ich leise und in diesem Moment zog sie mich an ihre Brust und hielt mich liebevoll fest.

»Wie sieht es nun zwischen dir und Jason aus? Können wir uns bald auf ein weiteres Enkelkind freuen?«, neckte sie mich scherzhaft und brachte mich zum Erröten.

»Ach, Quatsch. Wir sind erst am Anfang. Er möchte Cassie nur kennenlernen.«

»Weiß Cassie Bescheid?«

Die Antwort war ein kurzes Kopfschütteln. »Noch nicht, aber wir wollen es ihr bald sagen.«

Nachdenklich nickte sie und fügte leise hinzu: »Ich hoffe, dass Jason dir das zurückgeben kann, was dir damals genommen wurde.« Eine Weile lagen wir noch im Bett, bevor sie sich löste und in die Küche verschwand.

Ihr letzter Satz beschäftigte mich noch eine Weile, doch dann verwarf ich ihn vorerst.

Stattdessen erhob ich mich ebenfalls, um nach Cassie zu sehen. Nachdem wir die schwierige Entscheidung für drei Spielzeuge getroffen hatten, machten wir uns auf den Weg zu Jason. Ein aufgeregtes Lächeln zierte mein Gesicht, während mein Herz vor Aufregung schneller schlug, als ich in seiner Einfahrt parkte. Ich konnte es kaum erwarten, ihn wiederzusehen. Mit einem strahlenden Lächeln öffnete er die Tür und ich begrüßte ihn mit einem herzlichen »Hey«. Bei seinem Anblick breitete sich sofort eine warme Welle der Freude in mir aus. Er trug eine schlichte graue Jogginghose, die seine muskulösen Beine betonte, und ein enganliegendes schwarzes T-Shirt, das seinen trainierten Bizeps umspannte. Im Vergleich zu vor acht Jahren hatte er eindeutig an Muskelmasse zugelegt und sah noch attraktiver aus.

»Hey«, erwiderte er ebenfalls und ließ seinen Blick langsam von unten bis hinauf zu meinem Gesicht wandern. Ein schelmisches Grinsen umspielte seine Lippen. Oh, wie gerne würde ich jetzt seine Gedanken lesen können.

Cassie hüpfte aufgeregt von einem Bein auf das andere. »Hey, Jason, ist Riley da?«, fragte sie mit aufgeregter Stimme.

»Ja, sie ist in ihrem Zimmer. Du weißt ja, wo es ist.« Cassie nickte enthusiastisch und rannte ins Haus. Schnell zog sie ihre Schuhe aus und verschwand dann aus unserem Blickfeld. Langsam kam Jason auf mich zu, sein Grinsen wurde mit jedem Schritt breiter. Er legte seine Hände um mich, ließ sie hinter dem Rücken ineinander verschlungen ruhen. »Ich freue mich, dich zu sehen«, flüsterte er und blickte mir tief in die Augen, woraufhin mir das Herz beinahe aus der Brust sprang.

Meine Hände fanden ihren Platz auf seiner Brust. »Wir haben uns doch erst gestern gesehen.«

»Ja, das war viel zu lange her.« Ein Schauer durchlief mich und ich spürte die Sehnsucht der letzten acht Jahre, in denen ich ihn schmerzlich vermisst hatte. »Ich hätte dich am liebsten immer bei mir«, gestand er leidenschaftlich. Ohne zu zögern, überbrückte ich den letzten Abstand zwischen uns. Seine Lippen waren weich und warm und ich konnte sein Lächeln in den Kuss hineinspüren. Im Bauch tanzten Schmetterlinge, während mein Herz mit jeder Minute, die wir uns so nah waren, geheilt wurde. Schwer atmend löste ich mich schließlich von ihm und lächelte, als ich in seine Augen blickte.

»Ich glaube, wir sollten jetzt besser aufhören«, flüsterte ich mit einem Anflug von Bedauern in der Stimme.

»Nur wenn du mir versprichst, dass wir später genau hier weitermachen.« Ein freches Grinsen legte sich um seine Lippen und der Blick verriet mehr als tausend Worte.

»Nur, wenn du mir deine berühmte heiße Schokolade machst.«

»Für dich immer«, versprach er und hauchte mir noch einen kurzen Kuss auf die Lippen.

Zusammen gingen wir in die Küche, wo er sich direkt daran machte, mir eine Tasse heiße Schokolade zuzubereiten. Ich setzte mich auf einen Stuhl, lehnte das Kinn auf den Handrücken und war einfach nur glücklich. Jason betrachtete mich ebenfalls mit einem warmen Lächeln, während wir schweigend darauf warteten, dass die Milch aufkochte.

Es war ein Moment voller Stille und intensiver Blicke. Plötzlich durchbrach ich die Stille mit einer Frage, die mich schon lange beschäftigt hatte. »Jason?«

Er blickte auf, seine Gedanken schienen kurz abwesend zu sein. »Hm?«

»Was genau ist das zwischen uns?«, fragte ich direkt. Diese Ungewissheit hatte mich in den letzten Tagen verrückt gemacht. Wir waren uns nähergekommen, aber hatten nie darüber gesprochen, was wir füreinander empfanden. Waren wir ein Paar? Oder waren wir noch dabei, es herauszufinden? Ich war mir sicher, aber es war mir wichtig, seine Gefühle mir gegenüber zu verstehen.

Er legte den Kopf schräg; betrachtete mich mit einem intensiven Blick. »Es ist das, was immer du möchtest, dass es ist.« Diese Worte ließen mein Herz höherschlagen. »Wenn du es langsam angehen möchtest, dann machen wir das. Wenn du Zeit brauchst, dann nimm dir so viel Zeit, wie du möchtest. Aber ich kenne die Antwort auf deine Frage.«

»Und was ist deine Antwort?«, fragte ich leise und spürte, wie die Finger nervös spielten. Sein Blick ruhte erneut einen Moment auf mir, bevor er sprach: »Vor ein paar Monaten hätte ich mir niemals vorstellen können, diese Worte auszusprechen und sie ernst zu meinen - Aber, Mandy, vermutlich würde ich dich nächste Woche sogar heiraten, wenn du das möchtest.« Meine Augen weiteten sich überrascht. Was? Er lachte sanft und nahm meine Hand in seine. »Keine Sorge, das war jetzt kein Heiratsantrag«, beruhigte er mich. Er setzte eine dampfende Tasse heiße Schokolade vor mir ab und nahm gegenüber Platz. »Ich wollte damit nur ausdrücken, wie ernst es mir mit uns ist. Wir sind dabei, uns neu kennenzulernen, aber ich fühle mich mit dir wie vor acht Jahren. Es ist, als wäre keine Zeit vergangen. Ja, du hast mir wehgetan, als du einfach verschwunden bist und mir Cassie verschwiegen hast. Aber nachdem ich lange darüber nachgedacht habe, bin ich zu dem Entschluss gekommen, dass die Vergangenheit nicht unsere Zukunft behindern sollte. Ich verstehe dich, und ich vergebe dir. Wahrscheinlich habe ich dir schon vergeben, als ich nach acht Jahren wieder deine Stimme gehört habe. Denn, Mandy, ich will dich in meiner Zukunft. Und ich will Cassie kennenlernen, für sie da sein und alles nachholen, was ich verpasst habe.« Er drückte die Hände fester und sein Blick wurde intensiver. »Und ich will noch mehr Babys mit dir. Nicht jetzt, aber wann immer du bereit bist. Mandy, wenn du willst, hast du mein Herz …« Er hielt einen Moment inne und zögerte, während ich versuchte, das Geschehene zu begreifen. »Aber bitte versprich mir eins: Sprich mit mir, wenn du wieder wegmusst. Ich werde dich begleiten, wohin auch immer nötig. Und bitte …«

Seine letzten Worte waren ein leises Flüstern, und der Ausdruck von Schmerz legte sich in seine Augen. Mein Herz zog sich bei seinen nächsten Worten zusammen.

»Brich mich nicht erneut.«

Kapitel 54

(Jasons POV)

»Du … du bist also mein Papa?« Cassie zog skeptisch eine Augenbraue hoch. Ein Stich von Unsicherheit und Hoffnung durchzog mich, als ich versuchte, ein beruhigendes Lächeln aufzusetzen. Mit einem zaghaften Nicken bestätigte ich ihre Worte. Die Bedeutung dieses Augenblicks lastete schwer auf den Schultern, während mein Herz schneller schlug. Warum nur fühlte ich mich plötzlich so nervös? Cassie lehnte sich skeptisch - die Arme vor der Brust verschränkt - in das weiche Sofa zurück. »Wo warst du dann die ganze Zeit?« Ihre Frage traf mich direkt in die Seele, als würde ein kleines Messer in mein gerade heilendes Herz gestochen werden. Bevor ich etwas sagen konnte, sprang Mandy in das Gespräch.

»Er wusste nichts von dir.« Cassies Augen weiteten sich überrascht, und in ihrem Blick spiegelte sich plötzlich etwas Weiches wider, bevor sie einen finsteren Blick zu ihrer Mutter warf.

»Er wusste nichts? Aber wieso?«

Ein schwerer Seufzer entwich Mandys Lippen. »Weil ich es ihm nicht gesagt habe.«

Cassie sah zwischen uns hin und her, ihre Stirn in tiefe Falten gelegt. »Aber wieso?«, fragte sie erneut, ihre Stimme voller Verwirrung und Schmerz. »Hast du dich für mich geschämt?« Tränen schimmerten in Cassies Augen und plötzlich konnte ich die Last ihres gebrochenen Herzens förmlich spüren.

Sofort eilte Mandy zu ihr und umarmte sie fest. »Gott, nein, Cassie. Absolut nicht. Du bist das Beste, was mir je passiert ist.«

»Warum hast du dann Papa nichts von mir erzählt, wenn ich so toll bin?«, schluchzte Cassie. »Ist er ein schlechter Mensch?« Die Verzweiflung in ihrer Stimme zerriss mir das Herz und Mandy schüttelte energisch den Kopf, ihre Hände fest um Cassies Wangen gelegt.

»Nein. Er ist einer der besten Menschen, die ich je kennengelernt habe.«

»Aber ich verstehe nicht, warum war er dann nie da?« Cassie blickte mich mit ihrem tränenverschmierten Gesicht an und für einen Moment konnte ich ihren Blick nicht erwidern. Meine Tochter war enttäuscht von mir, noch bevor ich die Möglichkeit hatte, sie richtig kennenzulernen. Und das Schlimmste war, ich konnte es nicht ungeschehen machen. Denn sie hatte recht. Sieben Jahre lang war ich nicht da gewesen. Ein kurzer Anflug von Wut gegenüber Mandy stieg in mir auf. Wut darüber, dass sie mir Cassie verschwiegen hatte. Doch als ich ihren verzweifelten und schmerzerfüllten Ausdruck sah, erlosch die Wut augenblicklich. Sie erstickte im Keim und machte Platz für etwas Neues, das heranwachsen konnte. Ich war mir jedoch noch unsicher, was genau es sein würde. Entschlossen rückte ich näher an die beiden heran und setzte Cassie behutsam auf den Schoß. Ihre Wangen waren vom Weinen gerötet, und mit einem liebevollen Lächeln wischte ich sanft ihre Tränen mit dem Daumen weg.

»Hey, ja, ich habe einige kostbare Momente in deinem Leben verpasst …«, begann ich leise, während ich eine ihrer Strähnen hinter ihr Ohr strich und die Hand auf ihrer Wange ruhen ließ. »Aber ich werde von nun an für jeden weiteren Moment da sein«, flüsterte ich und Cassies Augen weiteten sich vor Staunen. »Wenn du deinen Abschluss machst, deinen ersten Freund hast und für jeden Augenblick, in dem du mich an deiner Seite haben möchtest. Ich verspreche es dir.« Dann schlang ich die Arme fest um die kleine Person auf meinem Schoß und zog sie liebevoll an mich. Cassie bettete ihren Kopf auf der Schulter und schluchzte leise. Vorsichtig hob sie ihren Blick und sah mich mit ihren Augen an, die meinen so ähnlich waren. Ein Ausdruck, der gleichzeitig Verwundbarkeit, Hoffnung und eine tiefe Sehnsucht ausdrückte. Dann wandte sie sich wieder ihrer Mutter zu.

»Also habe ich jetzt eine Mama und einen Papa?« Mandy und ich nickten gleichzeitig. In diesem Augenblick verwandelte sich Cassies Gesicht in ein strahlendes Lächeln, das selbst der Sonne Konkurrenz machen konnte. Die Erinnerung an diesen Anblick brannte sich unauslöschlich in mein Gedächtnis ein, und ich war mir sicher, dass ich ihn niemals vergessen würde. Der Moment, als meine Tochter auf dem Schoß saß und von einem Ohr bis zum anderen strahlte. Ein überwältigendes Gefühl der bedingungslosen Liebe durchflutete mich und ich wurde mir das erste Mal bewusst, dass ich die Fähigkeit besaß, eine solche Liebe zu empfinden. Sie war anders als die Liebe und Zuneigung, die ich für Mandy empfand, und dennoch war sie genauso stark, wenn nicht sogar stärker. In diesem kostbaren Moment schwor ich mir,

Cassie und Mandy um jeden Preis zu beschützen. Egal, was es kosten würde.

Kapitel 55

(Mandys POV)

»Kim?«, fragte mich Heather, eine Arbeitskollegin, während ich genüsslich ins Eiweißbrot biss und die wohlverdiente Pause genoss. Mit einer Serviette tupfte ich mir sorgfältig den Mund ab und griff nach der unberührten Wasserflasche, die immer noch einsam auf dem Tisch stand. Leider schien ich im Laufe des hektischen Tages oft zu vergessen, zu trinken. »Kann ich dich kurz etwas fragen?«, fuhr Heather fort und schloss die Tür hinter sich, als sie in das Klassenzimmer trat. Ich erkannte sofort ihre müden Augen, während sie sich eine rebellische Strähne ihrer aschblonden Haare aus dem Gesicht strich. Heather unterrichtete, soweit ich mich erinnerte, die vierte Klasse, und gestern hatten wir uns kurz im Lehrerzimmer unterhalten.

»Natürlich«, antwortete ich freundlich und schenkte ihr volle Aufmerksamkeit.

Ihre braunen Augen strahlten eine Mischung aus Müdigkeit und Sorge aus. »Ich habe gerade mit Ariel gesprochen und sie erzählte, dass du Tommys Onkel gut kennst«, begann sie. Ein leises Lachen entwich mir. Ich konnte nur erahnen, was genau Ariel ihr erzählt hatte.

»Ja, ich kenne ihn ziemlich gut«, bestätigte ich und versuchte, ein Grinsen zu unterdrücken.

»Kennst du dann auch Tommy?« Heathers Frage weckte meine Aufmerksamkeit und ich nickte nachdenklich. In den letzten Wochen war Tommy mir ein paar Mal begegnet, aber er schien nie besonders erfreut oder zugänglich zu sein. Eher wirkte er genervt und verschlossen. Während der Essenszeiten saß er stumm da und verschwand sofort in seinem Zimmer, sobald er die Gelegenheit hatte. Jason hatte mir erzählt, dass er sein Bestes gab, Tommy jedoch jeden seiner Annäherungsversuche abblockte.

»Ja, wieso? Ist etwas passiert?«, fragte ich besorgt, die Gedanken auf das verschlossene Verhalten des Jungen fokussiert.

Heather seufzte tief und lehnte sich an den Tisch mir gegenüber. »Nein, also … keine Ahnung. Irgendwie mache ich mir Sorgen um ihn«, gestand sie zögerlich. »Es ist schwer zu erklären, aber ich habe einfach dieses Gefühl, dass etwas nicht stimmt. Er redet nicht mit mir, obwohl ich es wirklich versuche. Ich dachte, vielleicht könntest du mal mit ihm reden?«

Überrascht hob ich beide Augenbrauen. »Wir haben jetzt nicht sehr viel miteinander gesprochen, aber ich kann es gerne versuchen«, bot ich an, woraufhin sie dankbar nickte.

»Danke«, sagte sie mit einem Hauch von Erleichterung in ihrer Stimme.

»Ach, das ist doch kein Problem«, winkte ich ab und nahm einen weiteren Schluck aus der Wasserflasche. »Ich schaue, ob ich heute Nachmittag Zeit finde. Gibt es eine bestimmte Uhrzeit, die dir passen würde?«

Heather überlegte kurz und antwortete dann: »Vielleicht während des Clubs? So gegen 14 Uhr?« Ich ging den Stundenplan in Gedanken durch und stellte fest, dass das gut passen würde.

»Klar, das klingt gut.« Heather bedankte sich noch einmal und verließ schließlich das Klassenzimmer. Kurz darauf betrat Jackson den Raum und brachte mir Donuts und einen dampfenden Kaffee. Doch ich konnte mich nicht allzu lange ausruhen, da ich die Kinder bald vom Sportunterricht abholen musste. Danach hatten wir eine Doppelstunde Mathematik vor uns, bevor es für die Schülerinnen und Schüler zum Mittagessen ging. Da ich keine Aufsicht beim Mittagessen hatte und meine Klasse danach Musikunterricht, beschloss ich, die Gelegenheit zu nutzen, um Tommy zu suchen.

Ich entdeckte ihn auf dem weitläufigen Sportplatz, wo er mit zusammengezogenen Beinen auf der hölzernen Tribüne saß. Sein Blick war leer und eine schwere Melancholie zeichnete sich auf seinem Gesicht ab, als er nachdenklich das Training der Footballmannschaft beobachtete.

Entschlossen setzte ich mich neben ihn. Mit einem freundlichen »Hey« grüßte ich ihn und reichte ihm einen Donut, den ich eigens für ihn mitgebracht hatte. Tommy zog skeptisch eine Augenbraue nach oben.

»Mein Onkel ist nicht hier.« Sein Blick wanderte wieder zum Spielfeld, auf dem die Spieler gerade Aufwärmübungen machten.

»Ich bin deinetwegen hier.«

»Wieso?«, fragte er beinahe verächtlich.

»Na ja, irgendwie dachte ich, es wäre schön, wenn wir reden könnten.«

Tommy stieß ein leises Schnauben aus. »Lass gut sein. Sehe ich so aus, als würde ich reden wollen? Keine Ahnung, was du damit erreichen willst. Pluspunkte bei Onkel Jason sammeln? Du hast ihn doch schon. Du brauchst dich nicht bei mir einschleimen. Da hast du bei Riley bessere Chancen.« Ich schloss für einen Moment die Augen. Was hatte ich auch anderes erwartet? Kurzerhand entschloss ich, mit offenen Karten zu spielen.

»Ja, dein Onkel hat mich gebeten, ein Auge auf dich zu haben«, gestand ich offen.

Tommy reagierte mit einem weiteren Schnauben. »Du kannst ihm sagen, dass es mir gut geht.«

»Deswegen bin ich nicht hier.«

»Ist klar.«

»Tommy-«

»Was genau willst du denn von mir?«, fragte er. »Wissen, wie es mir geht? Scheiße geht es mir.« Es war offensichtlich, dass er mit seinem Schmerz kämpfte und ihn nicht einfach mit anderen teilen wollte. »Das ist weder etwas, das dich angeht, noch etwas, wo du mir helfen kannst.«

»Woher willst du das wissen?« Die Stimme blieb ruhig, während Tommy mich mit einem Blick ansah, der meine Seele durchdrang. In seinen Augen spiegelten sich Sehnsucht, Schmerz und Verzweiflung wider, was mein Herz schmerzlich berührte. Es war unerträglich zu sehen, wie ein zehnjähriges Kind mit einem solchen Ausdruck der Hoffnungslosigkeit konfrontiert wurde.

»Weil niemand mir helfen kann«, flüsterte er und ich beobachtete, wie er eine Träne unterdrückte.

»Wie kannst du das wissen, wenn du keine Hilfe annimmst? Wenn du alle wegstößt, die dir wichtig sind?« Er schwieg und senkte den Blick auf seine Schuhe. Einen Moment lang dachte ich, er würde nichts mehr sagen, doch dann hob er den Kopf und ich konnte die Tränen in seinen Augen sehen.

»Wie soll mir jemand bei dieser Leere helfen? Wer kann mir dabei helfen? Es ist nichts, was mit ein paar Worten gelöst werden kann. Jeden Tag, wirklich jeden Tag denke ich an Mama und Papa und jeden Tag wird mir klar, dass sie nicht mehr hier sind.« Er schluckte schwer und ließ die Tränen frei fließen. Eine nach der anderen rollte über seine Wange und hinterließ nasse Flecken auf der dunklen Hose. Schweigend hoffte ich, dass er weitersprechen würde. Ich wollte ihn nicht unterbrechen oder davon abhalten, alles herauszulassen. »Sie werden sich niemals über gute Noten freuen. Nie meine Freundin kennenlernen. Von meinem Liebeskummer erfahren. Ich weiß einfach nicht, wohin mit mir. Wenn ich aufwache, möchte ich einfach nur bei ihnen sein. Nicht mehr in diesem Leben, wo sich alles so elend leer anfühlt. Ich möchte überhaupt nichts. Nicht zur Schule gehen, mich nicht mit Freunden treffen … alles, was ich will, ist bei Mama und Papa zu sein. Wie soll mir da jemand helfen? Niemand kann mir dieses Gefühl nehmen«, schluchzte er und ballte seine Hände zu Fäusten.

»Ich weiß, wie du dich fühlst«, sagte ich mit leiser, zittriger Stimme.

Verachtend lachte er auf. »Du? Woher willst du wissen, wie ich mich fühle? Du bist glücklich. Immer am Strahlen. Wie könntest du verstehen, wie es mir geht?« Ich wusste nicht, wie ich in diesem Moment mit seinen Worten umgehen sollte. Fühlte ich mich verletzt, weil ich mich absolut nicht glücklich fühlte? Oder war ich dankbar, dass ich auf andere Menschen so wirkte?

»Als ich 17 Jahre alt war, habe ich mitangesehen, wie meine beste Freundin ermordet wurde«, sagte ich. Niemals hätte ich gedacht, dass dieser Satz mir einmal so leicht über die Lippen kommen würde. Aus Angst, dass es realer werden würde, hatte ich mich geweigert, es auszusprechen. Aber wem wollte ich etwas vormachen? Es war real. Annie war tot.

Ich rechnete mit einer Panikattacke, doch sie blieb aus. Seltsamerweise fühlte ich mich … erleichtert? Befreit?

Tommy starrte mich mit offenem Mund an und schluckte leicht. »Tut mir leid«, flüsterte er. »Das wusste ich nicht.«

Zögerlich legte ich eine Hand auf seine Schulter und atmete aus. »Tommy, ja, es tut weh. Ja, du fühlst dich leer. Aber du bist erst zehn Jahre alt. Dir steht noch dein ganzes Leben bevor. Außerdem hast du deinen Onkel, der dich sehr liebt. Eine Schwester. Und eine Cousine …«

Er zog eine Augenbraue hoch und fragte: »Cousine?« Erst jetzt wurde mir bewusst, dass wir weder Riley noch Tommy erzählt hatten, dass Jason Cassies Vater war.

Verlegen strich ich mir durch die Haare. »Ja. Also, dein Onkel ist Cassies Vater«, murmelte ich.

»Was?«, fragte er verwirrt. »Weiß Onkel Jason das?«

Nickend bestätigte ich. »Cassie ist demnach deine Cousine. Tommy, du hast eine Familie. Vielleicht ist sie anders, als du es dir vorgestellt hast. Und deine Eltern fehlen, aber das bedeutet nicht, dass du niemals glücklich werden kannst. Nimm jeden Tag in Angriff. Versuche, jeden Tag etwas Positives zu finden und von dort aus gehst du Schritt für Schritt voran. Aber wirf nicht dein ganzes Leben direkt hin.«

»Wenn es doch nur so einfach wäre«, murmelte er, während sein Blick weiterhin zum wolkenlosen, hellblauen Himmel wanderte. Eine Weile schwiegen wir, bevor er sich wieder mir zuwandte. »Wird es leichter? Der Schmerz. Wie gehst du damit um?«

»Ich kann nicht sagen, dass es leichter wird«, flüsterte ich. »Aber ich denke, mit der Zeit passieren so viele neue Dinge in deinem Leben, dass es etwas in den Hintergrund tritt. Dennoch tut es oft noch weh, wenn ich daran denke. Aber in den letzten Wochen habe ich bemerkt, dass es ein Teil von mir ist. Dass ich es akzeptieren muss und dass ich anderen damit helfen kann.«

Tommy lächelte schüchtern und fuhr sich über seine Sporthose. »Danke«, sagte er und dieses eine Wort bedeutete mir so unglaublich viel. Was, wenn ich all das durchmachen musste, um ihm zu helfen? Was, wenn ich anderen in dieser Situation helfen konnte? Es würde Annie nicht zurückbringen, aber vielleicht konnte ich den Schmerz und Verlust nutzen, um anderen zu helfen. Dafür musste ich jedoch weiter an mir selbst arbeiten und ein wichtiger Schritt in diese Richtung war es, zu akzeptieren, dass Annie tot war und dass ich daran nichts mehr ändern konnte. Und dass auch ich es wert war, geliebt zu werden und glücklich zu sein.

Kapitel 56

(Mandys POV)

»Ich weiß nicht …«, murmelte ich, während ich behutsam mit einem weichen Handtuch eine Porzellantasse abtrocknete. Jasons Vorschlag, morgen mit ihm und Cassie zu seiner Familie zu gehen, um sie besser kennenzulernen, ließ mich zögern. Ein Knoten der Angst bildete sich, denn obwohl ich sie bereits kannte, spürte ich eine unbekannte Nervosität. Die Bilder, die Jasons Wohnung schmückten, ließen erahnen, dass Gloria und Nael sich im Laufe der Jahre verändert hatten. Sie gaben mir eine Vorahnung von dem, was mich erwarten würde.

»Deine Familie hasst mich …«, stellte ich fest und ließ den Tassenrand sanft durch die Finger gleiten. Die Unsicherheit in der Stimme verriet meine Angst, ihnen gegenüberzutreten. Behutsam legte Jason die warmen Hände um meine, zog mich sanft näher an sich heran und umhüllte mich mit seinem beruhigenden Duft. Eine Mischung aus Deo und einem Hauch von Zitrus vermischte sich in der Luft, während seine starken Arme mich fest umschlangen und die Hände geschickt hinter dem Rücken verschränkten.

»Ich würde mich so sehr freuen, wenn du mitkommst. Und ich weiß, sie werden dich lieben. Das haben sie damals und werden sie auch jetzt wieder tun.«

»Nachdem ich dir das Herz gebrochen habe?«, fragte ich mit einem Seufzen der Selbstzweifel.

»Nachdem ich ihnen klargemacht habe, dass du es gerade wieder heilst und dass du ein untrennbarer Teil meines Lebens bist. Das warst du schon immer«, flüsterte er liebevoll und legte seine Lippen zärtlich auf meine. Ein Moment der Verbundenheit und der Hoffnung auf ein Happy End durchströmte mich.

Plötzlich wurde die intime Atmosphäre von einer Stimme an der Tür unterbrochen. »Ew, muss ich jetzt immer mit so etwas rechnen?« Tommy stand im Türrahmen und starrte uns mit hochgezogenen Augenbrauen an. »Weißt du, wie peinlich es ist, dass du mit einer Lehrerin ausgehst?«, äußerte er mit einem leicht verzogenen Gesichtsausdruck. Dennoch konnte ich den Hauch eines Grinsens auf seinen Lippen erkennen. Seit unserem Gespräch vor ein paar Tagen schien sich etwas bei Tommy verändert zu haben. Er öffnete sich mehr, sprach öfter und war häufiger präsent, nicht nur am Esstisch. Sogar Film- und Spieleabende gehörten mittlerweile dazu.

»Gewöhn dich daran, Kleiner. Und pass bloß auf, was du sagst«, erwiderte Jason mit einem breiten Grinsen und einem Hauch von Provokation. »Wenn du irgendwann deine erste Freundin hast, werde ich alles zurückfeuern.« Er drückte mir einen schnellen Kuss auf die Lippen, bevor sich Tommy mit einer Augenrollen-Reaktion abwandte und sich eine Flasche Wasser aus dem Kühlschrank holte.

»Whatever«, murmelte er und machte bereits Anstalten, sich wieder in seinem Zimmer zu verkriechen. Doch ich hielt ihn noch zurück.

»Tommy?«

Er drehte sich gähnend zu mir um. »Hm?«

»Es freut mich, dass du mehr Zeit mit uns verbringst«, sagte ich aufrichtig und ließ die Worte von Herzen kommen.

Er zuckte mit den Schultern, doch ein Hauch von Wärme zeichnete sich in seinen Augen ab. »Ja, es ist nicht so schlimm wie erwartet«, gab er zu, bevor er sich wieder in sein Zimmer zurückzog. Ich wusste, er hatte noch einen langen Weg vor sich, aber er hatte zumindest den ersten Schritt getan.

Jason betrachtete Tommy mit beinahe ehrfürchtigen Augen, als er mich leise fragte: »Was hast du mit ihm gemacht? So habe ich ihn schon lange nicht mehr gesehen.«

»Ich habe mit ihm gesprochen, über seine Eltern«, erklärte ich leise.

Jason schwieg, versunken in Gedanken. Dann stellte er mir die gleiche Frage, die Tommy bereits gestellt hatte: »Wird es jemals leichter?«

Sein Blick durchbohrte mich regelrecht und ich konnte den Schmerz in den Augen förmlich spüren. »Nicht wirklich«, gestand ich.

»Manchmal denke ich, es wird besser. Dass der Schmerz nachlässt. Aber dann sehe ich Tommy oder Riley, und alles bricht erneut. Ich hasse es einfach, zu wissen, dass es niemals besser wird. Ich vermisse Elaine so sehr.«

Eine einzelne Träne rollte über seine Wange. Sanft streckte ich die Hand aus und wischte diese mit dem Daumen weg. »Ich habe nicht gesagt, dass es nicht besser wird, nur, dass es nicht leichter wird. Es ist immer schmerzhaft, jemanden zu verlieren. Was tust du, wenn du es nicht mehr aushältst?«

Seine Miene wurde nachdenklich, während er antwortete: »Entweder gehe ich laufen oder ich schreibe ein Lied.« Seine Stimme klang gedämpft, als ob der Schmerz tief in ihm verborgen läge.

»Hilft das?«, fragte ich behutsam, um seine Gefühle zu verstehen.

»Manchmal. An anderen Tagen frustriert es mich nur noch mehr«, gestand er seufzend.

»Vielleicht sollten wir wieder ein Lied schreiben?«, schlug ich vor und erinnerte mich an unsere frühere Session. Das Verfassen von Texten hatte uns schon damals so viel Freude bereitet.

»Wirklich?«, fragte er aufgeregt, ein Hauch von Hoffnung in seiner Stimme.

»Ja, ein Lied über das Gefühl, jemanden verloren zu haben. Damit kann jeder etwas anfangen.«

»Okay«, erwiderte er mit einem Lächeln. Wir setzten uns in sein Arbeitszimmer und begannen zu schreiben. Jeder Satz und jede Melodie waren ein Ausdruck unserer tiefsten Emotionen. In diesem Moment fühlte ich eine unbeschreibliche Liebe und Dankbarkeit für Jason und die Zeit, die wir hatten. Und ich liebte jede Sekunde davon.

Heraus kam ein absolutes Meisterwerk.

Fantastisch und wunderschön.

Footprints

Looking over the horizon trying to see something.

Something that keeps me going. Are you there?

Please give me something. I need to know that you are okay. That there is no pain, no misery where you are.

Waves clashing against the shore. Bringing me back to reality. Waves that wash the memories of you away.

Waves that turn into tears.
Tears that never stop.
They wash away your footprints in the sand in front of me.

The footprints that carved into my heart. Footprints that will never go away, because they made me who I am.
I will always remember you.

Always have your footprints in my heart wherever you are right now. Even when you are not here anymore, you´ll keep on living through your footprints which you left in my heart.

Kapitel 57

(Mandys POV)

Nervös spielte ich an dem Reißverschluss, während Jason fröhlich neben mir her pfiff. Seine leise Melodie hallte in den Ohren wider und versuchte, die aufgeregten Gedanken zu beruhigen. Die Hände waren feucht vor Anspannung und mein Herz schien aus der Brust springen zu wollen, als wir uns dem Wohngebiet von Jasons Eltern näherten. Der Kloß im Hals wurde immer größer. Wie würden sie wohl reagieren, wenn sie mich wiedersehen würden? Wie würden sie auf Cassie reagieren? Ihre Enkeltochter.

Vor acht Jahren hatte ich mich bei ihnen wie zu Hause gefühlt, aber das waren auch ganz andere Umstände und nicht mit der jetzigen Situation zu vergleichen. Damals hatte Gloria noch mit Puppen gespielt und heute war sie bereits 18 Jahre alt. Die Erinnerungen an die unbeschwerten Tage der Vergangenheit kamen in mir hoch.

»Hey, es wird alles gut«, flüsterte Jason sanft, während ich immer noch nicht klar denken konnte. Warum tat ich mir das an? Ich hatte doch sein Herz gebrochen. Und jetzt kehrte ich nach acht Jahren mit einer Tochter zurück, die ich verschwiegen hatte.

»Das kannst du leicht sagen. Ich bin diejenige, die dir das Herz gebrochen hat«, murmelte ich leise, doch er schien es dennoch gehört zu haben. Plötzlich blieb er mitten auf dem Bürgersteig stehen. Cassie, die neben uns herging, sah uns verwirrt an. »Cassie, Pumpkin? Da hinten ist ein kleiner Spielplatz. Möchtest du dort kurz mit Riley spielen gehen?« Cassie blinzelte Jason ein paar Mal verwirrt an, nickte dann aber doch und lief zum Spielplatz, auf dem Riley bereits einen kleinen Abstecher gemacht hatte.

»Kommen wir nicht zu spät, wenn wir die beiden noch hier spielen lassen?«, fragte ich besorgt. Er seufzte auf.

»Vermutlich. Aber das ist mir gerade egal. Ich möchte etwas klarstellen.« Er trat einen Schritt näher an mich heran, sodass mir sein herber Duft in die Nase stieg und mich umhüllte. Er nahm die zitternden Hände in seine und zog mich näher an sich heran. »Mandy. Ja, du hast mir das Herz gebrochen …« Ich schluckte schwer. »Jedoch habe ich mich dazu entschieden, dir zu vergeben. Es war eine bewusste Entscheidung. Zu behaupten, dass mein Herz bereits vollständig geheilt ist und dass ich dir schon wieder blind vertraue, wäre eine Lüge. Das braucht Zeit. Aber, Mandy, ich habe diese Entscheidung getroffen und bereue sie keine Sekunde. Dich und Cassie hier zu haben, ist wie Balsam für die Seele und mein verwundetes Herz. Aber es braucht Zeit. Doch damit das mit uns funktioniert, musst du dich dazu entscheiden, diese Vergebung anzunehmen«, flüsterte er leise und kam mir noch etwas näher. Zögerlich öffnete ich den Mund, um etwas zu sagen, doch Jason unterbrach mich. »Mandy, das funktioniert nur, wenn du die Vergebung annimmst und nicht ständig auf den Fehlern der Vergangenheit herumreitest. Ich sehe es manchmal noch in deinen Augen. Du denkst zu viel nach und das macht alles nur schwieriger.«

»Ja, natürlich denke ich zu viel nach«, rief ich frustriert. »Ich kann einfach nicht anders, okay? Ich sehe dich, ich will dich, aber ständig habe ich Angst, nicht genug zu sein. Oder was, wenn ich dich wieder verletze? Jason, du bist so gut zu mir. Niemals hätte ich erwartet, wieder hier zu sein, dass du mich überhaupt noch sehen willst. Und doch stehst du vor mir und erzählst mir, dass du dich entschieden hast, mir zu vergeben? Warum? Wie kannst du dich dazu aufraffen, nach all dem, was ich getan habe? Wie machst du das? Dein Herz ist auch zerbrochen und zertrümmert. Wie schaffst du es, nicht so viel nachzudenken? Nicht durchzudrehen?« Tränen flossen mir über die Wangen, während ich all die Verwirrung und Ängste herausschrie. Alles, was ich gerade gesagt hatte, schwirrte seit einigen Tagen unaufhörlich in meinem Kopf herum. Unter verschleiertem Blick sah ich zu ihm auf, und was ich in seinen Augen sah, verwirrte mich noch mehr. Er lächelte. Es war ein ehrliches und freundliches Lächeln, das Wärme in meine Seele strömte. Er schlang seine starken Arme um mich und drückte mich fest an sich.

Seine linke Hand ruhte sanft am Hinterkopf. »Ich habe einfach gemerkt, dass das Leben ohne dich beschissen ist«, begann er leise. »Acht Jahre habe ich ohne dich gelebt. Oder sollte ich besser sagen: überlebt. Aber die Teile des Herzens, die du gebrochen hast, lagen einfach da, reglos und ohne sich zu bewegen. Und nachdem Elaine gestorben ist, wurde es nur noch schlimmer. Ja, die Musik hat mir etwas Heilung gebracht, weil ich die Gefühle darin verarbeiten konnte … Aber, Mandy, der Tag, an dem ich nach acht Jahren deine Stimme wieder gehört habe, hat die Teile wieder zum Leben erweckt. Als ich dich dann in der Küche gesehen habe … ich wollte wütend auf dich sein. Ehrlich, ich habe es versucht. Aber ich konnte einfach nicht. Irgendwann habe ich es einfach aufgegeben. Wütend auf dich zu sein, war noch schmerzhafter, als dich zu vergessen. Mandy, das Leben ohne dich ist einfach beschissen, und ich will nicht mehr ohne dich leben. Besonders jetzt, wo ich weiß, dass es auch noch Cassie gibt …« Ich schniefte leise, während er sprach. Irgendwann, während seiner Worte, hatte ich mich an ihn gedrückt und seinem beruhigenden Herzschlag gelauscht. Er schlug schnell, doch es gab mir das Gefühl von Sicherheit und Geborgenheit.

»Ich wünschte, es wäre anders gekommen«, flüsterte ich leise. »Ich wünschte, du hättest Cassie früher kennengelernt. Und ich wünschte, ich wäre nicht die Person gewesen, die dein Herz gebrochen hat.«

»Ja, aber das können wir nicht mehr ändern. Was wir aber ändern können, ist die Zukunft«, antwortete Jason bestimmt.

Hätte mir jemand vor zwei Jahren gesagt, dass ich mich in dieser Situation, in Jasons starken Armen, befinden würde, hätte ich einfach nur gelacht und wäre danach in Tränen ausgebrochen.

Es fühlte sich an wie ein Traum, ein wunderschöner Traum, aus dem ich am liebsten nie wieder erwachen wollte.

Nie wieder.

Kapitel 58

(Jasons POV)

»Mann, Nael verpiss dich und lass mich in Ruhe«, vernahm ich bereits Glorias Stimme von draußen, was mir ein Grinsen entlockte. Sie war wirklich leicht zu provozieren, und Nael und ich hatten uns oft einen Spaß daraus gemacht, sie extra auf die Palme zu bringen. Geschwister eben.

»Nael, lass deine Schwester in Ruhe«, hörte ich Mamas genervte Stimme, kurz bevor sie die Tür öffnete. Sie schloss mich in eine Umarmung, als sie mich sah, und ihr Blick wanderte nach links, wo Mandy mit einem Strauß Blumen stand und unsicher von mir zu meiner Mutter blickte. Ich lächelte, denn sie sah einfach süß aus, wenn sie nervös war. Meine Mutter zögerte keine Sekunde und schloss auch Mandy in die Arme.

»Mandy! Ich habe mich schon gefragt, was aus dir geworden ist. Lass dich ansehen.« Sie betrachtete Mandy von oben bis unten. »Ich muss schon sagen, du warst damals schon unglaublich niedlich, aber jetzt bist du zu einer wunderschönen Frau herangewachsen«, schwärmte sie und zauberte eine verlegene Röte auf Mandys Wangen.

»Danke, Mrs. Taylor.«

»Mrs. Taylor? Papperlapapp, so hast du mich damals nicht genannt und brauchst damit gar nicht erst anfangen. Nenn mich Brenda.« Ihr Blick fiel hinter Mandy, wo Cassie sich hinter den Beinen versteckte. Riley war irgendwo im Vorgarten und jagte einem Schmetterling hinterher.

Die Augen meiner Mutter weiteten sich, als sie sich nach unten beugte, um mit Cassie auf Augenhöhe zu sein. »Du musst also Cassie sein, nicht wahr?«, fragte sie sanft und ich konnte einen Hauch von Tränen in ihren Augen erkennen. Diese nickte zögerlich. »Nun, wie es aussieht, bin ich deine Oma«, sagte sie und reichte Cassie die Hand. »Und ich habe Kekse gebacken. Möchtest du welche?«

Cassies Augen weiteten sich. »Kekse? Oma? Habe ich wirklich noch eine Oma?«

Ich lachte leise. »Ja, und sie backt die besten Schokoladenkekse.«

»Du hattest schon genug in deinem Leben. Die habe ich extra für Cassie und Mandy gebacken«, warf sie ein.

»Was heißt hier 'schon genug'? Ich hatte ganz sicher nicht genug«, sagte ich gespielt empört, während ich bereits in den Flur trat und die Jacke aufhängte.

»Du hattest mehr als wir alle«, erwiderte Gloria, die auf der Treppe stand und uns interessiert beobachtete. »Pass auf, sonst wirst du noch fett. Und da du jetzt jemanden beeindrucken willst, kannst du es dir nicht leisten«, lachte sie und warf einen neugierigen Blick auf Mandy und Cassie.

Ein genervter Blick traf sie augenrollend. »Ich habe dich auch vermisst, Schwesterherz«, murmelte ich. Mandy betrat neben Cassie und Riley das Haus. Während Riley aufgeregt auf und ab hüpfte, stand Cassie etwas unschlüssig im Flur.

»Tante Gloria, können wir wieder im Baumhaus spielen? Mit Cassie?«, fragte sie.

»Natürlich«, antwortete Gloria mit einem Grinsen und ging die Treppe hinunter. Sie blieb vor Mandy stehen und legte den Kopf schief, dann lächelte sie. »Du bist wirklich so hübsch, wie Jason immer erzählt hat«, stellte sie fest.

»Gloria!«, rief ich verlegen.

»Was denn? Du bist total vernarrt in sie. Warst du damals schon. Ich erinnere mich noch daran, dass du früher mit mir Barbie gespielt und mir die Nägel lackiert hast.«

Mandy lächelte. »Ja, daran erinnere ich mich auch. Du bist so groß geworden …«

Gloria lachte. »Ja, das passiert mit der Zeit. Man wird groß, wird erwachsen und wünscht sich, man könnte wieder unbeschwert mit seinen Puppen spielen und dabei eine Schüssel Müsli vor dem Fernseher genießen. Komisch, oder? Als Kind wollte man immer erwachsen sein, und jetzt will ich nichts sehnlicher als diese unbeschwerte Kindheit zurück.«

»Du bist 18, also immer noch ein Kind«, murmelte ich und fuhr mir durch die Haare.

»Ach, ja? Sag das mal den Leuten, die mir ständig Rechnungen schicken. Als Kind musste ich die nicht bezahlen.« Nun lachte Mandy und ich konnte spüren, wie die Nervosität nach und nach von ihr abfiel.

Ihre Mundwinkel waren öfter nach oben gezogen und ihr Gesicht strahlte. Der Drang, sie zu küssen, überkam mich, was ich jedoch vorerst sein ließ, denn ich konnte mir vorstellen, dass es ihr unangenehm wäre.

Gloria entschied sich, mit Cassie und Riley in den Garten zu gehen und im Baumhaus zu spielen, während Mandy und ich uns in die Küche setzten.

»Wo ist Papa?«, fragte ich, während meine Mutter mir eine Tasse Kaffee vor die Nase stellte.

»Er sollte in einer Stunde hier sein. Er hatte noch einen Notfall auf der Arbeit.« Dann wandte sie sich lächelnd an Mandy. »Trinkst du deinen Kaffee immer noch mit Milch und Zucker?« Mandy nickte verwirrt und ich war meiner Mutter unglaublich dankbar, dass sie es ihr so einfach machte. Denn sie hatte mich in der Zeit nach ihr erlebt – niedergeschlagen und gebrochen. Sie hatte genauso viel, wenn nicht sogar mehr gelitten als ich. Aber so war Mama eben. Liebevoll und mit der Überzeugung, dass jeder Mensch eine zweite Chance verdiente. Außerdem war ich mir sicher, dass sie Mandy damals geliebt hatte und verletzt war, als sie einfach verschwunden war.

»Sie erinnern sich daran«, murmelte Mandy, woraufhin meine Mutter ihr breit zulächelte.

»Natürlich erinnere ich mich. Du warst meine Lieblingsfreundin von Jason. Nach dir kamen irgendwelche selbstzentrierten Influencerinnen, die mir jedes Mal ihre Produkte verkaufen wollten.«

Mandy zog eine Augenbraue hoch und sah mich belustigt an. »Ach ja? Influencerinnen?«, fragte sie amüsiert, während ich tiefer in den Stuhl sank.

»So schlimm waren sie nicht«, murmelte ich, woraufhin meine Mutter laut auflachte.

»Ach komm, die waren der absolute Horror. Eine hat mir eine Faltencreme für 80 Dollar das Stück verkaufen wollen. 80! Und wie hieß die andere, die mir diese Pillen andrehen und mich dazu überreden wollte, in ihr Team einzusteigen? Nur

1000 Dollar Einstiegsgebühr, aber damit würde man es schnell wieder reinholen, mit der richtigen Strategie«, ahmte sie Laura, meine Ex-Freundin, nach.

»Das war Laura«, brummte ich erneut.

»Ach ja, richtig. Laura«, sagte sie lachend und schüttelte den Kopf, während Mandys Grinsen immer breiter wurde. Sie verschränkte belustigt die Arme vor der Brust und musterte mich von oben bis unten, während sie sich auf die Lippen biss, um ihr aufkommendes Grinsen zu unterdrücken.

»Darauf stehst du also? Da muss ich dich leider enttäuschen. Weder besitze ich Instagram noch verkaufe ich irgendwelche Produkte«, sagte sie neckend.

»Zum Glück«, warf meine Mutter ein. »Ich sag dir, seit er ein Rockstar ist, hatte er nur solche Leute um sich.«

»Ich bin kein Rockstar«, sagte ich genervt und fühlte mich in die Zeit zurückversetzt, als Mama und Mandy sich oft gegen mich verschworen und wir solche Gespräche häufig geführt hatten. Obwohl es mich damals genervt hatte, liebte ich diesen Moment gerade. Es fühlte sich an, als wäre die Zeit zurückversetzt worden; als hätte es diese acht Jahre nicht gegeben. Und ich wünschte mir nichts mehr, als dass Mandy und Cassie ein Teil der Familie bleiben würden.

Kapitel 59

(Mandys POV)

»Ach, komm schon«, schmollte Ariel und schob die Unterlippe hervor. »Ich stell mir das absolut schrecklich vor.« Der Geschmack der cremigen Avocado, in die ich biss, vermischte sich angenehm mit dem knusprigen Brötchen. Ariel versuchte seit ungefähr 15 Minuten, mich dazu zu überreden, mit ihr ins Kino zu gehen. Sie wollte eine Dokumentation über Flusskrebse sehen, auf Holländisch mit englischen Untertiteln. »Ich bezahle auch«, versuchte sie, mich erneut zu überreden.

Ich schmunzelte und entgegnete: »Es geht nicht ums Geld. Es geht darum, dass ich mir keine dreistündige Dokumentation über Flusskrebse anschauen will.«

»Du bist doch doof. Und wenn ich dir danach einen Drink ausgebe?«, warf Ariel fragend ein. Ich lachte auf und nahm einen erfrischenden Schluck aus der Wasserflasche.

»Wenn dann brauche ich vorher ein paar Drinks. Wir können gerne eine Komödie oder Ähnliches auf Englisch schauen«, schlug ich vor.

Ariel verdrehte die Augen, aber stimmte schließlich zu. »Ein Kumpel kommt mich übrigens heute besuchen. Ist es okay, wenn er mitkommt?«

»Sicherlich«, antwortete ich lässig. Es konnte nicht schaden, neue Menschen kennenzulernen. In letzter Zeit war ich so sehr auf Jason, Cassie und die Arbeit fokussiert gewesen, dass ich kaum andere Menschen getroffen hatte. Vielleicht war es besser so, aber irgendwie fehlte es mir. Der Abend mit Jasons Familie hatte mir unerwartet viel Freude bereitet. Es fühlte sich an, als ob Jasons Mutter und ich genau dort anknüpften, wo wir vor acht Jahren aufgehört hatten. Mit seinem Vater und Nael brauchte ich jedoch etwas mehr Zeit, um warm zu werden. Zu Beginn war ihre Unsicherheit mir gegenüber spürbar, und ich konnte ihnen das absolut nicht verübeln. Aber als Cassie hereinkam und sie sie kennenlernten, war es, als wären wir ein Teil der Familie. Und Gloria war mir sowieso von Anfang an sympathisch.

»Super, dann heute Abend?«, fragte Ariel.

»Heute Abend was?«, mischte sich plötzlich Jackson ein und biss in einen Apfel. Überrascht blickte ich ihn an. Seit wann aß er etwas annähernd Gesundes? Er setzte sich auf den Stuhl links von mir und schaute abwechselnd zwischen Ariel und mir hin und her.

»Jackson, geht es dir gut?«, fragte ich gespielt besorgt, woraufhin er eine Augenbraue hochzog.

»Hä? Ja? Wieso?«

»Du isst Obst …« Ich deutete auf den Apfel in seiner Hand. Er schaute zwischen mir und dem Apfel hin und her und lachte auf.

»Ja, hab eine Wette mit meiner Mutter laufen«, meinte er. Das erklärte so einiges. Während Ariel und Jackson sich weiter unterhielten, holte ich das Handy aus der Tasche und schrieb Jason eine Nachricht:

Mandy: Hey, denkst du, du kannst heute Abend auf Cassie aufpassen? Ein paar Kollegen wollten ins Kino und haben gefragt, ob ich mitkomme.

Kurz darauf bekam ich eine Antwort:

Jason: Immer. Wollte sowieso fragen, ob ihr heute vorbeikommen wollt. Ich wollte etwas kochen.

Mandy: Du? Hast du unsere letzte Kocheinlage bereits vergessen?

Jason: Okay, ich wollte etwas bestellen. Das ist Essen. Ist doch egal, wo es herkommt.

Mandy: Ganz egal ist es nicht. Erinnerst du dich noch an das Essen von dem Chinesen gegenüber der Schule? Shinos oder so?

Jason: O Gott, erinnere mich doch nicht daran! Mir wird schon allein bei der Erinnerung schlecht.

Mandy: Siehst du? Ist doch nicht ganz egal.

Jason: Ich bestelle aber gutes Essen.

Mandy: Heb mir etwas davon auf. Oder du kommst abends mit Cassie vorbei, wenn du sie zurückbringst? Ich habe auch guten Wein da. Wenn du möchtest, kannst du auch übernachten.

Während ich auf eine Antwort von Jason wartete, starrte ich eine Weile auf die drei Punkte, die anzeigten, dass er etwas schrieb.

Jason: Gerne. Freue mich schon auf dich.

Zögerlich betrachtete ich das Spiegelbild, unschlüssig darüber, was ich anziehen sollte. Nach einigem Durchsuchen des Kleiderschranks entschied ich mich schließlich für eine schwarze Hose, ein olivgrünes Top und weiße Sneaker. Schlicht und einfach, schließlich war es nur ein Kinobesuch, kein Date mit Jason. Der Gedanke an ihn zauberte mir ein Lächeln auf die Lippen. Er hatte Cassie vor einer Stunde abgeholt und freute sich sichtlich darauf, heute Abend vorbeizukommen. Beinahe hätte ich alle Pläne über Bord geworfen und den Rest des Tages mit ihm verbracht, als ich ihn in seinem enganliegenden T-Shirt gesehen hatte. Aber Cassie hatte sich so sehr darauf gefreut, den Tag mit ihrem Vater zu verbringen, und auch mir würde es guttun, etwas mit Kollegen zu unternehmen.

Ich richtete den Pferdeschwanz und betrachtete mich im Spiegel. Alles in allem war ich zufrieden. Es fühlte sich leicht an, dieses Lächeln, und es stand mir gut. Ich schnappte die Handtasche, eine Jeansjacke und machte mich auf den Weg zum Kino. Dort angekommen, parkte ich das Auto und wartete vor dem Eingang.

Ein Blick auf die Uhr verriet mir, dass ich fünf Minuten zu früh dran war, aber das war mir recht. Eins meiner Ziele war es, an der Gewohnheit, immer zu spät zu kommen, zu arbeiten. Fünf Minuten zu früh da zu sein, würde diesem Image, das ich verändern wollte, ganz guttun.

Ich zog gerade das Handy aus der Tasche, als jemand gegen mich stieß und es beinahe fallen ließ. »Pass doch auf«, murmelte ich genervt und drehte mich um, doch als ich erkannte, wer vor mir stand, erstarrte ich. »Brandon?«, fragte ich und auch seine Augen weiteten sich. Verdammt, was machte er denn hier?

»Ach, wie ich sehe, habt ihr euch kennengelernt«, sagte Ariel fröhlich, die in diesem Moment um die Ecke bog. Sie umarmte Brandon, während ich innerlich am Sterben war. Brandon war ihr Kumpel? Wie kannten sich die beiden? Was machte er hier in Berkeley?

Brandon grinste frech, was die Wut in mir nur weiter anfachte. »Oh, wir kennen uns, und wie«, sagte er und strich sich durch seine braunen Haare. Verdammt nochmal.

Ariel sah fragend zwischen uns hin und her. »Wie, woher?«, fragte sie verwirrt.

»Brandon ist mein Ex«, knurrte ich und warf ihm einen finsteren Blick zu.

Ariels Mund formte ein »Oh« und sie verzog kurz das Gesicht. »Aber … ich bin verwirrt.«

»Ich auch. Woher kennst du Ariel?«, fragte ich und Brandon sah betreten zu Boden. Dahin war seine Gelassenheit von vor ein paar Sekunden.

»Brandon … Woher kennst du Ariel?«, fragte ich nun forscher nach. Irgendetwas war hier faul.

»Durch Lara«, murmelte er. »Die beiden haben ein paar Semester zusammen studiert.«

»Lara?«, rief ich verächtlich aus. »Du willst mich wohl verarschen!«

»Wieso das?«, fragte Ariel verwirrt.

»Er ist mir mit Lara fremdgegangen«, rief ich aufgebracht und ignorierte die Blicke der Menschen um uns rum, die auf uns gerichtet waren.

»Du hast was?«, fragte Ariel ebenfalls aufgebracht. »Brandon!«

»Ich … ich weiß nicht, was ich jetzt sagen soll«, murmelte er und es war offensichtlich, wie unwohl er sich in dieser Situation fühlte. Gut so.

»Gar nichts sollst du sagen.« Bevor die Situation weiter ausarten konnte, drehte ich mich um und ging in Richtung des Autos.

»Kim, wohin gehst du denn jetzt? Lass uns doch die Gelegenheit nutzen und uns aussprechen. Ich vermisse dich, ich …«

Wütend drehte ich mich wieder in seine Richtung und funkelte ihn an. »Ich will nichts mehr von dir hören«, sagte ich und machte mich weiter auf den Weg zum Auto. Doch er war schneller und holte mich ein.

»Kim, sei doch nicht so stur. Es ist doch kein Zufall, dass wir uns hier treffen. Du hast alle Anrufe ignoriert, bist nicht drangegangen …« *Weil ich eine neue Nummer habe, du Vollidiot.* Ich rollte mit den Augen. »Wir müssen reden«, sagte Brandon bestimmt.

»Brandon, der Grund, warum ich deine Anrufe nicht annehme, ist, dass ich nicht mit dir reden und nichts mit dir zu tun haben will«, entgegnete ich und blies frustriert die Wangen auf.

»Das ist ja mal wieder typisch«, murmelte er. In dem Moment konnte ich Jackson aus dem Augenwinkel erkennen, wie er pfeifend aus einer Seitenstraße auf uns zukam.

Entweder verstand er die Situation gerade nicht oder er ignorierte sie bewusst, denn er kam auf mich zu und legte mir den Arm um die Schultern. »Hey, was schauen wir uns an? Wenn es eine Dokumentation über Flusskrebse ist, bin ich hier wieder weg.« Verwirrt fiel sein Blick auf Brandon, dann auf mich und schließlich auf seinen Arm, der immer noch um meine Schulter lag. Zögerlich entzog er sich der Berührung. »Oh, verdammt. In was für eine Situation bin ich jetzt schon wieder geraten?«, murmelte er eher zu sich selbst als zu jemand anderem. »Hey, Brandon«, sagte er dann etwas zu freundlich und ich grinste. Jacksons Gelassenheit in diesem Moment war Gold wert. »Sorry für das letzte Mal. Frieden?«

Er streckte seine Hand aus, während Brandon mich ungläubig ansah. »Ist das dein verdammter Ernst? Der Kerl? Schon wieder?« Die Szene vor Maries Wohnung, als Brandon Jackson eine verpasst hatte, weil er uns beim Knutschen erwischt hatte, spielte sich in meinem Kopf ab.

»Erstens geht dich das einen Scheißdreck an, und zweitens: Da läuft nichts. Wir sind Arbeitskollegen«, konterte ich.

Brandon schnaubte verächtlich. »Ja, ist klar.« Wütend sah er zwischen Jackson und mir hin und her, während Ariel unbehaglich hinter uns stand und die ganze Situation beobachtete.

»Weißt du was, das ist mir gerade zu blöd. Ich fahre nach Hause«, sagte ich und stieg in das Auto. Verdammt noch mal. Wieso musste Brandon hier auftauchen?

Den Kopf auf das Lenkrad ruhend seufzte ich auf. Da war also der entspannte Abend mit Freunden dahin. Super. Ich startete den Motor und dachte für einen kurzen Moment daran, direkt zu Jason zu fahren, entschied mich jedoch dagegen.

Brandons Auftauchen hatte mich aufgewühlt und ich brauchte Zeit, um es zu verarbeiten.

In der Wohnung angekommen, zog ich mir etwas Bequemes an, bevor ich mich auf die Couch pflanzte und den Fernseher einschaltete. Bilder von Brandon und Lara machten sich im Kopf breit und ich versuchte mit aller Kraft, sie zu verbannen. Warum nahm es mich immer noch so mit? Es war immerhin nicht so, als würde ich noch etwas von Brandon wollen. Ich hatte Jason. Jason. Ein Grinsen erschien auf meinem Gesicht, als ich an ihn dachte. Ich wusste nicht, wie lange ich auf der Couch lag, aber irgendwann nahm ich das Handy in die Hand und sah eine Nachricht von Ariel. »*Sorry. Ich wusste es nicht.*« Woher denn auch?

»*Alles gut*« antwortete ich, denn wirklich böse sein, konnte ich ihr nicht. Immerhin konnte sie nicht wissen, dass Brandon mich mit ihrer Freundin betrogen hatte. Irgendwie kam mir die ganze Situation merkwürdig vor. Gerade als ich *Friends* abspielen wollte, klingelte es an der Tür. Ächzend stand ich auf und öffnete diese, nur um sie am liebsten wieder vor Brandons Gesicht zu knallen, der mit einem Strauß Blumen vor der Tür stand.

Kapitel 60

(Mandys POV)

Ich war kurz davor, ihm die Tür vor der Nase zuzuschlagen, aber er kam mir zuvor und stellte einen Fuß dazwischen. »Was willst du?« Mit einem Augenrollen ließ ich die Tür los. Seine grünen Augen betrachteten mich zögerlich, während er mir mit einem schiefen Lächeln entgegenlächelte.

»Mit dir reden.« Ich seufzte auf. Wann würde er es endlich verstehen, dass ich ihm nichts mehr zu sagen hatte?

»Brandon, wie oft noch? Es gibt nichts zu bereden«, erklärte ich frustriert. Doch zum ersten Mal konnte ich ehrliche Reue in seinem Gesicht erkennen.

»Ich will einfach nicht, dass es so mit uns endet.« Sein trauriger und entschuldigender Anblick machte etwas mit mir und ich gab nach. »Du hast fünf Minuten.« Erleichtert trat er in die Wohnung, während ich in die Küche ging, um ein Glas Wein zu holen. Diese Konversation benötigte mit Sicherheit ein gewisses Maß an Alkohol.

Brandon folgte mir und beäugte mich kritisch. »Wein?«

»Problem damit?«, gab ich schnippisch zurück. In letzter Zeit hatte ich immer mehr bemerkt, wie sehr Brandon mich in der Vergangenheit kritisiert hatte. *Willst du wirklich dieses Oberteil anziehen? Also an deiner Stelle würde ich das nicht machen. Du könntest wirklich mehr Sport machen und weniger essen, um deine Figur zu halten.* Und ich hatte alles einfach hingenommen. Wieso eigentlich? War es, um geliebt zu werden? Schwachsinn. Wenn er mich nicht so akzeptieren konnte, wie ich war, dann war es auch nie Liebe gewesen.

Er hob beschwichtigend die Hände und legte die Blumen, die er mitgebracht hatte, auf den Tisch vor mir. »Absolut nicht. So kenne ich dich nur gar nicht.«

Ich konnte ein leises Lachen nicht zurückhalten. »Ich sage dazu jetzt mal nichts«, erwiderte ich und nahm einen Schluck Wein. So gesehen kannte er mich eigentlich überhaupt nicht. Wenn ich ehrlich war, dann war mir das auch lieber so. Ich atmete tief aus. »Was genau willst du hier, Brandon? Und woher weißt du, wo ich wohne?«

»Ariel hat es mir gesagt.« Woher wusste Ariel, wo ich wohnte? Hatte ich ihr das mal erzählt? Wahrscheinlich hatte sie die Adresse von der Schule. Immerhin war sie Cassies Lehrerin. »Tut mir leid, wenn ich dich so überfalle, aber als ich dich wiedergesehen habe …« Er seufzte. »Ich will nicht, dass es so endet zwischen uns.« Ein schuldbewusster Ausdruck lag auf seinem Gesicht.

»Brandon, das ist allein deine Schuld«, fuhr ich ihn wütend an. Er verzog die Lippen, und erneut konnte ich die Reue in seinem Gesicht erkennen.

»Ich weiß. Und wenn ich es rückgängig machen könnte-«

»Brandon, das mit Lara war keine einmalige Sache. Es war kein

Ausrutscher. Du hattest mit voller Absicht ein Jahr lang eine Affäre«, unterbrach ich ihn wütend.

»Ja, aber es war nicht dasselbe wie mit dir. Mit Lara war das … oberflächlich. Nur Sex. Es ging um nichts anderes. Mit dir habe ich mich verbunden gefühlt.«

Fassungslos starrte ich ihn an. »Hörst du dir eigentlich selber zu?«, fragte ich empört.

Er hielt inne. »Mann, so meinte ich das doch gar nicht-«

»Ach, du wolltest also nicht sagen, dass ich dir nicht genug war und du stattdessen bei Lara gelandet bist? Nur Sex - ich glaube es nicht. Das war die schlimmste Entschuldigung, die ich je gehört habe.« Fassungslos schüttelte ich den Kopf und nahm einen großen Schluck von dem Wein in der Hand.

»Ich vermassle auch echt alles, was mit dir zu tun hat«, murmelte er. Dann kam er einen Schritt näher auf mich zu. Sein Aftershave stieg mir in die Nase. Früher hätte mich dieser Duft verrückt gemacht, aber jetzt runzelte ich nur die Stirn. Was hatte ich nur an ihm gefunden? Ja, er hatte eine gute Figur, aber wie war mir sein nerviger Charakter nie aufgefallen? Wie konnte ich all die Warnzeichen übersehen? War ich wirklich so blind vor Liebe gewesen?

»Kim«, flüsterte er und strich mir eine Strähne hinter das Ohr. Sofort erstarrte ich und drehte instinktiv den Kopf von ihm weg. »Schau mich an«, flehte er und legte einen Finger unter das Kinn. Gezwungenermaßen sah ich in seine Augen, die sich leicht mit Tränen füllten. »Ich brauche dich doch. Ich wusste nicht, was ich mit mir anfangen sollte. Und als Ariel von dir als Kollegin erzählt hat und ich ein Bild von dir gesehen hatte, wusste ich, dass ich die Chance nutzen musste.«

»Moment … Ariel hat von mir erzählt? Du wusstest also davon?«, fragte ich verwirrt.

Er nickte. »Ja, sie war vor einer Weile bei Lara zu Besuch. Sie hat beiläufig in einem Gespräch erwähnt, dass sie eine neue Kollegin hat. Sie wusste nicht, dass wir uns kennen.«

»Ah, und du warst also bei Lara zu dem Zeitpunkt?« Seine Augen weiteten sich, als er realisierte, wie sehr er sich in die Scheiße geritten hatte und dass er da nicht mehr herauskommen würde. Sein Blick verdunkelte sich und ich wusste, dass er jetzt die Schuld bei mir suchen würde, so wie er es bei unserem letzten Zusammentreffen getan hatte.

Er schnaubte auf und sah mich grimmig an. »Ja, was kann ich denn dafür? Sie ist nicht wie du einfach abgehauen. Ich wäre nicht bei ihr geblieben, wenn du nicht weg gewesen wärst.«

»Da kann ich mich ja glücklich schätzen, dass ich nicht geblieben bin«, sagte ich so gefasst wie möglich, obwohl ich innerlich kochte. Die Vermutungen bewahrheiteten sich. Brandon begann erneut, die Schuld auf mich abzuwälzen. Hatte er das schon immer getan? Wie viele deutliche Warnsignale hatte ich tatsächlich übersehen? Es war Zeit, endlich einen Schlussstrich zu ziehen.

»Ist das dein scheiß Ernst gerade?«, fuhr er mich an. »Du hast ja keine Ahnung, was dir eigentlich mit mir entgeht«, schnaufte er verächtlich. Die Wut in mir brodelte bedrohlich und ich spürte, wie die Fassung langsam zu bröckeln begann.

»Ach, du meinst also, mir entgeht Gaslighting, ein Typ, der mich nicht ernst nimmt, mich ständig kritisiert und betrügt? Da bin ich jetzt aber endlos enttäuscht.« Die Stimme triefte nur so vor Sarkasmus, woraufhin ihm ein spöttisches Lachen entfuhr.

»Sie hatten doch alle recht. Du bist egozentrisch und hast einen Stock im Arsch.«

Ich kämpfte darum, die Fassung zu bewahren, zwang mich regelrecht dazu, ihm keine Ohrfeige zu verpassen. »Na gut, dann haben wir das also geklärt. Du magst mich nicht und ich will nichts mehr mit dir zu tun haben. Ich bitte dich jetzt höflich, die Wohnung zu verlassen, bevor ich den Verstand verliere.« Noch nie hatte ich so ein falsches Lächeln auf dem Gesicht wie in dieser Situation. Bevor er noch etwas erwidern konnte, erklang ein Klingeln an der Tür und ich wandte mich erleichtert von Brandon ab. Ich öffnete die Tür, und vor mir stand ein grinsender Jason, eine Einkaufstüte in der einen und unsere schlafende Tochter in der anderen Hand. Mein Blick fiel sofort auf Brandon in der Küche und dann wieder zu Jason. Scheiße. Ich hatte komplett vergessen, dass Jason heute vorbeikommen wollte. In dem Moment betrat Brandon ebenfalls den Raum, und als Jason ihn erblickte, erstarrte seine Miene. Na toll. Womit hatte ich dieses ganze Drama verdient?

Kapitel 61

(Jasons POV)

Verwirrt blickte ich von Mandy zu dem Fremden, der sich lässig am Türrahmen ihrer Küche anlehnte. Wer zum Teufel war dieser Kerl und was hatte er in Mandys Wohnung zu suchen? Ein unangenehmes Gefühl breitete sich in der Brust aus, als ich mich fragte, ob er ihr etwas antun wollte. »Hey?«, brachte ich zaghaft hervor, mehr eine Frage als eine Begrüßung. Krampfhaft starrte ich auf diese fremde Person vor mir. In den Armen seufzte Cassie im Schlaf und kuschelte sich enger an mich. »Ist es in Ordnung, wenn ich Cassie ins Bett bringe?«, fragte ich verunsichert. Mandy schloss für einen Moment die Augen und nickte dann knapp. Mit vorsichtigen Schritten betrat ich die Wohnung und ließ den Blick über den Kerl schweifen. Er trug eine Jeans und ein weißes T-Shirt, seine Haare waren sorgfältig zur Seite gekämmt. Als ich an ihm vorbeiging, bemerkte ich, wie er Mandy mit einem gierigen Blick fixierte. Ein eisiges Gefühl durchzog meinen Körper, als ich diesen Blick sah. Nachdem ich Cassie ins Bett gebracht hatte, betrat ich leise das Wohnzimmer und konnte hören, wie Mandy leise mit dem Fremden flüsterte.

Sie schien genervt zu sein. »Brandon, geh bitte einfach.« Brandon? Den Namen hatte ich doch schon mal gehört.

Er reagierte aufbrausend auf Mandys Bitte, als er fragte: »Wer ist das? Und was hat Cassie mit ihm zu tun?« Seine Stimme war ein einziges Knurren.

»Es geht dich nichts an, mit wem meine Tochter Zeit verbringt«, konterte sie.

»Ist das etwa dein neuer Liebhaber?« Seine Worte waren erfüllt von Verachtung. Ich wollte nicht lauschen, aber die Neugier und Eifersucht übermannte mich. Vorsichtig spähte ich ins Wohnzimmer.

»Sag mir, mit wie vielen hattest du schon was?« Ein schallender Klatsch durchbrach die Stille. Mandy hatte ihm eine Ohrfeige verpasst. Er hielt sich seine Wange und funkelte sie wütend an.

»Ich schwöre, wenn Cassie jetzt nicht schlafen würde, würde ich dich zusammenscheißen. Und jetzt verlasse sofort diese Wohnung«, forderte Mandy ihn auf. Brandon baute sich wütend vor ihr auf und rückte bedrohlich nah an sie heran. Dies war der Moment, in dem ich eingriff. Ich stellte mich schützend vor Mandy und funkelte ihn mit Wut in den Augen an. Wie konnte er es wagen, meiner Freundin so nahe zu kommen?

»Du hast sie schon richtig gehört. Verlass bitte diese Wohnung«, knurrte ich herausfordernd.

Er sah mich abschätzig an, schüttelte den Kopf und lachte leise. »Schon gut. Viel Spaß mit ihr.« Er nickte in Richtung Mandy, die vor Wut rot anlief. »Sie wird dich auch noch fallenlassen. Halte dich bloß von ihr fern.«

»Das ist meine Entscheidung«, erwiderte ich nun ebenfalls wütend.

Sein abschätziger Blick traf Mandy. »Ich habe dir so viel gegeben. Und so dankst du es mir? Du bist wirklich das Letzte.« Mandy zuckte zusammen, und auch ich war kurz davor, dem Kerl eine Ohrfeige zu verpassen.

»Ich denke, du solltest gehen, bevor ich dir eine reinhaue«, drohte ich ihm.

Der Kerl lachte auf und hob beschwichtigend die Hände. »Ich bin schon auf dem Weg. Aber sei gewarnt. Sie wird dich fallenlassen.« Ich biss mir auf die Unterlippe und versuchte, seine Worte nicht an mich heranzulassen. Er drehte sich noch einmal zu Mandy, sah sie herablassend an und verließ dann ihre Wohnung. Als ich mich zu ihr umdrehte, konnte ich Tränen in ihren Augen glänzen sehen.

Mit warmen Händen umschloss ich behutsam ihre zarte Wange. »Geht es dir gut?«, fragte ich besorgt.

Sie schüttelte den Kopf. »Nein, aber es wird schon …« Nervös biss sie sich auf ihre Unterlippe. »Du … du musst nicht bleiben. Es ist schon okay«, stammelte sie.

Entschlossen schüttelte ich den Kopf. »Ich gehe nirgendwohin.«

»Jason. Was ist, wenn er recht hat?«, murmelte sie leise.

»Womit?«

»Was, wenn ich es nicht schaffe und dich fallenlasse? Wenn ich dir erneut das Herz breche?«

»Mandy-«

»Mandy was?«, unterbrach sie mich. »Du kennst mich kaum. Diese acht Jahre haben mich verändert. Ich bin nicht mehr das rundum glückliche Mädchen, das dir damals so viel Freude bereitet hat. Die gibt es nicht mehr. Was, wenn er recht hat? Wenn ich dich abstoße? Oder ich dir nicht genug bin …

Ich … ich …« Sie schniefte und ich nahm sie in den Arm. Sie lag eine Weile in meinen Armen und weinte einfach nur. Ihre Tränen durchnässten mein T-Shirt, doch es störte mich nicht im Geringsten. Ich hielt sie einfach fest, denn offensichtlich brauchte sie das jetzt. Nach einer Weile hatte sie ich beruhigt und lag mir kuschelnd in den Armen.

Sanft strich ich ihr eine Strähne aus dem Gesicht. »Du wirst immer mehr als genug für mich sein«, flüsterte ich. »Du hast recht, du bist nicht mehr das Mädchen von damals. Du bist viel mehr. Du bist so unglaublich stark.«

»Ich glaube, ich habe einfach Angst.«

»Angst wovor?«, hakte ich nach.

»Dass ich eine falsche Entscheidung treffe. Ich habe ihm vertraut. Er war zwei Jahre lang ein Teil von mir.« Ich verzog das Gesicht. Natürlich war mir bewusst, dass sie nicht allein gewesen war, aber ich wollte es nicht unbedingt hören. Mandy sah mich entschuldigend an. »Entschuldige«, murmelte sie, aber ich schüttelte entschieden den Kopf.

»Nein, entschuldige dich nicht. Ich denke, ich brauche etwas Alkohol, bevor wir weiterreden«, sagte ich leise, woraufhin sie leise auflachte.

»Den habe ich tatsächlich da.« Sie verschwand in der Küche und kehrte mit zwei Weingläsern zurück. Wir nahmen auf dem Sofa Platz, wobei sie sich ans andere Ende setzte, was mich störte. Ich sehnte mich nach ihrer Nähe, doch vermutlich war diese Distanz für den Moment das richtige.

»Also, wer war das?«, begann ich die Unterhaltung und sie seufzte leise.

»Bist du sicher, dass du es hören möchtest?«, fragte sie skeptisch.

»Ich würde lügen, wenn ich behaupten würde, dass mir die Vorstellung von dir und jemand anderem gefällt «, flüsterte ich und blickte sie intensiv an. »Lass vielleicht einige Details aus, aber ich möchte wissen, wer er war, Mandy. Ich möchte alles über dich erfahren, was du mit mir teilen möchtest.«

»Brandon war mein Freund in den letzten zwei Jahren«, antwortete sie und erneut verzog ich das Gesicht. Dann machte es klick.

»Brandon? Ich habe mit ihm telefoniert.«

Verwirrt blickte sie mich an. »Was? Wann?«

»Als mir bewusst wurde, dass du was mit Cassie zu tun haben könntest, habe ich versucht, dich zu erreichen. Doch die Nummer, unter der du mich angerufen hast, war außer Betrieb.«

»Ja, ich hatte eine neue Nummer.« Schuldbewusst blickte sie in ihr Glas Wein.

»Also habe ich die Nummer probiert, unter der du mich das erste Mal angerufen hast. Als du ziemlich betrunken warst. Und Brandon ging ran.«

Sie blinzelte überrascht und ich konnte sehen, wie sich die Puzzleteile in ihrem Kopf zusammenfügten. »Ich habe sein Handy im Bad gefunden und benutzt, weil Marie mir meins weggenommen hat«, murmelte sie. »Sorry.«

»Ist okay, jetzt sitzt du ja hier - bei mir.« Ich scannte sie von oben bis oben, blieb an ihrem Ausschnitt und schließlich an ihren Lippen hängen. Wie konnte sie nur denken, dass ich jemals genug von ihr kriegen konnte? Bevor ich weiter abdriftete, räusperte ich mich und blickte ihr in die Augen. »Wie ist es ausgegangen? War er der Einzige?« Kurz darauf hätte ich mich am liebsten selbst geschlagen. Diese Information wollte ich eigentlich gar nicht besitzen.

»Ich hatte nur einen, im Gegensatz zu deinen ganzen Influencer-Freundinnen«, bemerkte sie amüsiert. »Wie viele waren es eigentlich?«

»Ich dachte, wir reden hier über dich«, versuchte ich, ihrer Frage auszuweichen.

Sie zog eine Augenbraue hoch. »Du weichst gerade aus.«

Ich fuhr mir verlegen durch die Haare. »Es waren vier«, gestand ich und sie biss sich auf die Unterlippe, was sie unglaublich verführerisch aussehen ließ.

»Vier … Waren sie gut?«, flüsterte sie und rückte näher, sodass unsere Knie sich berührten. Es war nur eine winzige Berührung, doch sie genügte, um meinen Atem stocken zu lassen.

»Worin?«, fragte ich, wohlwissend, worauf sie hinauswollte. Sie lachte auf und distanzierte sich wieder. Sofort sehnte ich mich danach, sie näher bei mir zu haben. Verdammt, ich wollte sie berühren, aber das musste noch warten. »Ich könnte dich dasselbe über Brandon fragen«, sagte ich stattdessen und bereute es sofort. Wieso stellte ich so viele Fragen, auf die ich die Antwort nicht wissen wollte? Allein der Gedanke, dass dieser Kerl sie berührt und intime Momente mit ihr geteilt hatte, ließ die Eifersucht in mir überhand nehmen.

»Willst du die Antwort wirklich wissen?«, fragte sie, als könnte sie meine Gedanken lesen.

Ich schüttelte entschieden den Kopf. »Ehrlich gesagt, nein. Der Gedanke daran macht mich verrückt. Ich möchte keine Details.«

»Keine Sorge, er konnte dir nie das Wasser reichen«, flüsterte sie und ein Grinsen breitete sich auf meinem Gesicht aus.

»Ach ja? Ist das so?«, fragte ich nun doch neugierig.

Sie nickte. »Er war ein Teil meines Lebens. War wie ein Vater für Cassie«, meinte sie und es fühlte sich an, als würde mir jemand in die Magengrube schlagen. Doch ich hielt stand, schaute sie an und hörte weiterhin aufmerksam zu. Es zerriss mich innerlich. Verletzt, eifersüchtig, wütend – ich wusste nicht, was ich fühlen sollte.

Entschlossen stellte ich das Weinglas neben ihres auf den Tisch, umfasste sie an der Hüfte und setzte sie auf den Schoß, woraufhin sie leise quietschte.

»Was wird das?«, fragte sie, wehrte sich jedoch nicht gegen die Umarmung, in die ich sie zog.

»Du warst mir zu weit weg«, flüsterte ich und verschränkte die Arme hinter ihrem Rücken. Ihre Hände lagen auf meiner Brust, während sie mich anlächelte.

»So?«, hauchte sie.

»Ja, außerdem kannst du mir doch nicht von deinem bescheuerten Ex erzählen, ohne dass meine Gedanken verrücktspielen«, murmelte ich.

»Ach?«, antwortete sie knapp. Hatte sie verlernt, zu sprechen, oder warum kamen nur einsilbige Antworten aus ihrem Mund?

»Ja, von dem, was ich gesehen habe, hat dieser Typ dich nicht verdient. Wenn er jemanden wie dich betrügt, ist er sowieso nicht ganz bei Verstand.« Vorsichtig ließ ich die Hände auf Wanderschaft gehen, fuhr mit ihnen über ihre Taille und ihre Arme. Sie bewegte sich auf dem Schoß, und mein Atem stockte. Verdammt, das war wohl doch nicht so durchdacht gewesen. Ihre Hände strichen mir sanft durch die Haare, woraufhin mich eine Gänsehaut überzog.

Als ich ihre Fingerspitzen im Nacken spürte, wie sie dort sanfte Kreise hinterließ, war es um mich geschehen. Ein schelmisches Lächeln umspielte ihre Lippen.

»Mandy, vielleicht sollten wir …«, begann ich, doch sie unterbrach mich.

»Was?«, fragte sie grinsend. »Du hast mich auf deinen Schoß gesetzt und jetzt kommst du damit nicht klar?«, provozierte sie mich weiter und bewegte sich noch ein Stückchen mehr, was mich aufstöhnen ließ. Verdammt, wie konnte es sein, dass sie solch eine Wirkung auf mich hatte?

»Oh, ich komme damit klar«, knurrte ich, woraufhin sie eine Augenbraue hob. »Ich weiß nur nicht, ob du damit klarkommst, wenn du so weitermachst.«

Sie lächelte verschmitzt, beugte sich etwas vor und flüsterte: »Oh, ich komme mit so Einigem klar.« Ich schluckte schwer. Ihr Gesicht näherte sich und unsere Lippen waren nur noch wenige Zentimeter voneinander entfernt. Wir hatten uns zwar schon zuvor geküsst, doch dieser Moment schien anders. Sanft legte sie ihre Lippen auf meine und ich verlor vollständig den Verstand, während meine Hände auf Wanderschaft gingen und den Kuss vertieften. Es war wie ein Versprechen, dass wir alles durchstehen würden, egal, was kommen mochte. Dass uns die größte Herausforderung noch bevorstand, war uns in diesem Augenblick noch nicht bewusst. Doch in diesem Moment zählte nur das Hier und Jetzt. Mandy und ich. Vereint. Mit dem stillen Versprechen, dass alles gut werden würde.

Kapitel 62

(Mandys POV)

Mit einem müden Gähnen öffnete ich die Augen und spürte, dass heute etwas anders war als sonst. Ein Haufen Kleidung vor dem Bett sprang mir ins Gesicht und langsam kehrten die Erinnerungen an die vergangene Nacht zurück. Wir waren von der Couch schnell ins Schlafzimmer gewechselt.

Ein breites Lächeln legte sich um meine Lippen. In der Hoffnung, Jason dort aufzufinden, drehte ich mich auf die andere Seite, doch stattdessen empfing mich eine enttäuschende Leere. Wieso war er nicht geblieben? Nach einigen Minuten schlüpfte ich in Jasons T-Shirt und eine kurze Shorts und begab mich ins Badezimmer, um mir die Zähne zu putzen. Dem Geruch von Kaffee folgend, betrat ich die Küche, und der Anblick, der sich mir bot, ließ mich fast vor Glück platzen. Cassie saß auf der Arbeitsplatte und ließ ihre Beine baumeln, während Jason lauthals über etwas lachte, das sie erzählt hatte. So fühlte es sich also an, eine Familie zu sein. Ich mochte dieses Gefühl.

»Guten Morgen«, murmelte ich und erregte kurz darauf ihre Aufmerksamkeit. Jason grinste und betrachtete mich von oben bis unten, während Cassie mich verwirrt ansah.

»Wieso trägst du Papas T-Shirt? Hast du keine eigenen Sachen? Und wo ist deine Hose? Mich lässt du nie so rumlaufen«, murrte sie und nahm einen Schluck aus ihrem dampfenden Becher, während ihre Füße weiter hin und her schwangen.

»Ich habe eine Shorts an«, erwiderte ich und hob das T-Shirt hoch, um die weiße Shorts darunter zu zeigen. Jason grinste, stieß sich von der Arbeitsplatte ab und kam langsam auf mich zu. Lächelnd stand er nur wenige Zentimeter vor mir.

»Guten Morgen«, flüsterte er und beugte sich vor, um mir einen flüchtigen Kuss auf die Lippen zu geben. »Ich wäre liebend gerne neben dir aufgewacht, aber unsere Tochter war bereits wach, und ich dachte, ich lasse dich etwas schlafen und mache ihr etwas zu essen … aber ich hoffe, dass es noch viele Gelegenheiten geben wird, neben dir aufzuwachen.« Erneut flüsterte er und grinste schelmisch. »Außerdem würde es mich nicht stören, wenn du unter dem T-Shirt keine Shorts tragen würdest. Es steht dir übrigens hervorragend.« Augenrollend, aber mit einem breiten Grinsen, wandte ich mich an Cassie.

»Seid ihr jetzt so ein verliebtes Paar?«, fragte sie grinsend. »Also habe ich eine Mama und einen Papa?«

Ich lachte leise auf. »Ja, das hast du«, sagte ich und konnte kaum fassen, dass ich diese Worte tatsächlich aussprach. Meine Tochter hatte eine Mutter und ihren Vater.

Die nächsten Wochen vergingen wie im Flug. Nie hätte ich gedacht, dass ich jemals wieder diese Leichtigkeit spüren könnte, dieses Gefühl, einfach zu leben und glücklich zu sein. Immer mehr Tage verbrachte ich zusammen mit Cassie bei Jason. Das Strahlen in ihrem Gesicht, wenn ich ihr sagte, dass wir zu ihrem Papa gingen, wärmte mein Herz jedes Mal aufs Neue. Es war eine dieser prägenden Erinnerungen, die tief in einem verankert waren und nie vergessen werden konnten. Wir verbrachten viel Zeit zusammen mit Jason, Riley und auch immer mehr mit Tommy, der langsam aus sich herauskam und sich an die neue Situation zu gewöhnen schien. Jason hatte um ein paar Vater-Tochter-Dates gebeten und ich hatte natürlich nichts dagegen. Cassie war begeistert davon, und nur um dieses Lächeln auf ihrem Gesicht zu sehen, hätte ich ihr beinahe alles erlaubt.

Auf der Arbeit hatte ich mich mittlerweile auch eingelebt, meine Routine gefunden, und es machte tatsächlich Spaß, zusammen mit Jackson und Ariel zu arbeiten. Cassie war in Ariels Klasse und erzählte immer wieder, wie lustig es dort war. Es schien, als würde das Leben wieder auf die richtige Bahn geraten. Jason und ich kamen uns immer näher, und ich hatte beschlossen, es einfach zuzulassen und es so lange zu genießen, wie es möglich war. Denn obwohl ich versuchte, die Zweifel beiseitezuschieben, blieben immer noch Gedanken, dass etwas nicht stimmte. Das Leben lief gerade gut. Zu gut. Und es machte mir Angst. Ein unbestimmtes Gefühl nagte an mir, dass der nächste Sturm so gewaltig sein würde, dass er alles um mich herum zum Einsturz bringen könnte, wie ein unerwarteter Tsunami. Denn es gab noch so viele ungeklärte Dinge, die mich daran hinderten, zu hoffen, dass alles vorbei war und ich nach acht Jahren ein Leben ohne Angst führen konnte.

Brandon hatte sich nicht mehr blicken lassen und ich hatte beschlossen, dieses Ereignis für mich zu behalten und Nate nichts davon zu erzählen. Es war vermutlich nur ein großer Zufall. Fresno und Berkeley waren jetzt nicht so weit voneinander entfernt, dass es unmöglich war, dass er und Ariel sich kannten. Immerhin kannten sich Jackson und Brandon ebenfalls, was ein weiteres Fragezeichen war. Woher kannten die beiden sich? Und warum schien Brandon mich in Berkeley zu verfolgen? Seufzend goss ich mir ein Glas Wein ein.

Dann setzte ich mich auf die Couch und schaltete -2017843199 *Friends* ein. Cassie war bei Jason, weshalb es ungewöhnlich still in der Wohnung war. In den letzten Wochen war das selten der Fall gewesen, und im Moment genoss ich einfach die Stille. Unter der Woche war ich von so viel Lärm umgeben, dass ich kaum die eigenen Gedanken hören konnte.

Ich versuchte, mich auf die positiven Aspekte im Leben zu konzentrieren; nicht mehr das negative Nervenbündel zu sein. Ich hatte es verdient, glücklich zu sein - Glück zu empfinden. Dieses Mantra wiederholte ich in den letzten Wochen oft, und es schien eine gewisse Wirkung auf mich zu haben. Ich ließ das Leben zu, genoss die Zeit mit Jason und Arbeitskollegen.

Als ich auf das Handy blickte, erhielt ich eine Nachricht von Jason, in welcher er ein Foto von sich und Cassie geschickt hatte. Beide lächelten breit in die Kamera und erneut wurde mir bewusst, dass alles gut werden könnte, dass alles bereits gut war. Vielleicht hatte Malcolm Lightwood aufgegeben. Womöglich war er es nicht gewesen, der Cassie entführt hatte? Die Anhäufung von den Zufällen gefiel mir gar nicht. Irgendwas stank gewaltig und ich hatte Angst, rauszufinden, was es war.

Gerade als ich mich in eine Decke gekuschelt hatte, klingelte es an der Tür. Mit einem tiefen Seufzen erhob ich mich von der Couch. Wer zur Hölle wollte denn jetzt noch etwas von mir? Vermutlich waren es nur die Nachbarn, die etwas borgen wollten, wie ein paar Eier oder eine Packung Milch. In der Hoffnung, dass es nichts Ernstes war und nicht den ruhigen Abend zerstören würde, öffnete ich die Tür und runzelte die Stirn, als ich kein bekanntes Gesicht vor mir sah. Stattdessen fiel mein Blick auf ein kleines Paket, das verpackt vor der Haustür stand.

Verwundert zuckte ich mit den Schultern und hob es auf. Vorsichtig trug ich es in die Küche, wobei ich mir Gedanken darüber machte, wer es wohl hinterlassen haben könnte. Ich wollte es gerade auf den Tisch abstellen, als sich etwas in mir sträubte. Etwas an der Art, wie es eingepackt war, ließ mir das Blut in den Adern gefrieren. Mit zittriger Hand zog ich an der grünen Schleife des Postguts. Ein beklemmendes Gefühl erfüllte mich, als sich das Band löste. Mit einem zittrigen Atemzug öffnete ich die Box und was ich darin fand, ließ alles in tausend Scherben zerfallen. Es waren Fotos. Fotos von Cassie. Ich nahm sie vorsichtig in die Hand, und plötzlich sah ich meine Tochter in verschiedenen Situationen - auf dem Spielplatz, auf dem Schulhof, sogar beim Schlafen. Jedes Bild verursachte einen Stich. Eine Welle von Panik durchströmte meinen Körper, als ich den beigefügten Brief vorsichtig öffnete.

»Care to make it interesting? Lass die Spiele beginnen.«

Nein. Das durfte nicht wahr sein. Ich ließ mich auf einen Stuhl sinken und starrte auf die bedrohlichen Worte, die vor den Augen verschwammen. Es fühlte sich an, als ob ein unaufhaltsamer Tsunami über mich hinwegfegte, ein Sturm, der mich ertränkte. Ich verspürte den dringenden Wunsch, jemanden anzurufen, zu schreien, zusammenzubrechen, doch Angst und Panik lähmten mich. Es war, als hätte jemand das Streichholz ausgepustet, das bisher den Weg in der Dunkelheit erleuchtet hatte. Zittrig richtete ich den Blick auf den restlichen Inhalt des Pakets. Neben den Fotos befand sich eine

Geburtsurkunde von Liora Green, sowie Adoptionspapiere – meine, wie es schien. Daneben lagen zwei weitere Bilder. Das erste zeigte Cassie gefesselt in einem Lastwagen, ihre Arme und Beine mit Blut verschmiert. Das zweite Bild zeigte Annie. Regungslos. Tot. Ein erstickendes Gefühl ergriff mich und ich versuchte, verzweifelt nach Luft zu schnappen, aber es gelang mir nicht. Es fühlte sich an, als würde mir jemand die Kehle zuschnüren. Die Panik überflutete mich und zwang mich förmlich zu Boden. Der Sturm tobte über mir und der heranrollende Tsunami drohte mich zu verschlingen. Cassie. Es war der einzige Gedanke, der in meinem Kopf kreiste, bevor ich in ein tiefes Loch der Dunkelheit fiel. Mit zitternden Händen griff ich nach dem Handy, das ich aus der Hosentasche holte. Ohne nachzudenken, wählte ich seine Nummer und hielt das Handy fest an die Brust gedrückt. Ich umklammerte mich selbst, während ich hektisch ein- und ausatmete.

Jedes Klingeln durchzuckte mich wie ein schmerzhafter Blitz. Es fühlte sich an, als hätte mich der Sturm bereits erwischt und befände sich direkt über mir. *Geh ran. Geh ran*, flehte ich in Gedanken. Ich brauchte irgendetwas, woran ich mich festhalten konnte, um nicht völlig den Verstand zu verlieren. Endlich hörte ich seine Stimme am anderen Ende der Leitung. Es war der letzte Tropfen, der das Fass zum Überlaufen brachte. Ich konnte mich nicht mehr zusammenhalten und wurde von dem Sturm mitgerissen. Ich war mir nicht sicher, ob man mich dieses Mal retten konnte, wenn ich nicht rechtzeitig aus dem Wasser gezogen werden würde.

Kapitel 63

(Nates POV)

Mit wachsender Frustration schleuderte ich den Ball gegen die Wand des provisorischen Büros und fing ihn geschickt wieder auf. Jeder Wurf verriet meine zunehmende Unruhe. Die Zeit rückte unaufhaltsam vor, während ich verzweifelt nach einem Ausweg suchte. Jake saß auf dem Boden, umgeben von einem Berg Papier und Unterlagen zum Fall Malcolm. Doch unsere Fortschritte waren gering. Die Informationen ergaben einfach keinen Sinn. Wie konnte Malcolm schon seit vier Jahren tot sein? Und welche Bedeutung hatte das Padouk-Holz, das zu seinem Markenzeichen geworden war und bei den Fällen aufgetaucht war?

Mein Verstand überschlug sich vor unbeantworteten Fragen. Und wer zur Hölle hatte Cassie entführt, nur um sie dann wieder bei ihrem Vater auftauchen zu lassen? War das alles ein ungeheurer Zufall? Hatten wir uns in unnötige Spekulationen verstrickt, während Mandy und Cassie in Frieden leben konnten? Oder schwebten sie nach wie vor in

Gefahr? Vielleicht wäre es besser, sie an einen sicheren Ort zu bringen. Die Kontakte in Frankreich warteten nur noch auf den Anruf, um Mandy und Cassie ein neues Leben in Gordes, einer Kleinstadt in Frankreich, zu ermöglichen. Doch ob das wirklich nötig war, blieb vorerst ungewiss.

Trotz Declans Versicherung, auf sie aufzupassen, hatte ich ein mulmiges Gefühl.

Nicole betrat das Zimmer und stellte zwei dampfende Tassen Kaffee auf den Tisch vor mir ab. Ich griff dankbar nach einer und brachte sie an die Lippen, während ich zu Jake hinüberblickte. Er vertiefte sich gerade in die Analyse eines bestimmten Papiers.

»Hast du etwas gefunden?«, fragte ich und gesellte mich zu ihm auf den Boden. Der Stuhl hatte den Rücken steif werden lassen und ich sehnte mich nach Bewegung an der frischen Luft. Die Gedanken waren von einem undurchdringlichen Nebel umhüllt, und ich konnte kaum klar denken.

»Ich bin mir nicht sicher«, murmelte Jake. »Malcolms Tod wirft so viele Fragen auf. Nach vier Jahren gestaltet es sich schwierig, die genaue Todesursache festzustellen. Es gibt keine Beweise für ein gewaltsames oder unnatürliches Ableben.« Zustimmend nickte ich. Auch ich hatte dies aus den Unterlagen herausgelesen. »Im Allgemeinen gibt es nicht viele Informationen über ihn. Wir wissen lediglich, dass sein Bruder und dessen Frau vor vielen Jahren verstorben sind. Berichten zufolge wurden sie bei einer Schießerei mit dem FBI getötet.« Ich nickte und nippte an dem Kaffee.

»Ja, das ist uns bekannt.« Die Akten hatte ich vor einiger Zeit erhalten und gründlich studiert. Der Fall war bereits 25 Jahre alt und die Ursache, für den Tod von Jonathan und Camilla. Rache. Ich erinnerte mich nur vage daran, da ich damals noch sehr jung gewesen war. Wie sich laut Unterlagen herausstellte, kamen Malcolms Bruder und dessen Frau bei einem Einsatz ums Leben, als Jonathan und Camilla Green Schüsse abgefeuert hatten. Angeblich war das FBI schon damals hinter Malcolm her gewesen, der in Drogengeschäfte verwickelt gewesen sein sollte. Eine Spur hatte Jonathan und Camilla zum Haus von Malcolms Bruder geführt, wo sich Malcolm tatsächlich aufgehalten hatte. Sein Bruder und dessen Frau schienen nichts mit der Sache zu tun gehabt zu haben und waren ahnungslos gewesen. Wenn ich mich richtig an die Geschichte meines Vaters erinnerte und den Akten Glauben schenkte, war Malcolm damals lediglich ein kleiner Komplize gewesen, der das FBI zu einem größeren Drogenbaron führen sollte. Malcolm konnte entkommen, aber sein Bruder und dessen Frau wurden tödlich verletzt. Nach diesem Vorfall schien Malcolm aufgestiegen zu sein und wurde zu einem der gefährlichsten Drogenbarone. Bis er vor vier Jahren von der Bildfläche verschwand. Tot, wie wir nun herausgefunden hatten.

Jake starrte fokussiert auf weitere Unterlagen. »Hatten sie Kinder?«, warf er in den Raum und griff nach einem weiteren Blatt Papier.

»Was?«, fragte ich verwirrt.

»Malcolms Bruder und dessen Frau. Hatten sie Kinder?«

Nachdenklich zog ich eine Augenbraue hoch. »Das weiß ich nicht«, gab ich ehrlich zu. Tatsächlich hatte ich mir nie die Frage gestellt, und in den Unterlagen, die ich gesehen hatte, gab es keine Hinweise auf ein Kind.

»Können wir das herausfinden?«

»Bestimmt. Ich kann in der Zentrale anrufen und nachfragen.« Jake nickte und konzentrierte sich weiterhin, während er nervös mit einem Stift zwischen seinen Fingern spielte.

»Stell dir mal folgende Situation vor: Die beiden hatten ein Kind. Das Kind überlebt und wäre dann jetzt, sagen wir, Ende 20. Was, wenn er oder sie bei Malcolm aufgewachsen ist …« Mein Verstand begann zu arbeiten. »Er oder sie würde Nachforschungen anstellen oder es von Malcolm erfahren, der Rache an Mandys leiblichen Eltern genommen hat, die teilweise für den Tod seines Bruders verantwortlich waren. Den Eltern von Malcolms Nichte oder Neffe. Malcolm ist seit vier Jahren tot; aber das Kind könnte immer noch involviert sein.« Das würde so viel Sinn ergeben. Warum war mir nicht schon früher dieser Gedanke gekommen? Der Fall war bereits über 20 Jahre alt und mir war nie in den Sinn gekommen, herauszufinden, ob Malcolm einen Neffen oder eine Nichte hatte. Stolz klopfte ich Jake auf die Schulter.

»Aus dir wird einmal etwas Großes. Ich rufe sofort in der Zentrale an und versuche, Informationen zu bekommen. Wenn Malcolms Bruder ein Kind hatte, werden wir es herausfinden.«

Mein Blick fiel auf das Handy, welches einen Anruf von Mandy anzeigte. »Hey«, meldete ich mich und erstarrte sofort, als ich Mandys Schluchzen hörte. Was war passiert? Waren wir zu spät gekommen? »Was ist passiert?«, fragte ich und schloss die Augen.

»Kannst du herkommen?«, brach sie unter Tränen hervor.

»Ich bin schon auf dem Weg«, antwortete ich und griff nach der Jacke, die auf der Rückenlehne des Stuhls lag. Ich deutete Jake, mitzukommen. Auf dem Weg zu Mandy betete ich, dass es noch nicht zu spät war und dass alle noch am Leben waren.

Kapitel 64

(Mandys POV)

Eisige Kälte umhüllte mich und drang bis in die Knochen vor, während ich mich fühlte, als wäre ich in einer düsteren Gruft gefangen, ohne den Hauch einer Ahnung, wie ich einen Ausweg finden konnte. Das Licht, das mich einst zum Leben erweckt hatte, schien unerreichbar weit entfernt. Mein Körper wurde vom heftigen Zittern durchgeschüttelt, als ob er versuchte, sich gegen die eisige Umklammerung zu wehren. Die Realität war so gnadenlos klar. Wie konnte ich mir nur einbilden, für einen längeren Zeitraum glücklich sein zu können? Es ging schließlich um mich, und Drama und Schmerz schienen wie unabänderliche Bestandteile des Lebens zu sein, als wäre es von höherer Hand vorherbestimmt. Als ob jemand von oben zuschaute und dachte: *Sie kann ruhig noch mehr Schmerz ertragen, sie hatte noch nicht genug davon.* Inmitten der Gedanken vernahm ich plötzlich Schritte, die meinen

Körper zusammenzucken ließen. Panik erfasste mich, und hastig hob ich den Kopf, um zu sehen, wer sich näherte. Zu meiner Erleichterung erkannte ich Nate, den ich zuvor angerufen hatte. Er beugte sich besorgt über mich und umarmte mich fest. »Was ist los?«, fragte er sanft, doch seine eigene Panik konnte er nicht vollständig verbergen. »Geht es Cassie gut?«

Schniefend nickte ich. »Sie ist bei ihrem Vater. Wer ist Liora Green?«, platzte es aus mir heraus. Ich brauchte dringend Antworten. Nate versteifte sich und vermied meinen Blick. »Nate!«, rief ich verzweifelt. »Es reicht langsam. Du weißt etwas, und ich will es wissen.«

»Mandy …«, begann er zögernd.

»Bin ich adoptiert?«, fragte ich mit zittriger Stimme. »Bin ich Liora Green? Der Grund, wieso Annie tot ist?« Mein Herz schlug wild und ich biss mir auf die Unterlippe. War mein ganzes Leben eine Lüge?

»Wie kommst du darauf?«, fragte Nate nach einer kurzen Pause.

»Nate!«, schrie in dem Moment Jake aus der Küche und tauchte mit der Box im Türrahmen auf. Offensichtlich hatte er sie gefunden. »Sie weiß es. Du musst es ihr sagen.«

»Mir was sagen?«, rief ich aufgebracht. »Nate! Ich bin kein kleines Kind mehr. Ich will verdammt noch mal Antworten. Rede mit mir.« Die Stimme wurde mit jedem Satz brüchiger und ich sah Nate flehend an. »Wer ist Liora Green?«, fragte ich erneut, während Nate sich frustriert durch die Haare strich.

»Okay, ich werde dir alles erzählen. Früher oder später wäre es sowieso ans Licht gekommen.« Ich hielt den Atem an. Es gab also tatsächlich etwas zu enthüllen? Die Hoffnung, dass alles nur ein schlechter Scherz gewesen war, verflog und machte Platz für weitere Panik. »Also gut. Ja, du bist adoptiert«, entgegnete er schließlich, woraufhin ich scharf die Luft einsog.

»Was?«

»Es ist jetzt besser, wenn du einfach nur zuhörst«, versuchte er, mich zu beruhigen. Er nahm mich in den Arm und strich sanft über den Hinterkopf. Doch wie sollte ich klare Gedanken fassen, nachdem er mir gerade eine solche Enthüllung verkündet hatte? »Deine leiblichen Eltern Jonathan und Camilla Green - sie waren die wunderbarsten Menschen, die ich gekannt habe. Sie waren wie Eltern für mich«, flüsterte Nate.

»Du kanntest sie?«, fragte ich ebenfalls flüsternd, während ich verzweifelt versuchte, den Verstand nicht zu verlieren.

»Ja. Sie waren FBI-Agenten und starben, als ich zwölf Jahre alt war. Ich war derjenige, der sie gefunden hat. Als ich in ihre Wohnung kam, war deine Mutter bereits tot, und dein Vater bat mich mit seinen letzten Worten, dich in Sicherheit zu bringen. Du warst damals erst ein paar Monate alt.«

»Was genau ist passiert?«, fragte ich so gefasst wie möglich.

»Deine Eltern waren in einen Fall verwickelt, der Malcolm betraf. Angeblich sollte er für einen Drogenbaron arbeiten, dem das FBI schon lange auf der Spur war. Malcolm war nur ein Werkzeug für sie. Doch dann ging einiges schief und es endete in einer Schießerei. Malcolms Bruder und dessen Frau kamen dabei ums Leben. Einige Zeit später nahm Malcolm Rache an deinen Eltern und ließ sie ermorden. Du wurdest direkt in das Zeugenschutzprogramm aufgenommen. Wir wollten dir ein normales Leben ermöglichen.«

»Ein normales Leben?«, wiederholte ich fassungslos.

»Ja. Und 17 Jahre lang hat das auch gut funktioniert, bis Malcolm irgendwie davon erfuhr – von dir erfuhr. Und den Rest kennst du ja«, erklärte Nate.

»Und deswegen musste Annie sterben? Sie ist also wirklich meinetwegen gestorben?«, fragte ich hysterisch.

»Nein!«, unterbrach Nate mich. »Annie war dazu da, dich zu beschützen und uns auf dem Laufenden zu halten.«

»Bitte was? Du kanntest Annie?«

»Ja.« Es fühlte sich an wie ein schlechter Witz, ein Traum. Gleich würde ich aufwachen und Annie würde neben mir sitzen und lachen, mir helfen, mit der Schwangerschaft klarzukommen. Ich würde es Jason erzählen und er würde dabei sein, wenn Cassie aufwuchs.

Doch dies war kein Traum und ich würde nicht einfach so aufwachen. Nein, dies war die bittere Realität. »Also will Malcolm immer noch meinen Tod?«, fragte ich mit zitternder Stimme.

»Was das betrifft - Malcolm ist seit vier Jahren tot.«

»Was?«, entfuhr es mir schrill. »Aber wer hat dann Cassie entführt? Und ...« Ich konnte keinen zusammenhängenden Satz mehr bilden, die Gedanken waren ein einziges Chaos.

Nate seufzte und hielt mich fest. »Das wissen wir nicht. Aber wir sind dabei, es herauszufinden. Und wir werden eine Lösung finden. Für dich, für Cassie, für uns alle.« Von Nates Armen umgeben, ließ ich den Tränen freien Lauf. »Mandy«, sagte er schließlich in einem bedrückten Tonfall, und in seinen Augen lag eine Mischung aus Besorgnis und Entschlossenheit. Ich spürte, dass seine nächsten Worte alles verändern würden. Schon wieder. »Wir müssen dich und Cassie umgehend in Sicherheit bringen.« Die Worte hallten mir in den Ohren wider, während mein Herz wild gegen die Brust schlug. Die Dringlichkeit der Situation wurde immer deutlicher und ich fühlte einen kalten Schauer über den Rücken laufen. Verzweifelt versuchte ich, meine Gedanken zu sammeln.

»Was? Nein! Nate, ich kann das alles nicht mehr. Ich …« Ein Wirbelsturm von Gedanken und Ängsten tobte in meinem Inneren. Der Verstand kämpfte gegen die drohende Trennung von Jason an. Ich konnte ihn nicht zurücklassen. »Ich werde nicht ohne Jason gehen!«, entgegnete ich entschlossen, die Stimme von einem Hauch Verzweiflung durchzogen.

Ein Seufzen entkam Nates Lippen, während er den Blick senkte. »Mandy, du musst verstehen. Jason ist nicht gerade unbekannt. Sein letzter Song geht momentan viral. Jeder wird ihn erkennen und finden - und somit auch dich und Cassie.« Seine Worte trafen mich wie ein Schlag ins Gesicht. Die Realität der Gefahr drängte sich gnadenlos in mein Bewusstsein. Doch ich ließ mich nicht entmutigen. Ein Funken Mut entfachte in meinem Inneren, als ich nach einer Lösung suchte.

»Das ist mir egal. Dann gehen wir tief in die unberührten Berge Chinas. An einen Ort, wo uns niemand finden kann. Ich gehe nicht ohne ihn!« Nate seufzte erneut, seine Augen zeugten von seiner eigenen Sorge, aber auch von einer Entschlossenheit, mich zu beschützen.

»Und was, wenn er nicht mitkommen will?«, fragte er schließlich und ließ den Raum für die Realität des Unvorhersehbaren. Doch ich ließ mich nicht beirren. Mein Herz sprach eine klare Sprache.

»Dann werde ich ihn fragen und ihm die Wahl geben! Aber ich werde nicht wieder einfach so verschwinden und sein Herz erneut brechen.«

»Wir müssen jetzt handeln. Du packst das Nötigste für dich und Cassie ein. Jake wird hier bei dir bleiben. Ich werde zu Jason fahren und mit ihm reden. Dann werden wir einen Plan entwickeln, wie wir weiter vorgehen können. Aber, Mandy …« Er hielt einen Moment inne, bevor er mich eindringlich ansah. »Wir müssen von hier verschwinden. Bevor wir wissen, mit wem wir es wirklich zu tun haben, ist es hier nicht sicher. Es ist nicht Malcolm, aber wer auch immer es auf dich abgesehen hat, wird vor nichts Halt machen.«

Kapitel 65

(Jasons POV)

Müde ließ ich die Gitarre zur Seite gleiten. Die Töne hatten sich nur so aus mir herausgeschlungen, seit Mandy in mein Leben getreten war. Jeder Song war ein Ausdruck der Gefühle für sie, und Toby war ebenso begeistert von den neuen Ideen. Es fühlte sich an, als ob die Kreativität in mir endlos sprudelte. Ich konnte es kaum erwarten, wieder ins Studio zu gehen und die Tracks aufzunehmen, die ich mir im Kopf ausgemalt hatte. Die neue Single sollte am Donnerstag veröffentlicht werden und ich konnte die Vorfreude kaum bändigen. Der Song, den ich über Elaine geschrieben hatte, verbreitete sich bereits wie ein Lauffeuer auf TikTok. Nie zuvor hatte ich so viele Klicks und Likes erhalten.

Der kleine, aber treue Fan-Kreis wuchs mit jedem Tag mehr. Ich genoss die Nähe zu den Fans, die mich online verfolgten und meine Musik hörten, aber weitere Bekanntschaft wollte ich zu diesem Zeitpunkt eher weniger. Chantal hatte darauf bestanden, dass ich in zwei Wochen an einer Talkshow in LA teilnahm, um über die Musik und meinen Erfolg zu sprechen, wozu ich noch skeptisch gegenüberstand. Der Fokus lag auf meiner Musik und der Beziehung zu Mandy und Cassie. Ich erhob mich vom Platz, um mir ein Glas Wasser zu holen, als das Klingeln an der Tür mich aus den Gedanken riss. Verwundert nahm ich die Wasserflasche mit und öffnete die Tür. Ein Mann in Uniform stand davor und sofort bildete sich ein Kloß im Hals. Mandy.

»FBI-Agent Nathanael Henrikson. Kann ich kurz reinkommen?«, fragte er höflich und hielt mir sein Abzeichen vor die Nase.

Stumm nickend gewährte ich ihm Einlass. »Was ist passiert? Geht es um Mandy?«

Nathanael lächelte schwach, als er die Besorgnis spürte. »Ja, es tut mir leid, aber sie ist in Sicherheit. Sie erwähnte, dass Cassie bei Ihnen ist?«

»Ja, sie ist gerade mit meiner Nichte und unserer Au-pair unterwegs …«

»Können wir sie abholen?«, fragte er dringlich.

»Ja, natürlich. Aber warum? Was ist los?«, fragte ich mit wachsender Sorge. Der Agent biss sich auf die Unterlippe und ein unbehagliches Gefühl überkam mich. »Sie müssen wieder weg, nicht wahr?«, fragte ich mit zittriger Stimme. Die Angst vor einem erneuten Abschied breitete sich in mir aus. Mandy durfte mich nicht noch einmal verlassen. Sie durfte mein Herz nicht erneut brechen und mich allein zurücklassen. Das Schweigen des Agenten sprach Bände. Sie würde wieder gehen. Mich wieder verlassen.

»Sie bat mich, Sie zu bitten, dass Sie mitkommen«, sagte er nüchtern. »Aber ich bin hier, um Ihnen davon abzuraten.«

»Nein! Wenn sie will, dass ich mitkomme, dann werde ich es tun. Egal, was es kostet«, erklärte ich entschlossen. Meine ganze Liebe galt Mandy und Cassie. Nichts konnte mich davon abbringen, bei ihnen zu sein.

»Sie denken gerade nicht rational«, knurrte er fast bedrohlich.

»Es geht um meine Tochter und die Frau, die mir alles bedeutet«, entgegnete ich bestimmt.

»Gerade aus diesem Grund sollten Sie nicht mitkommen«, erwiderte er. »Denken Sie doch mal darüber nach. Sie müssten Ihre ganze Familie zurücklassen. Und Sie sind nicht gerade unbekannt. Ihr Song verbreitet sich viral. Man wird Sie erkennen. Und Sie sind auf dem besten Weg, interessant für die Presse zu werden. Mehrere Artikel sind über Sie in den letzten Wochen erschienen. Besonders wenn Sie jetzt einfach von der Bildfläche verschwinden, wird das für Aufsehen sorgen. Und wissen Sie, was passiert, wenn Mandy oder Cassie jetzt ins Rampenlicht geraten? Es könnte gefährlich für sie werden. Also, wenn Ihnen auch nur ein bisschen an ihnen liegt, dann lassen Sie die beiden gehen«, fuhr er mich an, und ich zuckte zusammen. Niemals hätte ich gedacht, dass meine Karriere mich innerlich zerstören würde, dass sie mir alles nehmen könnte, was mir etwas bedeutete. Denn auch wenn ich es nicht wahrhaben wollte, er hatte recht. Ich konnte nicht mitgehen. Und das würde mich zerstören.

»Kann ich trotzdem in Kontakt bleiben?«, flüsterte ich. Verdammt. Ich hatte sie doch gerade erst wieder zurückgewonnen.

»An sich wäre das keine gute Idee, aber ich kann sehen, was sich arrangieren lässt«, antwortete er mit einem Hauch von Mitgefühl.

»Das war es also schon wieder? Ich muss mich verabschieden? Und wann sehe ich sie wieder? Erst in acht Jahren, wenn Cassie in die Highschool geht? Das ist nicht fair!

Ich … verdammt!«, rief ich aus, die Stimme voller Verzweiflung.

»Das kann ich nicht sagen. Aber wir sind einer Spur gefolgt. Vielleicht können wir all das bald lösen. Ich würde die Hoffnung noch nicht aufgeben.«

»Um welche Spur handelt es sich?«, fragte ich ungeduldig.

»Das kann ich nicht sagen«, antwortete der Agent ausweichend.

»Ach, kommen Sie schon! Lassen Sie mich wenigstens irgendwie helfen.«

»Das kann ich wirklich nicht sagen«, erwiderte er beharrlich.

»Ich kenne die ganze Geschichte. Mandy hat mir alles erzählt«, sagte ich mit Nachdruck.

Er fuhr sich durch die Haare und schien einen Moment zu zögern. »Es ist alles viel komplizierter, als Sie denken«, meinte er schließlich.

»Es geht um Malcolm, oder? Habt ihr eine Spur?«, ließ ich nicht locker.

»Malcolm ist bereits seit vier Jahren tot«, erklärte er ernst.

»Was?«, entfuhr es mir.

»Wir ermitteln in eine andere Richtung«, fuhr er fort und betrachtete mich skeptisch. Dann seufzte er und zückte sein Handy aus der Jackentasche. »Normalerweise tue ich so etwas nicht, aber mir liegt mehr an Mandy, als Sie vielleicht denken. Es ist mehr als deutlich, dass es Ihnen auch so geht.« Er tippte auf seinem Handy herum. »Ich habe gerade ein Bild von der Zentrale erhalten, von einer Person, von der wir vermuten, dass sie etwas damit zu tun hat.« Er hielt mir sein Handy vor die Nase und ich erstarrte. Ein Schauder lief mir über den Rücken, als ich das Bild genauer betrachtete. Es gab keinen Zweifel. »Ich weiß genau, wer das ist.«

Fortsetzung folgt …

Band 2

»Don't leave me again«

Erscheint am 03.05.2024

Danksagung

Liebe*r Leser*in,

bevor ich mich hier für irgendjemanden Bedanken kann, möchte ich mich für diesen fiesen Cliffhanger entschuldigen. Aber ich konnte nicht anders. Zu Beginn war alles in ein Buch gequetscht, aber das Ende gefiel mir nicht und war eher öde. Dann bei der ersten Überarbeitung flossen die Ideen nur so in meinen Kopf und hätte ich alles in ein Buch gepackt, wären das vermutlich über 1000 Seiten geworden und mal ehrlich: Das schreckt total ab. Aus diesem Grund wird es einen zweiten Teil geben, auf den ich mich schon sehr freue! Glaubt mir, das Warten wird sich lohnen. Nun kommen wir zu den Danksagungen.

Zu allererst möchte ich meiner Lektorin Lisa Kismet von @Kismetbook danken. Ohne dich wäre das Buch wirklich nicht das geworden, was es schlussendlich ist, und ich bin dir wirklich dankbar. Denn sein wir ehrlich: Die erste Version hatte einiges an Überarbeitung nötig. Vielen Dank, dass du dir ständig alle Sprachnachrichten zu Ideen anhörst und so geduldig mit mir bist. Ich freue mich schon unglaublich darauf, an weiteren Projekten mit dir zusammen arbeiten zu dürfen.

Dann will ich noch Katie Weber danken, die dieses wundervolle Cover designet hat. Falls ihr noch auf der Suche nach einem Cover zu eurer Geschichte seid, schaut mal auf ihrem Instagram Account @kreationswunder vorbei.

Dann muss ich unbedingt noch Amy danken. Die sich meine elend langen Nachrichten zu Ideen anhören muss, und mir mehrmals klar gemacht hat, dass ich meine Hauptcharaktere nicht einfach in jedem Buch umbringen kann. Ohne sie wäre das Buch vermutlich ebenfalls ganz anders ausgegangen. Danke, dass du mich unterstützt und jedes Mal deine ehrliche Meinung vorsetzt.

Und ein weiteres Danke an alle Leser*innen. Ob in diesem Buch, oder von der ersten Version, die ich auch Wattpad veröffentlicht hatte. Danke! Ich hoffe, ihr könnt euch noch ein klein wenig gedulden und seid dann im zweiten Teil auch mit dabei, der versprochen keinen so fiesen Cliffhanger haben wird.

Auf ein baldiges Wiedersehen

Anita

Über die Autorin

Anita Nova wurde 1999 in Versmold geboren. Nach ihrem Auslandsstudium in den Niederlanden lebt sie zurzeit in Berlin, wo sie als Grundschullehrerin an einer bilingualen Schule arbeitet. Nach der Arbeit vertieft sie sich in spannende Geschichten und nutzt ihre Freizeit zum Schreiben.

Contentwarnung

Um das bestmögliche Leseerlebnis für euch zu schaffen, möchte ich darauf hinweisen, dass handlungsbedingte Themen angeschnitten oder verarbeitet werden, die potentiell schlechte Erinnerungen und Erlebnisse triggern können.
Die entsprechenden Inhalte gibt es hier im Überblick:

- psychische Erkrankungen
- Tod durch Mord
- Zeugenschutzprogramm
- Kindesentführung
- Andeutungen von Panikattacken
- Gewalt
- kriminelle Organisationen

Bitte seid euch eurer eigenen Verantwortung bewusst und lest diese Geschichte nur, wenn euch die Thematisierung dieser Inhalte nichts ausmacht.

Viel Spaß beim Lesen und alles Liebe

Anita Nova